내유시의 셜니의 드며와셔 찰왕복이 도셧의 이셔 며집의 뻐 수젹이 만
히 이셜거시로 져 입궐 후 □ 션인겨오셔 졍지 후여시되 회간 져 찰 이 궁듕
의 드며 가 후릴 거시 아오 또 후 후 외 비 수면 이 맛기 가 궁 졍 후 의 도리
의 간타 아 후 도 셧 붕셔 회 람 의 시 만 이 올 고 그 도 회 의 뻐 브 미 라 후
시기 션비 겨오셔 안츰 져 며 승 후 후 여시 르 붕셔 의 □ 션인 졍 기 리 로 □
희 며 리 의 뻐 브 미 오 브 그 집 의 도 도 후 □ 션인 졍 기 를 밧 ㅅ 와 라 □ 화 희
츠 후 으로 며 필 젹 이 겨 후 며 츄 후 거 시 임 으 다 라 빅 덜 수 □ 이 미
앙 불 집 의 ㅼ 오 라 수 젹 이 며 른 거 시 임 스 우 후 번 천 히 무 슨 줄 을 뻐 는
리오 셔 보 장 후 야 집 의 기 리 뎐 후 며 ㅼ ㅅ 가 되 리 후 여 ㅅ 다 후 우 그 ㅼ 이
올 후 여 뻐 주 르 쳐 후 되 듐 업 셔 못 룰 벗 겨 우 올 히 ㅂ 회 감 히 룰 갑 후

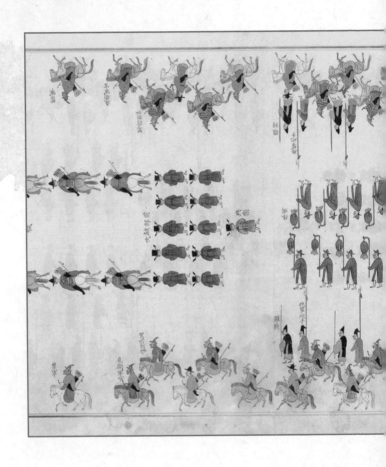

영조정순왕후 가례도감의궤 (서울대 규장각 소장)

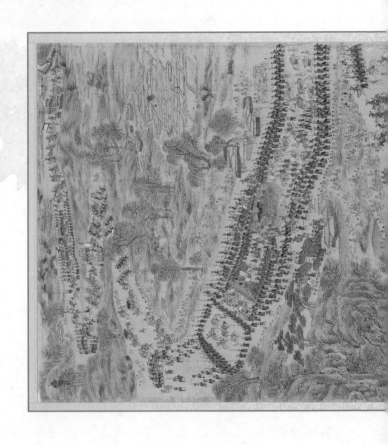

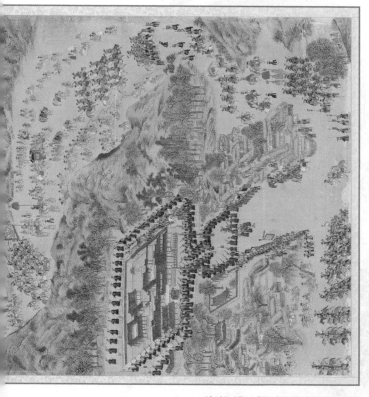

화성능행도 (국립중앙박물관 소장)

뒤주 사진 (국립중앙박물관 소장)

한중록 (서울대 규장각 소장)

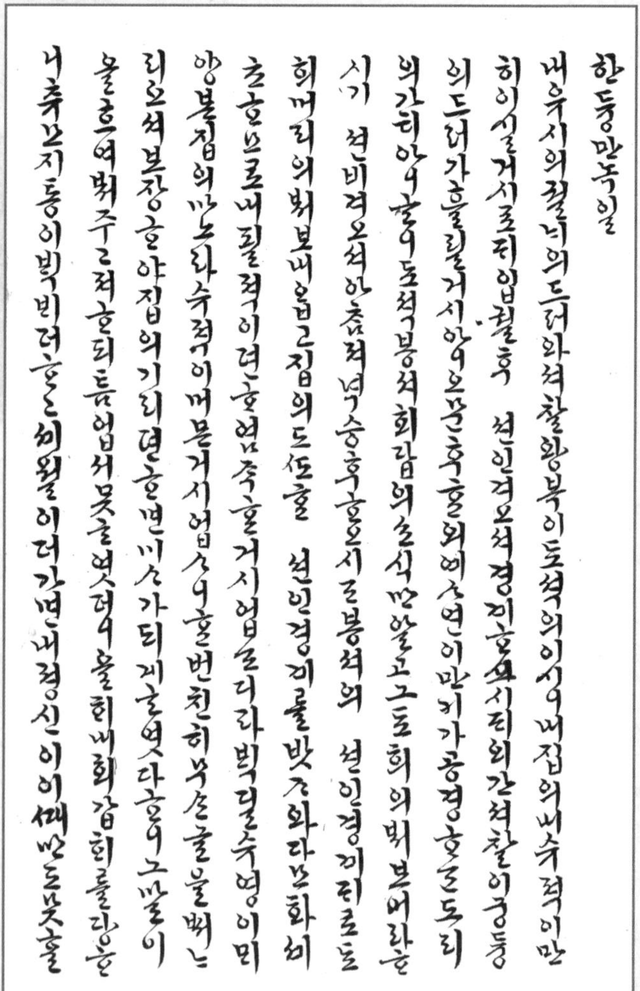

한중만록 (미국 버클리대 동아시아도서관 소장)

惠慶宮洪氏

한중록
恨中錄

혜경궁 홍씨 지음

더스토리

| 차례 |

혜경궁 홍씨와《한중록》

혜경궁 홍씨와 《한중록》

영조의 며느리이자 사도세자의 부인, 정조의 어머니, 순조의 할머니가 되기까지 혜경궁 홍씨의 삶은 조선왕조의 역사 그 자체다. 그렇지만 국모가 될 운명이 아니었던 혜경궁 홍씨의 삶은 한(恨)과 비애로 가득 차 있다. 그녀의 삶에서 돌이킬 수 없는 영조와 사도세자 부자의 갈등은 슬픔으로 얼룩진 비극의 시작에 불과했다.

조선 21대 임금 영조와 영빈 이씨 사이에는 1남 3녀가 있었다. 첫째 화평옹주, 둘째 화협옹주, 셋째가 비극의 사도세자이고 막내가 화완옹주이다. 유교 사상과 혈육이 가장 중요시되었던 조선왕조에서 사도세자는 영조대왕의 아들이자 유일한 혈통의 왕세자로서 남다른 총명함을 보였다. 옳고 그름을 잘 파악하지 못하는 세 살 때 부모가 뭔가를 물으면 이미 입안에 있던 음식을 뱉으며 "소학에 이르기를 부모를 대할 때는 입안에 음식이 있어선 안 된다 하여 뱉었습니다."라고 대답했다 한다.

그렇지만 왕과 왕세자의 관계는 오래 지속되지 못했다. 영조는 아들에 대한 기대치가 높아질 대로 높아진 만큼 아들에 대한 엄격한 교육을 시작했는데, 이 교육은 사실 어른조차 받아들이기 힘들 정도의 불통의 순환이었다. 대전에서 정무 보고를 하는 날, 신하들이 다 모여 있을 때 어린 왕세자가 자세히 대답하지 못할 것을 누구나 다 알 터인데, 영조는 굳이 사도세자를 불러 글귀의 뜻을 물었다. 사도세자는 여러 사람들 앞에서 더욱 두렵고 겁이 나서 대답을 하지 못했다. 그러자 영조는 신하들 앞에서 심하게 질책하고 꾸중하며 흉을 보았다 한다. 미래의 신하들 앞에서 창피를 주고 불길한 장소마다 사도세자를 데리고 다녔던 영조로 인해 사도세자는 마음의 병을 얻고 만다.

> "진정으로 교훈하지 않으심에 성이 나고, 노하고 두렵고 서먹서먹하여 결국에는 천성을 잃기에 이르렀으니 이런 원통한 일이 어디 있겠는가"

혹자는 사도세자에게 양극성 장애의 가능성이 있다고 한다. 심리적인 장애는 크게 정신병과 신경병으로 구분하는데 정신병은 현실 검증이 없는 조현병과 같은 것이고, 신경병은 현실 검증이 가능한 불안 장애 등으로 본다. 사도세자는 두 가지 증상을 모두 보였는데, 스트레스가 많으면 정신병으로, 스트레스가 줄면 신경병적인 상태로 지냈다. 비극 속에서 살아야 했던 남편을 바라보며 눈물의 세월을 보낸 혜경궁 홍씨의 삶 역시 고단하기만 했다. 절대 권력 앞에서 허무하게 무너져 내린 남편에 대한 애증과 숱한 모함에 시달리는 친부 홍봉한에 대한 그리움, 멸문지화의 위기 속에서 동생들에 대한 간절함은 비운의 여인 혜경궁 홍씨를 그림자처럼 따라다녔다.

"소조(사도세자)께서 6월에 학질을 앓으셔서 수개월을 민망히 지내셨는데, 그해는 봄부터 미행하신 이유로 몸을 잘못 가지셔서 그 병환이 나신가 싶었다. 지금 나의 이 말이 사람의 도리로서 해선 안 될 말이겠지만 세상에 없는 일을 겪으시니, 차라리 그 병환으로 돌아가셨더라면 여읜 아픔만 있지 않겠는가. 당신의 설움과 처자의 지극한 원이 이 정도이며, 사건의 망극함과 사람의 상함과 내 집의 원통함이 이 지경에 이르렀으니 참으로 하늘의 도리를 알지 못할 일이로다."

"자결하려 하다가 못하고 돌이켜 생각해 보니, 11살 된 세손(정조)에게 겹겹이 쌓인 고통을 남긴 채 내가 죽을 수 있겠는가. 내가 없으면 세손이 목적한 바를 어찌 이룰 수 있으리오. 참고 참아 모진 목숨 보전하고 하늘만 원통히 부르짖으니 이 세상 천지에 나같이 모진 목숨이 또 어디 있으리오."

혜경궁 홍씨가 60세가 넘어서 쓴 회고록《한중록》은 날짜와 사건을 비교적 상세히 기록하고 있으며 사건 당시마다 메모를 꾸준히 했고, 언젠가 기록으로 남기고 싶었던 지은이의 한이 서려 있는 궁중 문학의 백미 같은 수필이다. 내가 아는 진실이 다음 세대로 전해지길 바라는 마음이라고 밝힌 혜경궁 홍씨가 말하려 한 바는 무엇이었을까? 격동의 세월을 살아간 혜경궁 홍씨는 사도세자 못지않게 험난했던 인생을 살았고, 그 회한을 6권의 책으로 남겼다. 부부이지만 서로 다른 양상을 보인 사도세자와 혜경궁 홍씨는 극명히 대비된다. 자기조절 능력을 잃은 사도세자와 달리, 노년기에도 판단력이 뚜렷했던 혜경궁 홍씨는 왕이 되었어야 할 남편을 허무하게 잃고 온갖 음모와 고난 속에서 멸문지화를 당할 가족들의 운명을 구하기 위해 눈물로 숱한 밤을 지낸 강인한 여성이다. 그리고 그녀가 한을 담아 쓴 궁중 수필《한중록》은 차마 조선왕조실록에도 담을 수 없었던 역사 그 자체이다.

恨中錄

數

한중만록 1권

내가 어려서 궁궐에 들어왔을 때, 아침저녁으로 친정집과 편지 왕래를 하였다. 그래서 친정집에 내 필적이 많이 남아 있어야 하지만 사실은 그렇지 못했다. 궁에 들어간 후에 선친(先親, 아버지 홍봉한)께서 항상 경계하시며 주의를 주셨기 때문이다.

"궁궐에 들어간 이상 편지는 흘릴 만한 것이 아니요, 안부를 묻는 것 이외에 사연이 많으면 공경하는 도리가 못됩니다. 편지의 회답에는 종이에 소식만 적어 다시 보내십시오."

그리하여 선비(先妣, 어머니 한산 이씨)께서는 아침저녁으로 보내는 문안 편지에 선친의 말씀대로 간단히 소식만을 써서 보냈다. 그리고 친정에서는 선친의 말씀대로 내 편지의 글씨를 모두 물로 씻어내 나의 필적조차 남기지 않은지라, 큰조카 홍수영은 매번 청하였다.

"본집(친정)에 마누라처럼 귀인의 필적이 없으니 친히 무슨 글이라도 써 주시면 이후에도 계속 집안의 보물이 될 것입니다."

그 말을 듣고 글을 써 주고자 하였으나 틈이 없어 쓰지 못하였다. 그런데 올해에 내 회갑을 맞으니 임오년(壬午年)에 돌아가신 사도세자가 떠올라 마음이 아프고, 또 세월이 지나면 내 정신이 더 쇠약해질 것 같아 내가 그동안 지내오며 느낀 바와 겪은 일들을 생각나는 대로 기록하였다. 그러나 모두 적지는 못하였다.

을묘년(乙卯年, 영조 11년, 1735년) 6월 18일 오시(午時)에 거평동(居平洞) 외가에서 어머니께서 나를 낳으셨다. 그 전에 아버지께서 흑룡이 어머니가 계신 방의 반자에 몸을 포개어 감고 있는 꿈을 꾸셨으나, 내가 여자로 태어났기에 태몽과 맞지 않다고 의심하셨다고 한다. 그러나 할아버지 정헌공(貞獻公)께서 친히 와서 보시고, "이 아이가 비록 여자아이지만 보통 아이와는 다르구나"라 말하며 나를 매우 아끼며 사랑해주셨다고 한다.

산후 삼칠일(21일) 후에 집으로 들어오니 증조모 이씨께서 나를 보시고 장래를 기대하며 "이 아이는 다른 아이와 다르니 잘 키워야 한다"고 하셨다. 그리고 유모를 특별히 챙겨 보내 주셨다. 점점 자라면서도 할아버지께서 나를 각별히 사랑하시어 무릎에서 내려놓지 않으시고 항상 장난처럼 놀리듯 말씀하셨다.

"이 아이는 작은 어른이니 일찍 어른이 되겠구나!"

어려서 듣던 그런 말들을 궁중에 들어와 돌이켜 생각해 보니, 당시로서는 무슨 의미인지 알 수 없었으나 두 분 말씀에 어떤 예감이 있었던 게 아닌가 한다.

어렸을 때 언니가 있어 부모님께서는 언니와 나를 마치 두 개의 구슬처럼 귀엽게 여기셨다. 그러다 언니가 일찍 세상을 떠나면서 내가 한없는 사랑을 독차지한 것이 천륜(天倫) 그 이상이었다. 부모님께서는 가르침이 엄하시어 큰오빠를 매우 위엄 있게 가르치셨다. 나는 여자아이였기 때문에 아버지께서 특히 더 많은 사랑을 주셨다. 또한 철이 들면서부터는 크고 작은 일에 부모님 걱정시키는 일이 적어 부모님께서 더욱더 사랑해주셨다.

내 비록 여자아이라 부모님 은혜를 갚을 길이 없으나, 마음 한가운데 감동한 마음이 어찌 간절하지 않았겠는가. 부모님께서 이상하게 나를 편애하시던 일을 생각하면 이 못난 몸이 궁에 들어가야 했기에 그러셨던가 싶어 항상 눈물이 흐르고 마음이 아팠다.

할아버지이신 정헌공께서는 영안위(永安尉)[1]의 증손자이시

---

1) 선조의 사위, 곧 정명공주의 남편. 작가의 5대조.

며 정간공(貞簡公) 홍만용의 손자이시고, 첨정공(僉正公) 홍중기가 사랑하시는 둘째 아드님이시다. 할아버지는 안국동에 새집을 지어 분가하셨는데, 집과 정원의 규모는 마치 재상집 같았으나 재산을 나눠 받지 못해 살림이 가난하여 고생이 매우 심하셨다.

큰할아버지 참판공(參判公)께서는 선친을 매우 사랑하셔서, 늘 선친의 머리를 쓰다듬어 주고는 웃으며 말씀하셨다.

"너를 보니 장차 윤오음(尹梧陰)[2]의 팔자와 같겠구나. 지금은 가난하고 힘들지만 장래에는 보기 드물게 아주 부유할 것이다. 자고로 사람이 나중에 복을 받으려면 처음에 고생하는 법이다."

이렇게 말씀하시고 재산을 많이 나눠 주지 않으셨다. 이것이 모두 큰할아버지께서 당신 동생을 깊이 사랑하시는 뜻이었기에 집안사람 모두가 그 뜻과 마음에 감탄하였다. 하지만 우리 집 살림은 자연히 궁핍할 때가 많았다. 할아버지께서는 벼슬이 상서(尙書)에 이르렀으나, 마음이 청렴하시어 생계를 다스리지 않아 집안 사정이 어려웠고 가난한 선비같이 지내셨다.

계조비(繼祖妣)[3]께서는 학문이 높은 선비의 따님으로 본래 배움이 남다르셨다. 마음이 어질며 정숙하고 인자하셔서 정헌

---

2) 선조 때의 명재상인 윤두수(1533~1601). 영의정까지 올랐으며 문장이 뛰어났고 글씨도 문징명체(文徵明體)를 본떠 일가를 이루었다.
3) 정헌공의 후처, 즉 할머니.

공 모시기를 어려운 손님 대하듯 하셨고, 집과 집안 살림을 꾸리는 일에도 정헌공의 청렴함과 고결함을 그대로 따라서 검소하게 하셨다. 그래서 어머니께서는 비록 재상가의 맏며느리였으나 일 년 내내 비단옷 한 벌 걸친 적이 없었고, 패물함에는 장신구도 몇 개 없었다. 뿐만 아니라 밖에 나갈 때 걸치는 외출복도 한 벌뿐이어서 때가 묻으면 밤을 틈타 손수 더러워진 옷을 빠셨다. 또한 길쌈과 바느질을 밤낮으로 하셔서 늘 아랫방에는 날이 밝을 때까지 불이 켜져 있었다.

어머니께서는 자신은 그렇게 밤새워 일하셨지만, 그것을 보고 늙고 젊은 종들이 괴로워할까 염려하셨다. 그래서 창을 보자기로 가리고 남이 부지런하다고 칭찬하는 것을 애써 피하셨으며, 추운 밤에 고생을 하셔서 손이 다 닳아져도 괴로움을 말하는 일이 없으셨다.

의복의 예절과 자녀의 옷은 지극히 검소하였지만 제철 제때에 맞게 하시고, 우리 남매의 옷도 비록 굵은 무명이지만 항상 깨끗하여 수수함과 정결함을 갖추신 분인 줄은 이런 데서도 알 수 있다. 어머니께서는 평소에 기쁨과 노여움의 감정을 가볍게 드러내지 않으시고 타고난 마음씨가 온화하면서도 엄숙하셔서, 집안에서 그 덕을 칭찬하면서도 어려워하지 않는 이가 없었다.

우리 가문은 도위(都尉)[4]의 후예로 명문대가이며 우리 외가 이씨는 청렴결백한 집안이다.

큰고모는 명관의 아내이며, 작은고모는 현 임금의 친족인 청릉군의 며느리이시다. 막내고모는 이부상서(吏部尙書)의 며느리이시고 작은어머니께서는 이부시랑(吏部侍郎)의 따님이시다. 이처럼 한 집안 부녀자들의 가문이 훌륭하여 온 세상의 칭송을 받았으나 일찍이 교만한 빛이나 사치가 조금도 없었다.

명절 같은 모임에는 어머니께서 위를 받들고 아래를 대접하는데 이야기를 즐기시고 의가 두텁고 친절하셨다. 그리하여 집안이 항상 화기애애하니 비록 내가 어렸을 때였지만 어찌 알지 못하겠는가.

작은어머니께서는 행실이 후덕하셔서 큰동서를 받드는 것이 시어머님 다음이었다. 또한 기취가 고상하고 깨끗하며, 학문과 자식이 탁월하니 실로 임하풍미(林下風味)요, 여자 중에서도 선비라 할 수 있다. 작은 어머니께서 나를 사랑하시어 글을 가르쳐 주셨는데, 떳떳하고 바르게 살 수 있는 언행을 지도하심이 각별하셔서 내가 어머니처럼 받들었다. 그래서 어머니는 항상 웃으며 말씀하셨다.

"이 아이는 아우님을 너무 따르네."

---

4) 부마도위(駙馬都尉), 곧 임금의 사위.

정헌공께서 경신년(庚申年, 영조 16년, 1740년)에 세상을 떠나셨을 때, 아버지께서 애통해 하심을 차마 뵐 수 없었다. 3년 동안 사당(祠堂)을 모시는데 밤낮으로 정성을 다하시고 삼년상을 지낸 후에 다시 모시게 되었는데, 내가 비록 어리고 사리에 어둡다 하나 아버지의 효심을 감히 본받지 않을 수 없었다. 아버지는 남달라 날마다 새벽이면 사당에 절을 하며 예를 갖추고, 아침이면 계모께 절하여 뵙고 온화한 말과 부드러운 안색으로 섬기셨다. 그리하여 할머니께서 아버지를 사랑하시고 기대하심이 자신이 낳은 자식보다 더하셔서 보는 이와 듣는 이가 모두 감탄하였다.

아버지께서 위로 두 누님을 섬기는 것이 각별하셨고 아래로 세 아우님을 가르치심이 지극하시어, 아드님보다 조금이라도 더 사랑하셨으면 하셨지 덜하지는 않으셨다. 신유년(辛酉年, 영조 17년, 1741년)에 큰고모가 유행병에 걸려 친족이 다 곁을 피하였으나, 아버지만은 몸소 보살피셨다.

"형제자매의 병을 돌보지 않으면 어찌 동기의 정이 있다고 할 수 있겠습니까?"

큰고모가 결국 그 병으로 돌아가시자 손수 장례를 극진히 지내시고, 후에 누이의 아이들이 몸을 의지할 곳이 없게 되자 조카들을 구제하셨다. 그중 하나는 집에 데려와 혼례를 치러 주실 정도로 아버지께서는 인정이 두텁고 정다운 분이셨다.

또한 이진사 댁과 이남평 댁의 두 고모를 집에 모셔 오는 일이 잦았는데, 효도를 몸소 실천하시는 지극하신 마음을 이런 데서도 알 수 있었다. 할머니께서 키워주신 은혜를 잊지 못해 제사에 꼭 참례하셨고, 애통하심이 마치 친부모의 제사와 다름이 없었다. 이 모든 것이 내가 집에 있을 때부터 우러러본 일이었다.

아버지께서는 학업에도 힘쓰셔서 이름난 모든 선비와 항상 학문을 토론하셨으므로 친밀한 스승과 벗들이 따르고 매일같이 찾아오고는 했다.

어머니께서 경신년(庚申年, 영조 16년, 1740년) 후 삼년상을 모두 예법대로 손수 차려 지내시고 몸가짐을 바로 하시어, 아침에 일찍 세수하고 시어머님 문안에 때를 어기지 않으시되 머리를 얹지 않고는 뵙지 않으셨다. 큰 저고리를 입지 않으실 때가 없고 남편을 받드심이 보통의 부녀자와 다르셨으므로 아버지께서 어머니에 대한 공경이 각별하시던 일이 잊히지 않는다.

어머니께서 정미년(丁未年, 영조 3년, 1727년)에 해주감영(海州監營)에서 혼례를 올리시고 외할아버지가 돌아가셔서 신행(新行)[5]하심에 예를 갖추지 못하여 이듬해에 지내셨다. 그런데 무오년(戊午年, 영조 14년, 1738년)에 외할머니까지 돌아가시자 그

---

5) 혼인 때, 신랑이 신부 집으로 가거나 신부가 신랑 집으로 가는 일.

슬픔이 컸고, 친정에 오래 머물지 못하고 시댁으로 오실 때면 항상 남매분이 함께 우셨다 한다. 우리 외가가 청빈하기로 유명하며 우애가 두텁고 부녀자들끼리도 화목하여 외숙모는 시누이가 가실 때 대접이 매우 후하셨고, 외삼촌 지례공(知禮公)께서는 나를 각별히 사랑하셨으며 또한 외종형 산중씨네도 그러하셨다.

어머니의 형제는 세 분인데 이모인 김생원댁은 일찍 과부가 되니 어머니께서 극진히 섬기셨다. 이모가 돌아가신 후에는 어머니께서 이종사촌들을 무척 불쌍히 여겨 은혜를 베풀어 자식같이 아끼셨다. 양식과 의복을 대 주셔서 이종형제들이 배고픔과 추위를 면할 수 있었고 나중에 장가까지 보내 주셨는데, 이종형제들이 늘 이렇게 말했다.

"사람마다 어머니가 한 분이지만 우리에게는 어머니가 두 분 계십니다."

이종 김이기가 신유년(辛酉年, 영조 17년, 1741년) 늦봄에 외가에서 혼례를 지낼 때 어머니께서도 친정에 계셨다. 이모 송참판댁 장녀는 우리 계모(季母)[6]이시며 어렸을 때는 항상 외가에 가서 같이 놀았다. 계모계서 이종 김이기의 혼인에 의복을 화려하게 입고 참석하셨는데, 나는 상복을 입을 나이에 이르지 않았지

---

6) 맨 아래 작은아버지의 아내, 작은어머니.

만 무늬가 없는 흰옷을 입었다.

"남은 저렇게 고운 옷을 입었는데, 너만 곱지 못하니 너도 저렇게 입거라."

어머니께서 내게 말씀하셔서 내가 대답하였다.

"저는 할아버지 상복을 입어야 해 다른 아이와 같은 색깔 옷을 입을 수가 없습니다."

내가 어려서 지각이 없을 때였지만 문 밖에 나가지 않고 그 대답을 능히 한 일을 생각하니, 이 모두가 부모님의 교훈이 어린아이에게까지 미쳤으리라.

계해년(癸亥年, 영조 19년, 1743년) 3월에 선친께서 태학장의(太學掌儀)로 숭문당(崇文當)에 입시하셨는데, 그때 나이가 31세였다. 자질이 금옥(金玉) 같으시고 몸가짐이 봉황 같으셔서 여러 유생들 중에서도 유독 뛰어나셨고, 사람을 응대하는 것과 몸가짐이 법도에 맞았으므로 임금께서도 사랑하셨다.

임금을 뵌 후에 과거를 베풀어 주시자 유생들이 부러워하며 아버지께 다시 보라고 권하였다. 이렇듯 임금의 은총이 분명히 있었고 당숙까지 집에 오셔서 합격 소식을 기다렸는데, 낙방하여 돌아오셨을 때 나는 실망하여 울고 말았다.

그해 가을에 선친께서 의릉(懿陵) 참봉(參奉)[7]을 하셨는데, 이

---

7) 능, 원, 종친부, 예빈사, 전육서 등 관청의 종 9품 벼슬.

것이 경신년 후로 우리 집안에서 관록(官祿)을 처음 받게 된 것이었다. 온 집안이 이를 귀하게 여겼고 어머니께서는 그 첫 봉록을 일가친척에게 골고루 나눠 주고 집에는 한 되의 쌀도 남겨 두지 않으셨다.

그해에 나라에서 간택(揀擇)[8] 단자(單子)[9]를 올리라는 명이 내렸는데, 어떤 사람이 이렇게 말했다.

"선비의 자식이 간택에 참례하지 않아도 해로움이 없을 테니 단자를 보내지 마오. 가난한 집에서 선보이는 의상 차리는 폐도 여간 크지 않으이."

하지만 선친의 뜻은 다르셨다.

"내가 대대로 나라에서 봉록을 받는 신하요, 딸이 재상의 손녀인데 어찌 감히 속일 수 있겠는가."

선친께서는 이렇게 말씀하시며 단자를 올리셨지만, 그때 우리 집은 매우 빈곤하여 의복을 해 입을 길이 없었다. 그래서 치마의 천은 언니의 혼수에 쓸 것으로 하고 안감은 낡은 천을 넣어서 입었으며, 다른 혼수 준비는 어머니께서 빚을 얻어 차리느라 애쓰시던 일이 눈앞에 선하다.

9월 28일, 초간택(初揀擇) 날이 되니 영조대왕께서 못난 자질

---

8) 왕이나 왕자, 왕녀의 배우자를 택하는 일.
9) 사주나 폐백을 보낼 때, 그 물건의 품목과 수량을 적은 종이.

이나마 각별히 칭찬하시어 나를 어여삐 여기셨다. 정성왕후[10]께서는 나를 착실히 보셨으며, 선희궁[11]께서는 가려서 뽑는 자리에 오지는 않으셨으나 나를 먼저 불러서 보시고 온화함이 가득한 얼굴로 사랑하시었다.

궁인들이 좌우에 앉았으므로 나의 마음과 몸가짐은 매우 괴로웠다. 하사품을 내리시고 선희궁과 화평옹주[12]께서 내가 예식을 올리는 행동을 보시고 예절도 가르쳐 주시기에 그대로 행하고 나와서 어머니 품에서 그날 밤을 지냈다.

이튿날 아침, 아버지께서 안으로 오시어 어머니께 근심 어린 말씀을 하셨다.

"우리 아이가 첫 번째 물망에 들었으니 어찌된 일인고."

어머니 역시 근심하시기는 마찬가지였다.

"가난한 선비의 자식이니 차라리 단자를 들이지 말았더라면……."

두 분의 말씀을 잠결에 듣고 깨어난 나는 마음이 동하여 자리에서 많이 울었다. 그리고 궁중에서 여러 분들이 사랑하시던 일이 생각나 걱정하였더니 부모님께서 도리어 나를 위로해 주셨다.

---

10) 영조의 비. 달성부원군 서종제의 딸.
11) 영조의 후궁으로 사도세자의 어머니. 영빈 이씨.
12) 영빈 이씨(선희궁) 소생인 영조의 셋째 딸.

"아이가 무슨 일을 알겠느냐."

그러나 나는 초간택 이후로 매우 슬퍼하였으니, 그것은 장차 궁중에 들어와 억만 가지 변화를 겪으려고 마음이 스스로 그러하였던가 싶다. 한편 이상한 생각도 들고 한편으론 나의 예견이 흐리지 않았던 것 같기도 하다.

간택 후에는 일가친척들이 자주 찾아왔고 집안 하인들 중에 왕래하지 않던 자들도 찾아오니, 사람의 정과 세상살이가 그런 모양이다.

계해년(1743년) 10월 28일, 재간택 날이 되었다. 부모님께서는 나를 궁중에 들여보내실 때 운 좋게 뽑히지 않기를 바라며 마음을 졸이셨다. 하지만 궁중에서는 이미 정한 모양이었던지 내가 임시로 거주하는 곳을 가까이하고 대접하는 도리도 달라 더욱 당황하였다.

어전(御前)에 올라갔을 때, 영조대왕께서는 다른 처녀들과 나를 다르게 대하시고 구슬발 안으로 들어오시어 어루만져 사랑하시고 기뻐하셨다.

"내가 아름다운 며느리를 얻었도다! 네 조부는 물론이고 네 아비를 보고 좋은 신하를 얻었다고 기뻐하였더니, 네가 그의 딸이로구나!"

또 정성왕후와 선희궁께서 사랑하고 기뻐하시는 것도 분에 넘쳤고, 여러 옹주(翁主, 임금의 후궁이 낳은 딸)들이 내 손을 잡고 귀여워하며 좀처럼 보내 주지 않을 정도였다.

경춘전이라 하는 집에 오래 머무르니, 점심 요기할 것을 보내 오고 궁녀가 와서 나의 웃옷을 벗기고 치수를 재었다. 놀라고 두려운 마음에 눈물이 나는 것을 참다가 가마에 올라서야 울면서 나왔다. 궁중의 하인들이 부축해 주어 놀랍기 비할 데 없었으며, 길에서 종친 사이의 문안 편지를 전하는 하인이 검은 옷을 입고 서 있으니 그것도 놀랍게만 보였다.

집에 오니 예복을 입은 아버지께서 가마를 사랑문으로 들이고 가마에 친 발을 들고 나를 두 손으로 잡고 내려 주시며 공손하게 예를 갖추시니, 내가 부모님을 붙들고 눈물이 저절로 흐르는 것을 막을 수 없었다. 어머니께서는 예복을 입으시고 상 위에 붉은 보자기를 펴고서 중궁전의 편지에 네 번 절하고 받으시고, 선희궁의 편지에 두 번 절하고 받으시니 그 조심스러움이란 이루 헤아릴 수 없을 지경이었다.

그날부터 부모님께서는 내게 말씀을 고쳐 존대를 하시고, 일가 어른들도 공경하며 대하셔서 나의 마음은 불안하고 슬픔을 이루 말할 수 없었다. 선친께서는 근심 걱정을 하시며 훈계의 말씀이 많으셨다. 나는 무슨 죄를 진 것처럼 몸 둘 곳을 몰라 하면서도 부모님 곁을 떠날 일이 서러워 어린 마음에 애가 타고 만사에 아무런 흥미도 없었다.

가깝고 먼 친척들은 내가 궁중에 들어가기 전에 얼굴이나 본다면서 찾아왔다. 먼 친척은 밖에서 대접하여 보냈는데, 증조 항렬 이하의 친척을 뵐 때 먼 촌수의 할아버지 한 분이 공손하게 예의를 갖추며 말씀하셨다.

"궁궐이 엄격하니 한번 들어가시면 영영 이별입니다. 궁중에서 공손하고 경건하게 예를 표하며 조심히 지내소서. 제 이름은 거울 감(鑑)자와 도울 보(輔)자이니, 들어가신 후에 생각해 주소서."

나는 평소에 그분을 뵌 일이 없었는데 그런 말을 들으니 절로 슬픈 마음이 들었다.

세 번째 간택 날은 11월 13일로 잡혔는데, 남은 날이 점점 줄어들수록 마음이 갑갑하고 슬퍼서 밤이면 어머니 품에서 잤다. 두 고모와 작은어머니께서 어루만지며 함께 슬퍼해 주셨고, 부모님께서 밤낮으로 어루만지시며 사랑해 주시고 불쌍히 여기셔서 여러 날 잠을 못 주무셨으니, 지금 생각하면 가슴이 먹먹하다.

재간택 이튿날, 궁중의 보모 최 상궁과 색장(色掌)[13] 김효덕이라 하는 궁인이 우리 집에 찾아왔다. 최 상궁은 풍채가 크고 점잖은 것이 보통 궁녀의 모습이 아니었고, 대대로 왕조를 섬기어 왔기 때문에 예절도 잘 알고 여간 간사스럽지 않았다. 어

---

13) 여러 궁인들을 감독하고 지휘하는 총책임을 맡으며, 궁전의 문안을 맡은 여자.

머니께서 맞아 반갑게 대접하시고, 그들은 내 옷 치수를 재어 갔다.

세 번째 간택 때는 최 상궁과 색장으로 문대복이라는 궁녀가 나왔는데, 정성왕후께서 만들어 내리신 의복으로 초록 도유단 당저고리, 엷은 노란빛 포도무늬가 있는 저고리, 보랏빛 도유단 저고리 한 짝, 진홍빛 오호포 문단 치마와 모시적삼을 갖다 주었다.

이런 옷들은 내가 어려서 곱게 입어보지 못하였으나, 남이 가진 것을 부러워해 본 적도 없었다. 내 가까운 친척 중에 나와 나이가 같은 여자애가 있었는데, 그 집이 부유하여 귀한 딸로 자란 까닭에 고운 옷과 단장하는 기구를 안 가진 것이 없었지만, 나는 부러워하지 않았다.

하루는 그 아이가 다홍색 깨끼치마를 입고 우리 집에 왔는데 매우 고왔다. 어머니께서 보시고 나에게 저런 옷이 입고 싶으냐고 물으시기에 내가 대답하였다.

"저런 옷이 있다면 안 입지는 않겠지만 새로 장만해서 입고 싶지는 않습니다."

그러자 어머니께서 탄식하시면서 말씀하셨다

"너는 가난한 집 딸이니 어찌하랴. 네가 혼인할 때 고운 치마를 해 주어 오늘 네가 어른처럼 말한 것을 표창하리라."

그런데 궁중에서 고운 옷을 보내오자, 어머니께서 눈물을 흘리시며 또다시 탄식하셨다.

"내가 고운 옷을 입히지 못해 혼인 때 해 주려고 생각했는데, 궁궐에 들어가면 사사로운 의복을 입지 못하니 그 전에 내가 해 입히고 싶은 것을 해 드리겠습니다."

어머니께서는 재간택 후 삼간택이 되기 전에 고운 치마를 해 입히시고는 슬퍼하시니 나도 울면서 그 옷을 입었다.

나는 큰집의 사당과 외조부모의 사당에 작별 인사를 드리러 가고 싶었다. 마침 금성위(錦城尉)[14]의 큰형수가 중고모(아버지의 사촌누이)의 시누이였는데 그 사실이 차차 전해져 선희궁께 아뢰니, 영조대왕께서 가도 좋다고 하셨다. 그래서 나는 어머니와 한 가마를 타고 큰집으로 갔다. 당숙 내외는 딸이 없기에 항상 나를 데려다가 간혹 머무르게도 하여 사랑하셨는데, 상감께서 이를 아시고 혼인식 준비를 함께 도와주라는 분부를 내리셨다.

그 후로 당숙께서는 국혼(國婚)이 정해진 후에 우리 집에 와서 머무르셨다. 당숙모께서는 찾아간 나를 보시고 반갑게 맞아 사당으로 인도하셨다.

본래 큰집 사당에는 자손이 뜰에서 절하는 것이 예법인데, 나는 대청에 올라가 절을 하고 내려오니 스스로 놀라지 않을 수

---

14) 영조의 셋째 딸 화평옹주의 남편, 박명원.

없었다. 그날 다시 외가로 가니 외숙모가 나를 반갑게 맞으며 떠나기를 섭섭해 하셨다. 외종들이 전에는 내가 가면 업기도 하고 안기도 하며 친하게 지냈는데, 그날은 멀리 앉아 공손히 대하므로 내 마음은 더욱 슬펐다. 게다가 외사촌 신씨 부인과는 각별히 지내던 사이라 떠나기가 매우 섭섭했다.

두 분 이모를 뵙고 집으로 돌아왔더니 어느덧 날은 흘러 세 번째 간택 날이 되었다.

"이제 집이나 한번 두루 살펴보시지요."

고모께서 이렇게 말씀하시며 12일 밤에 나를 데리고 다니셨다. 달빛이 밝고 눈 위에 부는 바람이 찬 가운데, 고모가 내 손을 이끌고 다니니 눈물이 흘렀다. 그래서인지 방에 들어와도 쉽게 잠을 이루지 못하였다.

이튿날 일찍부터 입궐하라고 재촉하였으므로, 궐내에서 삼간택에 대비하여 내리신 의복으로 갈아입었다. 먼 친척 부녀자들이 그날 와서 작별 인사를 하고 가까운 별궁(別宮)[15]으로 간다 하고 모였다. 사당에 올라가 작별 인사를 드릴 때 고유다례(告由茶禮)[16]를 지내고 축문(祝文)을 읽으니, 선친께서 눈물을 참으시며 차마 떠나기 어려워하시던 모습을 어찌 다 말할 수 있겠는가.

---

15) 왕이나 왕세자의 혼례 때 왕비나 세자빈을 맞아들이던 궁전.
16) 사당에 말미를 고하는 차례.

궁중으로 들어와 경춘전에서 쉬고 통명전(通明殿)에 올라가 삼전(三殿)[17]께 인사를 드렸다. 인원왕후께서는 처음으로 나를 보시고 칭찬하셨다.

"아름답고 극진하니 나라의 복이로다."

영조대왕께서도 어루만져 사랑해 주시면서 말씀하셨다.

"슬기로운 며느리를 내가 잘 선택했구나."

정성왕후께서 기뻐하시고 선희궁께서 매우 사랑해주시니, 어린 마음에도 은혜에 감복하여 고마운 마음이 저절로 일어났다.

화장을 고치고 원삼을 입고 앉아 상을 받고, 날이 저물어 삼전께 나아가 네 번 절을 하였다. 그리고 별궁으로 나오니 대왕께서 가마를 타는 곳까지 친히 나오셔서 내 손을 잡으시며 말씀하셨다.

"잘 있다가 오너라. 소학(小學)을 보낼 테니 아비에게 배우고 잘 지내다 들어오너라."

이렇게 귀여움을 받고 궁중에서 물러나오니 날은 이미 저물어 불을 켜고 있었다.

궁녀들이 따라와 좌우에 있으므로 나는 어머니를 떠나 어떻게 잘까 하고 잠을 못 이루고 슬퍼하고 있었다. 어머니의 마음

---

17) 영조, 숙종의 계비인 인원왕후 그리고 정성왕후 세 분을 이르는 말.

은 또 얼마나 안타까웠을까!

"나라 법이 그렇지 아니하니 내려가십시오."

보모 최 상궁은 성품이 엄하고 사사로운 정이 없어 어머니와 함께 자지 못하게 하니, 그런 절박한 인정이 없었다.

이튿날 대왕께서 소학을 보내시어 아버지께 날마다 배웠는데 당숙, 작은아버지, 오라버니께서 글 배우는 방으로 들어오셨고 나이가 어린 셋째 삼촌께서도 들어오셨다. 대왕께서 또 훈서(訓書)를 보내시어 소학을 배우는 틈틈이 보라고 하셨는데, 그 훈서는 효순왕후[18]가 들어오신 후에 지으신 글이었다.

별궁에 배치한 가구, 병장(屛帳), 화장에 쓰이는 여러 물건들 중에서 가지 모양의 큰 진주노리개 하나가 있었는데, 그것은 선희궁께서 주신 것이었다.

처음에는 정명공주[19]의 것으로 손자며느리인 조씨에게 주신 것이었는데, 그 집에서 팔았는지 선희궁을 모시는 궁녀 집의 연분으로 인하여 사 오신 것이었다. 그런데 내가 공주의 자손으로 들어와 내 집의 옛 물건을 갖게 되니 우연치 않은 일이었다. 또한 정헌공께서 글과 그림을 즐기셔서 네 폭짜리 수를 놓은 병풍이 있었는데, 경신년(庚申年, 1740년)에 돌아가신 뒤, 할아버지를 모셨던 하인이 가져다 판 것을 공교롭게도 선희궁 궁인의

---

18) 영조의 큰아들인 효장세자(진종)의 부인. 풍양 조씨.
19) 선조(조선 14대 왕)의 계비인 인목대비의 큰딸.

친척이 사들여 그 병풍을 침실에 치라고 보내셨다. 그러다 막내 고모가 그 병풍을 알아보셨다.

"할아버지께서 가지셨던 수병풍이 궁중에 들어와 손녀의 침실에 쳐지다니, 참으로 이상한 일이구나."

또 선희궁의 침방에는 8첩으로 용을 수놓은 병풍이 쳐 있었는데, 선친께서 보시고 이상해 하셨다.

"이 병풍의 용 빛이 을묘년(乙卯年, 1735년) 6월 17일에 꾼 꿈의 용 빛과 비슷하구나. 그때 이후로 생각해 본 적이 없는데, 지금 이 병풍을 대하니 꿈에서 본 용과 같구나."

그리하여 온 좌중이 감탄을 하였다. 그 용 빛은 검은 비늘을 갖고 있고 껍데기를 금실로 놓았으므로 검은색과 금색이 섞여 있었다. 선친께서 놀라며 말씀하셨다.

"흑룡 그대로는 아니지만 형상이 매우 흡사하구나."

별궁에서 지내는 50여 일 동안 삼전께서 상궁을 보내시어 안부를 물으실 때면, 상궁이 우리 친정을 청해 뵙고 정성껏 대접하니 그 감사함을 어찌 다 형용하리오. 상궁이 오면 곧이어 술상을 차려서 예관(禮官)이 따라 들어오니, 풍성하고 후하여 갑자(甲子) 가례(嘉禮) 때의 훌륭함을 일컬을 정도였다.

별궁에 머무르는 사이, 할머니께서 병환에 걸리셨는데 혼례는 다가오고 병은 점점 깊어지니 부모님의 초조함과 황급함은 이루 헤아릴 수 없었다. 집안이 편안하더라도 나를 떠나보내는 정리(情理)가 어려우실 텐데, 그때는 첩첩이 쌓인 근심이 안으로 가득할 때였음에도 별궁에 들어오셔서는 온화함을 잃지 않으셨다. 그러다가 할머니께서 거처를 딴 곳으로 옮기실 때 아버지께서 친히 업고 가마에 태워 보내셨는데, 이 소식을 궁인들이 듣고 칭송이 자자하였으며 궐내에 들어와 계모에 대한 효성이 지극함을 높여 말하였다. 하늘의 도움으로 할머니의 병환이 회복되어 집과 나라에 아주 다행이었는데, 지금 생각해도 그때처럼 초조한 일이 없었다.

정월 초아흐렛날에 세자빈으로 책봉되고 11일에 혼인하니, 마침내 내가 부모님 곁을 떠날 날이 임박하여 정을 참지 못하고 온종일 눈물로 지냈다. 부모님 역시 섭섭함이 크셨으나 참으시고, 아버지께서 공손히 말씀하셨다.

"신하의 집이 임금의 외숙이 되면 은총이 따르고, 임금의 은총이 따르면 문벌이 성하고, 문벌이 성하면 불행을 부르는 법입니다. 내 집이 도위 자손으로 나라의 은혜를 대대로 끝없이 입었으니 나라를 위해 끓는 물, 타는 불속을 어찌 사양하겠습니까. 그러나 백면서생(白面書生)이 하루아침에 왕실의 친척이 되니, 이는 복의 징조라기보다는 화의 근원이옵니다. 그러니 오늘부터 근심과 두려움으로 몸 둘 바를 모르겠사옵니다."

아버지께서는 이렇게 주의를 주시면서 평상시의 모든 예의범절을 가르쳐 주셨다.

"궁중에 들어가면 삼전 섬기는 것을 공경하고 효성에 힘쓰며, 동궁(東宮)[20] 섬기는 일은 반드시 옳은 일로 돕고 말씀을 더욱 조심히 하여 집과 나라의 복을 닦으소서."

아버지의 말씀이 간절하셔서 내가 공경하여 듣다가 눈물을 금치 못했으니 그때의 심사야 목석인들 어찌 감동치 않았겠는가.

별궁에서 혼인식을 치르고 부모님으로부터 또 훈계를 받았다. 그때 아버지께서는 다홍색 관복에 복두(幞頭)를 쓰시고 어머니께서는 원삼(圓衫)에 큰 머리를 쓰셨으며, 일가친척이 모두 작별 인사를 하려 모였고 궐내 사람이 많이 나왔다. 부모님께서는 모든 행동에 있어 조금도 예의범절이 어긋나지 않고 엄숙하고 단정하시니 보는 이가 모두 칭찬하였다.

"나라가 사돈을 잘 얻었구나."

첫 예식을 치른 후, 궁중에 들어와 다시 혼례식을 치르고 12일에 임금을 뵈었다.

"네 폐백까지 받았으니 이제 예를 갖춰 대하노라. 세자에게 부드럽게 하고 말과 얼굴빛을 가벼이 말며, 눈은 넓어도 궁중 일은 예삿일이니 모르는 척하고 아는 체를 하지 말라."

나는 대왕의 그 말씀을 공경하여 받들었다.

---

20) 왕세자. 여기서는 사도세자를 일컬음.

대왕께서는 그날 통명전에 정성왕후와 선희궁과 함께 나오셔서 아버지를 불러 만나셨는데, 말씀이 간절하시고 친히 술잔을 내리셨다. 아버지께서는 공손하게 받아 마시며 남은 술은 소매에 부으시니 대왕께서 나에게 하교하셨다. "네 아비가 예를 아는구나."

아버지께서는 감격의 눈물을 흘리셨고 돌아가 어머니께 이렇게 맹세하셨다고 한다.

"임금의 은혜가 이 같으시니 오늘부터 우리 집 사람이 마땅히 죽기로 갚아야 할 것이오."

이튿날 대왕께서 인정전에서 진하(進賀)[21]를 받으실 때, 나에게 보라 하시고 또 친정식구들도 구경하게 하셨다. 진하가 끝난 후 내가 대조전으로 문안드리러 가자, 정성왕후께서 어머니를 불러 은혜를 베푸심이 정중하시고 대접을 마치 보통 집안의 부모들 사이같이 친밀히 하시며 말씀하셨다.

"따님을 아름답게 길러 나라의 경사를 보게 하니 공이 큽니다."

인원왕후께서는 상궁에게 극진히 대접하라 하시고 친히 부르지는 않으시나 은혜가 극진하여 영광이 이를 데가 없었다. 선희궁께서도 어머니를 즉시 보셨는데 사돈 간의 사귐이 보통의

---

21) 나라의 경사 때 모든 벼슬아치들이 임금에게 나아가 축하하던 일.

사돈 간보다 더 화기애애하였다. 어머니께서 온화한 기품이 있으시고 말씀이 간략하면서도 마음이 어질고 겸손하시니 온 궁중에서 칭송이 자자하였다. 그런 관계로 을해년(乙亥年, 영조 30년, 1754년) 어머니께서 돌아가신 후에 정성왕후 궁과 큰 궁의 늙은 궁인들이 슬피 울지 않는 이가 없었으니, 인심을 얻음이 이와 같았다.

어머니께서는 통명전에서 3일 밤을 지내시고 저승전[22]에 돌아와 내가 머무를 관희합으로 들어가는 것을 보시고 나가셨는데, 그때 나는 가슴이 무너지는 듯하였다. 하지만 어머니께서는 놀라는 빛을 드러내지 않으시고 태연히 작별하시며 나에게 주의를 주셨다.

"삼전이 사랑하시고 영조대왕께서도 딸같이 귀중히 하시니 갈수록 효도에 힘쓰시면 나라와 집안에 복이 될 것입니다. 부모를 생각하시거든 이 말씀을 명심하소서."

하지만 가마에 오르실 때 흐느껴 우시면서 궁인들에게 부탁하심이 간절하시니 궁인들이 감탄하더라.

"본댁 하시는 거동을 보니 어찌 그 부탁을 저버리겠습니까!"

15일에 내가 선원전에 참배하고 17일에 종묘(宗廟)[23]에 참배하였다. 이때 어린 나이에 궁중 혼례식을 무사히 치르고 무거운

---

22) 창경궁에 있는 내전으로 왕세자가 거처하던 곳.
23) 조선 역대 임금의 신위를 모신 곳.

머리 장식을 이겨내며 실수하지 않은 데 대해 대왕께서 칭찬하
셨다. 선희궁께서도 기특하게 여기고 기뻐하셨으므로 더욱 감
격하였다.

아버지께서는 초하루와 보름에 입궐하시되, 임금의 분부가
있어야만 뵐 수 있었기에 늘 오래 머물지 않으셨다.

"궁궐의 법이 매우 엄하니 궁 밖 사람이 오래 머물 수 없습
니다."

항상 이렇게 말씀하셨고 들어오실 적마다 마음과 힘을 다하
여 훈계하시던 말씀은 이루 다 쓸 수도 없었다. 들어오시면 동
궁께 마주 대하여 학문을 권하시고 옛 글과 역사를 정성으로
말씀드렸다. 그러하기에 경모궁[24]께서도 각별히 대접하며 귀
하게 여기시므로, 아버지께서 경모궁을 우러러 귀중히 여기는
정성이 어떠하였겠는가.

갑자년(甲子年, 영조 20년, 1744년) 10월, 아버지께서 과거에 급
제하셨다.

"장인이 과거에 급제하셨소!" 경모궁께서 매우 기뻐하시니,
내가 그때 다른 곳에 있었는데 그곳까지 찾아오셔서 기뻐하는
기색이 가득하시며 즐거워하셨다. 그때 인원왕후의 친정댁도
과거에 급제한 이가 없고 정성왕후의 친정은 더욱 출세한 이가

―――――――――――

24) 사도세자를 지칭함.

46

없었으니, 장인이 과거에 급제한 경사를 신기하게 여겨, 어린 나이였지만 그리도 좋아하셨던가 싶다.

합격 증서를 받은 후에 나아가 뵈오니, 동궁께서 아버지가 하사 받은 꽃을 만지며 즐거워하셨다. 그리고 대왕께서는 계해년(癸亥年)에 과거에 급제하지 못한 것을 애달프게 여기시다가 이번에 크게 기뻐하셨고 인원왕후와 정성왕후께서도 나를 불러 치하하셨다.

"사돈이 급제하시니 나라에 경사로구나."

정성왕후께서는 당신의 본댁이 당파의 화를 겪어 당쟁을 하시는 것이 아니라, 노론파(老論波)를 친척처럼 여기던 차에 우리 집과 혼인한 것을 매우 기뻐하셨다. 이런 고로 아버지의 과거급제를 진실로 기뻐하셔서 눈물까지 머금으셨으니, 내 기쁨은 이루 말할 수 없을 지경이었다.

아버지께서는 항상 한마음으로 세자의 학업을 도우셨다. 늘 유익한 일로 옛 글도 써 드리고 세자께서 글을 지어 보내시면 평론하여 드리셨으니, 시강원(侍講院) 학관에게 배우기는 하였으나 우리 아버지께 배우시는 것이 더 많았다. 사위인 세자께서 천만의 어질고 훌륭한 임금이 되시기를 바라는 아버지의 지극한 정성을 다른 어느 신하가 따르겠느냐마는 슬프고 슬프도다!

내가 어린 나이에 궁중의 일을 보니 세자의 기품이 뛰어나시고 효성이 지극하시어, 대왕을 두려워하는 가운데도 효성이 거룩하셨다. 정성왕후를 받드심이 친어머니 이상이셨고, 사친(私親)[25] 섬기시는 일은 더욱 표현할 수 없을 만큼 극진하셨다.

선희궁께서는 천성이 어질고 남을 사랑하면서도 또 엄숙하셔서 자기가 낳은 자식을 사랑하면서도 교훈이 엄격하여 모두 두려워들 하였다. 그리고 당신이 낳으신 아들이 왕세자에 오르시니 감히 친모로 자처하지 않으시고 지극히 존대하시나, 가르치심은 사랑과 함께 극진하셨다. 따라서 경모궁께서도 두려워 매우 조심하셨다. 또한 선희궁께서는 나를 동궁과 다름없이 사랑하셨으므로 며느리 된 몸이 과분한 대접을 받을 적마다 마음이 매우 불안하였다.

궁궐에 들어와 나는 감히 문안을 게을리하지 않았다. 인원, 정성 두 왕후께는 5일에 한 번씩 하고, 선희궁께는 3일에 한 번씩 하지만 날마다 모실 때가 더 많았다. 그때는 궁궐의 법도가 매우 엄하여 예복을 하지 않으면 감히 뵐 수 없었고 시간이 늦으면 못하므로, 새벽의 문안 시간을 어기지 않으려고 잠을 편히 자지 못하였다.

내가 궁에 들어올 때 보모와 몸종 하나를 데리고 들어왔는데, 그 몸종의 이름은 복례였다. 복례는 아버지께서 소과(小科)에 오르신 후 증조할머니께서 특별히 선택하신 몸종이었다. 내가

---

25) 임금의 친어버이나 빈(嬪)으로서 임금의 생모.

어렸을 때 복례와 떨어지지 않고 지냈는데, 천성이 민첩하고 슬기로웠으며 충성됨이 천한 사람 같지 않았다. 보모의 성품 또한 순박하고 참되며 충성스럽고 근면하였다.

나는 보모와 복례에게 엄하게 부탁하여 새벽에 일찍 깨우는 일을 큰일처럼 하고 감히 게을리하지 못하게 하였다. 추위가 심한 겨울과 더운 여름 그리고 비바람과 함박눈이 내리는 날에도 문안 갈 날에 한 번도 시간에 늦지 않은 것은 이 두 사람의 공이었다.

그 후, 보모는 내가 해산할 때마다 시중을 들어 그 공이 적지 않았으므로, 그 자손이 후한 요포(料布)를 대대로 받았고 80세가 넘도록 장수를 누렸다. 복례는 나를 지극히 섬겨 마치 수족처럼 내 심중의 슬픔과 고통스러움, 즐거움을 50년 동안이나 함께하였다. 그리고 경술년(庚戌年, 정조 14년, 1790년) 순조(純祖)가 탄생하신 경사가 있었을 때, 미역국과 밥을 대령하라고 정조대왕께서 상궁을 시키셨다. 그때 나는 일흔이 넘었어도 근력은 좋았다. 보모와 복례는 나에게 마치 어린 종처럼 굴었는데, 나를 잘 섬긴 덕으로 나중까지 복을 잘 누린 것 같다.

옛날 궁중의 법이 어찌 그리도 엄하던지 문안 외에도 어려운 일이 많았으나 나는 괴롭게 여기지 않았는데, 이것 또한 옛 사람의 됨됨이라 능히 감당하였던 것 같다.

시누이가 여러 명 있어서 나를 사랑하였으나, 세자빈으로서의 처지가 있으므로 내가 대접할지언정 행실을 배우지 못하고 효순왕후를 따라 몸가짐을 배웠는데, 나이 차이가 많이 났으나 서로 배우고 사랑함이 각별하였다.

여러 옹주 가운데 화순(和順)은 온순하고 공손하시며, 화평(和平)은 유순하셔서 날 대접함이 지극하셨다. 아래로 두 시누이는 나이가 서로 같고 귀한 아기네로 놀음하는 것이 모두 갖추어져 있으나 내가 따라서 놀지 않았다. 주위에 유희거리가 많아도 좋아하는 일이 없었으므로, 선희궁께서 항상 안타깝게 여기시며 말씀하셨다.

"마음으로는 놀고 싶으련만 참고 하지 않으니 대견하구나. 대궐에 들어온 도리를 차려 어린 시누이들과 함께 유희하지 말아라."

그러고는 일일이 정성을 다하여 지도를 해 주셨으니, 내 어찌 한시라도 잊고 지내겠는가?

계해년(영조 19년, 1743년)에 내가 대궐에 들어올 때, 내 첫째 동생은 다섯 살이고 둘째 동생은 세 살이었다. 형제가 나이에 비해 키가 크고 쌍둥이 같았다. 어머니께서 일 년에 한두 번씩 궁중에 들어오실 때면 형제가 따라 들어왔는데, 대왕께서 사랑하시어 나 있는 곳에 오실 때는 항상 앞에 세워 다니시고, 부르시면 순령수(巡令手)[26] 소리로 크고 길게 대답을 잘하여 귀여워하셨다.

그 후, 첫째 동생이 자라서 병술년(丙戌年, 영조 42년, 1766년)에 과거에 오르니 대왕께서 무척 기뻐하셨다.

"순령수처럼 대답 잘하던 아이가 급제하였다. 영의정이 아들을 잘 두었구나."

그리고 유생들과 글을 읽으면 박수를 치시며 잘 읽는다고 칭찬을 아끼지 않으셨다.

특히 경모궁께서는 친정 동생 형제들을 매우 사랑하셔서, 궁중에 들어올 때면 한시도 떠나지 못하게 하시고 좌우에 세우고 다니셨다. 한번은 첫째 동생이 아홉 살 적에, 경모궁께서 종묘에 참배하시고 평천관(平天冠)[27]이 옆에 놓여 있자 웃으며 말씀하셨다.

"네 머리에 씌워 줄까?"

"신하는 못 쓰옵니다."

동생이 머리를 움켜쥐고 어쩔 줄 몰라 하며 사양하자, 경모궁께서는 그것을 능히 아는 것을 기특하게 여기셨으나, 동생은 그로 인해 진땀을 흘려야 했다. 그래도 요사이 아이들에 비하면 얼마나 성숙한 행동이었는지 모른다.

---

26) 대장의 전령과 호위를 맡으며 순시기나 영기를 드는 순사, 기수. 대답을 크고 길게 함에 비기는 말.
27) 임금이 쓰던 관의 한 가지로 윗면이 편편함.

궁중의 법이 열 살이 넘은 사내아이는 궐내에서 자지 못하게 되어 있다. 하루는 경모궁께서 둘째 동생을 여러 번 부르셨으므로 들어오려는데, 차비문에 이르러 내시들이 무슨 말을 함부로 하였는지 동생이 분하게 여기고 들어오지 않았다. 그러자 경모궁께서 차비문까지 나오셔서 친히 불러들이셨다.

"네가 이리도 마음이 굳세고 곧아서 나를 어찌 돕겠느냐?"

이렇게 말씀하시며 부채에 글을 써 주시던 일이 엊그제 같다. 둘째 동생의 그 성품이 공손하고 따스하니 내가 유난히 사랑하였다.

아버지께서는 과거에 오르신 지 7년 만에 대장의 직책까지 하시고 공을 많이 세워 이름을 빛내셨다. 남들은 왕실의 친척이기 때문이라고 하겠지만, 선희궁께서 나에게 친히 하신 말씀이 있다. "사돈께서 성균관의 장의로 숭문당에 입시하던 때, 상감께서 처음 보시고 안에 들어와 하시던 말씀이 있다. 그 말인즉, '오늘 크게 쓸 신하를 얻었으니, 장의 홍 아무개가 그 사람이다'라고 하시더라."

이로 미루어 보더라도 아버지께서 그 재능을 인정받으신 것이 숭문당 입시부터이기에, 어찌 내 아버지라 해서 특별히 하셨겠는가. 그 후에 전곡갑병(錢穀甲兵)[28]과 군사 정치의 중대한 일을 맡기시니, 아버지께서 밤낮으로 온 힘을 기울여 거의 먹고 자는 것을 잊은 듯이 하시며, 사사로운 일을 접고 나라 일만 아셨다. 그리고 나를 보시면 항상 말씀하셨다.

"성은이 지중하시니 그 은혜를 어찌 갚을지 모르겠습니다."

내가 일찍이 임신하여 경오년(庚午年, 영조 26년, 1750년)에 의소를 낳았으나, 임신년(壬申年, 영조 28년, 1752년) 봄에 잃었다. 삼전과 선희궁께서 모두 너무 애통해 하시므로, 내가 불효하여 이 같은 처참한 광경을 당하는가 하여 죄스러웠다.

그해 9월, 하늘이 말없이 도우셔서 주상(主上, 정조대왕)이 태어나시니, 나의 미약한 복으로 이해에 경사가 있기는 뜻밖의 일이었다. 주상은 그 모습이 뛰어나게 위대하시고 골격이 기이하셔서 진실로 용과 봉황 같으며, 하늘의 해와 같은 모습이셨다. 대왕께서 보시고 크게 기뻐하며 감탄하셨다.

"어린아이의 모습이 범상치 않으니 신령의 도우심이며 나라의 미래를 맡길 일이다. 내가 늘그막에 이런 경사를 볼 줄 어찌 알았으랴! 네가 정명공주의 자손으로 나라의 빈(嬪)이 되어 이런 경사가 있으니, 네가 나라에 세운 공이 헤아릴 수 없구나. 어린아이를 잘 기르되 의복을 검소하게 하는 것이 복을 아끼는 이치이다."

이렇게 훈계하셨으니, 내가 어찌 감히 그 말씀을 따르지 않으리오.

---

28) 대동미, 대동목 등의 출납을 맡아보던 관청.

먼젓번 출산에는 내 나이가 어려 어미로서의 도리를 잘 못하였으나, 현재의 임금을 낳은 후에는 봄의 애석함 뒤에 다시 나라의 경사가 있으니, 온 궁중이 기뻐함은 처음보다 100배도 더했다.

어머니께서는 내가 해산하기 전에 궁중에 들어오시고 아버지께서 숙직하신지 7, 8일 만에 경사가 생겼으니 양친의 경축하심이 무궁하셨다. 또 어린아이의 생김이 훌륭하고 기이함을 더 기뻐하시고 나에게 축복을 주셨다.

내가 스물 전의 나이였지만 마음이 떳떳하고 기쁜 것은 인정에 당연한 일이지만, 아들 낳은 것이 이후 신세를 의탁할 일인 듯하였고 마음에 묘한 감이 있었던 듯싶다.

신미년(辛未年, 영조 27년, 1751년) 10월, 경모궁께서 꿈에 용이 침실에 들어와 여의주를 희롱하는 것을 보시고 깨어나 이상한 징조라 하시면서, 그 밤에 곧 흰 비단 한 폭에 꿈에 보았던 용을 그려 벽에 붙이셨다. 그때 춘추가 17세이시니, 이상한 꿈이라도 우연히 생각해 넘기실 때였지만 그러지 아니하셨다.

"아들을 얻을 징조인가 보다."

경모궁께서는 노련하고 성숙한 어른 같았고 용을 그린 화법이 비상하셨는데, 과연 주상을 얻을 이상한 꿈이었던가 싶다. 항상 말없이 엄중하신 경모궁께서 어린 아들을 보시면 늘 웃으시고 기뻐하시며 이런 말씀을 하셨다.

"이런 아들을 얻었으니 무슨 근심이 있으리오."

그해에 홍역이 크게 번져 옹주가 먼저 앓으니, 내의원이 청하였다.

"동궁과 원손(元孫)[29]을 다른 곳으로 옮기소서."

그때 나는 아직 산후 삼칠일 전이라 움직이기 몹시 어려웠으나, 대왕의 분부를 어기지 못하였다. 경모궁께서는 양정합에 머무르시고 원손은 낙선당으로 옮기셨는데, 삼칠일 안의 아이였지만 몸집이 커서 먼 곳으로 옮기는 데도 조금도 염려되지 않았다. 아직 보모를 정하지 못하였으므로 늙은 궁녀와 내 보모에게 맡겼다. 바로 그날 경모궁께서 홍역을 앓으시고 내인들도 모두 홍역에 걸렸으므로 돌볼 사람이 없었다. 그러자 선희궁께서 친히 오셔서 보시고 밖으로는 아버지께서 숙직하시며 보호하셔서 증세가 순조로웠다. 하지만 몸의 열이 심하여 아버지께서 옆에서 붙들고 구호하셨는데, 그 지극한 정성을 어찌 다 글로 기록할 수 있겠는가!

몸이 조금 나으신 후에는 동궁이 원하여 아버지께서 글을 읽어 드리면 동궁께서 이렇게 말씀하셨다.

"글 읽는 소리를 들으니 시원합니다."

아버지께서 밤낮으로 모시고 읽으신 글을 다 기억하지 못하

---

29) 왕세자의 아들. 여기서는 훗날의 정조대왕을 뜻함.

나, 제갈량의 출사표(出師表)를 읽으시면서 하신 말씀이 기억난다.

"예로부터 임금과 신하의 의사가 잘 통하기가 한(漢) 소열과 제갈량 같은 이가 없으니, 신(臣)이 평소에 좋아하는 글입니다."

또 옛적의 현명한 임금과 이름난 신하의 이야기를 해 드리면, 비록 병환 중이시나 응대함이 각별하셨다.

경모궁의 홍역이 조금 나으신 후에 곧이어 내가 홍역을 앓게 되었고 산후에 큰 병이라도 생길까 마음이 쓰였는데 증세가 가볍지 않았다. 더구나 갓난아이까지 한날 발병을 하였다. 그때 아직 석 달된 아기였음에도 증세가 큰 아기같이 순조롭긴 했지만, 내가 병을 앓는 가운데 자식을 염려할까 싶어 선희궁과 아버지께서 원손의 증세를 나에게 자세히 알려 주지 않아 모르고 지냈다.

아버지께서 나와 원손께 밤낮으로 왕래하셨으니 그 걱정함을 어찌 다 표현하랴. 하룻밤은 쓰러지셔서 걷지도 못하셨다고 한다. 그런 사정도 내 병이 거의 다 나았을 때에야 비로소 알고, 아버지의 수고하시고 염려하신 일을 불안히 여기었다.

원손의 홍역을 보모 하나가 맡아 살피고 아버지께서 홀로 보셨으니 그 초조함이 어떨까 싶었는데, 그럼에도 원손의 홍역 증세가 가벼웠던 것은 참으로 신기하였다.

주상께서 홍역 후에 잘 자라시고 돌 즈음에 글자를 능히 아셔서, 보통 아이와 달리 아주 숙성하였다. 계유년(癸酉年, 영조 29년, 1753년) 초가을에 대제학(大提學) 조관빈을 대왕께서 친히 심문하실 때, 궁중이 모두 두려워하자 당신도 손을 저어 소리 지르지 말라 하였으니, 두 살에 어찌 이런 지각이 있었으리오.

세 살에 보양관(輔養官)[30]을 정하고 네 살에 효경(孝經)을 배우셨으나 어린아이 같지 않고 글을 좋아하시므로 가르치는 데 조금도 어려움이 없었다.

일찍이 어른처럼 머리를 빗고 얼굴을 씻었으며 글을 좋아하였다. 여섯 살에 유생을 불러 강의할 때 대왕께서 부르셔서 평상에서 글을 읽히셨는데, 글 읽는 소리가 맑으며 참으로 잘 읽으셨다.

"선동이 내려와 글 읽는 소리 같습니다."

보양관 남유용이 이렇게 아뢰니 대왕께서 기뻐하셨다. 이러하니 우리 주상 같은 분은 예전에 없었을 듯하며, 어린 나이였음에도 경모궁께 효도하는 일이 많았으니 어찌 다 적을 수 있겠는가. 무릇 백 가지가 모두 하늘의 사람이지 예사 사람으로야 어찌 이러하리. 내가 이른 나이에 이런 거룩하신 아들을 두고, 갑술년(甲戌年, 영조 30년, 1754년)에 첫째 딸 청연을 낳고 병자년(丙子年, 영조 32년, 1756년)에 둘째 딸 청선을 낳았다. 청연은 성

---

30) 원자를 보양시키고 양육시키는 관리.

질이 부드럽고 너그러우며, 청선은 마음이 온화하고 외모가 아담하여 둘은 마치 주먹 안에 든 쌍구슬 같았으니, 내 팔자를 누가 부러워하지 않으리오. 친정 부모님이 착하셔서 공명과 영화가 빛나시고 형제 또한 많아서 조금의 근심도 없었다.

어머니께서 궁중에 들어오시면 막냇누이와 막내 남동생을 앞세우고 들어오셨다. 남동생은 부모님께서 늦게 낳았기 때문에 극진한 사랑을 받은 가운데, 사람됨이 충성스럽고 순박하며 관용이 있었다. 그리고 어린아이 때이지만 큰 그릇이 될 기상이 있으므로 주상께서 데리고 노시며 매우 사랑하셨고, 나 또한 어여뻐 여기고 기대하는 바가 적지 않았다.

누이는 내가 입궐한 후, 부모님께서 나를 잊지 못하다가 낳으셨다. 사람마다 아들 낳기를 좋아하였으나, 우리 집은 딸 낳은 것을 뜻밖에 얻은 행복으로 여겨 온 집안의 기쁨으로 삼으셨다. 나 역시 내가 부모님 슬하에 자취를 남긴 것 같아 기뻤다.

누이의 기품이 아름다운 옥과 같고 성품과 행실이 효성스럽고 우애가 있으며 마음이 온순하므로, 부모님께서 총애하시고 동기의 사랑이 몸에 지나쳤으나 조금도 교만하지 않았다. 누이가 궐내에 들어오면 삼전께서 다 어여뻐 여기시고, 통명전에서 치른 혼인식 때 온 궁궐의 내인들이 돌려가며 안아보고 밝은 달과 연꽃송이 구경하듯 했으니, 그 자질의 아름다움을 짐작할 수 있다.

내가 매우 사랑하는 것이 어찌 동기의 정뿐이겠는가. 누이는 내 곁을 떠나는 일이 거의 없고, 경오년(庚午年, 영조 26년, 1750년)에 5살의 나이로 능히 어머니를 모시고 궁궐에 들어왔다가 내가 해산한다는 소식을 듣고 어른같이 말하였다.

"임금님께서 기뻐하시고 우리 아버지와 어머니 모두 좋아하실 겁니다."

어느 날은 효순왕후께서 노리개를 한 줌 채워 주셨는데, 그 후 노리개를 차지 않았기에 효순왕후께서 물어보셨다.

"왜 그 노리개를 차지 않느냐?"

누이의 대답은 이러하였다.

"그것을 주신 이가 계시지 않으셔 보지 못하시기에 차지 못하였습니다."

임신년(壬申年, 영조 28년, 1752년) 3월, 첫 아들 의소를 잃어 나라에 슬픔이 있었을 때, 누이가 궁에 들어와서 있었던 일이다.

나를 보고 눈물을 흘리면서 의소를 기르던 보모의 손을 잡고 흐느끼니, 그때가 7살이었는데 어찌 그리 숙성했었는지 참으로 신기하다. 임신년 9월, 주상이 탄생하신 큰 경사 때도 어머니와 함께 들어와 아기를 보고는 말했다.

"이 아기씨는 단단하고 숙성하시니 형님 마마 걱정 안 시키겠습니다."

주변에서 그 말을 듣고 웃었고, 어머니께서는 아이 말 같지 않다고 도리어 꾸중하시기에 내가 말씀드렸다.

"그 아이 말이 옳으니 꾸짖지 마옵소서."

이때 궁중의 복이 끊이지 않고 친정집 또한 번성하여 남매가 모두 남보다 못하지 않았으므로, 궁인들이 나를 우러러 그 경사를 축하하지 않는 이가 없었다.

경모궁께서 어머니를 대접하심이 보통 집의 장모 대접과 달리 매우 지극하셨으므로, 우리 어머니께서 우러러 아끼시고 귀중히 여기시며 사위로 대하지 못하시니 그 정성이 어떠했겠는가?

어머니께서 궁중에 들어오셨을 때는 혹 경모궁께서 노한 일이 있다가도, "일이 그렇지 않습니다" 하고 아뢰면 곧 안색을 고치셨다. 갑술년(영조 30년, 1754)에 청연을 낳을 때도 어머니께서 50여 일을 궐내에 머무르시며 경모궁을 늘 모시고 지내셨는데, 매우 친밀히 대접해 주시니 어머니께서 항상 감사하였다.

슬프다!

세자의 기력과 체질이 탁월하시고 학문이 점점 진취하시니 그 기상과 기품이 모두 뛰어나셨으나, 불행히 임신년과 계유년 사이에 병환이 있으셨다. 그러니 나의 한없는 근심과 우리 부모님의 초조함이 어떠했겠는가. 어머니께서는 주야로 몸소 기도하시고 이름난 산천에 정성이 미치지 않은 곳이 없으시며, 밤이면 잠을 못 이루시고 손 모아 하늘에 비시니 이 모두가 못난 나를 자식으로 두신 까닭이었다. 나라를 위하시는 지극한 정성이 아니라면 어찌 이토록 마음을 쓰겠는가.

부모님께서 일찍 낳으신 우리 오라버니(홍낙인)는 의지와 기개가 높으시며 품행이 바르시어 15살이 넘었을 때 마치 큰 선비 같으셨다. 그래서 집안에서 모두 받들어 존경하고 노비들도 엄한 상전으로 알았다. 또한 동년배가 감히 업신여기지 못할 엄중한 장부의 법도가 있었으므로 정헌공께서 늘 집안의 큰 재목으로 아셨다.

오라버니는 계해년(癸亥年, 영조 19년, 1743년)에 혼사를 이루려다 나의 혼인식 때문에 연기되어 을축년(乙丑年, 영조 21년, 1745년)에 혼인하였다. 배우자는 숙종의 장인인 여양부원군 민유중의 증손녀이며, 봉조하의 손녀로서 세상에 으뜸가는 대갓집 규수였다.

형님 역시 어렸을 때 궁궐에 들어와 삼전의 사랑을 받으셨는데, 우리 친정의 며느리가 되신 것을 모두 기뻐하셨다. 그리하여 신행(新行) 때는 상궁을 보내시고 인원왕후와 정성왕후께서 그 상궁을 부르셔서 그날 광경을 친히 물으시니, 사돈 간의 후함을 가히 알 수 있었다. 형님이 처음으로 궁궐에 들어오셨는데, 자질이 맑으며 곱고 기품이 높으며 위엄과 예절을 지키는 모양이 더할 수 없이 착하고 아름다우셨다. 그래서 여러 외척 집안의 부녀자 사이에 서신 것이 마치 닭의 무리에 학이 섞인 것 같았고, 돌 가운데 빛나는 옥 같아 궁중에서 모두 관심을 기울여 일컫지 않는 이가 없었다.

오라버니와 형님 두 분의 궁합이 실로 짧고 긴 것이 없는 천생 배필이며, 우리 집의 종손과 맏며느리는 참으로 으뜸이라 우리 부모님께서 귀중히 여기심이 세상에 드문 일이었다. 그러다 두 분 내외가 계속 딸만 낳고 오래도록 아들을 낳지 못하여 부모님께서 매우 궁금해 하시고 답답해 하시다가, 을해년(乙亥年, 영조 31년, 1755년) 4월에 너 수영이 태어났다. 비록 포대기에 싸인 갓난아기였으나 골격이 빼어나고 얼굴 생김새가 관옥(冠玉) 같으므로 부모님께서 만금 보배보다 더 아끼셨고 기대하심이 천 리를 달리는 말 같았다.

부모님께서 내게 편지하여 스스로 축하하셨으니, 그 부모 소생이 응당 잘났을 것이며 내 집을 위하여 헤아릴 수 없이 기뻤다. 그 후에 선대왕[31]께서 보시고 지나칠 정도로 어여삐 여기셔서 이름을 수영이라 지어 주시니, 어린아이로서 이런 영광이 어디 있으랴. 또한 주상께서 더욱 사랑하셨으니 너같이 어린 때에 임금의 은혜를 입는 영광을 얻은 이가 또 어디에 있겠느냐?

네가 태어난 후, 우리 집에 흠될 일이 한 가지도 없었는데 같은 해(을해년) 8월에 어머니께서 돌아가셨으니 슬프도다. 어머

---

31) 돌아가신 전 왕을 지칭하는 말. 여기서는 영조대왕을 뜻함.

니를 여읜 슬픔은 누구에게나 있겠지만 내 마음은 천지간에 혼자 남은 듯하였다. 그 슬픔은 하늘과 땅이 아득할 지경이니 어찌 살고 싶었겠는가! 하지만 아버지께서 현숙한 아내를 잃으신 후 애통해 하시고 또한 나로 인해 더욱 슬퍼하셨으므로 내 몸을 버리지 못하고 아버지를 위하였으나, 한없는 슬픔을 어찌 한 시라도 참을 수 있었겠는가.

초상난 것을 알리던 날, 선희궁께서 친히 오셔서 친어머니처럼 위로해 주셨는데 이런 사랑은 보통 집안의 시어머니와 며느리 사이에도 없는 일이니 감동을 금치 못했다.

장례를 지내고 문안을 올리러 가니, 인원왕후와 정성왕후께서 손을 잡고 함께 눈물을 흘리시며 슬퍼하시고 아껴 주셨다. 비록 한없는 아픔 속에 있으나 이런 영광이 어디 있으리오.

내가 애통함을 억지로 참고 세상에 머물러 있었으나, 진실로 이 세상에 살고 싶은 마음이 없었으니 선대왕께서 너무 지나치다 하셨고, 정성왕후와 선희궁께서도 꾸중하셨다.

"어머니의 상중에 지키는 예절이 지나치니 그것은 나라의 예절과 다르다."

그래서 나는 더욱 마음을 다하지 못함이 애통했다.

첫째 동생 홍낙신의 아내와 둘째 동생 홍낙임의 아내는 서로 육촌형제로서 동서가 되어 들어왔는데, 이는 매우 귀한 일이었다. 첫째의 아내는 마음이 어질고 온화하며 공손하고, 둘째의 아내는 성질이 순하고 효성과 우애가 강하여 부모님께서 기뻐하셨는데, 오래지 않아 어머니를 여의었다. 이때 두 아우의 나이가 17세, 15세였으니 성인 된 보람이 어디 있으리오. 더욱 불쌍한 것은 막내 낙윤이 여섯 살이니, 아버지께서 어머니를 여의셨던 나이와 같아 슬픔을 아는 둥 모르는 둥 하였다. 막내 누이는 스스로 능히 서러워하며 상인(喪人)의 모양을 하였는데, 낙윤을 불쌍히 여겨 서로 의지하여 어른처럼 거느렸다. 낙윤은 할머니께서 위로하시고 어루만지셨으며, 누이는 형님이 거두시어 의복과 음식은 염려 없으나, 남매가 외롭게 의지할 데 없는 모습을 생각하면 내 차마 한시도 잊지 못하였다. 막냇누이의 편지에 어머니를 생각하는 슬픈 말이 종이 위에 솟아나니, 내가 볼 적마다 제 글씨 한 자에 내 눈물이 한 줄 흘러내렸다.

병자년(丙子年, 영조 32년, 1756년) 2월, 아버지께서 광주 유수(留守)를 지내셨는데, 떠나시는 일이 매우 슬픈 가운데 할머니를 모시고 가시니, 할머니를 어머니같이 여기던 터라 더욱 서러웠다.

그해 9월에 청선을 낳게 되니, 해산 때마다 들어오시던 어머니 생각이 나서 지극한 슬픔으로 인해 만삭의 몸을 돌보지 않고, 오랫동안 고기와 생선 없이 식사를 하시어 기운이 빠져 위태로울 지경이었다. 선대왕께서 내 몸을 생각하셔서 아버지에게 분부하시어 보약을 많이 써 무사히 해산하였으나, 슬픔이 뼈에 사무쳐서 그런지 산후에 몹시 허약했다. 아버지께서 이런 나를 매우 걱정하시다가, 그 달에 평안감사가 되시니 떠나는 심사가 또 오죽하리오.

아버지의 사사로운 정은 딱하나 대왕의 명령이 매우 귀중하여 차비를 서둘러 부임해 가셨다. 그해 한겨울에 경모궁께서 두진(痘疹)을 앓으셨는데, 아버지께서 늘 힘이 되지 못함을 걱정하시다가 천 리 밖에서 이 소식을 들으시고, 주야로 추운 방에 거처하시면서 서울 문안을 들으시고는 애태우시어 수염이 허옇게 세셨다고 한다.

다행히 경모궁의 두진이 다 나으시니 나라에 큰 경사이나, 두진이 나은 후 100일이 못 되어 정성왕후께서 돌아가셨다. 그때 경모궁께서 슬퍼하시는 효성이 거룩하시니 누가 아니 탄복했으리오. 장례 때 백성들이 그 애통해 하시는 거동을 뵙고 감동하였다고 한다. 그때 국사가 길하지 못하여 두진 후에도 병환이 오래도록 낫지 않았다.

아버지께서 5월에 서울에 있는 관청으로 들어오셨으므로 부녀가 다시 만난 기쁨이 굉장하였으나, 겹겹이 쌓인 근심으로 서로 만나니 눈물만 흐를 뿐이었다. 동짓달에 대왕께서 격노하신 일이 있으시어, 아버지께서는 충성하는 마음으로 당신 처지에 하기 어려운 말씀을 드리셨다. 그러나 대왕의 분노를 더욱 크게 사 관직을 박탈당하시고 문 밖으로 나가시었다.

갑자년(甲子年, 영조 20년, 1744년) 이후, 날 사랑하심이 한결같아 난처한 때라도 나에게 자애를 베풀지 않으신 일이 없었는데, 이때 처음으로 엄한 분부를 받고 몸 둘 바를 몰라 아랫방으로 내려갔다. 그런데 오랜만에 아버지를 다시 복직시키고 또 나를 불러 전처럼 자애롭게 대해 주셨다. 모든 것이 두렵기만 하였으나 지극하신 성은이야 몸을 쪼개고 뼈가 부서진들 어찌 다 갚으리오. 내가 겪으며 지내 온 일들이 이토록 무궁하나, 붓으로 쓸 말이 아니기에 다 기록하지 못한다.

나라의 운이 불행하여 정성왕후께서 돌아가신 다음 달에 인원왕후 역시 돌아가시니, 두 분 마마를 모시고 자애를 받음이 무궁하다가 하루아침에 애통함이 겹겹이 쌓이고 의지할 곳이 없게 되었다. 내 몸이 정성왕후의 빈전(殯殿)[32] 가까이 있어 작은 정성을 다하려고 오시(午時)의 제사와 아침저녁으로 곡하는 것을 다섯 달 동안 한 번도 잊은 일이 없었고, 인원왕후께서 병이 나셔서 마음이 더욱더 무거웠다. 인원왕후의 병환이 날로 위중하신데 정성왕후께서는 안 계시고 나 홀로 외롭고 의지할 데 없이 초조해 하던 심정이 또 어떠하리오. 선대왕께서 주야로 약시중을 드시면서 옷을 벗고 쉬실 때가 없으시니 더욱 근심스러웠고, 돌아가신 후에는 선대왕을 우러러보며 망극하고 허전하

---

32) 발인할 때까지 왕이나 왕비의 관을 모셔 놓는 전각.

여 애통함이 그지없었다.

두 분 왕후의 삼년상을 겨우 마치고 선대왕께서 기묘년(己卯年, 영조 35년, 1759년)에 정순왕후 김씨와 혼례를 올리셨으니, 그때는 말하지 못할 근심이 많았다. 그러자 선희궁께서 내게 이렇게 말씀하셨다. "정성왕후께서 안 계시니 이 혼례를 행하여 왕후의 지위를 정하는 것이 나라에 마땅한 일이니라."

선희궁께서는 선대왕께 축하를 드리시며 혼례를 몸소 정성스레 준비하시고 궁중이 제 모양이 됨을 기뻐하시니, 임금을 위하신 후덕한 행실이 참으로 거룩하였다.

혼례 후, 경모궁께서 대왕을 뵈올 때 예절에 지극히 조심하시고 공경하시니 그 효성이 타고난 성품임을 이런 일에서 알 수 있었다. 양전(兩殿)이 평안하시면 스스로 기뻐하시던 사실은 다 아는 일이니, 지극한 슬픔은 하늘을 우러러 묻고자 해도 할 길이 없구나.

세자는 부모님에 대한 효도와 동기에 대한 우애, 자식에 대한 사랑이 특별하셨다. 지금의 임금(정조)을 매우 귀중히 여기시고, 정조의 누이들이 감히 바라보지 못하게 하시었으며 천한 출신이 우러러보지 못하게 명분을 엄히 하셨다. 화순, 화평은 맏누님으로 공경하시고 화협은 선대왕께서 귀히 여기지 아니함을 불쌍히 여기셔서 더욱 귀하게 대접하시더니, 화협이 세상을 떠날 때 매우 슬퍼하셨다.

영조대왕의 아홉째 딸 화완옹주는 선대왕께서 특히 편애하셨는데 예사 인정 같으면 당신께서 당하신 일에 비교하여 마땅히 냉대하실 듯하나 조금도 그런 모습을 보이지 않으셨다. 보통 사람으로 이런 경우를 당하면 어찌 이럴 수 있겠는가?

신사년(辛巳年, 영조 37년, 1761년) 3월, 주상(현 임금인 정조)께서 입학하시고 그 달에 어른이 되는 예식을 경희궁에서 하시었는데, 경모궁께서 못 가 보시기에 나도 역시 혼자서 가 보지 못하니 어머니로서의 정이 부족한 외에도 근심이 무궁하였다. 선친께서는 이때 고생스럽고도 험한 처지에 있으셨는데, 선대왕의 은혜도 갚으려 하시고 소조(小朝)[33]도 보호하려 하셨으니, 근심이 커져 가슴에 답답증이 생기는 바람에 관격증(關格症)[34]이 늘 발병하셨다. 나를 보시면 하늘을 우러러 손 모아 비셨다.

"나라 일이 태평하소서."

그 뜨거운 정성을 하늘이 밝게 살피시고 천지의 신령이 곁에 있으니, 이것이 추호라도 아버지에 대한 사사로운 정으로 인해 한 말이겠는가. 아버지께서 신사년 3월에 의정 벼슬에 오르시고, 그때 큰 신하가 없는데 상감의 병환이 있으셨기에 부지런히 출근하셨을 뿐 어찌 본심이리오. 스스로 물러나려 하여도 성은이 지극히 중하여 임의로 못하시고, 수천 가지 근심이 점점 커

---

33) 국정을 대리하는 왕세자.
34) 먹지 못하고 구토하고 대소변도 안 나오는 증세.

지기만 하여 오직 몸을 바쳐 나라의 은혜를 갚으려 하셨다. 그러니 어느 때 걱정하지 않으시며 어느 날에 두려워하지 않으셨겠는가. 아버지께서 종묘에 비 오기를 기원하는 제관으로 가셔서 제사 지내실 때 역대 임금의 신주께 우러러 조상님이 말없이 도우셔서 나라가 평안할 것을 축원하셨던 말씀을 편지에 써서 보내셨기에, 나는 그 편지를 붙들고 슬피 울고야 말았다.

오라버니께서 경오년(庚午年, 영조 26년, 1750년)에 소과(小科)에 급제하시고 돌아오시니, 경모궁께서 보시고 칭찬하셨다.

"의지와 기개가 서로 합하였구나."

오라버니께서 신사년에 문과(文科)에 급제하여 강서원(講書院)의 관원으로 세손(世孫)을 모시고 학문을 가르쳐 주셔서 주상(정조)께 공로가 컸다. 또한 강서원에서 숙직하실 때, 우리 남매가 자주 만나 나라의 근심을 말하고는 문득 모른 척하자고 하였다.

신사년 겨울, 세손빈을 간택하게 되었는데 청풍 김판서 성응의 어머니 회갑 잔치에 아버지께서 가셨다가 후에 중궁전(中宮殿)[35]이 되실 분을 어렸을 때 보시고, 비상한 자질을 가진 아이라고 하신 말씀을 들었다. 마침 경모궁께서 김성응의 아들 김시묵의 딸 단자를 보시고 뜻이 기울어 무척 간택하고자 하셨다.

---

35) 왕후의 높임말. 정조대왕의 부인, 정조 비를 지칭함.

중궁전의 몸가짐이 뛰어나고 온 궁중의 의논이 한 곳으로 모여 순조롭게 완전히 결정되니, 이는 실로 하늘이 정한 것이나 마찬가지이다. 경모궁께서 그 며느리를 귀중히 여기시고 편애하심이 지극하셨다. 중전이 들어오시어 특별한 자애를 받아 어린 나이였지만 임오화변(壬午禍變)[36] 이후 애통해 함이 무척 심하셨다. 또한 세월이 갈수록 더욱 그리워하시고 그 말씀이 나오면 지금도 눈물을 흘리시니, 자애를 받은 까닭이지만 효성이 없으면 어찌 지금까지 이럴 수 있겠는가.

왕비께서는 재간택을 받으시고 곧 마마를 앓으셨는데, 뒤이어 주상이 앓으셨다. 증세는 순하였으나 삼간택이 임박한 때에 큰 병환을 앓으시니 내 마음이 무척 쓰이지 않을 수 없었다. 주상의 마마는 신사년(辛巳年) 동짓달 그믐께 시작하셔서 섣달 초순에 다 나으셨으니, 보통 집에서도 기쁠 것인데 하물며 나라의 경사인데 오죽하겠는가. 선대왕께서 근심하시다 기뻐하시고, 경모궁께서도 기뻐하시던 일이 어제와 같다. 내 부족한 인정으로 중한 병환에 두 손 모아 기도하여 무사태평하게 낫기를 천지신명께 빌던 일과 아버지께서 숙직하시어 몹시 애를 태우시던 모습이야 더욱 무어라 말할 수 없다. 조상이 도우셔서 세손과 세손빈이 모두 병치레 없이 12월에 삼간택을 지내고, 임오

---

36) 임오년(영조 38년, 1762)에 있었던 사건. 사도세자가 뒤주 속에 갇혀 굶어 죽은 일.

년(壬午年, 영조 38년, 1762년) 2월 초이틀에 혼례를 행하니 나라에 커다란 경사가 이보다 더한 것이 어디에 있으리오.

슬프고 슬프도다. 모년 모월 모일을 내 어찌 차마 말할 수 있겠는가!

천지가 맞붙고 일월이 캄캄하게 막히는 변을 만나, 내 어찌 한시라도 세상에 머물 마음이 있겠는가. 칼을 들어 숨을 끊으려 하였으나 옆 사람이 빼앗아 죽지도 못하고 한편 생각하면 열한 살 된 세손에게 크나큰 아픔을 주지 못하겠고, 내가 없으면 세손의 앞날은 어찌하리오. 참고 참아 모진 목숨을 보전하고 하늘만 보고 부르짖었다.

그때 아버지께서 엄중한 분부를 받고 동대문 밖으로 물러 나와 계시다가 일이 어쩔 수 없게 된 이후에 들어오시니 그 무궁한 아픔을 누가 감당하겠는가. 그날 정신을 잃고 쓰러지셨다가 겨우 깨시니, 당신도 또한 어찌 살 마음이 계셨겠는가. 하지만 내 뜻과 같으시어 오직 세손을 보호하실 정성으로 죽지 못하시니 이 열렬한 충심이야 귀신이나 알지 그 누가 알겠는가. 그날 밤, 내가 세손을 데리고 친정으로 오니 그 애통하고 놀란 상황이야 하늘과 땅도 응당 빛을 변할 것인즉, 더 이를 것이 없다.

선대왕께서 아버지에게 분부하셨다.

"네가 도와 세손을 보호하라."

이 말씀은 한없이 무거웠으나 세손을 위하여 감동하여 운 것이 헤아릴 수 없다. 세손을 어루만지며 그 은혜를 갚으라고 조심히 말씀드리던 내 서러운 마음은 어떠하였겠는가.

그 후 임금의 분부로 새벽에 들어갈 때, 아버지께서 내 손을 잡으시고 가운데 마당에서 소리 내어 우셨다.

"세손을 모시어 만년을 누리시고 늙어서 복이 가득하소서."

그때의 내 서러움이 세상 천지에 다시 또 있으리오. 장례 전에 선희궁께서 와서 나를 보시고 한없이 원통해 하시던 설움 또한 어떠했겠는가. 선희궁의 슬픔이 하도 지나치시니 내가 도리어 아픔을 억누르고 위로하였다.

"세손을 위하여 몸을 버리지 마옵소서."

장례 후에 선희궁께서는 경희궁으로 돌아가시니 내 외로운 모습은 더욱 의지할 데 없었으며, 8월에야 선대왕을 뵙게 되니 내 마음 속에 품은 서러운 생각이 어떠했겠는가. 그러나 감히 입 밖으로 털어 내지 못하고 슬피 울며 아뢰었다.

"모자가 안전하게 보호됨이 모두 임금의 은혜입니다."

그러자 선대왕께서 내 손을 잡고 우시면서 말씀하셨다.

"네가 이럴 줄 생각지 못하고 내가 너 볼 마음이 어려웠는데, 네가 내 마음을 편하게 하니 참으로 고맙구나."

그 말씀을 듣고 나니, 내 심장이 더욱 답답하고 모진 목숨을 더 생각하게 되었다. 그래서 임금께 또 아뢰었다.

"세손을 경희궁으로 데려가셔서 가르쳐 주시길 바랍니다."

"네가 세손을 떠나보내고 견딜 수 있겠느냐?"

"떠나보내어 섭섭함은 작은 일이요, 윗분을 모시고 배우게 하는 것은 큰일입니다."

나는 눈물을 흘리며 말씀드리고 곧 세손을 올려 보내려 할 때, 모자가 서로 떨어지는 정이 오죽하였겠는가! 세손이 차마 나를 떠나지 못하고 울고 가시니, 내 마음은 마치 칼로 베어지는 듯하나 참고 지냈다.

성은(聖恩)은 갈수록 커져 사랑해 주셨고, 선희궁께서도 아드님(사도세자)에 대한 세손에게 정을 옮기시어 서러우신 마음을 쏟았다. 일상생활 하나하나의 움직임과 음식 그리고 여러 가지 일에 마음을 놓지 못하시고, 한방에 머물면서 새벽이 밝기도 전에 일어나 글을 읽으라 하셨다. 세손이 나가실 때는 칠십 노인이 함께 일찍 일어나 조반을 꼭 보살펴 드리니, 세손이 이른 새벽에 음식은 못 잡수시었지만 할머님의 지성을 위해 억지로 드신다 하니 그때 선희궁의 마음을 어찌 헤아릴 수 있겠는가.

주상이 4, 5세 때부터 글을 좋아하셔서 서로 떨어진 궁궐에서 지냈지만 글공부를 안 할까 염려는 전혀 안 했으나 세손을 그리운 마음은 날로 더해 갔다. 세손 역시 나를 그리워하는 마음이 간절하여 선대왕을 모시고 지내며 밤늦게 자고 새벽에 일찍 깨어 내게 편지하였는데, 서연(書筵) 전에 회답을 보고야 마음을 놓으셨다. 아이가 어미를 못 잊는 정은 자연스러운 일이지만, 서로 떨어져 지내는 3년 동안 한결같이 그러시니 얼마나 숙성하셨겠는가. 내가 앓았던 병이 자주 발병하여 3년 동안 병이 떠나지 않았는데, 세손께서 멀리서 의관과 병세를 의논하여 약을 보내시기를 어른같이 하셨다. 이 모두가 타고난 효성이거니와 10여 살의 어린 나이에 그리하시니, 이는 매사에 다 숙성하신 까닭이었다.

그해 9월, 주상의 탄생일을 맞았다. 나는 움직이지 않으려 했으나, 대왕의 분부로 부득이 올라가게 되었다. 내가 거처하던 집은 경춘전 남쪽의 낮은 집이었는데 선대왕께서 그 집 이름을 가효당(嘉孝當)이라 하시고 친히 현판을 써 주셨다.

"네 효심을 오늘 갚아 써 주노라."

나는 눈물을 흘리면서 받고 감당하지 못하여 불안해 하였다. 그런데 아버지께서 들으시고 감사하여 축하하며 집안의 편지에 늘 '가효당'이라는 당호를 쓰도록 하셨다.

恨中錄

書

한중만록 2권

임오화변(壬午禍變)은 세상에 없는 변이라 선왕(정조)께서 병신년(丙申年, 영조 52년, 1776년) 초에 영조대왕께 글을 올렸다.

"정원일기(政院日記)를 없애심이 좋을 듯하옵니다."

그리하여 그 임오일기(壬午日記)를 없앴는데, 이것은 선왕의 효성스런 마음이 나타난 것이다. 그때의 일에 관심을 보이는 사람이 많아 무례하게 함부로 들추어 보는 것을 서러워하셨기 때문이었다.

해가 지나고 그 일의 자취를 아는 이가 없어져 가자, 그 사이에 이익을 탐내고 화를 즐기는 무리가 사실을 어지럽게 하고 소문을 현혹시켰다.

"경모궁께 병환이 없었는데 영조대왕께서 모함하는 말을 들으시고 그런 처분을 내리셨다."

"영조대왕께서 생각지도 못하신 일을 신하가 권해서 망극한 일이 되었다."

선왕이 총명하시고 그때 비록 나이 어렸으나 다 목격한 일이라 어찌 그런 말들에 속을까마는, '부모님을 위한 일에 소홀하다'고 할까 두려워하셨다.

선왕께서는 경모궁의 아들인지라 임오년의 일이라 하면 옳고 그름을 분별하지 않으시니, 이는 당신의 지극한 아픔 때문에 부득이 하신 일이었다.

선왕께서는 다 알고서 지극히 가까운 정에 이끌려 그러셨으나, 후왕(後王)[37]은 선왕과 입장이 다르므로 자손이 되어 큰일을 모른다는 것은 사람과 하늘의 도리에 어긋나는 일이다.

주상(순조)이 어려서 이 일을 알고자 하셨으나 선왕이 차마 자세히 알려주지 못하셨으니, 다른 누가 감히 이 일을 말하며 또 누가 능히 이 사실을 자세히 알고 있을까.

내가 곧 없어지면 궐내에서는 이 일을 알 사람이 없으니, 자손이 되어 선조의 큰일을 모르게 되면 망극한 일이다. 그리하여 내가 한 번 전후의 일을 기록하여 주상께 보이고 없애고자 하였으나, 차마 붓을 잡지 못한 채 하루하루를 보내야만 했다. 내

---

37) 순조. 조선 23대 왕으로 자는 공보, 호는 순재.

가 첩첩이 쌓인 참혹한 재앙 이후, 목숨이 실 같아서 거의 끊어질 듯하니 이 일을 주상께서 모르게 하고 죽기가 진실로 인정이 아닌 듯하다. 그러므로 죽기를 참고 피눈물을 흘리며 이렇게 기록하나, 쓰지 못할 대목은 차마 뺀 것이 많고 지루한곳은 다 거두지 못하였다.

내가 영묘(英廟)[38]의 며느리로 들어와 평상시에는 자애로운 덕과 임오화변 때 다 죽게 된 목숨을 살려 주신 은혜를 입고, 경모궁의 아내로 남편을 위한 정성이 하늘을 깨칠 것이니, 두 부자 사이에 조금이라도 말이 지나치면 하늘에 죄를 짓고 죽음을 면치 못할 것이다.

다른 사람들이 임오화변에 대해 이러쿵저러쿵하는 말은 다 허무맹랑한 것이며 이 기록을 보면 그 일의 처음과 끝을 분명히 알 것이다. 영묘께서 처음에는 비록 자애를 더하지 못하셨으나 나중에는 어쩔 수 없으셨고, 경모궁께서도 타고난 성품과 본성이 어질고 너그러우셨으나, 병환이 망극하여 종묘사직의 존망이 절박한 때 어쩔 수 없는 일을 당하고 마셨다.

나와 선왕이 경모궁의 처자로 망극한 변을 당하고도 능히 죽지를 못하고 목숨을 보전한 것이 애통함은 나 자신의 애통이오, 의리는 나 자신의 의리로써 오늘까지 온 일이니 이 말을 주상

---

38) 영조대왕.

이 자세히 알게끔 하려는 것이다. 무릇 이 일이 영묘를 원망하여 경모궁이 병환이 아니시라 하며 신하에게 죄가 있다 하여서는 본래의 진상을 잃을 뿐만 아니라 영조, 정조, 순조께 다 망극한 일이니, 이것만 잡으면 이 의리를 분간하기가 무엇이 어렵겠는가.

임술년(壬戌年, 순조 2년, 1802년) 봄, 내가 임오화변에 대해 글의 초안을 잡고도 미처 보이지 못했는데 가순궁[39]께서도 자손에게 알게 하는 것이 옳으니 써달라 청하였다. 그래서 마지못해 써서 주상께 보이니, 내 심혈이 이 기록에 다 들어 있다. 새로이 마음과 정신이 놀랍고 답답하며 간과 폐가 찢어지는 듯하여, 한 글자 한 글자가 눈물로 글씨를 이루지 못하니 세상에 나 같은 사람이 또 어디 있으리오. 원통하고 억울하다. 을축년(乙丑年, 순조 5년, 1805년) 4월의 일이다.

무신년(戊申年, 영조 4년, 1728년)에 영조의 첫 아들 효장세자께서 돌아가신 이후로 왕세자 자리가 오래토록 비니 영묘께서 밤낮으로 근심 걱정하시다 을묘년(乙卯年, 영조 11년, 1735년) 정월에 선희궁께서 경모궁을 낳으셨다. 영묘와 인원, 정성 두 왕후께서 나라의 막대한 경사를 매우 기뻐하시기가 비할 데 없으셨으니, 온 나라의 백성들이 모두 기뻐 춤추었다.

---

39) 정조의 후궁으로 순조의 생모. 수빈 박씨.

경모궁께서는 태어나셨을 때부터 기질과 용모가 뛰어나고 특이하셨다. 궁중에서 기록되어 전하는 것을 보니, 나신 지 백일 안에 기이한 일이 많으셨다. 넉 달 만에 걸으시고 여섯 달 만에 영묘의 부르심에 대답하셨다. 또한 일곱 달 만에 동서남북을 가리키셨으며, 두 살에 글자를 배우시어 60여 자를 쓰셨다. 세상에 다식(茶食)을 드리니 목숨 수(壽)자와 복 복(福)자가 박힌 것만 골라 잡수시고, 8괘를 박은 것은 따로 골라 놓고 잡숫지 않으므로 늘 모시고 있는 신하가 권하였다.

"이것도 잡수소서."

"8괘라 먹지 않겠다. 싫다."

경모궁께서는 이렇게 말씀하시며 잡숫지 않았다.

그 후, 태호(太昊)[40] 복희 씨가 그린 책을 높이 들라 하여 절하시고 천자문을 배우시다가 '사치 치(侈)'와 '넉넉할 부(富)'에 이르러, '사치 치(侈)' 자를 짚으시고 입으신 의복을 가리키며 이것이 사치라 하셨다. 영묘께서 어리실 때 쓰시던 감투에 칠보 장식한 것이 있어 그것을 쓰게 하니, 이것도 사치라 하고 안 쓰셨다. 돌에 입던 의복을 입으시게 하려 하니 이렇게 말씀하시며 입지 않으셨다.

"사치스러워 남부끄럽구나. 싫다."

---

40) 중국 고대 전설상의 제왕. 그의 성덕(聖德)이 해와 달 같아 태호(太昊)라고도 하며 8괘를 처음으로 만들고 중국 고대글자인 서계를 만들었다.

이것이 세 살 어린 나이에 있었던 기이한 일이어서, 모시던 신하가 명주와 무명을 놓고 시험하였다.

"어느 것이 사치요, 어느 것이 사치가 아닙니까?"

"명주는 사치이고, 무명은 사치가 아니다."

"어느 것으로 옷을 해 드리면 좋으시겠습니까?"

"이것이 좋겠다."

무명을 가리키며 이렇게 말씀하셨으니, 이 일만 보아도 경모궁께서 탁월하심을 알 수 있다.

경모궁께서는 체구가 커서 웅장하시고 천성이 효성스러우며 우애가 있고 총명하시니, 만일 부모님 곁을 떠나지 않게 하여 모든 일을 자애와 가르치심으로 병행하였더라면, 너그럽고 어진 도량과 재능의 성취가 참으로 놀라웠을 것이다. 하지만 일이 그렇게 되지 못하고 일찍이 멀리 떠나 계신 것이 작은 일이 크게 되어, 마침내 말하기 어려운 지경에까지 이르렀다. 이것은 천운의 불행함과 국운의 망극함이며, 사람의 힘으로는 도무지 어찌할 수 없으려니와 나의 원통함은 헤아릴 수조차 없었다.

영묘께서 동궁이 오래 빈 것을 염려하시다가 왕세자를 얻으시고, 기쁘신 마음에 멀리 떠나는 사정은 돌아보지 않으셨다. 우선 동궁의 주인이 계시는 것만을 든든히 여기셔서 급히 법만 차리려 하시고, 나신 지 백일 만에 탄생하신 집복헌을 떠나 보모에게만 맡기시어, 오래 비어 있던 저승전이라 하는 큰 전각으로 옮기시게 하셨다. 저승전은 본래 동궁이 들어가시는 전으로, 그 곁에 강연하실 낙선당과 왕이 직접 글을 강연하실 덕성합, 동궁이 축하를 받으시고 사부 이하의 여러 관원들 앞에서 복습하시는 시민당이 있다. 그리고 그 문 밖에 춘계방[41]이 있으니, 장성하시면 다 동궁에게 딸린 집이므로 어른같이 저승전 주인이 되게 하신 임금의 뜻이었다.

하지만 저승전은 영묘께서 거처하시는 곳이나 선희궁의 처소와 서로 멀리 떨어져 있었다. 영묘와 선희궁께서 심한 추위와 무더위를 피하지 않으시고 날마다 오셔서 머무르실 때도 많았다고는 하지만, 어찌 한 집에서 아침저녁으로 양육하시며 끊임없이 교훈하시는 것과 같겠는가.

귀중한 나라 일을 맡길 아드님을 겨우 얻었음에도 법은 다음이며 부모 곁에서 양육하여 뜻을 이루게 하지 않으시니, 어떤 생각으로 그러신걸까. 처소가 멀어서 인사를 알 즈음부터 자연히 떠남이 많고 모임이 적으셨다. 아침저녁으로 대하시는 사람이란 내시와 궁첩뿐이요, 들으시는 것이 항간의 소소한 이야기뿐이니 이것이 벌써 잘 되지 못할 근원이었은즉, 어찌 슬프고 원통하지 않으리오.

경모궁께서는 어렸을 때 이미 도량과 재능이 비상하시고 행

---

41) 세자시강원(왕세자의 시강과 규간하는 일을 맡았던 관청)과 세자익위사 (왕세자의 호위를 맡았던 관청).

동에 법도가 있어 일상 도리에서 벗어나지 않으셨다. 또한 타고 난 성품과 정신이 엄격하고 진중하시며 말이 없어, 경모궁을 뵈옵는 자가 마치 어른 임금을 모시는 것처럼 여겼다고 한다.

이런 타고난 기품과 자질로 부모 곁을 떠나지 않고 영묘께서 여유 있으실 때 글 읽고 일 배우심을 곁에서 몸소 가르쳐 주셨다면, 선희궁께서도 이 아드님이 성취하는 일이 당신의 으뜸가는 소원이셨으니 손 밖에 내보내지 마시고 매사를 가르치셨다면, 한편 엄격하고 한편 친애하시면서 한 마음으로 대하시고 그냥 내버려두지 않으셨다면 일이 어찌 이 지경까지 이르렀으리오.

처음 당하는 참변이라 슬프고 애달픈 것이 하나는 아직 어리기만 한 아기를 저승전에 멀리 두심이요, 둘은 괴이한 내인들을 들여오신 까닭이니 이것은 여편네의 잔소리가 아니라 사실의 단서를 대략적으로 말한 것이다.

저승전으로 말하면, 어대비[42]께서 계시던 집인데 안 계신지 얼마 되지 않았고, 저승전 저편의 취선당이라는 집은 희빈[43]이 갑술년(甲戌年, 숙종20년, 1694년) 후에 머물러 인현왕후[44]를 저주하던 집이다. 그런데도 포대기에 싸인 아기를 이런 황량한 전

42) 경종의 계비인 선의왕후 어씨.
43) 숙종의 후궁이며 경종의 어머니인 희빈 장씨(장희빈).
44) 숙종의 계비인 인현왕후 민씨. 장희빈의 모함을 받았다.

각에 혼자 두시고 희빈의 처소는 소주방(燒廚房)[45]을 만들어, 잡숫는 음식을 만드는 곳으로 삼으니 어찌 이상하지 않겠는가.

어대비께서 돌아가신 지 3년 후에 어대비를 모시던 내인들은 모두 밖으로 나갔다. 동궁을 차릴 때, 체면 있게 하려면 각처의 내인을 불러들여야 당연한데도 영묘께서는 어찌 생각하셨는지 경묘(경종대왕)와 어대비를 모시다 나간 내인인 최 상궁 이하를 모두 불러들여 원자궁[46]의 내인으로 만드셨다. 그 내인들에게 그곳에는 경묘가 계신 듯싶을 것이요, 또한 그 내인들이 억척스럽고 냉정하기 이를 데 없어서 지극히 작은 일로도 큰 탈이 나시니 어찌 한이 되지 않으리오.

영묘께서는 그 아드님을 얻으시고 지극하신 자애가 비할 데 없으시어 4, 5세 때에도 저승전에 오셔서 함께 주무시고 계시기를 자주 하셨다 한다. 경모궁께서도 본래 효성과 우애가 있으실 뿐 아니라 천지 만물에 통하는 이치로 보아 어릴 때 어찌 부모를 사랑하지 않으리오까. 비록 각각 처소는 멀지만 이렇듯 사랑하시고 교훈하시니, 보통 가정의 부자지간 같으면 어찌 티끌만 한 틈이라도 있었으리오.

그러나 나라의 운명이 그릇되려고 겉으로 드러난 일 없고 지적할 것도 없는 작은 일에 임금의 마음이 말없이 격노하시어,

---

45) 궁중의 음식을 만드는 곳.
46) 임금의 맏아들이 거처하는 곳.

하루 이틀 어찌된 줄 모르게 동궁에 머무시는 일이 점점 줄어들었다. 그 아드님이 막 자라시는 아기라, 한때만 가르치지 않으시고 잘못됨을 금지하지 않으시면 방종하기 쉬운 시절이거늘 안 보시는 때가 많으니, 어찌 탈이 나지 않으리오.

영묘께서 화평옹주를 천륜 밖으로 각별히 아끼시다 무오년(戊午年, 영조14년, 1738년)에 사위로 금성위를 택하셔서 미처 혼례식을 치르기도 전에 동궁 처소에서 놀게 하셨는데, 그 사위를 사랑하심이 옹주와 함께 특별하셨다.

원자궁 내인들은 모두 경묘의 내인들인데 보모 최 상궁은 잡념이 없고 굳세며 충성이 있었으나, 성품이 과격하고 엉큼하여 온화하지 못한 사람이었다. 다음으로 한 상궁은 일을 잘 꾸미고 간사히 속이는 시기심 많은 인물인데 동궁의 내인이 되었으나 본래 옛적 대전[47]의 내인이니 영묘께 어찌 극진한 정성이 있으리오. 이럴 때 천한 내인이 올바른 도리를 모르고, 선희궁께서 사도세자를 낳으시니 지극히 존귀하신 줄은 생각지 못하고 선희궁께서 후궁이 되시기 전의 일만 생각하였다. 그리하여 오만하고 말투도 공손치 않아 혹 헐뜯기도 하니, 선희궁께서 마음속으로 언짢게 여기시고 영묘께서도 어찌 그것을 모르셨을까.

설에 경(經)을 읽히는 날, 금성위도 들어오고 마침 날이 늦어

---

47) 임금이 거처하던 궁전.

독경(讀經)하는 준비가 늦어졌다. 그때 내인들이 본래 공손치 않은 인물들이라 짜증을 내고 서로 헐뜯으며 앉아 무엇이라 하였는지 선희궁께서 노하셨고, 영묘께서도 그 눈치를 스쳐 아시고 괘씸히 여기셨다. 하지만 사랑하는 금성위도 들어와 있는 자리에서 죄를 주면 옹주와 사위에게 원망이 미칠까 봐 처분하지는 않으셨다.

그 뒤로 영묘께서는 마음이 몹시 분하여 동궁에 가고 싶어도 그 내인들이 보기 싫어 동궁 처소에 가시는 일이 줄어들었다. 그 내인들을 모두 내쫓으면 될 것을, 도리어 동궁을 그런 수상한 내인들의 수중에 넣어 두시고, 그 내인들이 미워 동궁을 드물게 들르시니 이 어찌 갑갑한 일이 아니겠는가!

이러한 때에도 동궁은 점점 자라시니 놀고 싶은 것은 아기의 일반적인 마음이었다. 막 가르칠 시기에 영묘께서 드물게 오시는 틈을 타 한 상궁이라는 것이 최 상궁에게 이렇게 말하였다.

"사람마다 말리고 거슬리게 하면 아기네 마음이 울적해져 기운을 펴지 못하실 것이오. 최 상궁은 엄하게 도와 옳은 도리로 인도하되, 나가 노실 때도 있게 하여 답답한 마음을 풀어 드리는 것이 좋겠소."

한 상궁은 또 손재주가 뛰어나 나무와 종이로 월도(月刀)라는 칼을 만들고 활과 화살도 만들었다. 최 상궁이 내려가고 자기가 교체할 때면, 어린 내인들을 문 뒤에 세웠다가 그 아이들을 시켜서 장난감 무기 만든 것을 가지고 무술하는 소리를 내게 하여 동궁께서 함께 놀게 하였다.

성인의 자질을 가진 그 유명한 맹자도 좋은 교육을 위해 세번이나 자리를 옮겼다 들었는데, 어린 동궁께서 어찌 유혹당하지 않으며 어찌 놀고 싶지 않으실까. 놀기에 열심이셔서 영묘께서 보시고 꾸중이나 하시지 않을까 걱정이되니, 아기네 마음에 부모를 가까이 하던 마음이 달라지고 어머니께서도 아실까 염려하셨다. 그러니 그쪽 내인이 와도 반갑지 않은 마음이 생기는 것이 당연한 이치였다. 막 배우실 시기에 괴이한 내인이 그 불길한 장난감들로 동궁이 놀게끔 만드니, 원래 선천적으로는 영웅의 기상을 가지고 계신데 그러한 놀음만을 좋아 하시다가 그 놀음으로 말미암아 나중에 차마 말 못할 지경까지 이르렀다. 그러니 그 한 상궁이 미친 영향이 어찌 흉악하고 덧없지 않다 하겠는가.

그렇게 3, 4년을 지내고 일곱 살 되시던 신유년(辛酉年, 영조 17년, 1741년)에 영묘께서 한 상궁의 심술을 드디어 깨닫고 궁궐 밖으로 내보내시고 다른 내인들도 죄를 주었으니, 그 처분은 지극히 옳으신 것이었다. 그때 한 상궁 외에도 동궁의 내인들을 모두 내쫓으시고 징계를 엄하게 하신 후, 두 분이 동궁의 곁을 떠나지 마시고 곁에 두시고 가르치셨다면 경모궁의 그 효심에 어찌 안 좋으셨을까. 그러나 한 상궁만 내보내시고 다른 내인들은 다 그대로 두고, 아기네를 넓은 집에서 어른의 보살핌을 받지 않으신 채 마음대로 자라게 하셨다. 어린 나이에 볼 수 있는 것이 오직 궁녀와 내시뿐이니 무엇을 배울 수 있겠소이까.

이러실 때 영묘와 경모궁 사이에 드러난 문제를 지적할 것은 없으나, 아드님은 아버님을 두려워하시는 마음이 생기고, 아버님은 아드님이 혹시 내 마음과 다르게 자라지는 않을까 걱정하셨다. 아버님과 아드님의 성품이 다르셔서, 영묘께서는 똑똑하고 인자하시며 자상하고 민첩하신 성품을 갖고 계셨지만, 경모궁은 말이 없고 행동이 날래지 못하며 민첩치 못하셨다. 물론 경모궁의 도량과 재능은 매우 훌륭하시나 모든 일에 영묘의 성품과는 달랐다. 보통 때 영묘께서 물으시는 말씀이라도 즉시 대답하셨는데, 못하고 머뭇거리며 대답하셨는데, 당신의 소견이 없는 것은 아니지만 이렇게 대답하면 어떨까 하시어 즉시 대답하지 못하셨다. 그래서 늘 영묘께서 갑갑해 하셨으니, 이러한 일도 화변이 일어나게 된 데에 대한 큰 원인이 되었다.

경모궁께서는 비록 존귀한 신분으로 태어나셨으나, 당신의 부모를 모시고 가르침을 받아 부모가 거북하지 않고 허물이 없어야 할 때 그렇게 하지 못했다. 포대기에 싸여 있는 아주 어린 시절부터 부모를 떠나 내인들이 아기네 스스로 할 수 있는 일, 그러니까 심지어는 옷고름, 대님 매는 것까지 다 대신 해 드리니 매사를 남에게 맡기고 너무 편하셨다.

물론 강연에서 강연관을 만나실 때는 엄숙하셔서 글 읽는 소리도 크고 맑으시며 글 뜻도 틀리지 않으시니, 뵙는 이가 훌륭함을 일컬어 궁궐 밖에 좋은 명예가 많이 나타나셨다. 하지만 갑갑하고 애달프게도 영묘의 앞에서는 두렵고 어려워 대답을 재빠르게 못하셨다. 영묘께서 한 번 갑갑해 하시고 두 번 갑갑해 하셔서, 이로 인해 몹시 화를 내시고 속을 태우기도 하셨다.

영묘께서는 이럴수록 동궁을 더욱 가까이 두시고 친히 가르쳐서 서로간의 인정과 도리가 진하게 될 방법은 생각지 않으신 채, 항상 멀리 두시고 동궁 스스로 잘하여 당신의 뜻에 맞으시기만을 기대하시니, 이럴 때 어찌 탈이 없으리오. 점점 서먹서먹하게 지내시다가 서로 보실 때는 영묘께서는 꾸중이 사랑보다 앞서시고, 아드님께서는 한 번 뵙는 것도 조심하시고 매우 두려워하심이 무슨 큰일이나 있는 듯싶었다. 이렇듯 어느새 부자지간이 더욱더 멀어지게 되었으니, 어찌 서럽지 않으리오.

경모궁께서 병진년(丙辰年, 영조 12년, 1736년) 3월에 왕세자로 책봉되시고, 7살 난 신유년에 학문을 배우셨으며 8살이 된 임술년 정월에 종묘에 절하시고 3월에 입학하시니, 훌륭하신 자질에 감탄하지 않는 이가 없었다고 한다. 계해년(癸亥年, 영조 19년, 1743년) 3월에 상투를 틀고 성년식을 치르시고 갑자년(甲子年, 영조 20년, 1744년) 정월에 나와 혼인을 하셨다. 내가 들어와 궐 안의 사정을 보니, 그때 인원, 정성왕후와 선희궁이 계신데 법이 엄하고 예가 중하여 조금도 사사로운 정이 없으니 두렵고 조심되어 마음을 한시도 놓지 못하였다. 경모궁께서도 영묘께 친근함보다는 위엄이 많아 10살 된 아기네이시나 감히 마주 앉지 못하고 신하들처럼 몸을 굽히고 엎드려 뵈었으니 어찌 그리도 지나치셨던가 싶다.

경모궁께서는 세수를 일찍 하시는 일이 없고 늘 글 읽는 시간이 된 후에 보채듯이 하셨다. 문안 갈 때, 나는 일찍 세수하고 무거운 머리와 옷을 입고 가려 하나, 동궁께서 앞서지 않고는 빈궁이 감히 못 가는 법이기에 늘 기다리고 있었다. 그때 어린 마음에 왜 세수가 저리 늦는지 마음속으로 이상히 생각하여 병이 있으신가 했다.

그런데 과연 을축년(乙丑年, 영조 21년, 1745년) 즈음에 아기네가 야단스럽게 난리 치며 노시는 것과 달리 어쩐지 예사롭지 않아 병환이 드시는 듯하였다. 내인들이 모여 근심하고 염려하는 듯하더니, 그해 9월 중에 병환이 심하게 들어 차도가 일정치 않으시니, 중하실 때 어찌 무당을 불러 길흉을 묻지 않았으리오. 무당을 불러 점을 치니 무당들의 말이 이구동성으로 저승전에 계신 탓이라 하였다. 재물을 들여 신당에서 기도를 하고 독경도 많이 하였으나 낫지 않으므로, 저승전을 떠나 대조전(大

48) 창덕궁에 있으며 왕과 왕비의 침전으로 왕이 상주하던 곳.

造殿)[48]의 옆채인 융경현으로 옮기시고 나는 집복헌[49]으로 가서 모시고 지냈다. 그러다가 병인년(丙寅年, 영조 22년, 1746년) 정월에 경춘전으로 나가지 또 옮겨가니 그때 12살이시었고, 경춘전은 연경당과 집복헌에 가까이 있어서 선희궁께서도 자주 오셨다.

화평옹주의 성품이 어질고 공손하여 그 오라버님을 귀중히 생각하시고, "연경당으로 드소서." 하고 권하며 친하게 지내셨다. 영묘께서 옹주를 무척 사랑하시어 경모궁을 더불어 좋게 대하셨으니, 기쁘고 즐거우셔서 부왕(父王)을 두려워하는 것이 나아지셨다. 그러므로 화평옹주가 만약 장수하셨더라면 부자 사이를 도우는 일이 얼마나 컸을까.

정묘년(丁卯年, 영조 23년, 1747년)에는 경모궁께서 글공부도 착실히 잘하시고 속을 태우는 일 없이 잘 지냈다. 그런데 10월에 창덕궁 행각(行閣)의 화제로 경희궁으로 거처를 옮겨, 경모궁의 처소는 집희당이고 선희궁의 처소는 양덕당이며, 화평옹주는 일녕헌이어서 사이가 먼 까닭에 서로 자주 만나기가 어려워졌다.

그때부터 경모궁의 놀음놀이가 다시 시작되었다. 무진년(戊辰年, 영조 24년) 6월, 화평옹주가 돌아가시자 영묘께서는 천륜 이

---

49) 영조 11년(1735) 사도세자가 탄생한 곳. 정조 14년(1790) 순조가 탄생한 곳이기도 함.

상으로 각별히 아끼던 따님을 잃으신 까닭에 애통해 하심이 거의 몸을 버리실 듯하셨다. 선희궁께서 서러워하심도 또한 같으시니 두 분 마음이 자식이 부모보다 먼저 죽는 것이 믿기지 않아 그 아드님은 돌보지도 않으셨다.

그러자 아드님은 그 사이에 꺼릴 것 없이 유희도 더하시고 세상만사 안 해보는 일 없이 다 하시어, 활을 쏘시고 칼을 쓰시며 기예를 능히 다 잘하셨다. 그래서 가지고 노시는 것이 다 그런 것들이며, 그림 그리기로 날을 보내셨다.

또한 경문잡서(經文雜書)를 좋아하시어, 소경 점쟁이 김명기에게 경을 써오라고 하여 공부하고 외우시는 등 이런 잡일에 관심을 두시니, 어찌 학문을 닦는 일이 온전하겠는가. 이것으로만 보아도 가까이 두실 적에는 학문에도 힘쓰시고 부자 사이도 가까웠으며 유희도 안 하시더니, 멀리 계신 후로는 더욱 서먹서먹하여졌다. 그러니 만일 부모님 손 밖에 내시지만 않았더라면 어찌 이 지경에까지 이르렀겠는가.

한 가지 일만 생각해도 지극히 서러운데, 영묘께서는 어찌된 생각이신지 그 아드님을 조용한 때에 친근히 앉히시고 진정으로 교훈하시는 일은 없었다. 오히려 멋대로 내버려두어 아는 체도 않으시다가, 늘 남들이 모인 때에 흉을 보시듯 말씀하셨다.

한 번은 영묘의 병환으로 인하여 인원왕후도 내려오시고, 모든 옹주와 화순옹주의 남편 월성, 금성 두 사위도 들어오고 모두들 모였을 때 내인에게 명하셨다.

"세자가 가지고 노는 것을 가져오라."

영묘께서는 그것을 다들 보게 하시고, 많은 사람이 모인 가운데서 무안케 하셨다. 공부하는 것에 대해서도 여러 신하들이 많이 모인 때 굳이 아드님을 부르셔서 글 뜻을 물으시니, 아기네가 자세히 대답하지 못할 것이라도 야속하게 물으시곤 하셨다. 본래 부왕 앞에서는 분명히 아시는 것도 주뼛주뼛 하시는데, 여러 사람이 모인 가운데서 어려운 것을 일부러 물어보시니, 더욱 두렵고 겁이 나서 대답을 못하면 남이 보는 데서 꾸중도 하시고 흉도 보셨다. 경모궁께서는 한두 번 그러시면 감히 영묘를 원망하실 것은 아니지만, 당신께서 진정으로 교훈하지 않으심에 성이 나고, 노하고 두렵고 서먹서먹하여 결국에는 천성을 잃기에 이르렀으니, 이런 원통한 일이 어디 있겠는가!

화평옹주가 살아 계실 때는 오라버님을 편들어, 날마다 부왕께 잘 말씀하여 도움이 되는 일이 많았었다. 그런데 그 옹주가 세상을 떠난 후에는 대왕께서 경모궁에게 지나치게 행동을 하시고, 사랑을 보이지 않으셔도 누가 와서 '그렇게 하지 마소서' 하고 말하는 사람이 없게 되었다. 그래서 영묘께서는 점점 자애가 부족해지시고 경모궁께서는 두려움만 날로 더해 가서, 아들 된 도리를 점점 하지 못하셨다. 화평옹주가 살아 계셨더라면 부자간에 자애와 효도가 있게 하셨을 텐데, 착하신 옹주가 요절하신 것이 어찌 나라의 운명에 관계치 않으리오. 지금 생각해도 애석하고 마음이 아프도다.

경모궁께서는 천성이 크게 너그러우시고 도량이 넓고 융통성이 있으시며 사람에게 신의가 두터우셔서 아랫사람에게도 믿음직하게 말씀하셨다. 그리고 부왕을 무서워하시긴 했으나 잘못하신 일이라도 물으시면 바른대로 말씀하시어 조금도 감추는 일이 없으셨으므로, 영묘께서도 경모궁의 정직함은 아셨다.

효성이 지극하셨다는 말은 위에서 했거니와, 우애도 특별하셨다. 화평옹주는 특별히 부왕의 자애를 받았으므로 귀하게 여기는 것은 당연하다 하겠으나, 경모궁의 본심은 세력을 따른 것이 아니라 진정으로 친애하셨다. 그리고 화순옹주께서 어머님 없이 지내는 것을 불쌍히 아시고 큰누이로 공경하셨다.

화협옹주는 계축년(癸丑年, 영조 9년, 1733년) 생인데 태어날 때 영묘께서 또 딸인 것이 애달파서 그러셨는지, 그 용모가 빼어나고 효성도 있어 아름다우나 부왕의 자애를 입지 못하였다. 영묘께서는 그때 아들이 아닌 것을 애달파하여 심지어 화평옹주와 형제를 서로 한 집에 있지 못하게 하셨다. 화평옹주는 혼자 자애를 받는 것이 마음속에 은근히 고통스러워, 부왕께 그러지 마시라고 아무리 말씀드려도 듣지 않으셔서 어쩔 수 없었는데, 화협으로 인해 그 남편인 영성위까지 사랑을 못 받았다.

경모궁께서는 화협과 나이가 비슷하고 부왕의 사랑을 받지 못하고 지내온 형편이 서로 같음을 늘 불쌍히 여겨 사랑하심이 각별하시었다.

기사년(己巳年, 영조 25년, 1749년)에 경모궁께서 15살이 되시니, 어른이 되는 예식을 정월 22일에 하고 27일에 합례하기를 정하였다. 영묘께서는 늦게 얻은 경모궁이 15살이 되어 합례까지 하게 되니 기뻐하시고 조용히 재미를 보시면 좋으실 텐데, 어떤 생각이신지 갑자기 대리(代理)하시겠다는 영을 내리셨다. 그날은 바로 나의 성년식 날이었고 모든 일이 대리 후에 탈이 나니 어찌 서럽지 않으리오.

영묘께서는 어버이께 효도하고 조상을 받드심과 하늘을 섬기며 백성을 사랑하시는 성덕과 지성이 지금까지의 제왕 중에서 유독 뛰어나셨다. 내 눈과 귀로 뵙고 기록한 바로 생각하여도 역대에 비교할 만한 임금이 안 계시나, 다만 여러 가지 많은 일을 겪으셨다. 경종 원년인 신축년과 2년인 임인년에 걸쳐 왕위 계승 문제로 야기된 사옥인 신임(辛壬)의 일과 신임사화에 큰 불만을 품고 이인좌에 정희량 등이 반란을 일으킨 무신역변(戊申逆變)을 겪으시어, 모든 일을 꺼리시면서 걱정하시는 것이 거의 병환이 되다시피 했다.

그러니 그 사이에 있는 세세한 일이야 어찌 다 기록하리오. 심지어 말씀을 가려 쓰셔서 '죽을 사(死)'자와 '돌아갈 귀(歸)'

자를 입 밖에 내지 않으시고, 밖에 나가셔서 일을 보시던 의복도 갈아입으신 후에야 안으로 들어오셨다. 불길한 말을 주고받거나 들으시면 들어오실 때 양치질을 하시고 귀를 씻으신 다음, 먼저 사람을 부르시어 한 마디라도 처음 말씀을 하신 후에야 안으로 들어오셨다.

좋은 일과 좋지 않은 일을 하실 때는 출입하시는 문이 다르시고, 사랑하는 사람의 집에 사랑하지 않는 사람이 있지 못하게 하셨다. 그리고 사랑하는 사람이 다니는 길에 사랑하지 않는 사람이 다니지 못하게 하시니, 몹시 두려우나 애정과 증오의 뚜렷함이란 이루 헤아릴 수 없는 일이었다.

영묘께서는 대리 전이라도 사형수를 다시 심리하거나 형조(刑曹)[50]의 일 또는 죄인을 다스리는 등 대궐에서 말하는 불길한 일에는 자주 세자를 불러 옆에 있게 하셨다. 화평옹주와 화완옹주의 방에 들어가실 때는 만나 보실 때 입는 의복으로 갈아입으신 후 들어가시나 세자에게는 그렇지 않으셨다. 밖에서 정사를 보시고 드실 때에는 정사를 보신 의복을 그대로 입으신 채 오셔서 동궁을 불러 물으셨다.

"밥 먹었느냐?"

동궁께서 대답을 하시면 그 대답을 들으신 후 귀를 그 자리

---

50) 조선 시대 육조 가운데 하나로 법률, 소송, 형옥, 노예 따위에 관한 일을 맡아보던 관청.

에서 씻으시고 그 물을 화협옹주가 있는 집의 마당으로 버리셨다. 어떤 따님은 밖에서 입으신 의대를 벗고서야 보시고, 이 중한 아드님은 그 말씀을 들으신 후에 귀를 씻으셔야 가시니, 경모궁께서 화협옹주를 대하시면 이렇게 말씀하시며 서로 웃으셨다.

"우리 남매는 씻으신 사람인가 보다."

그러나 경모궁께서는 화평옹주가 당신을 지성으로 여기시어 몸을 평안히 해 드리는 것에 감격하시고 털끝만큼도 의심하거나 시기하시는 일이 없고, 한결같이 사랑하고 귀중하게 여기시던 것은 궁중이 다 아는 사실이었으며 모두가 감탄을 안 할 수가 없었다. 선희궁께서는 자식들에 대한 임금의 사랑이 고르지 않으심을 많이 서운해 하셨으나 어찌할 도리가 없으셨다.

영묘께서는 항상 공무 중에 의금부나 형조의 살육과 같은 일은 친히 보시지 않고, 안의 옹주들 처소에 계실 때는 내관에게 맡기셨다. 대리하실 때의 말씀은 무진년(戊辰年, 영조 24년, 1748년) 화평옹주가 세상을 떠난 후에 많이 슬퍼하시고 상감의 병환도 잦으셔서, 요양하시려고 세자에게 대신 정사를 보게 하는 것이라 하셨다.

하지만 사실은 마음에 꺼려서 안에 들이지 못하는 일과 내관에게 맡기시기에 답답한 일은 모두 동궁께 맡기려는 뜻이셨다. 그리고 경모궁께서 대리를 맡으신 후의 공무는 내관을 데리고 하셨다. 한 달에 6번 씩 신하들이 임금을 뵙고 중요한 일을 아뢰는 차대(次對)에 보름 전의 3번은 대조(大朝), 즉 영조대왕께서 하시면서 동궁을 옆에 서 있게 하고, 보름 후의 3번은 소조(小朝)인 경모궁께서 혼자 하시는데, 그러실 즈음에는 일마다 순탄치 않고 부딪치는 곳마다 탈이 많았다. 보통 조정 신하의 글이라도 나라 일과 관련이 있거나 서로 다른 당을 논하는 편론(偏論)이 있는 글은 소조께서 스스로 결정을 내리지 못하셔서 대조께 아뢰면, 그 글의 내용은 아랫사람의 일이지 소조께서 아실 바가 아닌데도 격노하시며 소조께서 신하를 잘 조화하지 못해 전에 없던 그런 글이 올라왔다 하여 소조의 탓으로 삼았다. 글에 대한 답을 여쭈려고 대조께 아뢰어도 여지없이 꾸중하셨다.

"그러한 작은 일도 결정하지 못하여 내게 번거롭게 물어보니 대리시킨 보람이 없다!"

그래서 답을 여쭤 보지 않으면 여쭤 보지 않았다고 또 꾸중하셨다.

"어찌 그런 일을 나에게 물어보지도 않고 스스로 결정한단 말이냐!"

이처럼 저렇게 한 일은 이렇게 안 했다고 꾸중하시고, 이렇게 한 일은 저렇게 안 하셨다고 꾸중하시어, 이 일을 하든 저 일을 하든 모두 심하게 화를 내시며 동궁을 마땅치 않게 여기셨다. 심지어 백성이 춥고 배고프거나 나라에 가뭄이 들거나 천재지

변이 있어도 동궁을 꾸중하셨다.

"소조의 덕이 없어 이런 것이다!"

그러므로 소조께서는 날이 흐리거나 겨울에 천둥이라도 치면 또 무슨 꾸중을 들을까 근심하시고 염려하여 날마다 두렵고 겁을 내셨다. 그러다 마침내 사악하고 망령된 생각이 다시 들어 병이 점점 깊어지시는 징조가 나타나기 시작했다. 영묘께서 훌륭한 덕과 인자함을 지니시고 모든 일을 잘 살피시어 조심성 없는 성품은 아니셨는데, 끔찍이 소중하신 왕세자께서 병이 드시는 것을 눈치 채지 못하셨으니 어찌 서럽지 않으리오.

소조께서 한 번 꾸중에 놀라시고 두 번 격노에 걱정하시니, 웅대하고 똑똑하며 장하신 기품이라 한들, 한 가지 일이라도 자유로이 하지 못하셨다. 영묘께서는 무슨 정시(庭試)나 알성시(謁聖試)나 시사(侍射), 관무재(觀武才) 같은 호화로운 행사에 나갈 때는 소조를 부르지도 않으시고, 동지섣달의 사형수 심리 때와 같이 어두운 것에만 옆에서 보좌하게 하시니 어찌 아드님의 마음이 편하시며 서러워하지 않으리오. 설사 아버님께서 지나치셔도 아드님이 다음 효도에 힘쓰거나, 아드님이 혹 못 미더우셔도 아버님이 갈수록 도타운 은혜와 사랑을 주시면 한때 이유 없이 저절로 그렇게 된 것이니, 이 모두가 하늘의 뜻이며 나라의 운명이니 사람의 힘으로는 도무지 어찌할 수 없으리라 생각하게 될 것이다.

하지만 내가 본 것은 너무나도 눈앞에 생생하고 가슴에 고통이 박혀 있으니 이를 어찌 써낼 수 있을까. 하지만 이제 써내려고 하니, 영묘와 경모궁 사이에 있었던 일이 세상에 부족한 덕이 드러나실 듯하여 죄스럽지만 사실을 기록하지 않을 수도 없으니 종이를 대하는 나의 마음이 답답할 뿐이다.

경모궁께서 15세가 되셨으나 임금이 능에 행차하실 때 한 번도 임금을 모시고 따라서 나간 적이 없으셨다. 교외 구경을 하고 싶으셔도 늘 궁궐 거동이시고, 영묘께서 능에 행차하실 때 예조(禮曹)에서 동궁을 수행시키려 힘을 쓰면 수행하라는 허락이 날까 하고 초조히 마음을 졸이셨다. 그러다가 결국 못 가시게 되면, 처음에는 서운하고 무섭던 것이 점점 답답하고 애가 타서 우실 적도 있었다.

당신이 부모님께 속으로는 본래 정성이 지극하시지만, 민첩하지 못하여 품고 계신 정성을 100분의 1도 못 드러내셨다. 부왕은 그 사정도 모르시고 미안하신 마음은 있어도 한 번도 관용을 베풀지 않으시니, 경모궁께서는 점점 두렵고 무서운 것이 병환이 되어 화가 나시면 푸실 데가 없었다. 그래서 그 화를 내시와 궁녀에게나 푸시고 심지어는 나에게까지 화를 푸시는 일이 잦았다.

경오년(庚午年, 영조 26년, 1750년) 8월, 내가 첫 아들 의소를 낳으니 영묘께서 어찌 기쁘지 아니하셨겠는가. 하지만 무진년(戊

辰年, 영조 24년, 1748년)에 화평옹주께서 해산도 하지 못하고 돌아가신 그 애석함이 가슴에 맺혀, 내가 순산하여 아들을 낳으니 기쁘신 중에도 아끼던 옹주가 나와 같이 아이를 순산하여 기르지도 못하신 것이 또 애달파, 옹주를 생각하시는 슬픔이 손자 보신 기쁨보다 크셨다.

"네가 어느새 자식을 두었구나."

그 아드님께 이런 따뜻한 말 한마디도 하지 않으시고, 나만 어여삐 여기셨기에 그 분이 넘쳤다. 내가 입은 천은에 감격하는 중에도 나만 혼자 임금께 사랑받고 칭찬을 받는 불안하여 늘 조심했다.

아이를 낳은 후로는 '네가 순산하여 아들을 낳으니 기특하다'는 말씀도 일컫지 않으시니, 나이가 매우 젊은 때 득남한 기쁨을 모르고 도리어 두려웠다. 내가 아이를 낳은 이후에 임금께서는 따님의 대한 절절한 마음이 매우 새로워 몹시 노하시고 기뻐하지 않으셨다. 선희궁께서는 그 따님 생각이 어찌 없을까마는, 내가 아들을 낳은 일을 귀하게 여기시고 나라의 큰 기쁨이라 하여 내가 해산한 후 7일까지 산실 근처에 머물러 보살펴 주셨다. 그러나 영묘께서는 이 또한 좋게 보지 않으셨다.

"선희궁이 옹주 생각은 잊고, 손주 생각에 좋아만 하니 인정이 참으로 야박하구나."

하지만 선희궁께서는 겉으로 웃으시고, 속으로는 영묘의 마음에 탄식하셨다.

경모궁께서는 숙성하심이 어른 같아 당신께 아들이 생겨 나라의 기초와 근본이 굳어짐을 기뻐하셨다. 그리고 부왕이 덜 기뻐하시는 것을 감히 어떻다고는 못하셔도 마음속으로 매우 슬퍼하셨다.

"나 하나도 어려운데 아이가 태어나서 어찌하면 좋겠소."

나는 그 말씀을 듣기가 무척 괴로웠다.

이 일은 쓸만한 이야기가 못되나 마지못해 쓴다. 내가 의소를 임신할 때 화평옹주가 꿈에 자주 나타나는데, 내 침방에 들어와 내 곁에 앉아 웃기도 하였다. 그러자 내 어린 마음에 옹주가 해산을 하다가 그 지경이 되었으니 그 악착스런 산귀가 꿈에 자주 보이는 것이 이상하여 내 몸을 걱정하였다. 그러다 의소를 낳고 씻길 때 보니, 어깨에 푸른 점이 있고 배에 붉은 점이 있기에 그마저도 우연으로 보았다.

그해 9월 12일 온양에 거동하시는데, 11일에 영묘와 선희궁께서 안색이 한편 슬프고 한편 기쁘신 모양으로는 들어오더니 갑자기 자는 아기의 옷을 풀어 벗기고 살펴 보셨다. 과연 몸에 표가 있으므로 참혹히 여기시고 분명히 옹주가 환생한 것으로 믿으셨다. 그리고 영묘께서는 그날부터 아이를 갑자기 귀중히 여기시어 화평옹주 형제에게 하시듯 사랑하셨다.

아이를 처음 낳았을 때에는 재앙이 올까 근심하시는 일 없이 정사 보실 때의 의복을 그대로 입으신 채 들어와 보시더니, 그 이후부터는 조심하기를 더욱 극진하게 하셨다. 영묘께서 꿈속에서 보셨는지 그 일이 허망하고 이상하여 알 길이 없었다.

100일 후 당신이 아랫사람을 만나시던 환경전(歡慶殿)을 수리하시어 옮기시고 매우 귀중히 여기시니, 운 좋게 태어난 아들로 인하여 아버님께서 경모궁을 대하시는 것이 나을까 하고 손 모아 기도하였다. 하지만 사실은 내 아이가 화평옹주로 환생하신 줄 알고 사랑하실 뿐이지, 경모궁께는 한결같이 전과 다름없이 대하시니 도무지 알 수 없는 일이었다.

영묘께서는 그 아이가 겨우 열 달이 된 신미년(辛未年, 영조 27년, 1751년) 5월에 세손으로 책봉하시니, 사랑하여 귀중히 여기시는 마음은 그러셨으나 지나친 일이었다. 그런데 임신년(壬申年, 영조 28년, 1752년) 봄에 잃으니, 영묘께서 슬퍼하심이 차마 이를 데가 없었다.

하늘이 묵묵히 도우시고 조상이 은밀하게 도우셔서 내가 신미년 12월에 임신하여 임신년 9월에 아들을 낳으니, 이 아이가 곧 선왕(정조)이시다. 내가 지닌 자그마한 복으로 이 해에 이런 큰 경사가 생기다니, 생각 밖의 일이었다. 선왕이 태어나시니 풍채가 위대하며 골격이 기이하여, 진실로 하늘이 내려보내신 진인(眞人)이었다. 신미년 11월에 경모궁께서 주무시다가 일어나셔서 말씀하셨다.

"용꿈을 꾸었으니 귀한 자식을 낳을 징조인가 보오."

그리고 비단 한 폭을 내어 달라고 하셔서 그날 밤에 손수 꿈에 보신 용을 그려 벽에 붙이셨는데, 성인이 탄생할 때 이런 기이한 징조가 어찌 없으리오.

영묘께서 의소를 잃으시고 애석해 하시다가 왕세자를 얻으시고 기뻐하시며 내게 말씀하셨다.

"원손(元孫)이 이상하게 뛰어나니 조상님이 도와주신 것이다. 네가 정명공주의 자손으로 나라의 빈이 되어, 네 몸에 이런 경사가 또 있으니, 네가 나라에 세운 공이 크구나. 어린아이를 부디 잘 기르되 검소하게 하는 것이 복을 아끼는 도리이니라."

내가 그 말씀을 받들어 뼈에 사무치도록 영묘께서 주신 은혜를 잊지 못하니, 어찌 그 말씀을 지키지 않겠는가.

경모궁께서 기뻐하심은 이루 말할 수 없으며 온 나라 백성의 즐거움이 첫아들 의소를 낳았을 때에 비해 100배나 크니, 우리 부모님께서 기뻐 손뼉 치며 경사를 축하하심이 더욱 어떠하시겠는가? 부모님을 뵐 적마다 뛰어난 아들을 낳음을 축하하시니, 내가 20세가 되기 전의 나이에 나라의 경사를 내 몸에 얻은 것이 떳떳하고 기쁜 이외에 멀리 빌어 아들에게 길이 효도 받기를 기약하였다.

그해 10월, 홍역이 크게 번져 화협옹주가 먼저 앓으니, 경모궁께서는 양정합으로 거처를 옮기시고 원손은 낙선당으로 옮기었다. 태어난 지 삼칠일 안에 움직였으나 아기의 몸이 건강하여 먼 데로 옮겨가도 걱정스럽지 않았지만, 보모도 미처 정하지 못하여 늙은 궁인과 내 유모에게 맡겨 보내었다.

며칠 지나지 않아 이번에는 경모궁께서 홍역을 앓으시고 나으실 즈음에 내가 또 앓고, 원손도 앓으셨다. 내가 해산 후 큰 병이 생길까 걱정하다가 병을 얻어 증세가 가볍지 않았는데, 원손이 또 발진을 하였다. 원손의 증세는 순하나 내가 병중에 걱정해 탈이 날까 봐, 선희궁과 선친께서 내게 말하지 않으셨기에 나는 모르고 지냈다. 경모궁께서 홍역을 앓은 후에 열이 심하셔서 선친께서는 경모궁을 뵙고, 나도 간호하고, 원손도 보호하며 세 곳을 밤낮으로 다니셨는데, 그때 걱정하시고 초조해 하는 바람에 머리와 수염이 다 하얗게 희셨다.

화협옹주가 홍역을 앓다 결국 돌아가셨는데, 평소에 경모궁께서는 누님의 처지가 당신과 같으심을 불쌍히 여겨 우애가 남다르게 극진하셨기에, 옹주의 병환 때 액정서의 하인에게 물으시어 돌아가실 거라는 걸 알고 애통함을 이기지 못하셨다. 이런 일을 보아도 경모궁의 본성이 착하심을 충분히 알 수가 있다.

그해 12월, 사헌부 홍준해가 올린 나라 일에 관한 상소로 영묘께서 대단히 격노하시어, 소조를 선화문에 굽어 엎드리게 하시고 엄격하게 가르치셨다.

그때는 경모궁께서 큰 병환 끝으로 설한이 혹독한데도 그 눈

속에서 처벌을 기다리셨다. 엎드려 계신 데 눈이 쌓여도 움직이지 않으시니, 인원왕후께서 일어나라 하셨으나 듣지 않으셨다. 영묘께서 노여움을 어느 정도 가라앉히신 후에야 일어나시니, 타고난 성질이 침착하고도 무게가 있음을 알 수 있다.

그 후 영묘의 노기가 그치지 않으시어, 그 달 15일에 창의궁으로 가시면서 인원왕후께 아뢰었다.

"왕위를 전해 주려고 합니다."

인원왕후께서 귀가 어두워 잘못 들으시고 그렇게 하라고 대답하시니, 영묘께서 말씀하셨다.

"자교의 허락을 얻었으니 왕위를 물리려 하노라."

너무 급하게 일어난 일이라 그때 동궁께서는 어찌할 바를 몰라 안절부절못하셨다. 동궁께서 세자시강원의 관원들을 부르시어 상소를 불러 쓰게 하실 때 조금도 그치지 않으시니, 그때 관원이 나와서 길이 탄식하였다고 한다. 영묘께서 창의궁(彰義宮)에 오랫동안 머무르시고 궁으로 돌아오지 않으시니, 인원왕후께서 한탄하셨다.

"가는귀가 먹어 대답을 잘못한 일이 나라에 해를 끼쳤구나."

그리고 작은집에 내려와 계시고 영묘께 편지하시어 환궁하시길 청하셨다.

동궁께서는 시민당 손지각 뜰 얼음 위에 짚자리를 깔고 엎드려서 처벌을 기다리시다가 창의궁으로 걸어가셔서 또 기다리시고, 머리를 돌에 부딪치시어 망건이 다 찢어지시고 이마가 상하여 피가 나셨다. 이런 일은 천성의 화심과 본질이 충성스럽고 순후하심을 드러낸 것이지, 억지로 꾸민 일이 아니라는 것을 잘 알 수 있다. 그러실 즈음에 또 꾸중이 내려왔지만, 공손히 도리를 다하시니 일을 당하여 잘 수습, 처리하시기로 좋은 명예를 얻으셨다.

그때 영묘께서 명령을 내리셨다.

"정 2품 벼슬 이상을 멀리 귀양 보내라."

선친께서도 그 가운데 드시나 임금이 뜻을 접지 않으셨으므로 문 밖에서 동궁의 일을 수습하실 때 마음을 애태우며 어찌할 바를 몰라 의논하시는 서신을 참 많이 보내셨다. 내가 그것을 다 모아 두었더니, 원손이 자라신 후에 보시고 선친의 지극하신 충성에 감탄하셨다.

"두고서 보도록 하지요."

그리고 그 서신을 친히 가져가셨다.

며칠 후 대조께서 환궁하시고 면직시켰던 여러 신하들을 다시 등용하여 친히 정사를 들으셨다. 선친께서도 들어오시어 경모궁의 머리 상하신 데를 뵈옵고 어루만지시며 우시고, 그 사이에 지난 일들을 말씀하시던 일이 지금도 눈앞에 선하다.

경모궁께서는 그 병환이 재발하지 아니할 때는 인자함과 효성스러움을 다하시다가, 병환이 재발하시면 마치 딴사람처럼 구시니 어찌 이상하고 서러운 일이 아니겠는가.

경모궁께서는 늘 불교, 도교의 글과 잡설 등을 가까이 두고 보셨다. "옥추경(玉樞經)을 읽고 공부하면 귀신을 부린다고 하니 읽어보자." 어느 날은 이렇게 말씀하시고 밤이면 읽고 공부하시더니, 과연 늦은 밤에 정신이 아득하시어 무서워하셨다.

"뇌성보화천존이 보인다."

천둥을 주관하는 신이 보인다 하니, 이로 인하여 병환이 더욱 깊이 드시니 원통하고도 서럽다. 10여 세부터 병환의 기운이 계시어 음식을 드시는 것과 행동하시는 것이 다 예사롭지 않았거늘, 옥추경을 읽으신 후로는 아주 딴사람같이 변하셔서 무서워하시고 '옥추' 두 자(字)를 거들지 못하셨다.

단옷날에는 재앙을 물리친다는 옥추단을 들여와도 무서워서 차지를 못하시며, 그 후는 하늘을 매우 무서워하시고 '우레 뢰(雷), 벼락 벽(霹)' 같은 글자를 보지 못하셨다. 이전에는 천둥을 싫어하셨지만 이렇게 심하지는 않으셨다. 허나 옥추경을 보신 이후로는 천둥이 치면 귀를 막고 엎드렸다가 천둥이 다 그친 후에나 일어나시니, 이런 줄을 부왕과 선희궁께서 아실까 하여 모든 일이 절박하고도 기겁해 함은 말로 표현할 수도 없었다.

경모궁이 18세 되시던 임신년(壬申年, 영조 28년, 1752년) 겨울에 그 증세가 나타나서 계유년(癸酉年, 영조 29년, 1753년)은 무엇에든 잘 놀라는 경계증처럼 지내시고, 갑술년(甲戌年, 영조 30년,

1754년)도 그 증세가 때때로 나와 점점 고치기 어려운 병이 되니, 이 모든 것이 옥추경이 원수이로다.

그러다가 경모궁께서는 어찌하여 궁녀인 양제란 것을 계유년 사이에 가까이 하시어 자식을 배었다. 대조의 꾸중을 들을까 두려워 아무쪼록 아이를 없애도록 하였건만, 괴이한 것이 세상에 나서 화근이 되려고 보전하여 갑술년에 인(은언군)이 태어났다. 평소에도 꾸중을 많이 들었는데 그때 여러 번 대조의 엄한 꾸중이 그치지 않으시니, 경모궁께서는 날마다 두려움에 떨며 지내셨다.

선친께서 경모궁이 엄하게 꾸지람 받는 것을 민망히 여겨 위에 아뢰어 임금의 화를 푸시게 하셨다. 궐내에서는 투기(妬忌)를 하는 일이 없었던 데다가 내 본성이 사납지 못하였고, 처음부터 선희궁께서도 주의를 주셨다.

"그런 일을 거리끼지 말라."

그러실 뿐 아니라, 선희궁께서 인의 어미를 총애하시는 일이 없으므로 투기할 이유가 없고, 만삭이 되어도 처치하시지 않고 내버려두셨다. 경모궁께서는 한때 그러신 것이 자식이 생기니 꾸중을 들으실까 겁이 나서 인의 어미를 돌아보시는 일이 없고 선희궁께서도 아는 체를 않으셨다. 그래서 하는 수 없이 내가 나설 수밖에 없어 무슨 식견이 있을까마는 힘이 미치는 일은 다 보살펴 주었다. 그러자 영묘께서 내게 꾸중을 많이 하셨다.

"남편의 뜻을 받아 남이 다 하는 투기를 않는구나."

갑자년(甲子年, 영조 20년, 1744년)에 내가 입궐한 이후 처음으로 엄한 꾸중을 듣고 죄송하여 지냈다. 그러나 우스운 것이 예부터 칠거지악(七去至惡)의 하나이고 부녀자가 투기하지 않음을 으뜸가는 덕으로 여겼는데, 나는 도리어 투기를 안 한다고 꾸지람을 받아 내 허물이 되니 이것도 다 나의 운수였던가 싶다.

원래가 부자 사이가 좋아서 그렇게 태어난 아이라도 손자라고 하고 영묘나 선희궁께서 조금이라도 용서를 하시거나 경모궁께서 그 어미에게 혹하여 계시면, 내 비록 마음이 넓다 해도 부녀자로서 어찌 마음이 편안하겠는가. 하지만 이는 그렇지 않아서 영묘와 선희궁께서는 아는 체도 않으시고 경모궁께서는 겁만 내시어 어쩔 줄 모르시는데, 내가 또 곁들여 심하게 투기하면 그렇지 않아도 두려움이 크신 경모궁께서 속을 태워 병환이 더하실까 걱정하지 않을 수 없었다.

그해 7월 14일에 첫째 딸 청연이 태어나니, 영묘께서 매우 기뻐하셨다.

"100여 년 만에 군주가 처음 나니 귀하다."

그러다가 을해년(乙亥年, 영조 31년, 1755년) 정월에 인의 아우 진(은신군)이 태어나니, 두 번째 낳은 까닭인지 그 후로 영묘의 꾸중이 적어지신 듯했다.

경모궁의 증세는 종이가 물에 젖듯이 하여, 문안도 더 드물게 하시고 강연에도 전념하지 못하셨다. 마음의 병이시라 늘 신음이 잦아서 몸을 잘 쓰지 못하시니 대조께서 춘방관을 부르시어 학업에 대한 말씀을 물으시면 더 두렵기만 하셨다.

을해년 2월에 윤지 등이 일으킨 반역 음모 사건이 나서 5월까지 영묘께서 죄인을 친히 심문하셨는데, 그때 역적을 사형시켜 조정의 질서를 세우실 때면 동궁을 내보내서 보게 하셨다. 날마다 친히 심판하시다가 들어오시면 밤에 통행 금지가 되는 때인 인정 후나 삼사경이 될 때도 있으나, 영묘께서는 하루도 거르지 않으시고 동궁을 부르셨다.

"밥 먹었느냐?"

이렇게 물으신 후 동궁께서 대답하시면 즉시 가시니, 그 대답을 듣고 그날 죄인 심문하신 일을 씻으시고 가시려는 뜻이셨다. 영묘께서는 동궁을 좋고 길한 일에는 참석하지 못하게 하시고 좋지 못한 일에는 간섭하게 하셨다. 그리고 필요하거나 불필요하건 간에 말씀을 서로 주고받기라도 하시면, 날마다 다른 말씀은 한 마디도 하시는 일이 없으시고, 마치 대답을 시켜 듣고 귀를 씻고 가시기 위해 그러시는 것처럼 하루도 거르지 않고 밤중에 그러셨다. 이러니 아무리 지극한 효심을 가지고 있어도, 병이 없는 사람이라도 어찌 싫어하지 않겠는가.

그 병환의 증세를 생각하면 동궁께서도 화가 나셔서 "어찌 부르십니까?" 하실 듯하지만, 그 병환을 능히 참으시고 날마다 밤중이라도 부르시면 때를 어기지 않고 대령하여 계시다가 그 대답을 어기지 않고 하셨으니, 경모궁이 지닌 그 본연의 효심을 충분히 알 수 있겠다. 경모궁이 앓고 있는 병환이 이상하다는 것을 처자나 마음앓이하고 내시와 궁녀 들만 밤낮으로 두려워하며 지내 어머니도 자세히 모르시니, 부왕께서 어찌 자세히 아실 수 있으리오. 윗분을 뵈올 적과 신하를 대하실 때는 평소와 같이 아무렇지도 않으셨다. 그 일이 더욱 갑갑하고 서러운 것은 위에서부터 춘방관까지라도 병환을 어이없이 용서할 수 있게 급박하게 되면 병 증세를 남이 다 알게 나타나도록 하시었으면 싶었다.

을해년 2월의 역모 사건 이후에도 부왕과 세자 사이에 근심이 많았으니, 갑갑하던 일을 어찌 다 글로 쓸 수 있을까. 동짓달 즈음에 선희궁의 병환이 계셔서 경모궁께서 뵈려고 집복헌에 가 계셨는데, 영묘께서 화완옹주가 있는 곳과 가까운 것을 싫어하시어 대단히 노하셨다.

"바삐 가라."

그래서 경모궁께서는 어찌할 바를 몰라 높은 창을 넘어 나오셨다. 그날 영묘의 꾸중이 지극히 엄하셔서 낙선당에 있는 청휘문 안에 들어오지 말고 서전의 태갑편(太甲篇)을 읽으라 하셨다. 어머님의 병환을 뵈러 가셨다가 아무 잘못도 하지 않았는데 그런 일을 겪으니, 경모궁께서는 서럽고 매우 원통해 하셨다.

"이렇게 된 거 자살하련다."

경모궁께서 겨우 진정은 하셨지만, 부자 사이는 점점 나빠졌으니 어찌 말로 다 표현 할 수 있겠는가!

병자년(丙子年, 영조 32년, 1756년) 설날에 영묘로부터 존칭을 받으셨으나, 경모궁은 참례시키는 일이 없으시고 병환이 점점 깊어 강연도 더듬으셨다. 그리고 취선당 밖에 있는 소주방 하나가 깊고 고요하다면서 많이 머무르시니, 어느 날이며 마음이 쓰이고, 어느 때나 초조하기만 했다.

5월에 영묘께서 숭문당에서 신하들을 만나시고 갑자기 낙선당으로 동궁을 보러 가셨는데, 세수도 단정히 못하시고 의복 모양이 다 단정치 않으셨다. 그때는 금주(禁酒)가 엄한 때여서, 경모궁께서 혹시 술을 드셨나 하고 의심하여 크게 화를 내셨다.

"술 드린 이를 찾아내라."

영묘께서는 경모궁에게 누가 술을 드렸는가를 엄히 물으셨다. 그러나 경모궁은 진실로 술 드신 일이 없으신지라 매우 원통하셨을 것이다. 영묘께서 아무 일이나 억지로 추측하여 무슨 말씀이든 물으시면 그 후 그 일을 행하셨으니, 다 하늘이 시키는 듯하였다.

그날 경모궁을 뜰에 세우시고 술 먹은 일을 엄하게 심문하시니, 진실로 잡수신 일이 없건만 두려움이 지나치시어 감히 변명을 못하시는 성품이셨다. 영묘께서 하도 화급히 물으시니, 어쩔 도리 없이 거짓으로 대답하셨다.

"먹었습니다."

"누가 주더냐?"

영묘께서 다시 물으시니, 댈 데가 없어 그냥 둘러대셨다.

"밖의 소주방 큰 내인 희정이가 가져다 주었습니다."

영묘께서 화가 나 가슴을 두드리시며 엄하게 잘못을 캐묻고 꾸짖으셨다.

"나라에 금주를 명한 이 때에 네가 술을 먹어 예절에 어긋나게 구는구나!"

그러자 보모 최 상궁이 보다 못해 아뢰었다.

"술을 드셨다는 말씀이 원통하니, 술 냄새가 나는지 한번 맡아보십시오."

그 상궁이 아뢴 뜻은 술이 들어온 일이 없고 경모궁께서 잡수신 바도 없어, 차마 원통하여 그리 아뢴 것이다. 그러나 경모궁께서는 영묘 앞에서 최 상궁을 꾸중하셨다.

"내가 방금 먹었다고 아뢰었는데, 자네가 감히 무어라고 먹고 안 먹고를 말할 수 있는가? 물러가라."

경모궁께서 보통 때는 임금 앞에서 주뼛주뼛하여 말을 못하시더니, 그날은 원통히 꾸중을 들었기 때문에 그리 말씀을 잘하시었던가! 그때 두려워서 벌벌 떠시던 중에도 그 말씀을 하시는 것이 다행스러웠는데, 영묘께서는 또 버럭 화를 내시었다.

"네가 내 앞에서 상궁을 꾸짖다니⋯! 어른 앞에서는 개나 말도 꾸짖지 못하는데 어찌 그리 하느냐?"

"감히 앞에 나와 변명하기에 그리하였습니다."

경모궁께서는 얼굴을 낮추어 아랫사람의 도리를 잘 지키셨다.

그러나 영묘께서는 금주령이 내린 때 동궁께 술을 드렸다고 하여 희정이를 멀리 유배 보내시고, 대신 이하는 불러 만나시어 우선 춘방관이 먼저 들어가 동궁을 타일러라 하셨다. 그날 경모궁께서는 원통하고 억울하고 서러워 하늘을 찌르는 기상이 다 나오셔서, 춘방관이 들어오자 처음으로 호령하셨다.

"너희 놈들이 부자지간에 화하게는 못하고, 내가 이렇게 억울한 말을 들어도 한 마디도 아뢰지 못하고 감히 들어오느냐? 다 나가거라!"

춘방관 하나는 누구였는지 모르나 하나는 원인손이었다. 그가 무엇이라 아뢰고 썩 나가지 않으므로 경모궁께서 다시 화를 내셨다.

"어서 나가라!"

그렇게 쫓아내실 즈음에 촛대가 거꾸러져 낙선당 온돌의 남쪽으로 난 창에 닿아 불이 붙었다. 그러나 불을 잡을 사람은 없고 불은 삽시간에 퍼졌기에, 경모궁께서는 춘방을 쫓아 낙선당

118

에서 덕성합으로 내려가는 문으로 내려가셨다.

한편 춘방은 쫓겨나가고 늘 숭문당에서 대전으로 임금님을 뵈러 가던 손이 창덕궁의 동쪽문인 건양으로 돌아오다가 집현 문이 닫혀, 시민당 앞에서 덕성합의 임금이 강론하시는 집을 지 나 보화문으로 들어왔다. 춘방이 나가며 들어오던 손이 덕성합 앞을 막 지날 때, 경모궁께서 소리를 높이셨다.

"너희가 임금과 나 사이를 나쁘게 하고 나랏돈만 먹으며 잘 못한 것을 말씀드리지도 않으면서 임금을 뵈러 들어가니 저런 놈들을 무엇에 쓰리오!"

이렇게 화를 내시며 다 쫓으시니, 그 거동과 모습이 지나치 셨다.

불길은 더욱 거세져, 원손을 관희합이라 하는 집에 두었는데, 낙선당과 관희합이 한 일(一)자로 되어 있어 두어 칸 사이였다. 갑자기 불이 나므로 내가 경황없이 놀라 원손을 데려오려고 달 려갔다.

그때 둘째딸 청선을 임신한 지 5, 6개월이었으나 반 칸이나 되는 돌층계를 바삐 뛰어 내려가 자는 아기를 깨워 보모에게 안겨 경춘전으로 가게 하고, 관희합은 어쩔 수 없이 구하지 못 할 줄 알았다. 그러나 기이하게도 엎드리면 코 닿을 정도의 아 주 가까운 거리에 있는 관희합은 불이 미치지 못하고 휘돌아서 기와도 닿지 않은 양정합에 달하였으니, 임금 되실 이가 계신 관희합이 화재를 면한 것은 참으로 하늘의 뜻처럼 보였다.

뜻밖에 화재가 나니, 영묘께서는 아드님이 홧김에 불을 지르신 것으로 여기시어 진노하심이 열 배나 더하셨다. 영묘께서는 함인정(涵仁亭)에 여러 신하들을 모으시고 경모궁을 부르시어 호령하셨다.

"네가 불한당이냐? 불은 왜 지르느냐?"

경모궁께서는 그때의 설움이 가슴에 복받쳤으나 거기에서도 그 불이 촛대가 굴러서 난 불이 원인이라는 사실도 말하지 않으셨다. 술에 대한 말씀처럼 변명을 않으시고 스스로 하신 듯 구시니, 마음 구석구석이 서럽고 갑갑하였다.

경모궁께서는 그날 그 일을 지내시고 가슴이 막히셔서 청심환을 잡숫고 울화를 내셨다.

"아무래도 못 살겠다."

그리고 저승전 앞뜰에 있는 우물로 가셔서 떨어지려 하시니, 그 놀라운 상황과 위태로운 모습이야 이를 것이 어디 있으리오. 가까스로 구하여 덕성합으로 나오시게 했다.

선친께서 그해 2월에 광주 유수를 하시어 내려가셨는데, 선친께서 지방관청의 벼슬을 하신다면 경모궁께서 더 의지할 곳이 없음을 아시어 영묘께서 들어오라 하여 올라오셨다. 대조께서 선친께 지난 말씀과 걱정을 무수히 하셨다. 그리고 소조께서는 술 문제, 불 문제의 두 가지 원통한 말씀을 하셨다.

"서러워 살기가 어렵습니다."

그 말씀을 듣는 선친의 마음이 어떠했겠는가. 그리하여 대조께 누누이 아뢰었다.

"자애를 잃지 마소서."

그리고 소조께는 울면서 아뢰었다.

"갈수록 효성을 닦으소서."

소조께서 지나친 행동을 하시다가도 장인이 아뢰시고 면전에서 타이르시면 수그러지니, 그럭저럭하여 겨우 진정하신 듯하였다.

내가 가을에 어머니를 잃고 서러운 마음이 이를 데 없는데, 경모궁의 병환이 점점 심하시니 근심이 거듭 쌓였다. 그러던 중에 그때의 광경을 당하여 하도 바쁘고 경황없이 지내다가, 선친을 뵈옵고 서로 붙들고 울던 일이 지금도 눈앞의 일과 같이 선하다.

경모궁께서는 5월의 불 소동 후에 놀라셔서 병환이 더욱 심해지셨다. 아침 문안을 보는데 지나친 행동도 하시며 강연도 더 드물고 차대 때나 억지로 기운을 내시니, 무슨 의욕과 경황이 있겠는가. 더구나 울적함을 견디지 못하시고 대조께서 자리를 비우시면 후원에 가셔서 활도 쏘시고 말도 달리셨다. 그리고 군사 무기와 병기붙이 등을 가지고 내인들을 데리고 노시니 그 내시들이 나팔 불고 북 치는 것까지 했다고 한다.

그해 7월에 인원왕후께서 칠순이시므로 노인 선비만 보는 과거인 기로과(耆老科)를 보이시고 후원에서 진하(進賀)를 하시는데, 어쩐 일인지 소조를 참석케 하시니 소조께서는 그 진하를 무사히 지내고 오셔서 무척 좋아하셨다. 이런 일만 보아도 대조께서 조금만 더 온화함을 가지고 불쌍히 여겨 타이르시고 소조께 견딜 만큼만 하셨더라면 지금의 이 지경에 이르지도 않았으리오. 두 부자분이 스스로 뜻대로 못 하시는 듯 그리들 하시니, 다 하늘의 뜻이고 그저 원통할 뿐이로다.

경모궁께서는 22살이 되도록 대조께서 능에 참배하시는 길에 따라가질 못하셨는데, 봄과 가을에는 가실까 하고 마음을 졸이시다가 한 번도 못 가시니, 그 일도 서럽고 울화가 되셨다. 병자년(丙子年, 영조 32년, 1756년) 8월 초일에 처음으로 명릉(明陵)에 같이 참배를 갔다 오시니, 시원하고 기뻐셔서 목욕도 하시고 정성을 다하시어 운 좋게 아무 탈 없이 다녀오셨다.

그리고 인원왕후, 정성왕후와 선희궁께 편지를 하시고 자녀에게도 하시니 그 필적이 지금도 내게 있다. 이러한 일들은 조금도 병 있는 사람처럼 보이지 않았고, 경모궁께서도 순조롭게 일을 이루시고 궁궐로 돌아오심을 스스로 큰 경사처럼 아셨다.

능행 후, 한동안은 대단한 꾸중도 들으신 일이 없으니 그것은 화완옹주가 8월 초생에 딸을 낳음으로 인해 영묘께서 기뻐하시어 그런 것이다.

일반적으로 생각하면 그 누이는 그리도 총애하시고 당신은 뜻을 펼 기회를 얻지 못하시니 경모궁의 입장에서 보면 응당 어떤 마음이 계실 듯하지만, 그때까지 계속 불효하는 빛이 없으시고 누이가 자식 낳은 일을 기특하게 여기셨다. 처음으로 능행 수가하게 된 것은 선희궁께서 화완옹주에게 부탁을 하여 된 듯싶다.

"지금 능행 수가를 못 가는 일을 민심도 이상히 여길 것이다. 임금께 말씀드리는 것이 어떻겠느냐."

그해 9월에 둘째 딸 청선이 태어나니, 경모궁께서 전 같으면 오죽 좋아하셨을까마는 들어와서 보신 일도 없으니, 병환이 심함을 충분히 알 수 있었다. 오래지 않아 선친께서 평안감사를 하시어 바로 그날에 떠나시게 되었다. 위태롭고 두렵기는 날로 심한데, 선친께서 떠나시는 일을 경모궁께서 근심스러워 하시더니, 그해 섣달 중순에 덕성합에서 마마병에 걸리셨다. 증세는 몹시 순하나 피부에 돋은 것이 심하여 더욱 두려워하였으나 수그러졌다. 22살의 춘추에 격렬함은 이를 것이 없을 정도였는데 곱게 나으시니, 그런 경사가 어디 있으리오.

선희궁께서 가까이 오셔서 머무르시며 밤낮으로 걱정하시고, 원손은 공묵합으로 피하여 머물게 하셨으며 나는 좁은 방에서 병간호를 하느라 한곳에서 지냈었다. 그때 춥기는 유난스럽고 삼면이 성에로 얼음벽이 된 곳에서 그 중병을 순하게 지내시니, 나라에 그런 무한한 경사가 없었다.

그러나 대조께선 경모궁이 그 병환을 앓으실 적에 한 번도 친히 오신 적이 없으시고, 선친께서는 평안도에 멀리 계시며 나만 혼자 아득히 애쓰던 일을 어찌 글로 다 쓰리오. 경모궁께서 병이 나은 후에는 경춘전으로 와서 몸조리하셨다.

정축년(丁丑年, 영조 33년, 1757년) 2월 13일에 정성왕후께서 오래 묵은 병이 갑자기 중하게 되셨다. 손톱이 푸르고 피를 토하신 것이 한 요강이나 되는데, 붉은 피도 아니고 검고 괴이한 것이 젊었을 때부터 모인 것이 나온 것인즉, 그 놀라움을 어찌 다 말로 하겠는가. 나는 먼저 가고 경모궁께서 뒤쫓아 오셨는데, 정성왕후께서 피를 토하시고 매우 위태로우셨다. 경모궁께서 토하신 그릇을 붙들고 눈물을 흘리시니, 보는 이가 모두 감동하였을 것이다.

대조께는 미처 아뢰지도 못하시고 그릇을 들고 중궁전의 장방(長房)에 친히 나가셔서 의관에게 보이시며 우셨다 한다. 경모궁께서 비록 정성왕후의 지극한 자애를 받고 계시나 친어머니가 아니라서 간격이 계실 듯하지만, 천성이 효성스럽고 착하시기 때문에 스스로 착한 마음을 발하셔서 그러셨으니, 누가 그 경모궁께 병환이 계실 거라고 생각하겠는가.

밤에 정성왕후께서 경모궁께 간곡히 권하셨다.

"저의 큰 병환 끝에 어찌 늦게까지 자리하고 계십니까? 그만 돌아가십시오."

그러자 경모궁께서는 삼경(三更)쯤 되어 경춘전에 잠간 내려가 계셨는데, 새벽에 내인이 와서 여쭈었다.

"정성왕후께서 아주 깊이 잠드셔서 아무리 여쭤도 대답이 없으십니다."

경모궁께서 놀라 올라가셨는데, 정말 대답이 없으시므로 부르짖으며 천만 번이나 여쭈었다.

"소신이 왔나이다, 왔나이다."

그래도 정성왕후께서 모르시니 경모궁께서 애통하여 울던 일은 다 쓸 수가 없다.

날이 밝은 후는 14일이니 영묘께서 아시고 오셨다. 비록 두 분 사이가 좋지는 못하시나 정성왕후께서 병세가 위중하셨기 때문에 오신 것이다. 경모궁께서는 아버님을 뵙고 또 죄송하여 몸을 움츠려 울고, 하시던 일도 못하시고 몸을 굽혀 고개도 들지 못하셨다. 그 병환에 그토록 걱정하여 울고 서러워하시는 모양을 보고 옆 사람이 감동하여 눈물을 흘리고 흐느껴 울었다.

본인의 병환 증세나 말씀하시면 대조께서 보시기에 좀 나으실 것을, 정성왕후께서 몹시 위급한 가운데 좁은 방의 한구석에 죄송스럽게 엎드려 계시니, 아까 울고 서러워하시던 줄을 대조께서 어찌 아시리오. 영묘께서는 경모궁의 옷차림과 행전(行纏)을 치신 모양까지 걱정하시고 또 꾸중하셨다.

"중궁전의 병환이 이러신데 행색을 어찌 저리 가지는가?"

천지간에 터질 듯 갑갑한 것이 아까 그 지극하던 모양은 다 감추어지셨다. '아까는 저렇지 않았습니다' 할 수도 없고, 위에서는 불효하게 버릇이 없다고만 하시니, 애쓰시는 선희궁과 속이 타는 나를 어디에 비할 수 있겠는가. 이때 공교롭게 화완옹주의 남편인 일성위의 병이 위중하였으므로 옹주를 내보내시고, 영묘께서 마음이 산란하여 걱정하심이 이를 데가 없었다.

그러던 중 정성왕후의 병환은 점점 위급하셔서 15일 신시(辛時)에 돌아가시니, 그 슬픔을 어찌 이를 것이 있으리오. 동궁은 관희합의 아랫방으로 내려오셔서 초상난 것을 알리는 발상(發喪)[51]하려 하시고, 나도 발상하려고 고복(皐復)[52]을 막 하려할 즈음에 영묘께서 많은 내인들과 양전이 서로 만나신 말씀과 이때 이리 돌아가셨다는 말씀을 길게 하셨다. 그러다 날이 저물어 동궁께서는 가슴을 치시며 애통해 하시고, 때는 어기었지만 발상을 못하고 무척 당황해하더니 일성위의 사망 소식까지 들어왔다.

영묘께서는 그제야 애통하여 통곡하시고 즉시 거동을 하셨다. 신시에 운명하셨으니 6시간 뒤에 고복을 했어야 하는데, 날

---

51) 상제가 머리를 풀고 울어서 초상이 난 것을 알리는 일.
52) 죽은 사람의 이름을 세 번 부르고 발상을 하는 의식. 사람이 죽은 후 5~6시간 뒤, 그가 입던 웃옷을 가지고 지붕에 올라가 왼손으로 깃을 잡고 오른 손으로 허리를 잡아 북쪽을 향하여 '누가 몇 월 며칠 몇 시에 별세'를 세 번 외친 다음 그 옷은 시체 위를 덮는다.

이 저물어서야 발상을 하니 그런 슬프고 죄스러운 일이 또 없을 것이다. 16일에야 대조께서 환궁하심을 기다려 염습(殮襲)을 하였다.

동궁께서 하늘에 울부짖고 몸부림치심이 과하시며 때때로 임금의 뜻에 따라 능을 살피시고 눈물이 줄줄 흐르니, 친모자 사인들 이보다 더하리오.

경모궁께서 애통해 하시는 모습을 대조께서 보시면 혹시 감동하실까 하였으나, 환궁 후 뵐 때 또 죄송한 모양으로 엎드려 계셔서 도대체 우시는 모양을 못 보시니, 그 모습이 갑갑하고 이상하지 않으리오. 정성왕후께서는 평상시에 대조전 큰방에 거처하셨으나 감기 기운만 있어도 건넌방에서 지내시더니, 환후가 위중하시자 이렇게 말씀하셨다.

"대조전이 매우 중요한 곳인데, 내가 어찌 하여 이 집에서 생을 마칠 수 있으리오."

그러시곤 서편에 딸린 관희합으로 바삐 내려오셔서 계시다가 돌아가셨다. 염을 한 후에 경훈각(景薰閣)으로 모셔 와서 입관하니 발인 전까지 그곳이 관을 모셔 두는 집이 되고, 옥화당에 상제가 된 동궁의 거처를 만들어 경모궁께서는 다섯 달을 그곳에서 지내셨다. 그리고 아침저녁으로 지내는 제사와 3년 동안 낮 제사에 계속 참여하셨다. 어떤 날은 여섯 번의 곡을 거의 다하셨는데, 나는 관희합 맞은편 방 융경헌에 있었다.

인원왕후께서 칠순이 넘으시니, 기력이 매우 쇠하여 정성왕후의 장례 후 무척 슬퍼하시고 애석해 하시는 중 연기와 안개 속에 계신 듯 슬픈 줄을 잘 모르시는 듯하였다. 그러다가 2월 그믐께 병세가 도로 도지셔서 증세가 좀 낫다가도 심해지곤 하시더니 대왕대비전의 장방으로 피하셔서 요양하시다 3월 26일에 돌아가셨다. 참으로 애통할 뿐만 아니라 영묘께서 예순 한 살을 바라보시는 노경에 큰일을 만나셔서 애통함이 지나치심이 더욱 한스러웠다. 인원왕후의 덕이 탁월하셔서 궐내의 법도는 인원왕후의 계시로 매우 엄하고 동궁을 사랑하심이 지성으로 무한하시었다. 그리고 내가 궁궐에 들어오니 나를 각별하고도 애중히 여겨 주신 그 은혜를 어찌 다 기록하겠는가?

인원왕후께서 동궁을 사랑하시어 정성을 다하여 특별한 반찬을 자주 해 보내셨는데, 궐내의 음식 중 인원왕후전 음식이 별미에 진수성찬이었다. 그러다 점점 대조와 소조의 난처한 소문을 들으시고 깊이 근심하여, 나를 보시면 가만히 걱정하셨다.

"얼마나 민망하겠느냐?"

또 동궁께서 상복하신 모양을 차마 보지 못하시고 자주 걱정하셨다.

"저리하고 있으니 가뜩이나 울게 하는구나."

그리고 법을 엄히 하시어 좁은 방에서라도 옹주네가 감히 빈궁의 어깨와 나란히 하여 있지 못하게 하셨다. 그 문안에 화순옹주가 계시나 병으로 말미암아 몸을 잘 쓰지 못하고 화유옹주만 있어서 나를 따라다녔는데, 좁은 방에 앉을 때 내 어깨에 나란히 했는지 인원왕후의 호령이 계셨다.

"빈궁이 얼마나 중한데 네가 감히 그리 하느냐!"

그 환후가 위중하신 중에도 체면을 엄히 하신 것에 감탄했다.

정성왕후께서는 그 아드님을 위하시는 마음으로, 대조께서 동궁에게 민망히 구시는 일이 한이 되어 애달파 답답해 하셨다. 그리고 경모궁께서 지나친 행동을 하신다는 소문이나 들으시면 나라의 일을 근심하셔서 선희궁에게 늘 다니시고, 지성으로 마음을 졸이며 걱정하셨다.

달을 이어 연달아 궁의 높으신 두 왕후께서 돌아가시자 궁중이 텅 비고, 지엄하던 법이 어느새 무너져 한심스러워 어쩔 줄 몰랐다.

경모궁께서 그 할머님의 자애를 많이 입고 계셨으므로 애통하시기가 각별하시니, 두 부자 사이만 좀 평범했다면 얼마나 좋았을까!

영모당에서 습과 염을 하여 경복전(景福殿)으로 오르시고, 관은 통명전에다 모셔 두고 그믐날 입관하셨다. 그날 흰 판자에 흰 비단을 덮어 평소에 인원왕후께서 후원을 출입하시던 요서문으로 본처소의 내인들이 상여를 메고 들어왔다. 그 위엄 있고 엄숙한 태도는 대례를 받으실 때처럼 하여 모시니, 차마 우러러 뵈옵지 못하고 상제인 대조의 거처는 체원합으로 하였다.

영묘께서는 인원황후가 병환이 드신 때부터 초조하고 황급해 하시어 밤낮으로 머물며 지성으로 약시중을 드셨다. 돌아가신 후에는 관을 산에 묻기 전에 다섯 달을 이른 아침마다 영전에 제사를 지내시는 것부터 여섯 번의 곡을 한때도 거르신 일이 없으시니, 춘추가 예순 넷이신데 그런 효성과 그런 정력이 어디서 났단 말인가. 당신은 이러하신데 아드님께서 하시는 일을 그 본심은 모르시고 나쁘고 잘못하시는 줄로만 아시니, 두 왕후께서 안 계시고 궐내의 모양이 말이 안 되어 더욱 아득하였다.

무릇 부자분 사이가 좋지 못하신 데에는 또 곡절이 있으니, 다름이 아니라 신미년(辛未年, 영조 27년, 1751년) 한겨울에 효장세자의 처인 현빈궁이 돌아가시니, 영묘께서 효부를 잃으시고 애통하셔서 장례에 친히 임하여 임금의 간곡한 정성이 미치지 않은 데가 없었다. 그런데 장례 후에 영묘께서는 그곳의 시녀 내인인 문녀(文女)를 가까이 하셔서 아이를 배게 했다. 그러고는 그 오라비는 문성국이란 놈인데, 그것을 별감(別監)으로 사랑하시고 누이도 총애하여 계유년(癸酉年, 영조 29년, 1753년) 3월에 옹주를 낳으셨다. 그때 인심이 떠들썩하여 이상한 말이 퍼지면서 소문이 자자하였다.

"그들 남매가 아들을 낳지 못하면 다른 자식이라도 데려다가 아들을 낳았다고 속이려 할 것입니다."

"문녀의 어미는 중에서 속세로 돌아왔는데 딸이 아이를 낳아서 들어왔다 합니다."

성국이가 무슨 심정으로 동궁에게 그리 흉한 마음을 먹었던지 간사하고도 흉악한 놈이었다. 성국이는 별감에서 사약[53]으로 승진하고, 누이는 신미년 겨울부터 영묘의 사랑을 더욱 받아 남매의 총애가 극에 달하였다.

영묘께서 어릴 때부터 계시던 집이 건극당인데, 효장세자에게 주셔서 현빈이 거기에 머물러 신미년 돌아가실 때도 거기서 지냈었다. 그 아래 고서헌이란 곳에 문녀를 두어 거기서 해산하고 갑술년(甲戌年, 영조 30년, 1754년)에 또 딸을 낳았다. 후원의 중정문 밖에 문녀의 궁의 일을 맡아보는 내관 전성해를 두시고, 성국이도 그 내관 처소로 와서 뵀었다.

대조와 소조의 사이가 안 좋은 것을 그놈이 알고, 그 틈을 타서 영묘의 마음에 맞추어 소조께서 하시는 일을 다 알아다가 고하였다. 소조께서 하시는 일을 누가 사이에서 말할 사람이 없었는데, 성국이는 자기 세력을 믿고 무서운 마음이 없었다. 그래서 동궁의 하인들이 다 자기와 똑같은 무리들이므로 동궁의 작은 일까지 알아내어 듣는 족족 대조께 아뢰었고, 문녀 역시

<hr>

53) 액정서의 정 6품 잡직.

안에서의 소문을 모두 말하고 다녔다.

영묘께서는 모르시는 때도 의심했었는데 날로 동궁에 대한 험담만 들으시니, 편치 않으시던 마음이 갈수록 갑갑해지셨다. 나라의 운이 불행하여 요망하고 간사스러운 계집과 흉악한 놈이 불러일으키는 일이 참으로 슬프구나.

영묘께서는 그 남매가 하는 말은 의심 없이 사실로만 받아들이시고, 그 내막까지는 똑똑히 알지 못하셨다. 병자년(丙子年, 영조 32년, 1765)에 부릴 내인이 없어 세자궁과 빈궁 사약 별감의 딸을 내인으로 뽑으려 하였다. 이것은 소조께서 생각하신 일이 아니라 내가 내인이 없어서 뽑자고 한 말이었으며, 그것들의 딸을 들여다가 사약 김수완의 딸을 뽑고 별감의 자식도 뽑은 것이었다. 그런데 아침에 그런 일을 영묘께서 어느새 아시고는 엄하게 꾸중하셨다.

"네 어찌 내게 아뢰지도 않고 내인을 뽑았느냐?"

그때 놀랍기가 이를 데 없었다. 김수완은 성국이와 친한 족속으로, 제 자식을 들여보내지 않으려고 성국에게 급히 부탁하여 대조께 아뢴 것이 분명하였다.

경모궁께서는 병자년(丙子年, 영조 32년, 1756년)에 마마병을 앓은 지 오래지 않아 인원, 정성 두 왕후가 돌아가시니 슬퍼하시고 마음을 많이 쓰셔서 병은 점점 더하시고 지나친 행동이 잦으셨다. 그런데 성국이는 듣는 말마다 대조께 아뢰어 두 분 사이가 더욱 틀어지게 되었다.

다섯 달 동안 대조께서는 인원왕후의 빈전인 경훈각에 곡하러 가시면 소조께서는 옥화당에 가셔서 무슨 일이나 잡히면 꾸중이셨다. 그리고 소조께서 통명전에 가시면 또 꾸중이시니, 화는 불같이 일어났다. 영묘께서는 사람 모인 곳과 내인들이 많은 데서 허물을 드러내시었다. 통명전에는 인원왕후전 내인이 가득하였는데, 임금께서 6~7월의 한창 더운 가운데 여러 가지로 동궁을 질책하시니, 그대로 격화와 병환이 점점 더 심해지셨다. 그래서 경모궁께서 내시들에게 매질하시는 것이 그때부터 더 하시었다. 초상에 그렇게 서러워하시던 일에 비하면 상중의 매질은 잘못하시는 일이며, 정축년(丁丑年, 영조 33년, 1766년)부터 탈이 나시니 그 말을 어찌 다 하리오.

다섯 달 동안 어려움을 지내시고 6월에 정성왕후를 묻으니, 경모궁의 서러워하심이 초상과 다름없었다. 성 밖까지 나가셔서 상여를 붙잡고 곡하여 애통해 하시므로, 온 백성이 모두 감격하여 울었다. 본 마음이 나오시면 이러시지만, 대조께서는 소조의 진심을 모르셨다. 곡하고 들어오실 때와 신주를 맞아 곡을 하러 나가실 즈음에 무슨 탈이나 조건은 다 생각지 못하고, 그때 나라에 가뭄이 있자 격노가 심하셔서 엄한 분부가 많으셨다.

경모궁께서 그 밤에 덕성합 뜰에서 휘녕전을 바라보고 부르짖고 우시면서 죽고자 하시던 일을 어찌 다 적으리오.

그 6월부터 경모궁께서는 화증이 더하셔서 사람을 죽이기 시작하셨는데, 그때 당번 내시 김환채를 먼저 죽여 그 머리를 들고 들어오셔서 내인들에게 보이셨다. 내가 그때 사람의 머리 벤 것을 처음 보았으니, 그 흉하고 놀라움을 어찌 잊을 수 있겠는가. 사람을 죽여야 답답한 마음이 조금 풀리시는지, 그때 내인 여럿이 상하였다. 나는 그 갑갑함을 어찌할 수 없어 마지못해 선희궁께 여쭈었다.

"병이 점점 더하여 이러시니 어찌합니까?"

선희궁께서 놀라셔서 식사를 폐하고 자리에 누우시어 걱정하셨다. 그 말씀을 아는 체하시면 영묘께서 '누가 이 말을 했는고?' 하고 찾아내시면 날 보실 일이 없으시니, 내 몸에 급한 재앙이 미칠 듯하기로 선희궁께 울며 아뢰었다.

"하도 안타까워 아는 일을 아뢰지 않을 수 없어 여쭈었는데, 동궁께서 저러시니 어쩝니까?"

그리고 겨우 진정하였으니, 그때 어떻다 할 바 없이 애쓰던 말을 어찌 표현하면 나도 그저 죽어서 모르고만 싶었다.

7월에 인원왕후를 묻으니, 그때 큰비가 오는데도 대조께서는 능까지 따라가 신주를 뫼시고 들어오셔서 지극하게 효를 다하셨다. 소조께서는 효가 없는 것이 아니지만 병환이 점점 더 심하시어 사람을 죽이시는 일까지 하시니, 궁인들이 두려워하고 언제 죽을지를 몰라 불안에 떠니 그런 모양이 어디 있으리오.

선친이 평안도에서 5월에야 조정으로 돌아오시니 대조께서 반겨 애통해 하시고 소조도 뵈었다. 그 사이에 경모궁께서는 큰 병을 겪으시고 두 왕후의 제사를 지냈으니 병환으로 근심이 많아 부녀가 서로 붙들고 서러워하였다.

그해 9월에 경모궁께서 인원왕후전 궁녀인 빙애를 데려오셨다. 그 궁녀는 현주(은전군)의 어미로 경모궁께서는 여러 해 동안 그 내인을 마음에 두고 계셨다. 그러다가 화병이 점점 더 생기고 마음 붙일 데는 없으시며 인원왕후께서는 안 계시므로, 당신 말을 누가 고자질하랴 하시어서 데려다 방을 꾸미고 살림살이를 안 갖춘 것이 없었다. 경모궁께서 그 사이에 내인들을 가까이 하시나 순종치 않으면 쳐서 피가 흐르고 살이 터진 후에라도 가까이 하시니 누가 좋아하겠는가.

경모궁께서 가까이 하신 것들이 많으나 순간적으로 그러신 것이 많아 중요하게 여기시는 일이 없고, 자식을 낳은 궁녀 양제[54]라도 조금도 용서하심이 없더니, 빙애는 무척 소중하게 여기시며 아끼셨다. 그 인물이 또 요사하고 간사하며 악독한지라 동궁에 무슨 재력이 있으리오만, 그때부터 동궁께서 내사(內司)[55] 쓰기를 물 쓰듯이 하시니 민망하기 이를 데 없었다. 내사

---

54) 세자궁에 속한 궁녀직으로 종 2품 내명부의 벼슬. 여기서는 사도세자의 후궁의 하나. 은언군과 은신군의 생모

55) 내수사. 대궐에서 쓰는 쌀, 옷감, 노비 등에 관한 사무를 맡아보던 관청.

의 관원이 그런 사실을 아뢰지는 않으나 어찌 영묘께서 모르시며 성국이가 어찌 임금께 아뢰지 않았겠는가.

9월에 경모궁께서 궁녀 빙애를 데려와 계셨는데 영묘께서 12월에야 아셨다. 그날이 동짓날이었는데 크게 노하셔서 동궁을 불렀다.

"네가 감히 그랬느냐?"

드러난 허물이 없을 때도 엄하게 나무라심이 그치지 않으셨거늘, 하물며 허물이 드러난 경우에야 오죽하리오. 영묘께서는 화가 그치지 않으시어 호령하셨다.

"그 궁녀를 잡아내라!"

하지만 그때의 상황이 동궁께서 빙애에게 혹하셔서 한사코 못 나가게 하셨다.

"어서 잡아 오라!"

대조께서는 노하여 재촉하시고 소조께서는 죽기 살기로 위협하며 안 내보내시니, 일이 매우 급하였다. 그러자 동궁께서는 영묘께서 그 궁녀의 얼굴을 모르시니 침방의 궁녀로서 나이가 비슷한 것을 대신 내보내셨다.

"빙애입니다."

내가 궁에 들어가던 갑자년(甲子年, 영조 20년, 1744년) 이후로 영묘께서 나를 사랑하심이 각별하셨다. 그 아드님께 언짢을 적에 그 처자가 한꺼번에 미운 것이 보통이나, 날 사랑하시고 내

136

자녀를 귀중히 여기셨다. 우리를 그 아드님의 처자 같지 않게 여기시니 항상 임금의 은덕을 매우 고맙게 여기었다. 그러나 그 일로 또 불안한 것들이 무수히 많으니 어찌 다 말할 수 있겠는가. 영묘를 받들어 모신 지 14년 만에 처음으로 내게 꾸중이 매우 엄하시니, 땅까지 두드리며 꾸짖으셨다.

"세자가 빙애를 데려올 때 네가 알았으련만 내게 고하지 않았으니, 너마저 나를 속이는 그런 법이 어디에 있느냐? 남편의 정에 끌려 양제 때도 네가 조금도 시기하는 일이 없었고 그 자식을 거두더니, 내가 인정 밖으로 알고 너를 좋지 않게 여겼었다. 그런데 이번엔 상전의 내인을 감히 데려다가 저 같은 일을 하는데도 네가 내게 알리지 않고 내가 오늘 알고서 묻는데도 즉시 대답을 않으니, 네 행동이 이럴 줄 몰랐다."

나는 그 문책을 받고 두려워 아뢰었다.

"어찌 감히 남편이 한 일을 아녀자가 위에다가 이러하다고 할 수가 있겠습니까? 소인의 도리가 그렇지 못하옵니다."

하지만 갈수록 더욱 꾸중하시니, 영묘께 사랑만 받다가 처음으로 엄한 꾸중을 들으니 죄송한 마음이 커 몸 둘 바를 몰랐다.

그럴 때 경모궁께서는 빙애를 감추어 다른 궁녀와 함께 화완옹주가 대궐 밖 시댁으로 나간 때라, 그 집으로 내보내었다.

"감춰 둬라."

그 밤에 대조께서는 거처하고 계시는 공묵합으로 동궁을 부르시어 또 꾸중을 많이 하셨다. 그러자 동궁께서는 서러워 그 길로 양정합 우물에 빠지셨는데, 그런 가슴 아프고 슬픈 광경이 어디 있으리오. 방지기 박세근이라는 자가 업어 내니, 우물가에 얼음이 가득하고 마침 물이 많지 않아 무사히 구했으나, 몸이 막히시고 상하시기도 하였다. 소조께서 점점 이러한 행동을 하시니 무슨 할 말이 있으리오. 대조께서 가뜩이나 멀리 하시는데 우물에 빠지시는 괴상한 행동까지 보시고 어찌 노여워하지 않으시겠는가.

그때 대신 이하가 모두 임금을 뵈러 궁에 들어왔다가 그 광경을 목격하였다. 그때의 영의정은 김상로였는데, 소조를 뵈올 때는 소조의 뜻을 맞추는 척하고 대조께는 매우 안타까운 표정을 지어 보이니 참으로 음흉한 사람이었다.

선친께서 소조가 문책을 받으신 것과 우물에 빠지신 일을 보시고 임금에 대한 충성심과 나라를 사랑하심에 근심하고 괴로워하는 마음을 이기지 못하시어 입장을 돌아보지 않으시고 임금께 아뢰었다.

"옛말에 '임금의 마음을 얻지 못하면 몸이 단다'고 하였습니다. 임금과 신하 간에도 그러하거늘 하물며 부자 천성은 이를 것이 없습니다. 동궁께서 자애를 잃으셔서 전전하여 저러시니, 이런 곡절을 생각하시길 천만 바라옵니다."

영묘와 선친 사이에 의사가 잘 통하셔서 지금까지 추궁 한 번 당하시는 일이 없더니, 그날 선친께서 아뢰는 말씀에는 격노하시고 나까지도 좋지 않게 생각하셨다. 그래서 내 죄를 겸하여 선친을 면직하시고 엄한 꾸지람이 대단하시니, 선친께서 바삐 나가셔서 성 밖의 월과계라는 곳에 계셨다.

대조와 소조의 지나친 행동은 이러하고 백성들도 선친만 믿다가 인심이 요란하여 어찌될 줄 가늠하지 못하고, 나도 엄한 분부를 처음으로 듣고서 놀랍고 두려워 아랫방으로 내려갔다. 그런데 오랜만에 선친을 다시 등용하시고 나를 부르시어 자애가 여전하시니, 천만 가지가 두렵긴 하지만 지극하신 그 은혜야 뼈가 가루가 된들 어찌 다 갚겠는가.

'신축년(辛丑年) 정월 초닷새, 호동대방에서 씀.'

恨中錄

御

한중만록 3권

무인년(武人年, 영조 34년, 1758년) 초, 상감께서 병환 중이셨으나 소조께서도 쭉 병환 중이었기에 문병을 안 가셨다. 점점 어찌할 바를 모르게 되어 지내기가 날로 어렵고 만나 뵈올 적마다 정신이 흐리니, 그 형상을 차마 어찌 말할 수 있겠는가?

정월에 화순옹주의 남편 월성위가 세상을 떠났다. 화순옹주는 혈육을 이어갈 가족이 없는데다가 우직하신 마음에 큰 뜻을 가지시고 17일 동안 음식을 들지 않아 마침내 돌아가셨다. 왕가에 이런 거룩한 일이 없으나 영묘께서는 늙은 아버지를 두고 당신 말씀을 듣지 않고 세상을 떠난 것을 불효라 하시며 노하시고, 열녀문 세우는 것을 허락하지 않으셨다. 소조께서는 그 누님의 꿋꿋한 태도에 탄복하시고 많이 칭찬하셨으니, 그 병환

중에도 어찌 그러셨나 싶다.

경모궁께서는 정축년(丁丑年, 영조 33년, 1757년) 11월에 졸도하여 낙상한 사건 후에 관희합에 머무르셨다. 무인년 2월에 대조께서 또 무슨 일로 불평을 하시어 소조 계신 곳으로 찾아가셨는데, 경모궁께서 하고 계신 것이 어찌 눈에 거슬리지 않으리오. 숭문당으로 오셔서 소조를 부르시니 11월 후 처음 만나신 것이었다. 영묘께서는 여러 일들을 많이 꾸중하시고 사람 죽이신 것을 아시고 솔직히 이야기하는가 보려 하셨는지, 하신 일을 바로 아뢰라 하셨다.

경모궁께서는 아무리 영조대왕을 비롯하여 웃어른들이 아시면 큰일이 날 일도 영묘 앞에서 당신이 하신 일을 바로 아뢰는 성품을 지니셨다. 천성이 숨김이 없어 그러신 것인지 정말 이상한 일이었다. 그날 경모궁께서는 영묘의 말씀에 대답하셨다.

"마음속에서 화가 올라오면 견디지 못하여, 사람을 죽이거나 닭 같은 짐승을 죽이거나 해야 마음이 풀립니다."

"어찌하여 그리하느냐?"

"마음이 상하여 그리합니다."

"어찌하여 상하느냐?"

"부왕께서 사랑하지 않으시기에 서럽고, 꾸중하시기에 무서워 화가 되어 그리합니다."

경모궁께서는 사람 죽이신 일을 하나도 감추지 않고 자세히

다 고하셨다. 영묘께서도 그때 한순간 부자 사이의 정이 통하셨던지, 불쌍한 마음이 들었던지 이렇게 말씀하셨다.

"내가 이제는 그렇게 하지 않으리라."

영묘께서는 노여움을 조금 가라앉히고 경춘전으로 오셔서 나에게 물어보셨다.

"세자가 이러저러하니 그것이 맞느냐?"

부자간의 이야기는 그 말씀이 처음이었다. 하도 뜻밖의 말씀이시라 내가 한편으론 놀라고 또 한편으론 기뻐하여 감격하며 눈물을 드리워 아뢰었다.

"그렇다 뿐이오리까? 어려서부터 자애를 입지 못하여 한 번 놀라고 두 번 놀라 마음의 병이 되어 그러하옵니다."

"마음이 상하여 그랬다 하는구나."

"마음 상하기 이를 데 없습니다. 은혜와 사랑을 드리시면 그렇지 않을 것입니다."

내가 이렇게 여쭈며 서러워서 우니, 대조께서 얼굴빛을 좋게 하시고 말씀하셨다.

"그러면 내가 그리한다 하고, 잠은 어찌 자며 밥은 언제 먹느냐고 내가 묻는다 하여라."

그날이 무인년 2월 27일이었다.

내가 대조께서 관희합으로 가시는 모양을 보고 또 무슨 변이 날까 혼비백산(魂飛魄散)하여 애를 쓰다가, 의외의 말씀을 듣고 하도 감격하여 울고 웃으며 아뢰었다.

"이제 이 말씀을 듣고 동궁께서 그 마음을 잡으시면 오죽 좋겠습니까?"

내가 절을 하고 손을 비비며 감사드리니, 내 거동이 가여우셨던지 엄한 빛이 없이 말씀하시고 가셨다.

"그리하여라."

그것이 어찌된 분부이신지 분명치 못한 꿈만 같아 아무런 느낌도 없더니, 소조께서 나를 오라 하시기에 가서 뵈었다.

"어찌하여 묻지도 않으신 사람 죽인 말씀을 하셨습니까? 스스로 그렇게 말씀하시고 나중에는 남의 탓을 삼으시니 아니 답답합니까?"

"알고 물으시니 다 말 할 수밖에."

"무엇이라 하시더이까?"

"그리 말라 하시더군."

"이렇게 들었으니, 이후는 부자 사이가 다행히 좋아지겠습니다."

그러자 경모궁께서 화를 벌컥 내면서 말씀하셨다.

"자네는 임금께 사랑받는 며느리이기에 그 말씀을 다 곧이듣는가? 일부러 그러시는 말씀이니 난 믿을 수 없네. 결국은 내가 죽고 말 것일세."

그럴 때의 경모궁은 병을 앓고 계신 것 같지 않았다. 나는 아까 대조께서 흐뭇하게 천륜으로 하시는 말씀을 듣고 믿지는 못하나 한때 말씀이더라도 감사하여 울었다. 그리고 소조께서 그 병환 중에 능히 그 말씀을 하시는 밝은 소견을 들으니 또 울게 되었다. 무릇 하늘이 부자 두 분 사이를 그렇게 만드신 듯하다. 아버님께서는 말고자 하시다가도 누가 시키는 듯 도로 미운 마음이 생겨나시고, 아드님은 뵈옵는 때마다 숨기는 일 없이 당신의 잘못을 감추지 않으셨다. 이는 경모궁의 타고난 성질이 착하심이니 조금 예사로우셨다면 어찌 이토록 하리오. 하늘의 뜻이 어찌하여 조선국(朝鮮國)에 만고에 없는 슬픔을 끼치셨는지 애통할 뿐이로다.

이때 경모궁께서 옷을 입지 못하는 병이 심하셨으니 이게 어찌된 일인가! 이 병환이야 더욱 표현할 수 없고 원인을 알 수 없는 이상한 병이었다. 무릇 의복을 한 벌 입으려 하시면 열 벌이나 이삼십 벌 정도를 갖다 놓는데 귀신인지 무엇인지를 위하여 놓거나 태우기까지 하셨다. 한 벌을 군소리 없이 갈아입으신다면 천만다행이었다. 시중드는 이가 조금만 잘못하면 옷을 입지 못하시어 당신이 애쓰시고 사람이 다 상하니, 이 아니 망극한 병환이냐! 어떤 때는 하도 옷을 많이 태우시니 무명인들 동궁 세간에 무엇이 남아 있으리오. 미처 옷을 짓지도 못하고 옷 감도 얻지 못하면 사람 죽기가 순식간의 일이니, 아무쪼록 옷을 해 드려야 하기에 마음이 쓰일 수밖에 없었다.

선친께서 이 이야기를 들으시고 근심하여 탄식함이 끝이 없으시며, 내가 애쓰는 일이나 사람 상할 일을 민망히 여기시고 그 옷감을 대주셨다. 경모궁의 그 병환이 6, 7년에 걸쳐 극히 심한 때도 있고 조금 진정되는 때도 있었다. 옷을 입지 못하여 애를 쓰시다가 어찌하여 좀 증세가 나아져 한 벌을 천행으로 입으시면, 당신도 무척 다행스럽게 여겨 입으시고 더러워질 때까지 입으시었으니, 그 무슨 병환인가? 천백 가지 병 중에 옷 입기 어려운 병은 자고로 없는 병인데, 어찌 지존하신 동궁이 이런 병에 드셨는지 하늘에 물어도 알 길이 없는 일이었다.

정성왕후, 인원왕후 두 분이 돌아가신 지 1년 만에 지내는 제사를 차례로 무사히 지내옵고, 두어 달은 별 탈 없이 지나갔다. 그런데 정성왕후의 초상 후에 소조께서 홍릉(弘陵)에 참배하지 못하시니, 마지못해 임금을 모시고 따라가게 하였다. 그해에 장마가 계속되다가 참배하는 날 마침 큰비가 매우 많이 쏟아졌는데, 대조께서는 날씨가 이런 것은 소조를 데려온 탓이라며 능에 미처 가지도 못하시어 동궁을 쫓았다.

"다시 들어가거라."

그리고 임금이 타는 수레만 가셨다. 소조께서 능에 참배하려 하시다가 못하시니, 백성들이 보기에도 얼마나 오죽 이상하겠는가.

나는 경모궁께서 무사히 궁으로 돌아오시기만을 손 모아 빌다가 이 소식을 들었다. 선희궁을 모시고 앉았다가 안타까운 마음에 정신이 아득하고, 경모궁께서 들어오셔서 얼마나 화증을 내실까 하고 쩔쩔매고 있었다. 소조께서 그 큰비를 맞고 다시 들어오시니, 그 마음이 어떠하겠는가. 소조께서는 격한 감정이 올라 바로 오시지 않고 군대가 머물러 있는 곳에 들러 기운이 빠지고 핏발이 서는 것을 진정하여 들어오셨으니, 그 모습이 얼마나 고통스럽고 흉하셨을까? 그런 소조를 생각하니 그 일은 병들지 않으시고 중국 고대의 성군인 대순의 효도가 아니고는 무척 서러우실 것이었다. 선희궁과 나는 마주 붙들고 울 뿐이었다. 소조께서도 힘없이 말씀하셨다.

"점점 살 길이 없노라."

그 후에 다시 걱정하시며 말씀하셨다.

"옷을 잘못 입고 가서 그 일이 났는가?"

그 일이 있은 후 소조가 옷을 입지 못하는 의대병(衣襨病) 증세가 더하시니 안타까울 뿐이었다. 그해 12월에 대조께서 대단히 편찮으셔서, 기묘년(己卯年 영조 35년, 1759년) 정월 초하루에 혼전(魂殿)[56] 제사에 친히 임하지 못하셨다. 소조께서는 문안하는 일로도 갑갑해 하셨다. 혹 안부를 여쭈어도 대조께서 부드럽게 안 보시고, 소조께서는 병환도 심하시고 무서우시니 어찌 문

---

56) 임금이나 왕비의 장례 후에 3년 동안 신위를 모시던 집.

안하려 하시겠는가. 그래서 나는 대조의 병문안 중에 참으로 슬프고 한심할 뿐이었다.

그때의 영의정이 김상로였다. 소조께서 잘해 달라고 하시면, 김상로는 소조께서 대조의 뜻을 얻지 못한 것을 서러워하며 소조께서 고마워하시도록 말을 음흉하게 하였다. 그러므로 소조께서는 정축년(丁丑年, 영조 33년, 1757년) 11월의 사건부터 그를 은인이라 하셨다. 대조의 병환이 중하시니 나랏일을 어찌할 것인지 근심하는 말씀을 대신(大臣)에게 자주 하셨다. 그때 신하들의 처지가 실로 난감하여 대조와 소조 사이에 말씀하시기가 매우 어려웠다. 그런데 김상로는 소조께는 흘러가는 듯이 좋게 하며, 대조께는 임금의 뜻을 받들어 울며 서러워하는 기색을 보였다.

말씀을 아뢰려 한들 침전에 선희궁이 계시어 밤낮으로 대령하여 계시고, 가까이서 시중드는 내인들이 있으므로 말을 못하였다. 공묵합에 상제가 거처하시는 방이 두 칸이니, 대조께서는 안방의 지게문 밑에 누우시고 바깥방 한 칸에서 세 명의 제조(提調)[57]와 의관이 들어와 있었다. 김상로는 대조의 머리 두신 곳에 바로 엎드려 있으므로 비밀 말도 족히 할 수가 있으련

---

57) 각 사 또는 각 청의 관제상의 우두머리가 아닌 사람이 그 관아의 일을 다스리게 하던 벼슬로서, 종 1품 또는 2품의 품질을 가진 사람이 되는 경우를 일컬음. 정 1품이 되는 때는 도제조, 정 3품의 당상이 되는 때는 부제조라 함.

만, 안에 모신 이를 꺼려 계속 방바닥에 손가락으로 글을 써 보였다. 그때마다 영묘께서는 문지방을 두드려 탄식하시고 김상로는 엎드려서 슬퍼하였다. 그때 모습이 으뜸 되는 대신으로서 어찌 통곡하지 않을까마는, 김상로는 음흉하게 영묘와 경모궁 사이에서 말을 하였으니 어찌 그럴 수 있으리오. 선희궁께서 항상 거기 계시다가 김상로가 글자를 써 보이는 것을 보시고 몹시 원통하고 분하여 흉하다고 하셨다.

그 문안 중에 천연두를 앓고 있던 첫째 딸 청연의 병세가 처음에는 위중하더니 나중에는 많이 나아졌다. 영묘의 병환도 설을 지낸 후 즉시 나으셔서 청연을 보시려고 친히 오시어, 그때는 경사롭게 지냈다.

기묘년(己卯年, 영조 35년, 1759년) 3월, 세손(世孫) 책봉을 정하시고 인원왕후의 신주를 모시던 효소전(孝昭殿)과 정성왕후의 신주를 모시던 휘녕전(徽寧殿)에 참배하니, 소조께서 그 병환 중에도 세손 책봉하신 일을 기특하게 여기어 기뻐하셨다. 병 증세가 심하실 때는 처자를 알아보실 길이 없으나, 세손을 귀중하게 여기시기는 이를 것이 없었다. 군주들이 감히 바라보지 못하고, 천한 첩에게서 난 자손들이 우러러보지 못하게 명분을 엄히 하시니 이러신 때는 어찌 병환 계신 분 같으리오.

인원, 정성왕후의 삼년상을 마치고 5월 초 6일에 인원왕후의 신주를 종묘(宗廟)에 모시니, 허전한 마음을 어찌 다 형용하리오. 신주를 종묘에 모시기 전에 예조에서 새로이 왕비 간택을 청하니, 영묘께서는 효소전에 고하시고 간택하기로 정하시어 6월에 정순왕후와 혼례를 행하셨다. 그때는 소조의 병환이 점점 깊으시어 말없는 근심이 많을 때였다.

선희궁께서 나에게 말씀하셨다.

"정성왕후께서 안 계시니 이 혼례를 행하여 왕비를 정하는 게 응당 마땅한 일이다."

선희궁께서는 영묘께 축하를 드리시고 혼례 준비를 몸소 하여 정성을 다하시니, 영묘를 위하시는 덕행이 매우 대단했다.

혼례 다음 날, 경모궁과 내가 중궁전에 인사드리러 갔을 때 영조대왕과 정순왕후께서 함께 받으셨다. 소조께서 행여나 예절이 공손치 못할까 조심하시니, 본성이 효성스러우신 것을 이런 일에서 더욱 알 수 있었다.

6월에 세손을 책봉하는 의식을 명정전(明政殿)서 행하니 그때가 세손의 나이 8살이었다. 어렸지만 그 훌륭한 모습을 어찌 말로 할 수 있을까. 겉으로 보면 경모궁은 나랏일을 처리하시는 왕세자이시고 아들이 8살이 되어 세손 책봉을 받고 나라의 힘은 크고 견고하니 무슨 근심이 있겠는가? 그러나 궁중의 사정은 아침저녁이 온전치 못하니 갈수록 하늘을 우러러 물을 길조차 없었다.

가을에서 겨울 사이에는 영묘의 혼례 후 임금의 마음이 자연한가하지 못하시어 드러난 일이 적었다. 겨우 그해를 보내고 경진년(庚辰年, 영조 36년, 1760년)을 맞으니 소조의 병환이 더욱 심해지시고 또 대조의 꾸중도 나날이 심하셨다.

그리하여 소조의 격한 감정은 점점 커지시며 의대병도 더 극심하게 되셨다. 갑자기 없는 이가 보인다 하셔서 다니실 때는 미리 사람을 내놓아 금하시고, 지나실 때 혹 미처 피하지 못하고 얼핏이라도 보이면 그 옷을 못 입으시고 벗으셨다.

비단 군복 한 벌을 입으려 하시면 군복 몇 벌을 짝지어 무수히 불태우시고 겨우 한 벌을 입으셨으니, 기묘년에서 경진년 사이에 군복을 지어 없앤 것이 비단 몇 궤나 되는지 모른다. 조금이라도 꼼꼼하지 못한 비단으로는 옷을 짓지 못하니, 그때 내 속이 상한 줄 어찌 알겠는가.

이상한 것은 정월 21일이 동궁 탄생일이신데 그날을 예사로이 보내면 얼마나 좋으랴. 그러나 영묘께서는 굳이 그날 차대(次對)를 하시거나 춘방관을 부르시거나 하여 동궁의 말씀을 하셨다. 동궁께서는 그 일로 큰 슬픔이 되시어 갈수록 서럽고 애달프셔서 어느 해인들 탄일을 예사로이 잡수신 해가 있으리오.

그날 줄곧 굶으시어 궁중이 두려워하며 지내니, 어찌 팔자가 그토록 기구하시던지, 내가 그저 서럽도다.

경진년 탄생일에는 동궁께서 또 무슨 일이 있었는지 화가 대단히 많이 나셨다. 그날부터 부모를 위하시고 공경하시는 말씀

을 못하시고 상스러운 말로 천지를 가리지 못하듯 노여워하고
서러워하셨다.

"살아서 무엇 하리!"

동궁께서는 선희궁께 공손치 못한 말을 많이 하시고 세손 남
매가 문안할 때 소리 높여 호령하셨다.

"부모를 모르는 것이 자식을 알랴. 물러가라!"

9살, 7살, 5살 된 어린아이들이 아버님 탄일이시라고 용포(龍
袍)도 입고 관복을 하고 절하여 뵈려다가, 그 엄하신 호령을 듣
고 깜짝 놀라 어찌할 바를 모르고 두려움에 떨던 그 모습이 오
죽하리오.

병환이 심하셔도 나에게나 괴롭게 구시지 어머님께는 그리
못하시더니, 그날은 비로소 병환을 감추지 못하셨다. 전날에 선
희궁께서 비록 아드님의 병환 말씀을 들었지만, 혹 지나친 말이
겠지 하고 의심하시다가 처음으로 보시고 놀라고 두려워 말씀
을 못하셨다.

동궁의 병환이 점점 깊으셔서 칠순 어머니를 알아보지 못하
시고 자녀들을 아끼고 사랑하는 것을 잊으시니, 선희궁의 마음
과 자녀들의 놀란 기색이 차디찬 잿빛 같았다. 세상에 이런 광
경이 어디 있으리오. 내가 그때 뼈를 깎는 듯 서러워 곧 죽고 싶
었으나 죽질 못하니, 내 모습이 어찌 사람의 모양이었겠는가.

그해 봄에는 동궁의 병환이 날로 심하시니, 내가 온종일 초조

해 하였다. 그런 가운데 여름에 든 가뭄으로 인해 대조께서 또 걱정하시며 혀를 차셨다.

"이 모든 게 소조가 덕을 닦지 않아 일어난 일이니라."

이렇듯 차마 들을 수 없는 말씀을 많이 하셨다. 어쩔 수 없는 병환에 이렇게 말씀하시니 동궁께서 차마 견디질 못하셨다. 우려는 끝이 없고 한시라도 살길이 없으니, 그저 밤낮으로 바라셨다.

화완옹주가 나중에 세손께 괴상하게 굴었지만 경모궁 일에 스스로 나서서 대조의 마음이 풀리시게 여쭈지 못한 것이 죄라 하겠는가. 화완옹주는 그 오라버님이 두려워 아무 일이라도 못하겠다고 하지는 않았다. 경모궁께서 경진년(庚辰年, 영조 36년, 1760년)에 병환이 더하신 후부터 비로소 재물도 가져오시고 잘하라고 하셨다.

그 전에는 조용히 잘하여 달라는 말씀이나 보내오시더니, 격한 감정은 심하고 설움은 깊어진지라, 마치 그 누이의 탓인 듯 참으시던 분이 다 터지셨다.

"저 아이는 사랑을 많이 받았는데 나는 어찌 이러한고, 다 잘하라!"

화완옹주가 겁도 나고 민망도 하여 자칫하면 위태하다가도 무사하였다. 화완의 말을 들어보니, 대조께 바로 여쭈면 일이 어떻게 될 줄 모르기에 동궁께서 여러 가지 방법으로 대책을 세워 무사하게 해 놓으므로 아무런 탈이 없고, 임금을 찾아뵈면 소조 말씀이 나오기 때문에 찾아뵙지 못하게 하라 하셨단다. 동궁께서는 화완이 혹시 나가면 그 사이에 또 무슨 일이 있을까 염려하셔서 호령하셨다.

"다시는 안 보겠다."

동궁께서는 두려워하며 한동안 그 집에서 나가지 못하게 하셨다. 그래서 화완의 양자 후겸의 성년식을 6월 열흘께나 가서 지내려다가 가지 못하였다. 경모궁께서는 당신의 병환과 당하신 일이 점점 견딜 수 없게 되자 한 대궐에서 지낼 길이 없었다.

문득 대조께서 거처를 옮기시면, 동궁께서는 당신 혼자 후원에 나가셔서 군기(軍器)나 가지고 답답한 마음을 후련히 하고자 하시는 것 같았다. 그러다가 갑자기 마음을 정하시고, 7월 초 화완옹주한테 말씀하셨다.

"아무래도 한 대궐 속에서 살 길이 없으니 윗대궐을 보자 하거나, 무슨 꾀를 써서든 대조를 모시고 가라."

그 일을 하려고 할 때, 동궁께서 나에게 부탁하셨다.

"화완에게 꼭 해내라고 하오."

이렇게 조르셨으니 마음이 얼마나 오죽했으면 그러셨을까?

그때 내가 겪은 고통은 삶과 죽음이 한순간에 있을 정도였다. 그런데 그 옹주가 어찌 계획을 세웠는지 영묘의 거처를 옮기시게 정하여 초 8일로 날짜를 잡았다. 동궁께서는 초 6일에 옹주를 불러다가 칼자루에 손을 대고 말씀하셨다.

"이후에 내게 무슨 일이 있으면 이 칼로 너를 벨 것이다."

선희궁께서도 그 옹주를 어찌할까 염려하고 따라오셨다가 그 광경을 보셨으니, 마음이 어떻겠는가.

옹주는 울면서 애걸하였다.

"이후에는 잘할 것이니 한 목숨만 살려 주십시오."

"이 대궐에만 있어도 갑갑하여 싫으니, 네가 나를 온양으로 가게 해 주려느냐? 내가 요즘 습(濕)으로 해서 다리가 허는 것은 너도 알 것이니 가게 해 봐라."

"그리하리다."

대조께서 거처를 옮기시고 소조께 온양으로 가도록 허락을 해 주시니, 그것은 아무래도 옹주가 대조께 간곡히 보챈 곡절로 해서 일이 쉽게 풀린 게 아닌가 싶다. 그렇지 않고는 갑자기 어찌 거처를 옮기시며 온양을 가시게 할 리가 있겠는가?

과연 신통도 하다.

이런 수단을 벌써부터 내어 부자 두 분 사이를 멀리해 봤더라면 나았을런가. 모든 게 다 하늘의 뜻이니 어찌하겠는가.

영묘께서 거처를 옮기시는데 나가 보시지 않는다고 내가 서 있는 것을 소조께서 바둑판을 던져 왼쪽 눈이 상하여 하마터면 눈망울이 빠질 뻔하였다. 다행히 그 지경은 면하였으나 눈이 커다랗게 붓고 상처가 대단하였다. 그래서 영묘께서 거처를 옮기실 때 작별 인사를 드리지 못하고 선희궁 얼굴을 뵈옵지 못하니, 떠나는 마음은 어찌할꼬! 살고 싶은 마음이 없어 죽고자 하였으나 차마 세손을 버리지 못하여 죽지 못하였다. 갖가지 위태로움이 무수히 많았으니 그것을 어찌 다 쓰리오.

소조께서 온양으로 가실 준비를 차려 7월 13일에 떠나시니, 선희궁께서는 모친의 정으로 인해 온양을 어찌 갔다 오실까 하여 마음이 몹시 조마조마하셨다.

그리고 소조를 잊지 못하는 마음으로 찬합을 만들어 보내셨다. 또한 조카 이인강이 공주(公州)의 영장(營將)[58]이었는데, 동궁께서 잘 지내시는지 소문이나 알려 달라고 마음을 쓰셨으니, 어머니의 마음이 어찌 그렇지 아니하시리오.

온양에 행차하실 때 무슨 수를 쓰셨는지, 대조께서는 인사 올리지 말고 바로 가라고 하셨다. 소조의 행차하시는 모습은 쓸쓸하기가 이를 데 없었다. 당신은 하인을 많이 세우고 순령수(巡令手) 소리나 시원히 시키시고 취당에 어찌 그렇게 많이 차려 주시겠는가.

그때 신하들인들 두 분 사이에 누가 감히 입을 벌리리오. 남편이 아무리 귀중하다 해도, 하도 망극하고 두려워 내 목숨이

---

58) 진영장의 준말. 조선시대에 둔, 각 진영의 으뜸 벼슬. 정 3품 벼슬로 중앙의 총융청 · 수어청 · 진무영에 속한 것과 각 도의 감영 · 병영에 속한 것 두 가지 계통이 있는데 모두 지방 군대를 관리하였다.

나도 모르는 새 어느 날 끝마칠 줄 모르는 형편이었다. 그래서 마음으로는 오로지 뵈옵지 말기만을 원하여 온양으로 가신 그 동안만이라도 다행이라 여긴 것 같았다.

선친의 초조하신 근심과 두 부자 사이에서 어렵게 지내신 일이야 붓으로 어찌 다 기록할 수 있을까. 잠을 자고 날이 샐 적마다 부녀의 애간장만 태우고 지냈으니 이런 정경이야 후세 사람들이 상상해도 짐작할 수 있을 것이다.

소조께서 온양으로 행차하신 사이에 세손이 청하였다.

"막내 외숙(外叔)[59]과 수영[60]을 들여주십시오."

내 목숨이 오늘내일하니 친척들과 작별 인사나 하고자 하여, 내 아우와 동생의 아내들이 궁중으로 들어왔다.

소조께서 온양에 가시려 하실 때는 사람이 다 죽게 됐더니, 성문을 나서시며 격한 감정이 가라앉으셨던지, 명령을 내리시어 길에 폐를 끼치지 못하게 하셨다. 지나시는 길에 은혜로움과 위엄이 병행하시니, 백성들이 북돋으며 나라의 주인이라 하셨다. 행궁(行宮)에 드신 후에도 늘 덕을 베푸시니, 온양 일읍이 고요하고도 안정되어 왕세자의 덕망을 두 손 모아 빌고 찬양하였다 한다. 소조께서는 그때 잠시나마 듯 병환이 물러나고 본연의 천성이 나오신 듯싶었다. 허나 온양 소읍에 무슨 경치가 있

---

59) 혜경궁 홍씨의 막내 동생 홍낙윤.
60) 혜경궁의 큰조카 홍수영.

으며 장엄하고 수려한 물색이 있으리오. 10여 일 머무르시자
또 답답하시어 8월 초6일에 궁으로 돌아오셨다.

"온양은 답답하니 평산(平山)이나 가자."

하지만 또 평산을 가겠다고 대조께 말씀드릴 방법이 없고, 평
산은 좁고 갑갑하여 온양만도 못하다 해서 그 길은 안 가시게
되었다.

소조께서 그저 답답해 하시자 춘방관과 신하들은 상서를 올
렸다.

"대조를 찾아뵈옵소서."

소조께서는 대조를 찾아뵙지는 못하시고, 그 일로 큰 근심을
하고 계셨다.

대조께서 세손을 자주 데려다 두시고 점점 근심이 크셨다. 신
하들과 정사를 논하면서도 늘 하시는 말씀이 탄식이시고 염려
가 안 미치는 데가 없으셨다. 자연히 나라를 위하여 세손을 믿
으시며 나라를 세손께 의지하고 맡기시고, 세손이 숙성하고 총
명하며 응대와 행동이 대조의 마음에 드시므로 사랑하시는 말
씀을 자주 하셨다. 소조께서는 임금의 자문에 답하는 연설(筵
說)을 항상 사관(史官)에게 써 오게 하여 보셨는데, 그 연설 중
에 세손을 칭찬하시고 사랑하시는 대목이 있었다.

"나라의 중대한 부탁을 세손에게 하노라."

이 대목에 미쳐서는 소조께서도 세손을 사랑하시지만 제왕

가의 부자간이 자고로 어려운데, 병환 중에 당신은 어릴 때부터 사랑을 못 받은 것이 한이 되었는데 그 아들만 칭찬하시니 그 화를 어찌할 수 있겠는가. 세손 한 몸에 나라의 존망이 있으니 그 세손이 평안하셔야 나라를 보전하는 길이었다.

그러니 세손을 무사케 할 도리가 소조께서 그 연설을 안 보시게 하는데 있으나 그것을 안 보시게 할 길이 없었다. 그래서 내관에게 일러 사관이 써 오거든 그 연설을 고쳐서 보시게 하고, 위급한 때면 내가 내관에게 친히 말하여 문제될 구절은 빼게 하였다. 그리고 이 사연을 선친께 전하였다.

"아무쪼록 세손이 평안할 도리를 취하소서."

선친께선 나라를 위하는 지극하신 충성에서 여러 가지 방법으로 힘쓰시어 그런 말은 밖에서 빼고 써 오게 하셨다. 선친께서 어려운 때를 당하여서 대조의 은혜도 갚으려 하고 소조도 보호하며 세손도 위하여 평안케 하려 하셨다. 그래서 타는 듯한 걱정이 과하신 때는 격기가 생기시어 관격증이 늘 발하셨다.

선친께서는 나를 보시면 하늘을 우러러 국가의 태평만 손 모아 비셨다. 세손을 보전하여 나라를 잇게 할 기틀이 소조께서 그 연설을 못 보시게 하는 데 있으시니, 우리 부녀의 애타는 마음은 당연한 인정이겠지만, 그 고심하던 정성은 명백히 신명께서도 아실 것이다. 만일 세손을 칭찬하시던 임금의 말씀을 소조께 바로 뵈었으면, 세손께 놀라운 일이 어느 지경에 이르게 될

지 모를 일이었다.

　신사년(辛巳年, 영조 37년, 1761년)이 되니 동궁의 병환이 더욱 심해지셨다. 대조께서 거처를 옮기신 후에는 후원에 나가 말 달리기나 군기 따위로 시간을 보내셨다. 그렇게 7월 후엔 후원에도 늘 나가시더니, 그것도 새롭지 않으신지 미행(微行)을 시작하셨다. 처음 겪는 일이라 놀랍기 그지없으니 그 근심을 어찌다 형용하리오.

　소조께서 병환이 나타나시면 사람을 상하게 하시니, 그 의대 시중을 현주 어미가 들었는데 병환이 점점 더하셔서 그것을 총애하시던 것도 잊으셨다. 소조께서 신사년 정월에 미행하시려고 옷을 갈아입으시다 그 병이 발작하셔서 현주 어미를 쳐서 죽이고 나가셨다. 대궐에서 이런 그릇된 일이 일어났으니, 제 인생이 가련할 뿐 아니라 제 자녀가 있으니 어린것들 모습이 더 참혹했다. 대조께서 언제 들어오실지 몰라 시체를 한시도 둘 수가 없으니, 그 밤을 겨우 새우고 시신을 내보내 용동궁으로 초상 장소를 정하여 비용을 극진히 해 주었다. 나중에 동궁이 오셔서 들으시고 아무런 말씀도 하지 않으시며 정신이 없으시니 날마다 망극하였다. 소조께서는 정월, 2월, 3월을 미행 다니시어 궁 밖 출입이 잦으시니 그때 내 마음이 무섭고 조심스럽기가 어떠하였으리오.

　3월에 세손이 입학하시고 그 달에 성년식을 경희궁에서 하시니, 내 어미의 도리로 어찌 안 보고 싶겠는가. 하지만 소조께서 가실 모양이 못되시니, 내 무슨 낯으로 혼자 가 보리오. 병이라 이야기하고 못 가보니 그런 도리가 어디 있으리오. 그해 2, 3월에 연달아 동궁의 미행으로 인해 이천보, 이후, 민백상 세 정승이 죽고 영묘의 병환이 있으셨다. 대신이 없는지라 3월에 선친께서 의정 벼슬을 하셨다. 당신의 처지로나 나라의 형편으로나 본심으로나 어찌 벼슬을 하여 출근하고자 하시겠는가. 하지만 선친께서는 휴척지의(休戚之義)와 사생지심(捨生之心)으로 그때 당신이 물러나시면 세상의 도리와 인심이 더욱 하나도 믿을 것이 없을 줄로 헤아리시고, 나라를 위하시는 단호한 마음으로 오직 생을 마칠 때까지 나라와 하나되어 존망하려 하셨다. 그러니 어느 때 걱정하지 않으시며 어느 날 초조함에 마음 졸이지 않으시리오. 3월 그믐께 소조께서 평안도로 미행을 하시니, 이는 그때 평안감사가 화안옹주의 시삼촌인 정휘량이기 때문에 거기로 가셔도 부왕께 아뢰지 못할 줄로 짐작하시고 가신 것이다. 소조가 아니라고 한들 감사가 어찌 병영에 편안히 있으리오. 정휘량은 병영을 떠나 영외에 대령하니, 음식과 도중에 쓰실 것을 다 바치고 간장을 태우며 장림에 나올 때 피를 토하였다 한다. 그 사람이 조심성이 많고 비록 그 조카 일성위는 없어도 옹주를 편애하시기로 두려워하더니 그때 놀랍고 죄송하기가 어떠하였으리오.

평안도 미행을 하신 후, 내 걱정은 이를 것도 없고 선친께서 마음이 초조하고 애가 타셔서 넌지시 감사에게 알아와 소조의 소식을 들으셨다. 오랫동안 대궐에 계시다가 혹 집에 돌아오셔도 마루에 앉아 밤을 새우며 지내신 부친의 심사가 어떠하시리오. 소조께서 하시는 일을 대조께 차마 아뢰지 못하였으니, 말씀드릴 데가 어디 있으리오. 말씀드릴 만하면 무슨 마음으로 말씀드리지 않았으리오. 설사 아뢰더라도 대조께서 들으실 리가 없고 여기에 연루되면 내 몸을 보전치 못할 것이요, 자녀들까지 어찌될 줄 모르는 일이다. 말씀드리지 않으려고 한 것이 아니었으나 병환 때문이시니, 선친께서는 한 마음으로 세손이나마 보전하려고 애를 쓰셨다.

그러나 이 사정을 모르는 이는 바른 방향으로 인도하지 못한다고 책망하니, 누구에게 이러저러하다고 말을 하리오. 그저 만나신 바가 기구하고 험상궂으니 서럽고도 서럽도다.

소조께서는 평안도 미행을 하신 후, 20여일 만인 4월 20일이 되어서야 돌아오셨다. 그리고 아무렇지 않다 하며 미행하신 사이에는 병환이 계신 걸로 내시에게 약속하였다. 교대 없이 일하는 내시 유인식은 속방에 누워 소조의 말씀을 따르고 박문흥은 이를 각색하는 일에 모두 응하니, 이때의 무섭고 민망한 마음을 어찌 다 기록하리오.

그때 윤재겸의 상서가 올라오니, 잘못을 말씀드리는 것이 신하의 도리에 당연하나 소조께서 아실 지경이 못되시고, 대조께서 아시면 무슨 변이 날지 알 수 없었다. 그저 말씀드릴 수가 없게 되었다. 소조께서 미행 후에 마음을 잡으시는 듯하여 차대하시고 강연도 하시니, 이렇게 진정하실까 바라던 내 마음이 가련하였다. 그 후 차대에서 병조판서 홍계희가 무엇이라 아뢰니, 소조께서 명령을 엄히 내리시며 한무제의 신하로 태자를 이간질하여 해친 강충의 말씀까지 하시는 모습이 병환이 나으신 듯하셨다. 그래서 선친께서 너무 기뻐 들어와 내게 전하셨다.

소조께서 5월 10일 후에 처음으로 경희궁에 오셔서 웃어른께 문안하시어 천행으로 탈 없이 다녀오셨다. 그리하여 나도 보름쯤에 세손과 함께 경희궁에 올라가 대조와 선희궁을 뵈오니, 선희궁께서 가슴이 먹먹하여 무슨 말씀을 할 수 있겠는가. 소조께서 6월에 학질을 앓으셔서 수개월을 보기에 답답하고 딱하게 지내셨는데, 그해는 봄부터 미행하신 이유로 몸을 잘못 가지셔서 그 병환이 나신가 싶었다. 지금 나의 이 말이 사람의 도리로써 해선 안 될 말이겠지만 세상에 없는 일을 겪으시니, 차라리 그 병환으로 돌아가셨더라면 여읜 아픔만 있지 않겠는가. 당신의 설움과 처자의 지극한 원이 이 정도이며, 사건의 망극함과 사람의 상함과 내 집의 원통함이 이 지경에 이르렀으니 참으로 하늘의 도리를 알지 못할 일이로다.

8월에 학질 증세는 나으시고, 9월에 이르러 대조께서 정원일기를 들여다보시다가 서명응의 상서에 평안도 미행에 대한 말이 있어서 비로소 아셨다. 그때 일장풍파(一場風波)를 지냈으나 큰 변이 나지 않은 것은 정휘량의 힘을 많이 입은 탓이었다.

대조께서 창덕궁 거동도 하려 하시고, 그때 내시도 다스리시니 어찌 그리 아니하시리오. 어려서부터 대조가 하시는 일을 겪어 보니, 작은 일에는 까다롭게 자세히 살펴보시어도 어렵고 일어 커서 대단하면 작은 일에 격노하시는 것보다 덜 하셨다. 소조께서 살생하신다는 말씀을 들으셨을 때도 도리어 위로하시던 일이 생각난다.

"마음이 상하여 그런다."

평안도 미행을 아신 후에야 노하심과 처분이 어떠하시겠는가마는, 나중에 크게 꾸중하지 않으심은 일이 너무 커 어찌할 도리가 없어 그러신가 싶었다. 그때 거동령이 나니 소조께서는 당신이 버리신 군기붙이와 여러 가지 기구들을 다 치우셨는데, 당신도 무사하지 못할 거라고 생각하셨나 보다. 그때 소조께서는 환취정에 계셨다. 여러 해 동안 정답게 하시는 말씀을 듣지 못하였는데, 그날 내게 말씀하셨다.

"아마도 무사하지 못할 듯하니 어찌할꼬?"

내가 답답하여 대답하였다.

"안타깝지만, 설마 어찌 하시겠습니까?"

"모르는 소리. 세손을 귀하게 여기시니 세손이 있는 이상 날

없이한다고 상관이 있겠는가?"

"세손이 아들인데 부자가 화와 복이 같지 않겠습니까?"

"자네는 생각하지 못하네. 나를 미워하심이 점점 심하여 어려우니, 나는 폐하고 세손은 효장세자의 양자로 삼을 것일세."

소조께서 그 말씀을 하실 때는 병환 증세도 없고 처량하게 그러시니, 그 말씀이 슬프고 서러워 내가 다시 말씀드렸다.

"그럴 리 없습니다."

"두고 보소. 자네는 귀여워하시니, 내게 딸린 사람이지만 자네와 자식들은 예사롭고 나만 미워하여 이리 되고 병이 이러하니, 어디 살게 하였는가."

내가 몹시 서러워 그 말씀을 울며 들었다. 그런데 갑신년(甲申年, 영조 40년, 1764년)에 세손이 진짜로 효장세자의 양자가 되는 지극히 원통하며 가슴 쓰린 일을 당하여 그때 하시던 말씀을 생각하였다. 미래의 일을 능히 헤아려 그날 그 말씀하시던 일이 이상하고 용하게 밝으셨던 것이 원통하고 지극히 한스럽도다.

소조께서 거동을 않으시니 재앙이 일어날 징조가 보이지 않았으나, 그런 후에 병 증세는 그대로 더하셨다. 10월 즈음에는 증세가 더 심하셔서 괴로운 중에 세손빈 간택을 정하셨다.

청풍의 집이 대대로 번창하며 덕망이 높은 집안이요, 김판서 성응 어머니의 환갑잔치에 선친께서 가셨다가 정조(正祖)의 비를 어릴 때 보시고 비상한 자질이라고 하시던 말씀을 들었다.

처녀 단자에 '김참판 시묵의 딸'이라고 쓰인 것을 소조께서 보시고 마음이 많이 끌리셔서 화완옹주에게 기별하셨다.

"이곳에 못 하게 되면 네가 알려라."

그러나 윤득양의 딸에게 대조의 마음이 기우시고 궁중의 의견도 그러하였으나, 소조께서 못 가시니 내가 어찌 홀로 가겠는가. 내가 아들에게 의지하는 천륜 밖의 남다른 정으로 그 간택을 보지 못하는 일도 궁금하고, 인정 밖의 일이기에 한심하게 지냈다. 소조께서도 시묵의 딸이 간택이 못 될까 근심하시다가 완전히 정하여지니 무척 기뻐하셨다.

재간택 후, 빈궁(세손빈)이 즉시 마마병을 앓고 이어 세손이 마마를 앓아 섣달 열흘 사이에 병에서 일어나셨다. 대조께서 걱정하시다 기뻐하시고 소조께서도 매우 좋아하시며 조심을 하시니, 그런 때는 병환이 안 계신 듯싶었다.

내가 남에게 없는 인정의 도리로 무사히 병환에서 일어나시길 천지신명께 빌던 일과 선친께서 숙직까지 하시며 밤낮으로 초조해 하시던 정성이야 더욱 이를 것이 있으리오. 조상님께서 말없이 도우셔서 세손과 세손빈이 차례로 나으시고 12월에 삼간택이 되었으니, 그 경사를 어찌 다 형용하리오.

삼간택 때는 부모를 안 보일 수 없어 대조께서 소조와 나를 오라고 하셨다. 세손과 빈궁을 볼 일이 기쁘나 소조께서 어찌 다녀오실까 갑갑하여 마음을 졸였는데, 염려를 어긴 일이 어찌 있으리오.

소조께서 의대병으로 옷 한 벌을 여러 번 갈아입으시고 망건도 여러 번 가셨다. 망건의 옥관자(玉貫子)를 정하지 못하여 안타깝던 중, 그날 공교롭게도 통정 옥관자를 붙이고 가셨다. 사현합에서 대소조가 만나시니, 대조의 마음이 어찌 소조를 허물 없이 살펴보시겠는가. 하지만 이미 자식의 큰일을 보이려 데려와 계셨으니, 그 통정 옥관자가 무관의 관자처럼 크고 괴이하여 왕세자답지 않으나, 그보다 더한 일도 많은데 그 관자 일쯤이 무슨 큰일이겠는가? 그런데 미처 처녀가 들어오기도 전에 그 관자 일로 대조께서 노하여 꾸짖으시며 소조께 보지 말고 돌아가라고 하셨다. 그 일은 실로 서럽고 그렇게까지 안 하셔도 되는 일인데도 차마 어찌 그러시는가. 그래서 소조께서는 며느리를 보지도 못하고 돌아가셨으니, 그 심정이 어떠하시리오. 그런데도 어찌 그 화증을 안 내시고 공손히 내려가셨는가 싶다.

나는 나중에 소조께 죽을 변을 당할 결심으로 올라갔었다. 세손빈을 보고 가려 하여 겨우 삼간택을 지내고 생각하니, 소조께서 삼간택까지 보시지 못하는 것이 인정의 도리에 야박하고 일도 어지러울 듯하였다. 그래서 중궁전과 선희궁 그리고 옹주에게 청하였다.

"별궁(別宮)의 길이 창덕궁을 지나니 위에 여쭙지 않고 함부로 데려가기는 죄송하나 그리하면 아마 소조께서도 며느리를 볼 수 있을 것입니다."

세 분이 의논을 하시더니 그렇게 하기로 되었다. 그래서 임금을 가까이 모시는 내시에게 일렀다.

"아랫대궐을 지날 때 내 가마와 같이 들게 하라."

그리고 세자빈을 데리고 왔다. 소조께서는 차마 마음이 좋지 못하여 그대로 가 계시다가, 며느리 얼굴 한 번 보시지도 못하고 무단히 내려오셔서 어이없고 서러워 덕성합에 잠잠히 누워 계셨다.

"세손빈을 데리고 옵니다."

그렇게 아뢰자, 소조께서는 반가우셔서 그 며느리를 어루만지시며 유난히 좋아하시고, 밤이 되어서야 별궁으로 보내었다. 일이 되어 가는 형편이 어쩔 수 없어서 빈궁을 데려와 뵈었으나, 대조를 속인 듯하여 무척 죄송하였다. 소조께서는 날이 갈수록 서럽고 병환이 더하셔서, 부왕께 공손치 못한 말씀을 점점 많이 하시니 이 아니 망극한가. 마음은 놀랍고 밤낮으로 두려우니, 내 목숨이 어느 때 어찌될 줄 몰라 어서 세손의 혼례나 지냈으면 하였다.

해가 바뀌어 임오년(壬午年, 영조 38년, 1762년)이 되니 혼례는 2월 초 2일로 택일하였다. 어서 날짜가 가서 혼례가 순조롭게 이루어지기만 마음을 졸이는데, 1월 10일 후에 갑자기 대조께서 목이 대단히 편찮으시어 증세가 심하셨다. 큰일은 코앞에 닥

쳤는데 어쩌나 싫어 안타깝더니, 침을 맞으시고 즉시 나으시니 다행이었다.

혼례의 기약이 이미 다가오니 막중한 인륜의 일을 폐하지 못하게 하였다. 2월 초 2일에 대조의 어명이 계셨다.

"세손을 데리고 오라."

그래서 세손은 먼저 가고, 소조께서는 그날 일찍이 올라가셔서 숭현문 밖에서 좀 쉬시고 경현당에서 혼인식을 하시니, 한 집에 조자손(祖子孫)[61] 3대가 모여 그 손자를 혼인시키려고 전안(奠雁)[62]하러 보내셨다. 그 즐겁고 막대한 경사가 다시 또 어디에 있으리오. 혼인식을 지내고 더 큰 예식은 광명전에서 지냈다.

동궁은 집희당에 머무르시고 세손 부부는 광명전에서 밤을 지내셨다. 이튿날 영묘와 정순왕후, 동궁과 내가 세손빈의 인사를 받을 때 영묘와 정순왕후는 광명전의 북쪽 벽 의자에 앉으시고, 동궁의 좌석은 동편으로 하고 내 자리는 서쪽으로 하였다.

그때 세손 빈궁이 어려서 걸음걸이가 쉽게 되지 않았다. 그 사이에 대소조 두 분이 서로 대하신 지 퍽 오래되었기 때문에 보시기가 싫어 말씀을 참으시니, 얼굴색이 어찌 좋으리오. 나는

---

61) 영조, 사도세자, 정조를 이르는 말.
62) 혼인 때 신랑이 기러기를 신부집에 갖고 가서, 상에 놓고 절을 하는 예.

하늘을 우러러 소조께서 말씀 안 하시길 남몰래 빌었다. 그리고 내가 나가서 세손빈을 재촉하여 들여세우고 폐백대추와 밤 그리고 장수 음식을 재촉하여 양전 양궁께 태평히 드리니, 그런 다행스런 일이 어찌 있으리오. 소조께서는 그저 어려워하시며 3일 동안 지내는 것을 보시고 가려 하시니, 그러실 때는 병환의 증세도 나오지 않으셨다. 당신을 좋게 대접만 하면 그래도 나은데, 대조께서도 막중한 대례를 안 보일 수가 없어 마지못해 하시나 며느리의 인사까지 받았으니 계속 머물도록 하실 리가 없었다.

대조께서는 동궁의 행차령을 내리시고 나는 3일을 보고 가게 하셨다. 그러나 내가 혼자 있기에 난처한 일이 많아 겨우 평계를 대어 뒤따라 내려왔다. 세손과 빈궁은 3일 후에 창덕궁으로 내려오니, 소조께서 기다리시다가 좋아하시며 빈궁을 데리고 휘녕전에 참배하시게 하고 슬퍼하셨다.

이럴 때는 본심이 돌아오시고 그 며느리는 과연 이상하리만치 사랑하셨다. 그렇게 대비전[63]이 특별한 자애를 받으셨기에, 어린 나이지만 경모궁이 돌아가신 후에 애통이 심하시고 세월이 갈수록 추모함이 더하여 말씀이 나오면 눈물을 안 흘리는 때가 없었다. 이것은 경모궁께 사랑을 받았기 때문이며, 효성이

---

63) 정조대왕의 부인, 비. 선왕의 비를 대비라 부른다.

있기에 가능한 일이었다.

몇 해 동안 소조께서 장인을 사사로이 만나신 일이 없었다. 그때 선친께서 영묘의 명으로 함경도에 있는 능을 보살피러 가시게 되어, 대조께서 세손빈을 보고 가라 하시어 아랫대궐로 가셨다. 그런데 소조께서 그날은 병환도 좀 덜하시고 며느리 자랑도 하시려고 장인을 만나 보신 것이었다. 원래 소조께서 자라실 때 보양관과 춘방관들 밖에는 사사로이 만나실 친척이 없어 외부 사람을 친히 보신 이가 없었다. 그러다가 나와의 혼례 후에 선친을 보시고 극진히 대접하시며 서로 친하여 정의가 두터우셨다. 선친께서 초하루와 보름께가 되면 안부를 물으러 들어오시나 지시가 있어야 소조를 뵙고, 들어오신 때라도 늘 오래 머물지 않으셨다.

"궁궐이 매우 엄하므로 바깥사람이 오래 머물지 못합니다."

선친께서는 이렇게 말씀하시면서 즉시 나가셨다. 그러나 소조께 나아가 뵈시면 한마음으로 학문을 권하시고 사업의 결과를 부지런히 아뢰었다. 유식한 고인의 문자를 자주 써 드리고, 소조께서 글을 지어 보내시면 글의 잘되고 못됨을 평론하여 드리니 선친께 배움이 많았다. 이런 선친께서 천만년을 바라시며 소조께서 태평성군이 되시기를 비시는 지성에 어느 신하가 만분의 일이라도 따라가겠는가.

선친께서 소조를 아끼심은 비록 간격이 없으시나 도우시기는 반드시 옳은 일로 하셨다. 임금의 친척들이 혹 장난감을 가지고 노시도록 하는 게 보통 있는 일이지만, 선친께서는 일절 그러신 바가 없었다. 소조를 뵈면 처음부터 끝까지 번번이 여쭈셨다.

"효도에 힘쓰소서."

"학문을 부지런히 닦으소서."

선친께서는 이 두 마디 외에 다른 말씀을 하신 일이 없었다. 소조께서 선친을 귀중하게 여기시는 중에 매우 기대하시고 조심하신 고로 병환이 점점 드시나, 선친의 낯을 보시고 이렇다고 말씀하신 일이 없으셨다. 그러다 견디기 어려우신 때는 '잘하소서 믿나이다' 하는 사연을 내가 편지로 썼으나 소조께서 써 보내신 일은 없었다.

의대 병환으로 삶과 죽음 사이를 왔다 갔다 하게 되자, 선친께 내가 부탁하였다.

"얻어다 주소서."

이처럼 내가 청하였지 소조께서 장난감을 달라 하신 일은 없었다. 소조께서는 금성위와 화완옹주에게서는 장난감을 가져오시되 내 집 것은 한 가지도 가져온 일이 없으셨다. 미행을 시작하시니 응당 내 집에 먼저 가실 듯하되, 금성위 집으로 차려가시고 내 집에는 한 번도 가신 일이 없으셨는데 보통 사람처럼 대접하지 못하는 것을 어렵게 여기시고 꺼리셨다. 그 사이에 이상야릇한 일이 거듭 나오고 미행하신 일을 당신 스스로도 겸 연쩍게 여기시어 선친을 대하여도 말씀을 못하셨다.

선친께서는 차대 때나 병환 때 그리고 대리 정치를 하실 때 나 한가지로 궁에 들어가 계셨지, 소조와의 사사로운 만남을 여 러 해 동안 못하고 계셨다. 그런데 선친께서 그날 궁으로 들어 오셔서 소조를 우러러 반가워하셨다.

젊은 나이에 며느리를 얻으시고 세손과 빈궁이 당신을 보시 는 것이 귀엽고 기뻐서 선친께서 축하를 드렸다. 소조께서도 전같이 반갑게 맞아 정성껏 후하게 대접하시며 조금도 병환의 증세가 발하지 않으시던 것이 이상하고 서러울 정도였다.

3월이 되어 또 소조의 병환이 더욱 심해지시니 차마 내 붓으 로 어찌 쓰리오. 화증이 나오시면 내과, 내인들에게 감히 못할 말을 시키시고 그것들이 죽기가 두려워 큰 소리로 해괴망측한 말들을 하니, 그저 하늘이 무섭고 천만 망극하여 죽어서 모르고 싶었다. 소조께서는 술을 잡수시지 않았으나 병자년(丙子年, 영 조 32년 1756년)에 겪은 술 사건으로 무척 원통해 하셨다.

그러더니 대조께서 하시던 말씀처럼 금주가 엄하신 때 술을 많이 들이셨다. 소조께서는 본래 주량이 적으시고 변변히 드시 지도 않으시면서 술만 궁중에 낭자하니, 어느 일이 근심이 아니 리오.

경진년(庚辰年, 영조 36년, 1760년) 이후에 내관, 내인 들이 동궁에 의해 상한 것들이 많으니 다 기억하지 못하나, 뚜렷이 기억하는 것은 내수사(內需司)를 맡은 서정달이었다. 소조께서는 내수사의 일을 더디게 시행한 일로 인해 그를 죽이셨다. 또한 출입당번 내관도 여러 명 상하고, 선희궁의 내인 하나도 죽이시어 점점 어려운 지경에 이르렀다.

소조께서 신사년(辛巳年, 영조 37년, 1761년)의 미행 때 여승 하나와 평안도 미행 때 기생 하나를 데려와 궁중에 두시고, 잔치를 하신다 할 때는 사랑하시는 궁중의 천한 계집들과 기생들이 들어와 잡스럽게 섞였으니 세상에 그런 모습이 어디 있으리오.

소조께서는 2월 그믐께 옹주를 오라고 하셔서 당신의 병환이 서러워 이리 하였노라고 하셨다. 옹주도 겁을 내어 서러워하며 공손치 못한 말을 하니, 나는 차마 듣지 못하고 죽을 때에 이르도록 감히 거둔 일이 없었다. 소조께서는 옹주를 데리고 통명전에서 잔치하시니 잔치를 하는 곳은 후원 아니면 통명전이요, 머무르시는 데는 환취전이기도 하셨다.

경황없는 가운데 3월을 지내고 4월이 되었다. 소조께서 거처하는 곳 모두가 어찌 산 사람이 거처하는 곳 같으리오. 죽은 사람의 빈소 같기도 하고 다홍색으로 죽인 이의 성명을 쓴 조기(弔旗) 같은 것을 해서 세우고, 영침(靈寢)하는 형상처럼 해 놓았다. 그리고 그 속에서 주무시고 잔치를 하시다가 밤이 깊으면 모두 지쳐 잠이 들었다. 상 위의 음식은 가득하여 그 모습이

다 귀신의 일이니, 하늘이 시키는 일이라고밖에는 생각할 수 없었다.

소조께서는 눈 먼 장님들도 불러서 점을 치게 하시다가 그것들이 말을 잘못하면 죽이기도 하고, 의관이며 역관이며 궁중에서 부리는 자들도 여럿 죽고 병신이 된 것들도 있었다. 하루에도 대궐에서 죽은 사람이 여럿 나오니, 온 나라의 인심이 소조를 두려워하고 원망하여 발을 잘못 디디면 언제 죽을지 몰라 하였다. 남편의 타고난 기질은 진실로 거룩하시건만 그 착하신 본성을 잃으시고 아주 그릇되시니 차마 이를 어찌 말할 수 있겠는가.

5월이 되자 소조께서는 갑자기 땅을 파더니 집 세 칸을 짓고, 사이에 장지문을 해 달아서 마치 묘 속같이 만드셨다. 드나드는 문을 위로 내어 널판자 뚜껑을 해 놓고 사람이 겨우 몸을 놀려 다닐 만하게 하고 그 널판자 위에 띠를 입혀 덮으니 땅속에 집 지은 흔적도 없게 되었다. 소조께서는 그 속에 옥으로 만든 등을 달아 놓고 앉아 계셨다. 그것은 대조께서 오셔서 당신이 하시는 것을 찾으셔도 군기붙이와 말을 모두 감추려 하시는 뜻이지 다른 것은 없었다. 그렇건만 그 땅속의 집 일로 해서 더욱 망극한 일이 있었으니, 모든 흉한 징조를 귀신이 시키는 것처럼 하시니 사람의 힘으로 어찌 감당하겠는가.

그 달에 선희궁께서 세손 혼례 후 처음으로 세손빈도 보실 겸 해서 아랫대궐로 내려오셨다. 소조께서는 반갑고 귀하게 대접하심이 지나치셨는데, 마음이 영험하시어 곧 죽을 것을 예견하고 마지막 작별 인사로 그러셨는지도 모르겠다. 잡수시는 것과 잔치상이 훌륭해 과실을 많이 내오고 인삼과까지 곁들여 장수를 축하하는 시를 지으셨다. 후원에 모셔 갈 때 작은 가마를 큰 가마처럼 하여 올리자 선희궁께서 마다하셨지만 우겨서 억지로 타게 하시고, 앞에 큰 깃발을 세워 나팔 불고 북 치면서 모셨다. 그 모양이 당신으로서는 극진한 효로 받드는 일이었지만, 선희궁께서는 당신이 그러시는 것이 당신의 병환 때문이라고 생각하시어 망극하게 여겨 깜짝 놀라셨다.

점점 어쩔 수 없는 지경으로 내달아 가시고 끝을 알 수 없으니, 선희궁께서는 나를 대하시면 눈물만 흘리시고 두려워하시며 탄식하셨다.

"이제 어찌 될꼬."

선희궁께서 겨우 며칠을 묵으시고 올라가시는데, 어머님도 우시고 아드님도 슬퍼하시니 아마도 이 세상을 마치시려고 그러셨던 것 같다. 나는 날이 갈수록 위급한 가운데 살아서는 다시 뵈올 것 같지 않아 마음이 더 칼로 베이는 듯하였다.

그때 영의정 신만이 어버이의 삼년상을 마치고 다시 정승을 하였는데, 대조께서는 3년 동안 그를 못 보고 계시다가 새사람을 만나는 것 같아 틈틈이 하시는 말씀이 다 소조 말씀이셨다.

그러나 소조께서는 신만으로 인하여 자신이 흥잡히므로 점점 신만이를 꺼리고 무서워하셨다.

"그 정승이 복 없고 밉구나."

소조께서는 그가 자신을 헐뜯어 대조께 고해 바치는가 싶어 분을 참지 못하셨다. 그로 인해 더욱 화가 돋우셔서 점점 망극하니 이를 어찌 할꼬. 그런데 천만 뜻밖에 나경언의 사건이 일어났는데, 그때 형조 참의는 내 외사촌 이해중이었다.

나경언의 아우 상언이 무슨 흉심으로 그 짓을 하여, 대조께서 경언의 죄를 몸소 신문하시고 소조를 부르셨다. 소조께서 급한 걸음으로 재빨리 윗대궐에 가시니 그 광경이 어떠하리오. 가뜩이나 어려운 때에 흉한 놈이 나타나 소조의 병환은 더 이를 것이 없고, 부자간은 더 뭐라고 말할 것이 없게 되었다. 경언이 사형되고, 소조께서 경언의 아우 상언을 잡아다 시민당 손지각 뜰에서 형벌하며 뒤에서 가르친 이를 물으셨으나 자백하지 않았다.

이 사건으로 소조께서는 신만이를 더욱 미워하시어 아비의 죄로 영성위를 잡아다 죽이려 한다고 하셨다. 그때 큰 변이 일어날 것처럼 영성위를 오늘 잡아 온다 내일 잡아 온다 하셨으나, 영성이 죽지 않을 때인지 얼른 잡아 오지는 않으셨다.

선희궁께서 소조 하시는 일이 점점 망극하시니 할 수 없다 하시고, 또 소조께서 옹주에게 잘해 주지 않는다고 편지를 써 보내신 것은 망극하여 차마 거두지 못할 말이다.

"수구(水口)를 통해 윗대궐을 가련다."

소조께서는 이렇게 말씀하시고 갈수록 영성위에게 복수하고자 벼르셨다. 비록 미처 잡아 오진 못하셨으나 영성위의 관복, 조복, 군복, 일용품 그리고 패옥과 띠까지 모두 가져다 태우고 깨뜨리니, 영성위의 목숨이 호흡 한 번 하는 사이에 달려 있었다.

선희궁께서 영성위를 아끼신 것이 아니라 소조께서 점점 이러하시니, 안타까이 마음만 쓰시는 가운데 소조 하시는 일이 극한 지경에 이르러 무척 망극해 하셨다.

소조께서 윗대궐을 수구로 가시려다가 못 가시고 도로 오시니, 그때는 윤 5월 11, 12일 사이였다. 그럴 즈음 당황스럽고 황당한 소문이 과장되어 퍼지고 있었다. 소문이 무척 낭자하니 전후 일이 다 본심으로 하신 일이 아니건만 정신없으실 때는 화에 들떠 이런 말씀을 하시곤 했다.

"화증으로 어떻게 하련다."

"칼을 쥐고 가서 어떻게 하고 오고 싶구나."

조금이라도 멀쩡한 정신이 있었다면 어찌 이런 말씀을 하셨겠는가.

당신이 이상하리만치 팔자가 험하고 기구하신 운명 때문에 타고난 수명을 다 못 누리시고, 세상에 없는 참혹한 일을 당하시려니, 하늘이 이상하게도 흉악한 변을 지어 몸이 그리되도록 만들려 하신 것이다.

하늘아, 하늘아, 일을 어찌 이렇게 만드시나이까?

선희궁께서도 병드신 아드님을 아무리 책망하여도 믿을 것이 없으셨다. 그 어머니의 마음이 다른 아들 없이 이 아드님께만 몸을 의탁하고 계시니, 어찌 이 일을 하고자 하시리오.

처음에 대조의 사랑을 받지 못하고 자라 소조께서 이같이 되신 것을 대조께서 근심하지 않으시고 할 수 없다 하시니, 선희궁께는 일생의 아픔이 되어 계시나 이미 병세가 이토록 심하고 부모를 알지 못할 지경이니 어찌하리오. 어미의 마음으로 차마 못하여 미적미적 하다가, 행여 증세가 위급하여 물불도 안 가리고 생각 못할 일을 저지르려 하시면 400년 종사(宗社)를 어찌하리오.

선희궁께서 당신의 도리로는 임금을 보호하려는 뜻이 옳으며, 소조는 이미 병이 깊어 어쩔 수 없게 되었으니 차라리 몸이 없는 것이 옳고, 삼종(三宗)[64]의 혈맥이 세손께 있으니 소조를 천만 번 사랑해도 나라를 보전하려면 이 도리밖에 없다 하셨다.

그리고 13일에 내게 편지하셨다.

"지난밤의 소문이 더욱 무서우니, 일이 일어난 후는 내가 죽

---

64) 효종, 현종, 숙종을 이르는 말.

어서 모르거나 살면 종사를 붙들어야 옳고 세손을 구하는 것이 옳으니, 내가 살아 빈궁을 다시 볼지 모르겠노라."

내가 그 편지를 붙들고 슬피 울었으나 그날 큰 변이 날 줄이야 어찌 알았으리오.

그날 아침, 대조께서 무슨 까닭인지 옥좌에 나와 앉으시려 경현당 관광청에 계셨다. 선희궁께서 가서 울면서 고하셨다.

"소조의 병이 점점 깊어 바라는 것이 없으니, 소인이 차마 이 말씀은 모자지간의 도리로 보아 못할 일이지만, 옥체를 보호하고 세손을 건져 종사를 평안히 하는 일이 옳으니 대처분을 하소서."

그리고 또 말씀하셨다.

"부자의 정으로 차마 이리하시나 병으로 그러하니 병을 어찌 책망하오리까? 처분은 하시더라도 은혜를 드리우셔서 세손 모자를 편안케 하소서."

내가 차마 그 아내로서 이를 옳다고는 못하나, 일인즉 어쩔 수 없는 지경이었다. 내가 따라 죽어 모르는 것이 옳지만, 차마 세손 때문에 결단치 못하였다. 그저 살기가 어려움을 서러워할 뿐이로다.

대조께서 선희궁의 말씀을 들으시고 조금도 지체하시지 않고 창덕궁 행차 명령을 급히 내리셨다. 선희궁께서는 어미의 정을 꺾고 참으시며 큰 뜻으로 말씀을 아뢰시고, 가슴을 치고 죽는 듯 괴로워하셨다. 그리고 당신이 계시던 양덕당에 오셔서 식사를 폐하고 누워만 계시니, 세상천지에 이런 모습이 어디 있으리오.

대조께서 전부터 선원전에 가시는 길이 두 길이 있었는데, 만안문(동문)으로 드실 때는 탈이 없고 경화문으로 들어오시면 어떤 일이든 탈이 나는 것이었다. 그런데 그날은 경화문으로 가자 하셨다. 소조께서 11일 밤은 수구로 다녀오셔서 몸이 물에 빠지시고 12일은 통명전에 계신데, 그날 대들보에서 부러지는 듯이 대조의 행차 소리를 들으시고 탄식하셨다.

"내가 죽으려나 보다. 이게 웬일인고!"

그때 선친께서는 재상(宰相)으로서 임오년(영조 38년) 5월에 엄한 분부로 파직을 당하시고 동대문 밖에 한 달이 조금 넘게 나가 계셨다.

소조께서 당신 스스로 위기감을 느꼈던지 조재호[65]가 전임 대신으로 춘천에 있었는데, 계방 조유진한테 말을 전하여 올라오라 하셨다. 이런 일을 보면 병환이 계신 이 같지 않으니 이상한 하늘의 뜻이었다.

소조께서는 대조의 행차령을 들으시고 두려워 아무 소리도 없이 온갖 연장 따위와 말을 다 감춰 하던 대로 하라 하시고, 가

---

65) 진종의 장인인 조문명의 아들. 풍양 사람으로 우의정, 영돈령부사를 지냈으며, 사도세자를 구하려다 오히려 사약을 받았음.

마를 타시고 경춘전 뒤로 가시며 나에게 오라 하셨다. 근래에는 눈에 사람만 보이면 일이 나기 때문에 소조께서는 가마에 뚜껑을 하고 사면에 휘장을 치고 다니셨는데, 춘방관과 다른 사람들에게는 또 학질이 발병했다 하고 계시었다.

소조께서 그날 나를 덕성합으로 오라 하셨다. 그때가 정오쯤이나 되었는데, 갑자기 수를 헤아릴 수 없을 만큼의 까치가 경춘전을 에워싸고 우니 그것이 무슨 징조인지 참으로 이상하게 여겼다. 그때 세손이 환경전에 계시기에 내 마음이 급하여 허둥지둥한 가운데, 세손 몸이 어찌 될 줄 몰라 그곳으로 내려갔다.

"어떤 일이 있어도 놀라지 말고 마음 단단히 먹으시오."

세손에게 이렇게 천만당부하고 어찌할 줄 모르고 있는데, 대조께서 거동이 늦어져 미시(未時) 후에나 휘녕전(徽寧殿)으로 오신다는 말이 있었다. 그럴 때, 소조께서 나를 덕성합으로 오라고 재촉하시기에 가서 뵈었다. 소조께서는 평소의 장하신 기운과 언짢은 말씀도 않으시고 고개 숙여 깊이 생각하며 벽에 기대어 앉아 계신데, 핏기 없는 안색으로 나를 보셨다.

'응당 화증을 내시고 오죽하실까.'

소조를 만나기 전에 나는 속으로 그렇게 생각하며, 내 목숨이 그날 마칠 것도 스스로 염려하여 세손을 조심스럽게 부탁하고 왔다. 그런데 소조의 말씀과 얼굴 표정은 생각과 달랐다.

"아무래도 이상하니, 자네는 좋게 살게 하겠네. 그 뜻들이 무서워."

내가 눈물을 흘리면서 당황하여 손을 비비고 앉아 있는데, 대조께서 휘녕전으로 오시어 소조를 부르신다는 전갈이 왔다.

그런데 소조께서는 이상하게도 피하자거나 달아나자는 말씀도 안 하시고, 주위에 시중드는 사람을 물리치지도 않으셨다. 조금도 화증을 내시는 기색 없이 얼른 용포(龍袍)를 달라고 하여 입으시며 말씀하셨다.

"내가 학질을 앓는다 하려 하니, 세손의 휘항(揮項)을 가져오라."

내가 그 휘항은 작으니 당신 휘항을 쓰라고 하며 내인에게 소조의 휘항을 가져오라고 하였더니 소조께서 뜻밖에도 이런 말씀을 하시지 않는가!

"자네가 참으로 무섭고 흉한 사람일세. 자네는 세손을 데리고 오래 살려 하고, 내가 오늘 나가서 죽을 것 같으니까 그것을 꺼려 세손의 휘항을 안 주려고 하는 심술을 알겠네."

내 마음은 당신이 그날 그 지경에 이르실 줄 모르고,

'이 끝이 어찌 될꼬? 설마 사람이 모두 죽을 일이며 또 우리 모자의 목숨이 어찌될꼬? 아무 일도 없겠지.' 하였는데 천만 뜻밖의 말씀을 하시니 내가 더욱 서러워 다시 세손 휘항을 갖다드렸다.

"그 말씀이 전혀 마음에 없는 말인 줄 아오니, 이것을 쓰소서."

"싫소! 당신이 꺼려하는 것을 써서 무엇 할꼬."

소조의 이런 말씀이 어찌 병드신 이 같으며, 어찌 공손히 나가려 하시던가! 모두 하늘이 시키는 일이니 슬프고 원통하다.

날이 늦어지고 대조의 재촉이 심하여 소조께서 나가셨다. 대조께서 휘녕전에 앉으시어 칼을 안으시고 두드리시며 그 처분을 하시게 되니, 그지없이 망극하여 그 모습을 내 어찌 기록할 수 있으리오, 서럽고 서럽도다. 소조께서 나가시자 즉시 대조의 노하신 음성이 들려왔다. 휘녕전이 덕성합과 멀지 않아 담 밑에 사람을 보내 보니, 벌써 용포를 벗고 엎드려 계신다 하였다. 대처분[66]으로 생각되니 천지가 망극하여 가슴이 무너지고 찢어지는 듯하였다.

거기에 있는 것이 부질없이 세손이 계신 곳으로 와서 서로 붙잡고 어찌할 줄 모르고 있었다. 그런데 신시(申時) 전후 즈음에 내관이 들어와 소주방(燒廚房)에 쌀 담는 궤를 내라 한다 하니, 이는 또 무슨 말인고? 놀라서 내지 못하고 세손이 가슴 아픈 일이 있는 줄 알고 뜰 앞에 들어가 말씀드렸다.

"아비를 살려 주옵소서."

"나가거라!"

---

66) 사도세자가 음모를 꾸몄다 하여 그 죄를 다스리는 것.

대조께서 엄하게 말씀하시니, 세손은 할 수 없이 나와서 왕자 재실(齋室)에 앉아 있었는데, 그때 그 모습은 고금천지간에 없을 것이다. 세손을 내보내고 하늘과 땅이 서로 부딪치는 듯하고 일월이 캄캄해지니, 내 어찌 한시라도 세상에 머무를 마음이 있으리오. 칼을 들어 목숨을 끊으려 하였으나 옆의 사람이 빼앗아 뜻을 이루지 못하고, 다시 죽고자 하였으나 칼이 없어 못하였다. 나는 숭문당으로 해서 휘녕전으로 나가는 건복문 밑으로 갔다. 아무것도 보이지 않고 다만 대조께서 칼 두드리시는 소리와 소조의 목소리가 들렸다.

"아버지, 아버지, 제가 잘못하였습니다. 이제는 하라 하시는 대로 하고 글도 읽고 말씀도 다 들을 것이니 이러지 마옵소서."

내 간장이 마디마디 끊어지는 듯하고 앞이 막히니, 가슴을 아무리 두드린들 어찌하리오. 당신의 용기와 건강한 원기로 대조께서 뒤주 속으로 들어가라 하신들 아무쪼록 들어가지 마실 것이지, 왜 마침내는 들어가셨단 말인가!

처음엔 뛰어나오려 하시다가 이기지 못하여 그 지경에 이르렀으니 하늘이 어찌 이토록 무정하신가! 세상에 없는 설움뿐이며 내가 문 밑에서 목놓아 슬피 울어도 하늘은 대답이 없었다.

소조께서는 벌써 폐위되셨으니 그 처자가 마음 편히 대궐에 있지 못할 것이요, 세손을 그저 밖에 두어서는 안 될 터인데 이를 어찌할꼬? 두렵고 겁이 나서 그 문에 앉아 대조께 글을 올렸다.

"처분이 이러하시니 죄인의 처자가 편안히 대궐에 있기가 분에 넘쳐 죄송스럽고, 세손을 오래 밖에 두었기에 죄가 더 중한 몸이 되어 두렵사오니 이제 친정으로 가겠습니다. 은혜로운 마음으로 세손을 보전하여 주옵소서."

이렇게 써서 가까스로 내관을 찾아 대조께 드리라고 하였다. 얼마 안 있어 오라버니(홍낙인)가 들어오셔서 말씀하셨다.

"이제 서민으로 폐위되어 대궐에 있지 못할 것이요, 대조께서도 친정으로 돌아가라 하십니다. 가마를 들여올 테니 나가시고 세손이 타실 남녀(籃輿)도 함께 준비했나이다."

오라버니와 나는 서로 붙들고 일이 하도 망극하여 통곡하였다. 나는 업히어 청휘문(淸輝門)으로 해서 저승전(儲承殿) 차비문에 놓인 가마로 갔다. 윤 상궁이란 내인과 함께 탔는데 별감(別監)이 가마를 메고 많은 내인들이 모두 뒤를 따라 쫓으며 통곡하니, 오랜 옛적부터 천지간에 이런 모습이 어디 있으리오. 나는 가마에 들어갈 때 기절하였는데, 윤 상궁이 주물러서 겨우 목숨이 붙었으니 오죽하리오.

친정에 도착한 나는 건넌방에 누웠다. 세손은 내 작은아버지와 오라버니가 모셔 나오고, 세손 빈궁은 그 집에서 가마를 가져와 청연과 함께 들려 나오니, 그 모습이 너무나도 가슴 아파 내 차마 어찌 살 수 있겠는가. 자결하려 하다가 못하고 돌이켜 생각해 보니, 11살 된 세손에게 겹겹이 쌓인 고통을 남긴 채 내가 죽을 수 있겠는가. 내가 없으면 세손이 목적한 바를 어찌 이룰 수 있으리오. 참고 참아 모진 목숨 보전하고 하늘만 원통히 부르짖으니 이 세상 천지에 나같이 모진 목숨이 또 어디 있으리오.

세손이 집에 와서 서로 만나니 어린 나이에 놀라고 가슴 아프게 소자의 모습을 보셨으니 그 서러운 마음이 어떠하리오. 놀라서 병이라도 날까 두려워 내가 말하였다.

"망극하지만 다 하늘의 뜻이니 세손이 몸을 평안히 하고 착해야 나라가 태평하고 성은을 갚을 것입니다. 설움 중이지만 마음을 상하지 마십시오."

선친께서는 궐내를 떠나지 못하시고 오라버니도 벼슬에 매여 왕래하시니, 세손을 모시고 있을 이가 첫째 동생 홍낙신과 둘째 동생 낙임 그리고 두 외삼촌이셨다. 내 막내 동생 낙윤은 어릴 때부터 들어와 세손을 모시고 놀던 터라, 낙윤이 작은 사랑에 세손을 모시고 자고 하여 8, 9일쯤을 지냈다. 그러자 세손의 장인인 김판서 시묵과 그 자제 김기대도 와서 뵙는다 하였다. 내 집이 좁고 세손의 상하 내인이 모두 나왔기 때문에 남쪽 담장 밖 교리(校理) 이경옥의 집을 빌렸다. 그리고 김판서 댁이 그 며느리를 데리고 와서 빈궁을 모시고 있게 하여 담을 트고 왕래하였다.

그때 선친께서 파직되어 동대문 밖에 오랫동안 계시다가, 대조께서 대처분을 하시어 일이 어쩔 수 없이 되어 버린 후에 선친을 다시 임용하시어 영의정으로 임명하여 궁으로 부르셨다. 선친께서 뜻하지 않은 가운데 소조의 처분 소식을 들으시고, 망극하고 애통한 가운데 급히 달려들어가 임금 앞에 이르러 기절하셨다. 그때 세손이 왕자 재실에 계시다가 선친의 소식을 들으시고 당신이 드시던 청심환을 내보내 겨우 깨어나시니, 선친 또한 어찌 이 세상에 살 마음이 계시겠는가. 하지만 내 뜻과 같으시어 망극한 가운데 지극히 세손을 보호하려는 정성만 계시니, 세손을 옹호하여 나라를 보전하시려는 진심어린 참된 충성은 천지신명이 가히 알 만한 것이었다. 내 운수가 모질고 흉악하여 목숨이 붙었으나 소조께서 당하신 일을 생각하니 어찌 견디시는지 마음이 타는 듯하니 차마 어찌 견딜 만한 모습이리오. 오유선과 박성원이가 집 대문 밖에 와서 청하였다.

"세손께서 석고대죄(席藁待罪) 하시게 하십시오."

석고함이 당연하나 차마 어린 아기를 어찌하리오. 세손께서는 낮은 집에 계시며 지내셨다.

대궐을 나온 후 선친도 못 뵈옵고 망극하였는데, 그 이튿날 선친께서 대조의 지시를 받고 나오시니, 모자가 선친을 붙들고 한바탕 통곡을 하고 임금의 말씀을 전하셨다.

"네가 보전하여 세손을 구호하라."

그때의 그 말씀이 망극한 가운데 세손을 위해 감격하여 목이 메니 그 기쁨을 감출 수 없었다. 세손을 어루만지며 임금의 은혜에 손 모아 감사드리며 이렇게 일렀다.

"나는 동궁의 아내로서 이 지경이 되고 세손은 아들로서 이 지경을 만났으니, 다만 스스로 명을 서러워할 뿐이지 누구를 원망하며 탓하겠습니까? 우리 모자가 이때에 보전함도 임금의 은혜요, 우러러 의지하여 목숨을 구해 주신 것도 또한 임금이십니다. 세손께 기대를 하시는 대조의 뜻을 받들어 힘쓰고 가다듬어 착한 사람이 되면, 그것으로 은혜를 갚고 아버지께 효자가 되리니 이 밖에 더 큰 일이 없습니다."

그리고 선친께 임금의 은덕에 감사드리며 매우 고맙게 여겨 말씀드렸다.

"남은 날은 대조께서 주시는 날이니, 그 뜻을 받으려 하는 사연을 위에 아뢰소서."

나는 이 말씀을 드리며 슬피 울었는데 내 말은 추호도 지어낸 것이 아니다. 처음부터 그리되신 것이 서럽지, 점점 그 지경에 이르신 바를 어찌하리오. 내가 조금도 마음에 머금은 바가 없어 감히 대조를 이렇다고 원망하지 못하였다. 선친께서 나와 세손을 붙들고 통곡하시며 위로하셨다.

"이 뜻이 옳으시니 세손께서 어질고 뛰어난 인물이 되시면, 대조의 은혜를 갚으시고 낳으신 아버님께 효자가 되실 것입니다."

날이 갈수록 차마 망극한 모습을 생각지 못하여 어떻게 할 줄 몰라 마음이 흐릿한 채 누워 있었는데, 15일은 대조께서 뒤주를 밧줄로 굳게 얽고 풀 더미로 덮어 윗대궐에 오르신다 하니, 어쩔 도리가 없었다. 대궐의 비단필도 내올 길이 없으니 시선에 옷을 입히고 염포로 묶을 수 있게 선친께서 다 준비하시어 여한 없이 하여 주셨다. 이전 여러 해 동안 큰 병환에 의복을 무수히 대어 주시고 이 수의를 다 준비하셔서 동궁을 위하신 마지막 정성으로 극진히 하셨다.

20일의 신시(申時)쯤 폭우가 내리고 천둥도 치는데, 소조께서 천둥을 두려워하시던 일로 인해 어찌 되셨는가 차마 그 모양을 헤아리지 못하였다. 내 마음이 굶어 죽고도 싶고 깊은 물에도 빠지고 싶고 수건을 어루만지며 칼도 들기를 자주 하였지만 마음이 약하여 강한 결단을 못 내렸다.

그러나 먹을 수가 없어 냉수건 미음이건 먹은 일이 없으나 능히 지탱하였다. 그 20일 밤에 소조께서 어쩔 도리 없이 계시다 비 오던 그날이 소조께서 숨지신 때던가 싶으니, 차마 어찌 견디어 그 지경이 되셨는가, 그저 온몸이 뼈저리도록 원통하니 그저 살아난 것이 모질뿐이로다.

선희궁께서 마지못해 대조께 그리 아뢰셨으나, 나라를 위하여 대처분은 하시더라도 소조께서 병환이시니 대조께서 애통하셔서 은혜를 더 베풀고 복제(服制)나 행하실까 바랐다. 그러나 대조의 뜻이 그런 처분을 하시었으나 노기는 풀리지 않으셨다. 그로 인해 소조께서 가까이 하시던 기생과 내시 박필수 등과 별감이며 장인(匠人)이며 무당들까지 모두 사형을 하시니, 이는 당연한 일이며 감히 뭐라 말을 하겠는가.

다만 몹시 원통한 것은 의대 병환으로 무수히 많은 옷을 갈아입으시다가 어찌하여 생무명 한 벌이나 입으시니, 그날도 생무명 옷을 입고 계셨다. 대조께서 보통 때 뵈어도 소조께서는 도포나 용포를 입으시고 계셨는데, 그날 무명옷은 처음 보시니 아들의 병환은 모르시고 말씀하셨다.

"네가 나를 없애고자 하느냐. 어찌 생무명으로 된 상복을 입었느냐?"

그리고 남은 것이 전부 없어진 것으로 아시고 엄명하셨다.

"평상시 소조가 쓰던 세간을 다 걷어 내라."

그러니 그중에 병기인들 없으며 그 무엇이 없겠는가? 아무리 국상(國喪)인들 상제가 짚는 지팡이가 하나밖에 없겠냐마는 소조의 이상하신 병환으로 지팡이를 여러 벌 만드셨다. 평생을 좋아하여 좌우에 떠나지 않는 것이 군복에 갖추어 차는 군도(軍刀)와 보검들이었는데, 생각밖에도 그것들을 지팡이 모양같이 만들고 그 속에 칼을 넣어 뚜껑을 맞추어 지팡이같이 해 가지고 다니셨다. 내게도 보이시기에 끔찍하고 놀랍게 여겼었다.

그런데 그것을 없애지 않았다가 대조께서 수거한 것 가운데 그것이 있으니, 대조께서 놀라시어 분하게 여기셨으니 복제를 어찌 거론하시리오. 대조께서 소조의 병환은 모르시고 다 불효로만 탓하시니 그저 지극히 원통할 뿐이로다.

처음에는 조정 신하들의 복제는 규칙대로 하려고 하시더니 다 못하니, 이 지경을 당하여 세손이나 건지는 것이 하늘의 은혜였다.

병환으로 처분하신 이상 14년간 대리 왕세자이시니, 복제나 상하에서 행하였더라면 윗사람의 덕이신데 그를 못하였으니 그저 서러우며 염일(20일)은 어쩔 도리 없는 지경이었다.

소조의 복위(復位)를 하셔야 초종제구(初終祭具)를 만들어 준비할 것이나, 대조의 뜻이 안 하려 하신 것이 아니나 복위를 아끼시고 모든 절차를 본보기대로 하시길 망설이시며 결단치 못하시다가 부득이 21일 밤에 복위시키셨다.

대신들은 임금을 뵙고 절차를 정하여 처음에는 빈소를 용동궁에 하자 하였다. 선친께서 이 지경을 당하셔서 조금이라도 잘못하여 추호라도 임금의 뜻을 어기면 그때 성노가 불같으시니, 내 집이 망하기는 둘째요 세손이 보전하시지 못할 것이었다. 그래서 아무쪼록 임금의 뜻을 잃지 않으시는 중에 돌아가신 이를 저버리지 않으시고, 세손에게는 소조의 한을 끼치지 않으시려고 정성과 충성을 다하여 좌우를 주선하셨다.

대조께서 복위 후, 시호(諡號)를 내리시고 왕세자의 관을 두는 곳은 시강원으로 하며, 삼도감(三都監)은 법대로 하시게 정하여 겨우 다 매듭지었다. 선친께서 도제조(都提調)를 하여 몸소 보살피시며 묘소의 범절까지 조금도 잘못 없이 하셨다. 이처럼 선친의 도움이 아니면 어느 신하가 감히 말을 하며 대조의 마음이 어찌 돌아서리오.

그날 세손 내외를 시강원으로 모시게 하시고 새벽에 집으로 나오셔서 우리 모자(母子)를 들여보낼 때, 선친께서 내 손을 잡으시고 뜰 가운데에서 목을 놓아 통곡하셨다.

"세손을 모시고서 만년을 누려, 늙어서 복을 많이 누리십시오."

대궐로 들어와 시민당에서 발상(發喪)하고, 세손은 건복합에서 발상하고 빈궁은 내 곁에서 청연과 함께 통곡을 하니 천지간에 이런 모습이 어디 또 있으리오. 상복을 입고 즉시 습을 하니 몹시 무더우나 조금도 어떻지 않으시더라 하니, 그 설움은 차마 생각지 못할 일이다. 습한 후 염하기 전에 나가니, 내 모습이 세상에 드물고 남에게 없는 일이었다. 설움 중에 소조께서 하시던 말씀을 생각하니 몹시 애통하여 하늘을 부르며 땅을 치고 산 것이 부끄럽더라. 이승과 저승에 거리가 있어 소조의 그 하늘 높은 건강한 기운을 뵈올 길이 없으니, 산 사람의 죽지 못한 한이 어떠하리오.

초상을 치르는 모든 일이 서럽기가 이를 데 없고 신하가 복제를 못하니, 제사를 치르는 관리들과 내관들이 다 옅은 색의 천담복이었다. 밖에 제사는 있고 안에는 갖추어 준비함이 두려워 기회를 보다가 다시 제사를 가하라 하시는 대조의 분부는 안 계시기에, 아침저녁으로 올리는 제사 음식과 매달 초하루와 보름에 지내는 제사를 다 그저 그렇게 지냈다. 대조께서는 세손 양궁과 군주를 왕세자의 관을 모신 곳 앞에는 차마 보이지 못하게 하여 상복을 처음 입던 날 나와서 곡하게 하였다. 세손이 애통해 하시는 곡소리는 차마 듣지 못할 지경이었으니, 누가 감동치 않겠는가.

7월이 장례이니 그 전에 선희궁께서 오셔서 나를 보시고 왕세자의 관을 대하시며 머리를 두드리시고 가슴을 치며 통곡하셨다.

그 인정의 도리가 끝이 없으심이 또한 어떠시리오. 장례 때, 대조께서 묘소에 친히 임하셔서 신주에 글자를 쓰시니, 부자분이 유명을 달리한 사이에 서로 어떠하신지 차마 생각지 못하였다.

7월에는 세자시강원을 부설하시고 세손이 완전히 왕세자로 되시니, 비록 임금의 뜻이시나 선친께서 충성을 다하여 보호하신 공이 어찌 나타나지 않으리오.

8월에 대조께서 선원전에서 지내는 간단한 낮 제사에 오시니, 민망하나 가 뵙지 않을 수 없어 선원전에서 가까운 습취헌이라는 집으로 가서 뵈었다. 내 서러운 회포가 어떠하겠는가마는 만분의 일도 감히 풀지 못하고 아뢰었다.

"모자(母子)를 보전함이 다 임금의 은혜 덕분입니다."

그러자 영묘께서 손을 잡고 우셨다.

"네가 이럴 줄을 생각지 못하여 내가 너를 볼 마음이 어렵더니, 내 마음을 편케 해 주니 아름답다."

이 말씀을 듣고 내 심장이 더욱 막히고 모진 목숨이 더욱 원망스러웠다.

"세손을 경희궁으로 데려가셔서 가르치시길 바랍니다."

"세손이 떠나면 네가 견딜 수 있겠느냐?"

내가 눈물을 흘리며 다시 아뢰었다.

"세손이 떠나서 섭섭하기는 작은 일이요, 위를 모시고 배우기는 큰일입니다."

그리하여 세손을 올려보내기로 정하니, 모자의 정으로 서로 떠나는 모습을 어찌 견딜 수 있으리오.

세손이 차마 나를 떠나지 못하여 울고 가시니, 내 마음이 칼로 베는 듯하나 참고 지냈다. 그런데 임금의 은혜가 하늘 같아서 세손을 사랑하심이 지극하시고, 선희궁께서 아드님에 대한 정을 옮기셔서 모든 행동과 음식에 오로지 한마음으로 신경을 쓰시며 지성으로 보호하셨다. 선희궁의 정으로 어찌 그렇게 하지 않으시겠는가.

세손이 4, 5세부터 글을 좋아하시니 각각 다른 대궐에서 지낼지라도 강학에 전념하지 않을까 걱정하지는 않았다. 하지만 내가 세손을 못 잊어함이 날로 심하고 세손이 어미를 그리시는 정이 간절하여, 새벽에 깨어서는 내게 편지하여 경서를 강론하기 전에 회답을 보고서야 마음을 놓으셨다. 3년 동안 서로 떨어져 지냈는데 한결같이 그렇게 하신 것이 이상할 정도로 숙성하셨다.

내가 앓았던 병이 자주 발병해서 3년 안에 병이 떠나지 않으니, 세손께서 멀리서 의관과 내 병세를 의논하여 약을 지어 보내시길 어른같이 하셨다. 이 모두 천성이 효성스럽기 때문이지만 10여 세의 어린 나이에 어찌 그리하시나 싶었다.

그해(임오년, 영조 38년, 1762년) 세손의 탄생일을 맞아, 내 형편이 움직일 수 있을 것 같지는 않으나 대조의 분부로 부득이 올라가서 뵈었다. 대조께서 나를 보시고 불쌍하고도 가련히 생각하심이 전보다 더하셨다.

그래서 내 거처하는 집이 경춘전 남편의 낮은 집이었는데, 그 집 이름을 가효당이라 하시고 친히 현판을 쓰시어 달게 하셨다.

"네 효심을 오늘날 갚아 써 주노라."

내가 눈물을 흘리며 받고 감히 당치 못하여 불안해했는데, 선친께서 들으시고 축하하며 말씀하셨다.

"오늘날 이 가효(嘉孝) 두 자를 현판을 달게 하시니 자손의 보배가 될 것인즉, 위로부터의 자애와 아래로 이를 받드는 효성에 감탄하노라."

그리고 성은(聖恩)을 받드는 도리로 집안 편지에 그 당호를 써 다니게 하시니, 감사함이 뼈에 사무칠 정도였다. 선왕(정조)께서 자경전을 지으시어 나를 있게 하시니 그때 내 처지가 높고 빛난 집에 있을 형편이 아니었다. 하지만 효성에 감동하여 그 집에서 남은 생을 마치려고, 가효당 현판을 옮겨 자경전의 안방 남쪽 문 위에 걸어 영묘의 지극히 자애로운 은혜를 잊지 않고자 하였다.

그해 12월에 임금의 특별사면령이 나오니, 대조께서 세손을 데리고 혼궁에 오셔서 그 문서를 전해 주시고 환궁 때 세손을 도로 데려가려 하셨다. 그런데 세손이 차마 어미 곁을 떠나기를 서운해 하는 모습을 보시고 말씀하셨다.

"세손이 너를 차마 떠나지 못하여 저리하니 두고 가련다."

대조는 사랑하시는데 세손이 대조의 사랑을 생각지도 않고, 어미만 못 잊어 하는가 하고 서운히 여기실 듯하여 내가 아뢰었다.

"내려오면 윗분이 그립고 올라가면 어미가 그립다 하오니, 떠나시고 난 후에는 또 위가 그리워서 이리할 것이니 데려가소서."

그러자 대조께서 즉시 얼굴빛이 좋아지셨다.

"그렇게 하겠다."

그리고 세손을 데리고 환궁하셨다.

세손이 대조를 모시고 가며 어미가 인정 없이 떠나보낸 일을 섭섭히 여기어 무수히 울고 가시니 내 마음이 어떠하리오. 그러나 그리운 것은 사사로운 정이요, 대조를 모시고 가서 받들어 그 아버님이 못다 하신 아들의 도리를 잇는 것이 옳고, 정사며 나라 일을 배워 아는 것이 옳기에 떠날 때는 못 잊는 정을 베어 보냈다. 이것이 다 이전의 일을 징계하고 세손으로 하여금 한 마음으로 위에 효성을 다하여, 자애하시는 임금의 뜻에 조금이라도 어김이 있을까 걱정하는 것이니 이 어찌 세손만을 위한 정뿐이겠는가.

나라의 편안함과 위태로움이 세손 한 몸에 있으니, 내가 세손을 못 잊어 하는 마음이야 하늘이 알 것이다. 이는 내 마음뿐만 아니라 모두가 선친께서 나를 인도하여 부녀의 사소한 사정을 돌아보지 않고 큰 뜻으로 훈계하신 힘이다. 우리 선친의 지극한 충성이 마디마디 세손을 위하고 나라를 위하시던 일이라는 것을 그 누가 자세히 알겠는가.

세손이 혼궁을 떠났다가 내려오시면 애통하던 곡소리에 누가 아니 감동하겠는가. 혼궁의 위패가 의지할 곳 없으신 듯 계시다가, 그 아들이 와서 슬피 울면 경모궁의 영혼이 반기시는 듯하고 외로운 혼궁에 빛이 있는 듯하였다.

애통한 가운데 도리어 위로하니 내가 세손을 낳지 않았다면 이 나라를 어쩔 뻔했는지 아찔하다. 엎드린 나라를 보전하려고 경오년생(庚午年生, 영조 26년, 1750년) 산후에 임신년(壬申年, 영조 28년, 1752년)의 경사가 있었던가 싶다.

임오화변은 세상에 없는 일이니 경모궁께서는 천만 불행하여 그 지경이 되셨으나, 아들을 두시어 당신의 자리를 잇고 대조와 세손 사이에 사랑과 효가 넘치니, 다시 무슨 일이 벌어질까 꿈에나 생각했으리오. 갑신년(甲申年, 영조 40년, 1764년) 2월의 처분[67]은 생각지도 못한 일이니, 위에서 하신 일을 아랫사람이 감히 이렇다 말할 수 없지만 내 그때의 망극함은 견주어 비교할 만한 곳이 없었다.

내가 임오화변 때 모진 목숨을 버리지 못하고 살아 있다가 이 일을 당한 것은 천만번 나의 죄와 한이다. 나 역시 즉시 죽고 싶었지만 내 목숨을 뜻대로 못하여 돌려서 처분을 하시는 듯하여 스스로 참아야만 했다. 그러나 그 망극하고도 슬프며 원통하기는 모년(영조 38년, 1762년, 임오화변)보다 못하지 않고, 선희궁께서 식음을 전폐하고 애통해 하시던 일이야 어찌 다 기록하리오.

---

67) 사도세자의 3년 상이 끝나고 세손을 사도세자의 형인 효장세자의 양자로 삼은 일.

세손이 어린 나이에 세상에 없는 큰 아픔을 당하고, 또 왕가의 당치 않은 변례를 당하셔서 지나치게 애통해 하셨다. 상복을 벗으실 때 곡읍하는 소리가 천지에 사무쳐 초상에 천지가 깜깜하게 꽉 막히던 때의 설움보다 더하셨다. 10세 때 아비를 잃는 변을 당하시고 두 해가 지나 13살이 되셔도 당신이 만나신 바가 갈수록 원통하게만 되니, 이를 대하는 내 애간장이 쇠가 녹을 듯, 돌이 터질 듯하였다. 즉시 죽고 싶었으나 세손의 서러워하시는 모습이 차마 눈앞을 떠나지 못했다. 내가 없으면 세손의 몸이 더욱 외롭고 위태하니 이 지경에 이르러서는 갈수록 세손을 보호하는 것이 으뜸이었다.

내가 마음을 굳게 잡아 세손을 위로하여 깨우치고 타일러 진정하시게 하였다.

"서러울수록 지극히 보배로운 몸을 보호하여 비록 맺힌 한이 많으나 스스로 착하게 행하여 아버님의 한을 갚아야 합니다."

세손이 종일 음식을 폐하고 울며 지나칠 정도로 몸을 상하셨다. 세손의 모습이 차마 애처로워 위로하며 곁에 품고 누워 달래어 잠을 들게 하나 늦게까지 잠을 이루지 못하니, 그 모습이 예나 지금이나 어디 있으리오. 그날(갑신년 2월 처분 날)이 2월 11일인데, 어찌하여 그 처분이 내렸는지 이상하였다. 대조께서 뜻밖에 거동하셔서 선원전에 오래 머무시고 나에게 오시니, 내가 무엇이라 감히 아뢰리오.

"모자가 지금 살아 있는 것이 임금이 주신 큰 은혜이니, 처분이 이러하시어도 무슨 말씀을 아뢰겠나이까?"

"네가 그리하는 것이 옳으니라."

대조께서 이렇게 말씀하시니, 가뜩한 이정의 도리에 이 서러운 한이나 없었다면 그렇게 애통하지는 않을 것이다. 갈수록 내 팔자에 기구한 일이니 스스로 몸을 치고 싶은들 그럴 수가 있으랴. 그저 세상에 이런 일은 또 없을 것이다 느꼈다.

7월의 제사에 선희궁께서 내려오셔서 지내시고 가을 후에 만나서 시어머니와 며느리간에 상의하자는 약속까지 하시었다. 그런데 갑자기 배종(背腫)이 발병하시어 7월 26일에 세상을 뜨시니, 그 슬픔을 어찌 예사로운 고부(姑婦)간의 정으로 일컬을 수 있겠는가. 당신이 나라를 위해 어머니로서 하지 못할 일을 하시고, 비록 영조를 위하신 일이나 지극한 아픔이야 오죽하셨으리오. 선희궁께서 평소에 이런 말씀을 하셨다.

"내가 못할 일을 차마 하였으니, 내 무덤에는 풀도 나지 않으리라. 내 본심은 나라를 위하고 임금을 위하는 일이었으나 생각하면 모질고도 흉하다. 빈궁은 내 마음을 알 것이나 세손 남매는 나를 어찌 알겠느냐?"

그리고 밤에 잠도 안 주무시고 동편의 물림퇴에 나가 앉으시어 동녘을 바라보시며 상심하셨다.

"혹여나 그런 행동을 안 했어도 나라를 보전했을지도 모르는

데 내가 잘못한 것일까? 아니다, 그렇지 않다. 여편네의 약한 소견이지 내가 어찌 잘못했으리오."

선희궁께서 혼궁에 오실 때면 부르짖어 울고 서러워하시다가 마음속에 병이 되셔서 몸을 망치시니 더욱 서러웠다.

대체 임오년의 일을 지금 사람들이 누가 나같이 알며, 설움이 누가 나와 선왕 같을 것이며 경모궁(사도세자)께 대한 정성이나 같은 이가 누가 또 있으리오. 그러므로 내가 늘 선왕께 말씀드렸다.

"마누라가 비록 아들이나 그때 어린 나이시니 나만큼 자세히 모를 것입니다. 그러니 모년에 관한 일은 어떤 일이라도 내게 물으시고 바깥사람들의 말은 곧이 듣지 마십시오. 그것들이 한순간 총애를 얻으려고 마누라가 들으시도록 별별 소문을 들어다 말씀드려도 다 괴이한 말입니다."

그러면 선왕께서 말씀하셨다.

"누가 모릅니까? 그놈들이 부모를 위한 정성이 없다고 욕을 많이 합니다. 그래서 욕도 피하고 경모궁을 위하노라니 아들 된 자의 도리에 그렇지 않다는 말을 차마 못하였습니다. 누구에게 추증(追贈)[68]하며 누구에게 시호를 주며 저희가 하자는 대로 해

---

68) 종 2품 이상의 벼슬아치의 죽은 아버지, 조부, 증조부에게 관위를 내리던 일. 또는 공이 많은 벼슬아치가 죽은 뒤에 나라에서 그의 관위를 높여주던 일.

가니, 그런 일에는 분명히 알면서도 끌려 흐린 사람이 되길 면치 못하옵니다."

그리 말씀하시니, 내가 선왕의 아픔을 차마 생각지도 못하였었다.

무릇 모년의 일로 세상에 두 의견이 있는데, 다 사실과 어긋나는 것들이다. 한 의견은 대처분이 떳떳하고 정당하여 천지간에 내세워도 잘못된 것이 아니니, 영묘의 큰 덕과 공적을 일컬어 조금도 마음 아파하고 슬퍼 하는 뜻이 없었다. 이는 경모궁을 불효하고 죄 있는 무리에 올려 돌아가시게 하고 영묘의 처분이 무슨 적국을 소탕하거나 역변을 평정한 모양이 된다. 그러니 이리말하면 경모궁의 처지가 어찌 되는 것이며, 선왕께서 또한 어떤 처지가 되시리오. 이는 경모궁과 선왕께 망극한 말이다.

또 한 의견은 경모궁께서 원래 병환이 아니신데, 영묘께서 거짓된 말을 들으시고 그런 지나친 처분을 하셨으니 복수를 하여 수치를 씻어야 한다는 것이다. 경모궁을 위하여 원통하고도 부끄러운 일을 씻자는 말인 듯하나, 영묘께서 무죄한 동궁을 누구의 거짓말을 들으시고 그런 처분을 하신 무리에 들게 하니, 이리하면 영묘께 허물이 되지 않겠는가.

두 가지 말이 다 영조와 경모궁, 정조께 망극하고 사실과 다르다. 선친의 수차례에 걸친 말씀처럼 경모궁의 병환이 망극하셔서 임금과 나라의 위태로움이 절박하니 영모께서 애통, 망극하시나 어쩔 수 없이 부득이도 그 처분을 하신 것이다. 그리고 경모궁께서도 본심으로는 짐짓 덕을 욕되게 하실까 근심하셨으나, 갑갑하게도 병환으로 천성을 잃으셔서 당신이 하시는 일을 다 모르셨다.

병환이 드신 것이 망극하지만 병환은 성인도 면치 못한다 하니, 이것이 어찌 경모궁의 덕을 조금이라도 욕되게 하는 것인가? 실상이 이러하고 그때 사정이 이러하니, 바른 대로 말을 하면 영묘의 처분도 애통하고 망극한 가운데 부득이 하신 일이었다. 경모궁께서도 불행히 망극한 병환으로 인해 어쩔 수 없는 경우를 당하시고 선왕도 또한 애통과 의리를 함께 겪었다고 말을 하여야 실상도 어기지 않고 의리에도 합당하다. 그러나 위의 두 의견 같으면 하나는 영묘께 허물이 되고 하나는 경모궁의 덕을 욕되게 하고 선왕께는 망극하니, 이 두 의견이 다 세 분께 죄를 짓는 말이다.

또다른 한편의 의견이 있으니 영묘의 처분이 거룩하시다 하여 선친만 죄를 삼으려 하여 뒤주를 드렸다 하니, 선친께서 뒤주를 드리지 않으신 곡절은 다른 기록에 올렸으니 여기서는 또 쓰지 않겠다. 이런 말을 하는 놈이 영묘께 정성을 다하였는가, 경모궁께 충절을 다하였는가 모르겠다. 그것들은 선왕께서 '모년의 일을 위하노라' 하시면 이런저런 말을 하여 용서하시며, '모년 모일에 시비가 있다' 하시면 죄가 있건 없건 간에 선왕의 입으로 '그렇지 않다'고 못하신다는 것을 이용하였다. 모년의 일을 가지고 기회로 삼아 저희 뜻대로 조작하고, 이리하여 사람을 해하고 저리하여 충신이라 자처하니, 세상에 이런 일이 어디 있으리오.

40년 이래 모년의 일로 충신과 역적이 혼잡하고 시비가 뒤바뀌어 지금도 뭐라 정하지 못하였다. 하지만 경모궁의 병환이 어쩔 도리가 없으시고 영묘의 처분은 부득이 하신 일이었다. 뒤주는 영묘께서 스스로 생각하신 것이요, 나나 선왕이나 그런 고통은 스스로의 고통이고 의리는 스스로의 의리로 알았다. 그래서 망극한 가운데 세손을 보전하여 나라를 길게 지탱한 임금의 은혜에 감사드린다. 그때의 여러 신하들이 어쩔 수 없어 말씀한 것은 후대의 사람들이 상상하여 그런 때를 만난 것을 불행히 여길 따름이지, 모년의 일에야 군신 상하에 이렇다는 말을 어찌 용납할 수 있으리오. 모년의 일은 내가 차마 기록할 마음이 없었다. 하지만 다시 생각하니 주상(순조)이 자손으로서 그때의 일을 모르는 것이 망극하고 또한 옳고 그름을 분별치 못하실까 민망하여 마지못해 이렇게 기록한다. 그러나 차마 일컫지 못할 일 중에서 더욱더 못 일컬을 일은 빠뜨린 부분이 많다. 내가 늙어 얼마 남지 않은 여생에 이를 능히 써내니, 사람의 모질고 독함이 어찌 이에 이르는가.

하늘을 보고 흐느끼며 타고난 팔자를 한탄할 뿐이로다.

恨中錄

射

한중만록 4권

갑신년(甲申年, 영조 40년, 1764) 2월에 있었던 일은 나라에 매우 중요한 일이었는데 내가 감히 이렇게 저렇게 어찌 말하며, 일이 있은 후에는 더욱 어떻게 말하겠는가. 하지만 내가 그때 있었던 일을 말할 것이 없어도 조금이나마 글로 써 남긴다.

내가 모년(임오화변)에 있던 일로 차마 목숨을 스스로 끊지 못하고 살다가 생각지도 못한 일을 당한 것에 한이 참 많았으나, 선희궁께서 나보다도 지나치게 슬퍼하시므로 내가 도리어 위로하였다. 세손이 그 어린 나이에 크나큰 아픔을 겪고 있어서는 안 되는 일을 당하셔서 크게 슬퍼하셨다. 혹시 몸이라도 상할까 걱정되어 내가 또 도리어 위로하였으니 슬프기가 그지없다. 누군들 어머니와 아이가 아닐까마는 나와 주상이 겪은 슬픔이 또 어디에 있을까 싶다.

갑신년 7월에 내려오신 선희궁께서 경모궁의 신주를 사당에 모시는 모습을 보고 얼마 지나지 않아 세상을 뜨시니, 내가 또 많이 슬펐다. 선희궁께서 떠나신 이후로 궁중의 모양과 인심이 점점 달라지기 시작했다. 화완옹주는 대조께서 자신을 예뻐하는 것만 믿고, 여자로 태어났지만 남에게 지기 싫어하며 남을 시기함이 매우 심하였다. 그리고 내외의 세력이 모두 화완옹주가 쥐게 되니 나에게는 더욱 안타까운 일이 많았다. 스스로 내 처지를 탄식하였으나 그때의 사정과 말씨와 얼굴빛이 걱정할 만한 것은 아니었다. 더 큰일은 다른 시동생 없이 두 그림자뿐이니 임금을 받들고 세손을 보호하는 것이었다. 내가 조금도 변함이 없으며 선친께서 또 내 마음 같으셔서 늘 세손께 고모에게 예를 다하라고 말하셨다. 내게도 옹주와 우애 있게 지내라고 권하시니 그 말씀의 본질은 이리 생각하고 저리 생각해도 오직 나라를 걱정하는 마음뿐이셨던 것 같다.

선친께서는 또한 화완옹주의 양자로 들어온 서민 출신의 후겸을 후하게 대접하시고, 화완의 시삼촌 정휘량이 선친과 당파가 다르나 서로 친하게 지내시니 그 사람도 우리를 고맙게 여겼다. 그런데 그가 죽은 후에 혼자가 된 후겸이 과거에 급제한 후로 다른 못된 사람의 꾐에 빠져 마음이 전과 같지 않았으니, 이 일이 우리에게는 커다란 재앙의 불씨가 되었다.

무자년(戊子年, 영조 44년, 1768)에 후겸이 수원부사를 하고 싶어 하여 새로운 영의정인 김치인에게 자신을 추천하는 청을 하여 달라고 선친께 부탁하였다.

"내가 말 한마디를 어찌 아끼겠는가? 하지만 아직 스무 살 된 아이에게 5,000명의 병사가 딸린 수원부사 벼슬을 시키는 것은 도리가 아니다."

선친께서는 이렇게 말씀하시며 끝내 후겸을 수원부사로 추천하시지 않으셨다.

"아버지, 어찌 집안을 돌아보지 않으십니까?"

나와 자제들이 여러 번 청하였으나 선친께서는 말을 듣지 않으셨으니 분명 후겸과 선친께서 사이가 벌어진 것은 이 일 때문이었다.

또 오흥부원군 김한구가 영묘의 장인이 되어 갑자기 선비를 존대하니, 모든 일이 서먹서먹하였다. 그래서 선친께서는 편안함과 근심을 모두 함께할 마음으로 부자 간이나 형제 간처럼 가르치셔서 범사에 탈이 나지 않도록 하시니, 그이도 감격하였다.

나도 또한 대비전[69]을 우러러보아 감히 내가 먼저 궁에 들어오거나 나이가 많음을 생각하지 않고 마음을 다해 공경하였다.

---

69) 부왕의 비. 여기서는 영조의 계비인 정순왕후를 지칭한다. 정순왕후는 혜경궁보다 나이가 10살 적었다.

그러자 대비전께서도 나를 극진하게 대접하시므로 별일 없이 100년을 대비전의 가문과 나의 가문이 서로 친하게 지내는가 생각했다. 그런데 형세가 두터워지고 알고 지낸 것이 오래되자 먼저 된 사람을 꺼려하고 가르치는 뜻을 저버렸다.

기묘년(己卯年, 영조 35년, 1759) 이전에는 영묘께서 선친을 가까운 친척이라는 것 외에도 집안사람으로서 아끼고 사랑하시어 중요한 관직을 맡기며 매우 오랫동안 드물게 예로서 대하셨다. 그러나 병술년(丙戌年, 영조 42년, 1766)에 나의 할아버지께서 돌아가셔서 부친이 삼년상을 치르는 그 사이에 벽파의 우두머리인 김귀주와 후겸이 서로 마음이 잘 맞아 일을 꾸미기 시작했다.

후겸이는 전에 수원부사를 청했다가 거절당했기에 선친을 미워하고, 귀주는 제 집안이 우리 집안만큼 못할까 샘하고 미워하여 작은 일에도 화를 보이고 말할 수 없을 정도로 꾀를 써서 선친을 해지려고 하였다. 이깃은 이득을 탐내어 권력과 세력을 얻으려는 무리들이 겉으로는 선비인 척 행동하면서도 한편으로는 그들을 꾀이고, 다른 한편으로는 해치는 것이다. 그러한 가운데 기회를 봐 가면서 극진한 벗과 가까운 친척들이 다 한쪽으로 돌아서니, 우리 집안이 벼랑 끝까지 몰리게 되었다.

그러나 영조대왕의 은혜가 갈수록 깊어 선친께서 할아버지의 삼년상을 마친 후에도 영의정에 다시 임명되시고 대왕의 선친을 아끼는 마음이 이전과 같았다. 하지만 영묘께 선친이 눈에 들어올수록 반대 세력의 모함은 끝이 없어 안팎으로 도우려는 이는 없고 우리를 해하려는 이들만 벌떼같이 일어났다.

'열 번 찍어 안 넘어 가는 나무 없다'는 속담처럼 모함에 모함이 줄을 이으니 어느새 임금의 은혜와 사랑이 저절로 줄어들기 시작했다. 김귀주와 김관주가 우두머리가 되어 경인년(庚寅年, 영조 46년, 1770) 3월에 한유의 흉무를 지어내어 선친을 욕되게 하였으니 이 분통함과 억울함을 어디에 비교할 수 있으랴.

영조께서 남다른 은혜를 내리시어 선친에게 이제 늙었으니 벼슬을 그만 두라 명하시니 그 순간의 놀라움과 두려움은 감히 헤아릴 길이 없다. 그러나 선친께서는 이것을 태연하게 받아들이시고 그 은혜에 감격하여 우시며 선마[70] 후에 동대문 밖 영미정으로 나가셨다.

나는 영조대왕을 우러러 섬기고 선친을 의지하여 임금과 신하의 사이가 서로 끝까지 잘 통하기를 바랐다. 그러나 선친께서 작은 무리의 미움을 사고 흉무를 받아 하루아침에 조정에서 물러나시니, 내가 선친께서 벼슬을 버리는 것이 아까워서가 아니라 영묘께서 모함하는 이들의 말을 믿고 선친의 군은 충성됨을 알지 못하시는가 하여 몹시 놀랐다. 그 원통하고 놀란 마음을

---

70) 임금이 나라에 공이 많은 70세 이상의 늙은 신하에게 방석과 지팡이를 하 사하면서 함께 주던 글.

이 또한 어떻게 글로 다 담아 낼 수 있을까. 선친께서 과거에 급제하시기 전부터 임금께서 남다르게 선친을 극진히 여기었고, 갑자년(甲子年, 영조 20년, 1744) 내가 궁에 들어간 후에 선친께서는 과거 급제까지 하셨다. 영묘께서는 조정에 마음을 터놓는 신하가 하나도 없는지라 선친께서 낮은 벼슬에 있을 때부터 나라의 크고 작은 일을 선친의 의견을 모두 듣고, 믿고, 의지하심이 특별하셨다. 선친께서 조정에 드신 지 30년 동안, 지방 관직을 맡거나 상을 당하여 초막에 거처하신 것 외에는 대조께서 부르시지 않은 날이 없었다. 오영장임과 탁지, 혜당을 떠나지 않으셨고, 그동안 백성의 이익과 손해, 나라 전체의 슬픔과 즐거움을 당신 몸의 일과 같이 알았고, 임금과 신하 사이는 옛 고서에서도 찾기 어려울 정도로 가까웠다.

또 그 당시에는 과거가 잦았고, 가문의 운수가 번창하여 가문의 자제들이 잇달아 과거에 급제하였으니 우리 가문의 처지가 남과 달랐다. 정치가 밝은 시기에 세속되어 타고난 운명이었는지 뜻밖의 운이었는지는 모르겠지만 집안의 번창함이 지극히 과분하였다. 선친께서 벼슬자리에서 물러나고 싶은 마음은 밤낮으로 간절하시었으나, 영묘의 은혜가 위엄이 있으시고 처지가 남과 다르시어 바라던 대로 선친이 자리에서 물러나지를 못하셨다. 시절이 어렵고 험하여 옛 사람의 곧은 절개를 다 못 하시니 이 모든 것이 영묘를 위해 힘써 임금의 높은 뜻을 이어받은 것이다. 만일 강직한 성품을 가진 이가 선친이 영묘의 뜻을 잘못 이어받았다고 시비하면 당신도 웃으시면서 그 의견을 마땅히 받으시고, 나도 그런 것에 마음을 쓰지 않을 테지만, 우리 집안을 해치고 모함하는 이들은 귀주의 당이자 후겸의 당이었다. 겉으로는 당이 둘이지만 실제로는 그 둘의 마음이 하나로 있지도 않은 일과 도리에 어긋나는 계략을 지어내 우리 집안을 아주 없애 버리려 하였다. 하늘이 내려다보시면 응당 살피시길 바라지만 우리 가문의 놀랍고 쓰라림은 그냥 두고라도 그것을 바라보는 나의 지극한 설움은 또 어찌 참을 수 있으리오.

그 당시 집안에 좋지 않은 일이 일어날 기미가 점점 보이기 시작하니, 내 생각에 귀주의 마음을 풀 길은 없고 화완옹주에게나 우리 집안의 화를 면할 수 있게 간곡히 부탁하고자 하였다. 하지만 화완옹주는 아들 후겸의 말만 들었고 나를 은근하게나마 대하던 옛 정이 이전과 같지 않으니 내 말 한마디로 움직이기는 어려웠다. 일의 형편상 그 아들인 후겸을 잘 사귀어야 좋았으나, 무슨 일인지 오라버니는 그들에게 유독 미움을 사고 첫째 동생도 또한 미움을 많이 받았다. 그래도 둘째 동생 홍낙임이 있었으나 어려서부터 성품이 고상하고 일을 하고자 하는 의지와 기개가 얼음같이 맑고 옥같이 깨끗하였으니 구차하게 속되고 더러운 일을 할 사람이 아닌 것을 누이인 내가 잘 알았다. 하지만 형제 중에 나이가 적고 담력과 지략이 풍부하였기에 내가 낙임에게 편지를 하게 되었다.

"옛날에는 아버지를 위하여 죽는 효를 보이기도 하였다. 지금 우리 집안의 사정으로는 아버지를 위하여 네가 후겸이와 사귀어서 집안을 구하는 것이 옳을 것이다."

내가 동생에게 권하고 또 권하였더니 낙임은 그제야 내 말을 듣고 그 뜻을 이해하여 제 몸은 돌보지 않고 옛 사람의 권모술수를 써서 후겸이와 친하게 지냈다. 낙임이 자못 세상의 미움을 받고 몸을 더럽힌 것은 집안을 살리고자 했던 이 누이의 탓이다.

동생 낙임은 어려서부터 오라버니께 글을 배워 글재주가 뛰어났기에 금방 소과에 급제하고 임금이 친히 보이시던 과거에 장원을 하였다. 돌아가신 할아버지의 뒤를 이어받아 앞길이 창창한 구만리 같았으나 지니고 있는 것을 펴 보지도 못하고 집안의 화를 걱정하여 천생의 본심을 지키지 못하고 후겸이와 사귄 것을 스스로 부끄럽게 여기는 마음으로 맹세하길, '집안이 평안하면 이 몸이 세상에 나가지 않으리라.' 하였다. 그래서 낙임은 번리에 있던 집을 동서로 옮겨 장만하고 나에게 그 뜻을 편지로 알려왔다.

"멀리 가지 못할 몸이니 앞으로 서울 근처에서 대궐을 의지하고 자연과 더불어 벼슬을 버리고 일생을 청렴결백하게 살아가겠사옵니다."

동생이 나에게 편지에 쓴 글귀가 지금도 눈에 선하다.

신묘년 2월, 선친께서 당하신 일은 또한 정말 뜻밖의 일이다. 귀주의 숙질이 남모르게 일을 꾸며 우리 집안을 아주 없애버리려고 하였는데 영조대왕께서 매우 지혜로우시나 춘추가 많으시니 전후 사정을 미처 살피지 못하시었다. 그 화를 몰고 온 기세는 매우 급박하였다.

선친께서 청주에 머물러 있으라는 형벌을 받으시어 당장 어떤 일이 일어날지 장담을 못하게 되었는데, 이때 세손이 외가를 보호하려고 정순왕후께 말씀을 많이 하시었다. 그날 한기가 단번에 우리 집안을 망하게 하려고 마음먹고 후겸에게 대조께 함께 아뢰자고 하였다. 그러나 후겸이 생각하는 바가 이전과 같았다면 어찌 되었을지 모르겠지만, 내 동생 낙임과 사귄 이후여서인지 즉석에서 우리 집안을 해치려고 하는 의논을 그만두었다. 그의 어미인 화완옹주도 갑자기 마음이 풀리어 대조께 말씀드렸던지 화가 일어날 징조가 다소 잠잠하게 없어지니 눈앞의 고마움을 은인으로 생각했으나 어디 애당초 그런 일이 없었던 것만 같겠는가.

이때 귀주의 숙질이 거짓을 꾸며 우리 집안을 망하게 하려 했던 것은 다름이 아니고 연이어 생긴 인[71]의 형제 때문으로

71) 사도세자의 후궁 영빈 박씨의 소생으로, 은언군을 말한다.

사실은 영조대왕께서 이것이 화근이 될까 근심하시던 터였다. 선친의 마음에도 어찌 염려가 안 되셨을까마는 드러난 죄가 없으면 은혜와 원망을 먼저 하는 것이 아니기에 상감께 아뢰셨다.

"신의 처지에서 세손께 지극한 몸이오니, 신이 좋은 빛으로 그들을 대접하여 원을 사지 않는 것이 좋사옵니다."

경인년(庚寅年, 영조 46년, 1770) 이후에 귀주네가 이 일로 남을 어려운 지경에 처하게 하려다 뜻대로 되지 않으니, 또 다른 나쁜 일을 덮어 씌우려 하여 조만간 화가 일어날 듯하였다. 세손의 덕택으로 조금 진정되었으나 인정의 도리에 따라 선친이 외손인 세손을 위하여 마음 쓰신 것이 이렇다 저렇다 말할 것도 아닌데도 이치 밖의 일로써 해치려고 하니 그들의 마음씨가 나쁘고 거친 것이 무섭고 또 무섭다.

선친께서 청주에 귀양 가 계시다가 곧 풀리시었으나 논란을 일으키는 상소가 끊이지 않으므로 과천의 시골집에서 벌을 받기를 기다리고 계셨다. 그런데 4월에 대조께서 선친을 다시 벼슬길에 등용하시어 6월에 오랜만에 궁에 다시 들어오시니 아버지와 딸이 서로 만나 반기며 원통함을 풀었다. 그러나 8월에 한유의 흉악한 상소가 다시 올라왔으니 이것 또한 귀주가 꾸민 음흉한 모략이었다. 뜬구름이 해를 가리듯 나쁜 무리들이 임금의 총명을 가리니 대조께서 엄한 분부를 내리시어 선친의 죄명이 더욱 무거워졌다. 선친께서 산속의 사당 안에 들어가 나오지도 않으시고 그 속에서 오라버니 내외를 데려다 지내셨으니 그 때의 모습이 어떠했겠는가.

선친께서 경인년에 영미정에 계실 때, 큰집은 서울에서 사당을 모시고 있고 둘째 동생 내외가 모시고 지냈다. 둘째 동생의 부인이 집에 들어온 지 얼마되지 않아서 어머니께서 돌아가셔서 항상 추모하고 시아버지 섬기기를 지극 정성으로 하였다. 또한 큰동서를 우러러 받드는 것이나 시누이를 사랑하는 것을 마을을 다해 하였다.

신묘년 2월에 집안에 닥친 일이 매우 급박하게 돌아가니 그때 임신한 지 여러 달이 되었는데도 찬물에 목욕하고 동망봉에 올라 시아버지를 위하여 자주 하늘에 빌었다. 그러다가 그해 9월에 아이 밴 몸으로 세상을 떠나고 말았다. 임신 중에 아픈 몸을 돌보지도 않고 찬물에 목욕한 탓이었을 것이니, 내가 마음이 더 아팠다.

임진년(壬辰年, 영조 48년, 1772) 정월에 임금께서 선친의 죄를 특별히 용서하시고 궁 안으로 들어보라는 글이 간곡하시니, 마지못하여 삼호로 다시 오시어서 머무르시다가 대궐에 들어오셨다. 그때 임금의 얼굴에는 즐거움이 가득하여 전과 다름이 없었다.

그런데 그해 7월 21일에 관주와 귀주가 임금께 다시 음흉한 상소를 올렸는데 어느 구절이 모함이 아니고 어느 마디가 흉악한 모략이 아니겠는가? 세상이 빠르게 변하고 인심의 흉악함이 제 처지가 남과 다른데도 무슨 원한으로 이 지경까지 이르렀는지 이상하기만 하다. 영묘께서 헤아리어 살피심이 해와 달과 같으시어 선친의 모함을 벗겨 주셨다. 그리고 나의 친정과 정순왕후의 친정인 김씨 집안이 이리된 것에 크게 분노하시어, 귀주의 옷을 벗겨 매질하여 사죄하게 하시고 귀주에게 벌을 내리셨다. 나는 그때 작은집에 내려가 벌을 받기를 기다리고 있었는데, 영묘께서 부르셔서 도리어 위로하셨다.

"내가 왕비(정순왕후)께도 너를 대하기를 이전과 달리하지 말라 하였으니 내 말을 들을 것이다. 그러니 너 또한 조금도 왕비를 의심하지 말라."

그 말씀을 들으니 임금의 은덕이 하늘 같아 갚을 바를 알지 못하겠더라. 누군들 나라의 은혜를 입지 않겠는가마는 나처럼 은혜받은 이가 또 어디에 다시 있겠는가. 이날 내가 이제까지 당한 일이 모두 이상하여 어떻게 저리해야 할지 원통했으니 임금의 분부가 간절하심에 감동하였다.

한 하늘 아래 같이 살 수 없는 원수 귀주는 잊지 못하겠지만 정순왕후를 섬김에 있어서는 조금이라도 마음에 꺼리거나 미워하는 뜻을 품지 않았다. 내가 왕비를 지성으로 섬긴 것을 궁중이 다 눈으로 지켜본 바요, 정순왕후께서도 또한 나를 대하시기를 늘 똑같이 하시니 자비로운 덕으로 우러러 잘 통함이야 말할 것도 없다. 정순왕후께서는 언제나 걱정해주시니 귀주가 나라에 역적일 뿐만 아니라 내 마음에도 귀주가 정순왕후께 죄인인 줄로 안다.

계사년(癸巳年, 영조 49년, 1773)에 선친께서 회갑을 맞으셨다. 그러나 할머니께서 회갑이 되던 해에 미처 생신을 지내지 못하시고 세상을 떠나신 일이 한이 되었는지, 추모를 새롭게 하시며 잔을 들지 않으실 뿐만 아니라 조반도 잡수시지 않으시고 상심하시어 슬픔 속에서 지내셨다. 내 감히 음식을 해 드리지 못하고 진지를 차려 권하며 억지로 드시게 하니 수저는 손에 드시어도 잡숫지는 아니하셨다.

돌아가신 어머니께서도 그달이 회갑 달인데 일찍 세상을 떠나서 두 분이 함께 이해 이달을 즐기시는 것을 뵙지 못하니 우리 남매가 돌아가신 어른들을 생각함과 그 속에서 느끼는 고통을 어디에 비하겠는가. 그해 10월에 영조대왕께서 선친이 회갑을 그냥 지나쳤다는 이야기를 듣고 우리 집에서 나라의 노래잔치를 베풀어 주셨다. 선친께서 풍류 한마디를 하시어 임금의 은혜에 영예를 표하시고 전 가족이 깊이 감사하고 축하드렸다.

그러나 둘째 동생 홍낙임의 집이 잘 못되어 좋은 아내를 잃고 아이들이 울부짖는 모습에 그 신세가 외롭고 적적한 것을 말할 수도 없었다. 낙임은 아내를 잃은 것에 매우 슬퍼하고 두 아들을 두었다고 하여 다른 여인과 재혼하려고도 하지 않았다.

그러다가 두 며느리를 해를 연달아 맞이하여 집안이 제대로 되어 갔으니 그 어머니의 정숙하고 단아한 덕을 어찌 다 갚을까 하였다. 그런데 갑오년 겨울에 낙임이 둘째 아들을 갑자기 잃게 되니 우리 집에 이런 유별난 상사는 처음 있는 일이었다. 이는 집안이 기울려고 하는 징조를 나타내는 것인가 싶었다. 동생 낙임이 장남 취영이 하나만 두고 재혼하지 않는 것은 도리에 맞지 않기에 선친께서 권하시고 내가 여러 번 편지를 하였다. 그래서 그 고집을 꺾어 을미년(乙未年, 영조 51년, 1775) 가을에 재혼하여 3남 1녀를 얻어 백발이 성성할 지경에는 자녀가 많으니, 내 모양이 자식을 내준 바라고 말할 수 있다.

그 해 12월 작은아버지(홍인한)께서 영상의 벼슬을 받았으나, 선친께서 벼슬에서 미처 물러나지 못하여 흉악한 무리의 헐뜯음과 모함을 받아야 했던 일이 한이 되었다. 우리 집안사람들이 벼슬을 버리고 나라의 은혜에 감사하면서 조용히 지내는 것이 지극히 당연한 일인데도, 나라의 일이 더할 수 없이 어렵고 위태로운 때 이와 같이 큰 벼슬을 내리시니 놀라웠다. 그리고 근심과 두려움 때문에 스스로를 옭아매는 듯 움직이지 못하고 앞으로 닥칠 일을 무서워했다. 어느 때보다 집안이 가장 융성하니 하늘이 우리 집안에 복이 가득함을 슬퍼하시고, 벼슬과 지위가 가득하니 재앙이 저절로 우리를 찾아왔나 싶다.

을미년(영조 51년) 겨울에 작은아버지께서 큰 죄를 지었는데,

이 모든 게 두려워 겁낸 탓이었으며 말씀을 잘못하여 큰일이 생겼다. 본심을 헤아리지 못하고 죄명이 무거워 집안이 망할 계기가 되었는데, 이 일의 사연은 가슴이 막혀 긴 말은 못쓰며 통곡할 뿐이로다.

슬프고 슬프도다.

병신년(영조 52년) 3월 초닷샛날에는 영조대왕께서 돌아가시어 하늘이 무너지는 아픔을 당하였으니, 그 슬픔을 어떻게 다 표현하겠는가!

내가 10살 때부터 영묘를 모시기 시작하여 30여 년 동안 극진한 사랑을 입었으며, 상황이 몹시 어렵고 좋지 않을 때에도 나를 사랑하시는 것은 조금도 변하지 않으셨다. 심지어 영묘로부터 이런 말씀까지 들었다.

"너와 나는 일찍부터 알아 서로 마음과 뜻이 통하는 사이로구나."

세상을 살아가는데 지켜야 할 도리의 어려움을 생각하면 내가 이 한 몸을 보전한 것이 모두 영묘의 하늘 같은 은혜 덕분이었다. 또한 우리 집안을 구할 수 있던 것도 영묘께서 처음부터 끝까지 도와주신 은혜의 덕택이었으니 자식이 되어 어찌 이 은혜를 잊겠는가.

주상(정조)을 어려운 상황에서도 간신히 길러 왕위에 오르시는 것을 보니, 어미의 정으로 어찌 귀하고 기쁘지 않겠는가! 하지만 슬픔이 가슴속에 있고 집안의 재앙이 천만가지로 닥쳐서 작은아버지의 죄만이 망극할 뿐만 아니라 흉악한 상소가 잇달아 올라 선친의 처지가 더욱 난처하게 되었다. 내가 어리석으나마 주상의 어미로 앉아 있는데 선친을 꼭 해치려고 하니 이것은 나를 업신여기는 뜻이었다. 차라리 내가 죽어 없어져 이런 꼴을 보지 않으면 좋으련만 주상을 버리고 떠나지 못하는 것은 당연한 인정이 아니겠는가.

슬픔을 마음에 간직하고 하늘만 바라보았는데 7월에 작은아버지께서 당하신 것을 보니 집안이 망한 듯하였다. 내 처지에 이것이 어쩐 일인고! 통곡하고 통곡하나 이 또한 개인적인 정에 지나지 않았다.

나라를 위한 지성은 갈수록 더욱 힘을 합하여 임금께서 깊이 헤아려 살피시기만을 바랐다. 그런데 아버지께서 삼호에서 근신하며 처분을 기다리시다가 욕됨이 더 심해지니 서둘러 문봉묘 아래로 가시고 집안이 다 따라갔다. 이러하니 하늘에 사무친 내 슬픔이야 또 어디에 비할 수 있을까? 내 몸으로 아버지의 억울하고 원통함을 깨끗이 밝혀드리고 죽을 수도 있지만 주상의 일을 생각하여 모진 목숨을 버리지 못하고 구차하게 이었다. 한편으론 모질고 사나운 운수요, 또 한편으로는 지혜롭지 못한 것이지만, 마음을 깊이 알아보면 그윽이 헤아릴 수 있을 것이로다.

선왕(영조대왕)의 크나큰 은혜와 사랑을 입었으니 내가 어찌 그 제사에 참여하지 않고 곡을 하지 않겠는가. 집안이 당한 처지가 이루 말할 수 없었으나 감히 제사에 참여하지 않을 수 없었는데 작은아버지에게 일이 생기고 아버지의 처지가 더욱 애처롭게 되었다.

나는 죄인의 자식이 아무렇지도 않게 행동하는 것은 염치와 예의가 다 없는 것이라 생각하였다. 그래서 방 안에서 나가지 않으면서 죽음과 삶, 화와 복을 함께하려 문밖을 나간 일이 없고 다만 주상께서 오실 때만 머리를 들었으니 주상이 어찌 내가 슬퍼하는 모양을 보고자 하시겠는가. 나를 대하실 때마다 항상 불안해하시고 몹시 슬퍼하셔서 주상의 마음을 위해 도리어 얼굴에 환한 빛을 보였다.

아버지께서 처한 상황이 애처로울 뿐 아니라 둘째 동생 낙임의 죄명이 물위에 올라 더욱 어이없었다. 거기다 집안의 운수가 계속 좋지 않아 정유년(丁酉年, 정조1년, 1777)에 오라버니마저 세상을 떠나니 원통하기 이를 데 없었다.

오라버니는 우리 집안의 큰 몸으로 덕행과 문학이 보통을 넘어 여러 아우와 사촌들까지도 배우고 들었다. 또한 집안이 번영할 때에도 글을 좋아할 줄 알고 추한 일들은 하지 않아 남들이 임금의 친척인지도 모를 정도였다. 오라버니는 비록 2품 이상의 벼슬에 올랐으나 문을 닫고 글을 읽어 위로는 나이 어린 삼촌을 아래로는 손아랫사람들이 보고 감화하였는데, 이것은 모두 오라버니가 지닌 힘이요, 공이라 말할 수 있다. 내 비록 깊은 궁 안에 있어 집안의 일을 자세히는 모르지만 깊은 골에 난초가 피면 바람으로 인하여 향기가 멀리까지 풍기는 것과 같이 내가 이 사실은 익히 알고 있는 바이다.

자그마한 언덕과 숲에 일찍이 올라 자유롭게 지내지 않으시고, 당신 형제가 조정에 들어가 영화를 더해서 아버지께 걱정을 끼쳐 드린 것만 슬퍼하시다가 일찍 돌아가셨으니 이것이 어찌 하늘의 이치라 하겠는가?

하물며 선친께서 병으로 위독하신 사이에 자식이 먼저 세상을 떠나니 무척 애통해하셨다. 집안이 잘못된 중에 또 잘못되어 참으로 눈 위에 서리이니, 하늘을 우러러 눈물만 흐를 뿐이었다. 오라버니께서 말과 행동을 애써 삼가고 조심하시며 매우 세밀하셔서 항상 나를 보면 검소하고 소박하라 말씀하셨다. 가끔 왕가의 사업 성과와 착한 왕비의 말씀을 꾸준히 하셨으니 모든 말에 감탄을 금치 못하였다.

오라버니께서는 우리 집안이 크게 되는 것을 심히 걱정하셨다.

"왕의 친척 된 집안을 보전하는 길은 음관(蔭官)이나 주부(主簿), 봉사(奉事) 같은 말단 벼슬을 길이 누리는 데 있으니 누이께서는 집안이 잘 되고 있는 것을 기뻐만 하시면 안 됩니다."

우리 집안이 왕의 친척이 되기 전에도 대대로 그런 말단직을 하였다는 말은 듣지도 못하였기에 오라버니가 하신 말씀이 옳은 줄은 알았으나 우습게 받아들였다. 그런데 지금 와서 생각하니 그것이 이치에 맞는 말씀이 어머니를 많이 닮아 풍채가 바르시고 얼굴 모습이 수려하여 오라버니를 만날 때면 항상 반갑기 그지없었다. 영묘께서도 늘 칭찬을 아끼지 않으셨다.

"아무개도 크게 될 만한 신하로구나."

또 주상(정조)께서는 큰외삼촌을 스승같이 대하시어 그 특별하신 대우가 오라버니의 지체뿐만 아니었다. 집안에 아무 일도 없었더라면 오라버니의 공명뿐만 아니라 일신의 빛남이 어디에 비길 것이 아닐 터이다. 그런데 중년에 갑자기 돌아가시니 내가 느낀 슬픔은 한낱 집안을 위한 마음뿐만 아니라 그 애석함이 뼛속 깊이 박혀 수십 년이 되었어도 말을 하면 가슴이 막히고 눈물이 먼저 흐른다.

오라버니가 돌아가셨을 때 주상께서 친히 제문(祭文)을 지으셔서 덕행과 문장을 칭찬하여 제사를 지내 주셨다. 당시의 집안 사정으로 봤을 때 이것은 매우 특별한 은혜였으므로 깊이 감사를 드린다.

그 후에 주상께서 친히 머리말을 지으셔서 문집을 내어 주실 정도로 극진하시니 오라버니께서 이것을 아시면 죽은 뒤에도 은혜를 갚고자 하는 마음이 있었을 것이다.

정유년 8월에 낙임의 일이 더욱 안 되게 되었는데 하늘을 우러러 처분만을 기다릴 뿐이었다. 허나 주상께서 살피시어 목숨은 살려 주시고 무술년(戊戌年, 정조 2년)에는 원통함을 밝혀 주셨다. 낙임에 대한 주상의 은혜는 하늘과 땅, 강과 바다 같으셔서 내 형제를 살려 내시니 그때 내가 받은 감격함을 어떠한 방법으로 다 표현할 수 있겠는가?

선친께서 그때 올라오셔서서 궁 밖에서 처벌을 기다리셨다가 아무 탈 없은 후에야 궁에 들어오셔서서 나를 만나 보셨다. 선친께서는 3년 동안 망극한 상을 당하고 여러 가지 일을 많이 겪으셔서 그때 이미 매우 노쇠해지셨다. 나는 놀라운 기쁨과 원통함으로 가슴이 막혀 오랫동안 떨었고, 선친께서는 낙임이 살아남에 감동하시며 생전에 만난 것을 반가워하시고 곧 나가셨다. 내가 선친의 손을 잡고 앞으로도 계속 수고하시어 집안이 나아져서 다시 뵈옵기를 마음속으로 기도하고 눈물로써 작별 인사를 하였다. 그러나 내 죄가 갈수록 무겁고 깊어서인지 그해 섣달 초 4일에 부친께서 세상을 떠나시고 말았다. 가슴에 사무치는 원통함이 참으로 망극하고 망극하도다. 누군들 부모를 잃지 않은 사람이 있을까마는 나 같은 슬픔은 세상에 다시없을 것이다.

선하고 강인한 기질과 성품을 가진 선친을 보면 70살은 거뜬히 살 수 있었을 텐데, 나라를 위하며 수십 년 동안 마음을 태우시고 흉악한 무리들의 거짓 모함을 수없이 당하시어 마침내 집안이 뒤집혀 몸이 많이 상하셨다. 하지만 극진한 정성으로도 간절한 마음을 씻지 못하시고 지극한 원한을 품으신 채 수명을 재촉하게 되었으니 이것이 다 누구의 탓이겠는가. 그것은 모두 불초, 불효한 나를 두었기 때문이니 내 뼈를 갈아도 이 불효는 속죄하지 못할 것이다. 하지만 이 목숨을 계속 땅 위에 보전함은, 주상의 효성에 이끌림을 면치 못하여 선친과 즐거움, 슬픔을 함께 못 하니 부끄럽고 슬픔이 하늘과 땅에 사무친다.

모두가 부모의 사랑을 받았을 테지만 나 같은 사람은 없을 것이다. 어린 나이에 부모를 떠나 있다가 중간에 어머니를 여의고 아버지께서는 어지신 어머니의 정도 겸하여 나에게 조그마한 일이라도 생기면 내가 마음을 다칠까 염려하셨다.

운명을 슬퍼하는 것이 가슴속 고통이 되어 힘이 미치는 것은 내 뜻을 받기에 힘쓰셨다. 궁 안에서 결정한 진상물 외에 정조의 처소는 용도가 넓지 못한데, 그사이 아무 말 없어도 요구에 응하는 재물은 참으로 크고 많으니, 이걸 다 글로 옮길 수 없다. 그러나 당장 급한 일이 많은데도 내가 마음 쓰지 않게 하기 위하여 재물이 얼마인지도 모르고, 30년 동안 안팎으로 중요한 임직을 일시도 떠나지 않으셨다. 그러나 곳곳의 창고가 가득 차고 선친이 나라 일에 마음을 다하여 나라에서 재물을 갖다 쓰라 하여도 조금도 낭비하신 일이 없었다. 재주와 일을 처리하는 능력이 비상하셔서, 재물을 써도 아주 미미할 정도로만 쓰셨다. 이것은 작은 일이지만 지극한 인정의 도리를 믿어 급한 때를 무사히 지내고 나면 내가 다행할 뿐 아니라 일에 임하는 궁중 사람들이 손을 모아 감사하고 축하하였다.

선친께서는 임오년(壬午年, 영조 38년, 1762) 세손(정조)의 혼례 때 모든 일을 준비하여 나를 도와주셨다. 사도세자가 변을 당했을 때에도 의복을 모두 애써 감당하시며 3년 제사에 쓰이는 물건의 종류와 제물도 용동궁이 한 해 정도의 밀린 부채가 있으니 쓰지 말라고 하시며 모두 도우셨다. 그러니 어느 것 하나 선친의 정성이 미치지 않은 것이 없었다.

내 딸들인 청연 자매가 혼례를 올릴 때도 아버지께서 도와주셨다. 이렇게 하여 나에게 들이신 재물이 도대체 몇 만금인지 모른다. 이것이 모두 나라를 위하는 일이었으나 자연스레 내 마음이 심히 불안하여 늘 조용히 말씀드렸다.

"저에게만 이렇게 애쓰시고 동생들은 어찌 돌보지 않으십니까?"

그러면 부친은 웃으시며 말씀하셨다.

"나라가 태평해야 저희들이 잘 살 터인데 집이며 논밭을 장만하여 준 것도 옛날 사람에 비하면 매우 부끄럽습니다."

당신 같은 처지에 이런 말씀을 하시니 어찌 내가 감동하지 않을 수 있겠는가.

부친께서는 임금을 섬기시는 일에 충성을 다하시고, 집안에서도 효성과 우애가 있으셨으며 일에 있어서는 청렴결백하셨다. 사무 처리에 있어서도 모든 벼슬아치와 백성이 은혜와 덕을 입지 않은 사람이 별로 없으니 이것은 개인적인 말이 아니라 온 세상 사람들이 하는 일이니 내가 더는 길게 말할 필요가 없다.

아버지께서는 어머니가 일찍 돌아가신 뒤에도 외가에 정성을 다하셨는데, 외조부모의 제사에는 반드시 여러 가지 쓰이는 물건들을 준비하셨다. 또한 종질들을 사랑하고 도와 주심도 각별하시었으며, 어렵고 가난한 친구와 일가를 지극히 구제하여 주시니, 아버지의 심성으로 끼니를 굶지 아니한 집이 얼마나 많은지 모른다.

천성이 소박하셔서 당신의 처지와 지위를 떠나 머무시는 방에는 좋은 종이로 벽을 바르시지 않고 그림 한 장 붙이시는 일이 없었다. 고운 요나 돗자리도 깔지 않으시며 좋은 병풍을 치지 않고 물건 한 개도 놓으신 일 없이 평생을 무명으로 된 옷을 입고 지내셨다. 그리고 반찬은 잘해 잡수신 일이 없고 말년에는 자신을 죄인이라 자처하시며 초가집에서 거처하셨다. 그러고는 두 가지 반찬을 못 놓게 하셨다니, 타고난 천성이 착하셨다는 것밖에는 말을 못하겠다.

아버지께서는 일찍이 청연과 청선 두 군주의 족두리에 구슬 박은 것을 보시고 나에게 주의를 주셨다.

"부끄러워 차마 못 보겠습니다."

이 한 가지의 일로 보아도 백 가지의 일을 짐작하여 알 수 있으니 참으로 슬프다. 아버지의 덕행이 이러하시고 일하시는 것이 이러하시며, 몸을 닦고 일에 처하심이 이러하시었으나 후에 운이 좋지 않아 임금의 은혜를 끝까지 받지 못하시고 지하에서 원한을 품으시게 되었으니 안타깝도다. 이 일을 생각하면 하늘에 사무친 한이 가슴에 박혀 잠시도 살고 싶은 마음이 없었다.

그러던 중에 수영이 네가 아버님 삼년상 중에 또 할아버지가 돌아가시는 화변을 당하여 제사를 지내게 되니, 네가 겹겹으로 상복을 입게 되었구나. 내가 너 태어난 후부터 종질로서 각별히 사랑해 왔는데, 아버지와 오라버니가 돌아가신 뒤로 집안을 이끌어 나갈 중대한 책임이 나이 어린 너에게 갔던 것이다.

나의 첫째 동생 낙신은 성품이 효성스럽고 우애가 있고 자상하였으며 권세와 욕심이 없었다. 경인년 후에 서울 집을 떠나 삼호에 살면서 세상에 나오지 않고 모든 일을 공명히 처리하였으므로 아버지께서도 첫째에게 매우 기대하셨다. 삼호에서 지낼 때는 둘째 동생 낙임이 선친을 모셨고 신묘년 귀양 때에도 따라가서 모셨으며 병신년 9월에는 선친을 따라 고향으로 옮겨갔었다. 그리고 아버지께서 돌아가신 후에는 형제들이 서로 의지하여 슬픔 속에서 지내는 중에도 아우를 거느리는 것과 조카를 가르치는 것이 한 몸같이 열심이었다.

선친이 세상을 떠나신 후로는 내가 첫째 동생 낙신에게 모든 집안일을 맡겼다. 낙신은 선친이 계실 때같이 내 마음을 알아 모든 일을 걱정 없이 처리하므로 내가 동생에게 기대하는 것이 선친 돌아가신 후로 100배나 더 컸다.

여동생이 기묘년에 출가해 매우 사정이 좋지 않았지만 자녀를 계속 낳고 남편이 급제하였기에 나라의 은혜를 받고 안락하기만을 바랐다. 그런데 어찌 된 일인지 우리 집안이 잘못되고 제 시집의 불행 또한 차마 보기 어려울 정도라 동생의 옥 같은 자질이 진흙 속에 떨어지니 내 집안을 걱정하는 가운데도 이 동생을 못 잊는 마음은 비할 데가 없었다.

여동생이 고향으로 내려가 친정과 거리가 멀지 않았으나 선친께서는 국법을 무섭게 여기셔서 불러보시는 일이 없고, 나 또한 편지 한 통 하지 못하니 제 설움이 이를 데가 없었다. 그러다가 선친께서 변을 만나니 의지하고 기댈 곳이 아예 없어져 동생이 더욱 슬퍼하고 생애가 막연하기만 하였다.

둘째 낙임은 선친께서 하시던 것과 똑같이 한 푼의 돈과 한 되의 쌀 심지어 간장까지 전부 걱정하고 의논하여 곤궁한 처지를 도왔다. 이것은 동생에 대한 정이라고는 하지만 이 세상이 끝나도 잊지 못할 우애요, 낙신의 부인 또한 우애가 극진하여 남편의 뜻을 받아 어려움 속에서도 도와줌이 친동생보다 더하였다. 낙임과 낙신의 부인이 아니었으면 내가 어찌 지탱했겠는가.

막냇동생 낙윤은 다섯 살 때에 김성웅 공의 차남 지묵의 맏딸과 후에 혼인을 약속했다. 그런데 그 처녀가 담종이 생겨 혼인할 가망이 없게 되자 김 공이 선친께 혼담을 물리자고 하였다. 그러나 선친께서는 파혼하지 않으셨다.

"두 집안이 이미 약혼한 사이인데 따님이 병들었다고 지금와서 약속을 저버리면 사대부의 도리가 아니오. 비록 병 때문에부부의 도리를 못 이루어도 이것은 모두 저희들의 팔자니 하늘에 그 뜻을 맡기는 것이 좋겠소이다."

그리하여 혼인을 하였으나 인륜의 도리를 지키지 못하였다. 그러다 병술년에 그 댁이 갑자기 죽으니 동생이 무슨 정이 있었을까마는 매우 슬퍼하며 오랫동안 아내를 잊지 못하였다.

선친께서 믿음과 의리를 중히 여기셔서 파혼하지 않으신 것은 예(例)에 드문 일이고, 동생 또한 오랫동안 불쌍히 여기고 재혼하지 않은 것도 타고난 착한 마음 때문이었다. 그해에 할머니가 돌아가시니 동생의 슬픔은 어머니를 두 번 잃은 것과 같이 컸다.

내가 이 모든 것을 기억하는 것은 비록 형제이긴 하지만 자식과 다르지 않기 때문이다. 낙윤은 제 기상과 박식으로 집안이 아주 번창함을 보았으나 제 몸에 좋은 것은 전혀 없었다. 또한 스무 살이 갓 넘으면서 집안이 기울어 이리저리 떠돌아다니게 되니 집안 걱정 외에도 숨은 근심이 있어 남은 생을 즐거움을 모르고 지냈다. 그래서 내 마음속에 불쌍히 여기는 것이 형제 중에도 각별하였다.

그러다가 마침내 아버지를 잃은 아픔을 또 당하니 가엾고 불쌍한 생각이 100배나 더하여 더욱 잊지 못하였다. 아버지의 삼년상을 다 마치고 삼 형제가 뿔뿔이 흩어지니 이리 돌아보고 저리 돌아보아도 각각 그리워하는 마음이 그지없었다.

선친께서 나를 낳으신 하늘같은 은혜와 천륜만이 아닌 과분한 사랑이 나로 인해 우리 집안이 기울었다 생각할수록 이 몸이 없어지는 것만이 불효를 사죄하는 일인 듯 싶었다.

그러나 모년(영조 38년, 1762, 임오화변)에 행하지 못한 것은 혼자 남게 될 주상을 위한 것이요, 무술년(戊戌年, 정조 2년, 1778) 부친상 때 따라 죽지 못했던 것도 주상이 혼자 외롭고 위태로운 위치에 있다는 사실을 잊지 못한 때문이었다. 나는 사도세자를 섬기는 것에도 죄를 짓고 선친을 섬기는 효성에도 도리를 저버린 사람이 되었다.

그리하여 내 스스로 그림자를 보아도 낯이 뜨겁고 등이 뜨거워 밤이면 벽을 두드리면서 잠을 이루지 못하는 때가 몇 해나 되었다.

나라의 운세가 불행하여 안 좋은 일이 자주 일어나니 나라를 위하여 근심하고 두려워함이 간절하였다. 그러더니 기해년에 홍국영이 선친께 수원부사를 청했다가 거절당한 일로 인해 아버지에 대한 반발심이 더욱 커지고 흉악해졌다.

어느 때인들 난신적자(亂臣賊子)가 없을까마는 이런 역적이 또 어디에 있을 것인가. 사사로운 집안의 고통뿐 아니라 나라의 정세가 외롭고 위태하여 걱정으로 간장이 마디마디 녹다가 임인년에 문효세자가 탄생하신 경사를 만났다.

그 경사롭고 즐거움이 그지없어 슬프던 마음에도 태평만세를 기약하였다.

갑진년(甲辰年, 정조 8년, 1784)에 임금께서 선친에 대한 죄를 없애고 용서하라는 말씀이 계시고 또 시호를 내리셨다.

내가 선친의 충성심으로 보았을 때, 이 일을 받는 것이 오히려 늦었다 생각해 슬펐지만 선친께서는 지하에서도 감사하실 것이다. 나는 그저 감격의 눈물을 흘릴 뿐이었다. 더하여 주상께서는 수영이를 종가의 맏손자라 하여 벼슬을 시키시니 성은이 갈수록 깊었으나 제 자취가 서먹서먹하고 불안스러워서 나는 별로 기쁘지가 않았다.

나라의 운이 다시 불안하여 병오년에 왕세자가 세상을 떠나시니, 주상께서 외롭고 위태하심과 나라의 정세가 좋지 않은 것이 새로이 더해졌다. 주상을 위로할 말이 없어, 하늘에 바라기를 지덕이 뛰어난 아드님을 주시어 국가 만년의 기초가 되게 해달라고 빌고 또 빌었다. 그러다 경술년 6월에 하늘이 도왔는지 원자(元子, 순조)가 탄생하는 큰 경사를 다시 얻으니, 그 경사로움은 천지에 끝이 없고 하늘이 내려주신 고마우심을 무엇으로 갚으리오. 손을 모아 하늘에 감사할 뿐이며 이 몸이 살아서 나라의 경사를 보게 될 줄 어떻게 알았으랴.

내가 아이를 낳던 날을 떠올리며 나를 낳아주신 부모님의 은혜를 추모할 뿐 아니라 세상에 태어난 것을 슬퍼하면서도 주상의 효성에 힘을 얻어 지냈다. 천만 뜻밖에 내가 살아서 원자가 태어나는 경사마저 보게 되니 저 하늘이 나를 불쌍히 여기시어 이 날의 큰 경사를 내려주신 듯싶다. 그래서 스스로 몸을 어루만져 하늘이 어여삐 여기심을 감사하고 또 감사드렸다.

원자가 태어난 경사가 있은 후로 하늘이 주시는 복을 받아 평생 죽고자 했던 마음을 돌이켜 생각하니 내가 나라의 경사를 얼마나 마음 깊이 즐거워하였는가를 알 수 있다.

주상께서는 효성이 깊어 정순왕후를 극진히 받드셨다. 부모로 인한 숨은 아픔이 있어 이승과 저승 사이에서 서러워하시니, 그 운수를 참지 못할 일이었다. 이 몸이 당한 일은 하늘에서 다 아시니 어찌 조금이라도 어김이 있겠는가. 주상의 슬픔과 서러움을 내가 도리어 슬퍼하고 추모하는 일은 한 나라가 감동할 것이다. 그리고 살아 있는 어미에게 국왕의 힘으로 봉양하시는 것이 극진하시니 나 또한 무슨 여한이 있겠는가.

임금과 왕비의 사이가 화목하시고 빈들을 골고루 거느리시며, 주상이 청연과 청선 두 누이를 아끼고 사랑하심은 더욱 말할 것도 없으시니 친어미의 구구한 정으로도 더할 것이 없었다. 심지어 은언군과 은신군에게도 죄악이 부자지간에 용납지 못할 것이로되, 덕을 드리우셔서 극진한 은혜를 베푸는 것이 세상에 드문 일이니 그 누가 감동치 않겠는가. 그러나 걱정거리들은 밤낮으로 사라지지 않았다.

중전이 후덕하시고 마음이 어지셔서 안살림을 꾸리심이 더할 나위 없이 훌륭하셨다. 또한 정순왕후 받드심과 날 섬기심이 지성이셨다. 가순궁(嘉順宮)은 효성스럽고 공손하고 검소하여 상감을 섬김과 원자(순조)를 보호하고 가르치는 것이 극진하니 참으로 아름답고 공이 있어 이 어찌 나라의 보배가 아니겠는가.

종사가 끊이지 않음을 이 한 몸에 감사하며 궁중에 화기가 넘치는 것은 근래에 보지 못한 일이니, 내 위로는 정순왕후를 받들어 궁중의 법도가 있음을 우러러 치하하고 자랑하였다.

내가 사도세자를 먼저 보낸 슬픔을 품고 겪은 일이 천만 가지나 되었으나 주상이 장성하여 목적한 바를 이루어 덕이 거룩하시고, 원자는 여섯 살 어린 나이지만 총명하고 효심이 깊고 우애가 있어 주상을 닮으셨다.

나는 성군의 자손이 우리나라를 대대로 이어 억만년 동안 태평하기를 기도하였다. 두 군주를 길러 각각 사람됨이 귀한 딸로서의 교만함이 없어 나라를 우러르는 정성이 극진한 가운데, 한 마음으로 조심하였다. 이것은 또한 왕가의 딸로서 드문 일이니 저희가 평생 스스로를 낮추어 부지런하고 공손함으로 길이 복을 이어나갈 듯 아름답게 여기었다. 또 외손들이 저마다 재주와 풍채가 빼어나며 아름답고, 저희들 젊은 나이에 며느리를 보며 사위를 얻으니 매우 기뻐하였다.

다만 청선이 숙녀의 어진 덕행을 지녔음에도 신세가 그릇되어 어미의 운명과 흡사한 것을 슬퍼하노라.

집이 잘못된 후, 동생들이 시골에 살면서 내 살아생전에 볼 수 있기를 생각지 않았다. 그런데 경술년의 큰 경사 후에 임금의 말씀이 정중하셔서 내게까지 알아두라 하시니, 살아 있기 부끄러운 몸이나 임금의 은혜가 분에 넘치게 감격스러워 염치를 무릅쓰고 급히 들어왔다. 임금의 뜻이 내게 마음을 다하게 하셔서 동생들을 생전에 다시 보게 하시니 갈수록 그 은혜가 크기만 하였다.

큰 변이 있은 후에 동생들을 만나 보니 서로 말이 없고 눈물뿐이었다. 임금의 은혜와 덕택을 깊이 칭송하여 산중에서 앓지 않고 오래 살며 남은 생애를 무사히 보내길 바랄 뿐이었다.

지난해에 내 나이가 육순이라 하여 세 동생과 두 삼촌에게 정 3품 이상의 벼슬을 주시니, 버려진 몸에 이 얼마나 고마운 은혜인가. 분수에 넘쳐 죄송스러운 마음과 고마운 마음이 헤아릴 수 없고, 6월의 내 생일 때 두 삼촌을 뵈오니 기쁨이 세 동생을 만나던 때와 같이 기뻤다.

나와 나이가 서로 같은 작은아버지 홍준한 그리고 막내 작은
아버지 홍용한과 한 집에서 자라날 때 친애함이 다른 집안의
아저씨와 조카 사이와는 달랐다. 작은아버지는 늘 내게 놀이할
것을 주시고, 막내 작은아버지는 나와 나이 한 살 차이였는데
사랑함이 각별하여 글 읽으실 때 곁에서 서수를 펴 드렸었다.

행실이 어질고 너그러우셨던 할머니께서는 아들과 손자, 손
녀를 가리시는 일 없이 모두 똑같이 대해주셨다. 어머니께서 아
버지의 형제들을 길러내는 정이 친어머니 같으셔서 우리 숙질
간의 정이 친형제와 다름없이 도타웠다.

작은아버지는 욕심이 없고 마음이 깨끗하셔서 일찍 과거를
보지 않으시니 내가 존경하였다. 막내 작은아버지는 겉으로 보
이는 모습과 예절이 맑고 여러 가지 문학을 익히셔서 주상이
입학하실 때 맡아서 보시고, 즉시 조정에 들어 명성과 덕망이
높아 큰 그릇이 되니 내가 특별히 기대했었다. 그런데 억만 가
지 변화를 겪고 뜻밖에 만나게 되니 놀라움과 기쁨이 또한 동
생을 본 듯하였다.

작은어머니는 내가 궁에 들어온 후에 우리 집에 시집을 오셔
서 자주 뵌 적이 없으나 성품과 식견이 보통 부인과 달랐다. 그
래서 우리 어머니와 작은어머니께서 동서가 됨이 부끄럽지 않
아 온 집안에 칭찬이 자자했다. 그러나 중년에 돌아가셔서 집안

부녀자의 변상이 이어서 나니, 이 또한 가문의 운이 불행한 탓이었다.

막내 작은어머니는 내 이모부인 송참판의 딸이셨는데 성질이 온순, 공손하고 겸손하셔서 진실로 덕을 갖추신 분이었다.

어릴 때부터 함께 놀아 정이 각별하고 우리 집에 들어오시니 어머니께서 딸같이 사랑하셨다. 나와는 더욱 친해서 만나면 옛날에 함께하던 때의 일을 말하곤 했는데, 가문이 잘못된 후 목소리와 안색이 침울하여 산중에서 세상 소식을 끊고 지내셨다.

막내 작은아버지는 경서와 역사책 읽기를 좋아하시고, 막내 작은어머니는 길쌈에 힘써 산중 생활의 낙으로 삼았다. 두 아들과 네 손자가 쌍쌍이 있었으며, 집안이 잘못된 슬픔은 평생의 한이었으나 부부가 한평생을 함께하여 회갑을 지내시니, 벼슬을 그만두고 지내시는 모습은 절로 산중의 분양왕과도 같았다. 내가 당신네를 위하여 마음으로 기뻐하고, 내 집이 번창할 때에 형제와 숙질이 높은 벼슬을 사양하고 속세를 떠났더라면 집안의 화가 일어나지 않았을 것이다. 그 일을 생각하면 높은 지위와 돈이 많음이 가난한 것보다 못한 것임을 깨달았다. 올해 돌아가신 경모궁의 회갑을 맞으니 내 고통이 더욱 심하여 이 마음을 어찌 다 말할 수 있으리오.

주상이 경모궁을 추모하시며 지나칠 만큼 슬퍼하시니 내 고통은 둘째요, 그러다 몸이 상하실까 염려되어 나 또한 맘껏 슬퍼하지 못하였다. 정월 27일, 돌아가신 경모궁의 생신을 즐기지 아니한 행동을 민망스럽게 여기고, 주상께서는 경모궁의 회갑이 되시는 날 정순왕후를 모시고 가서 절하였다. 그때 중전도 오시고 가순궁도 가고 청연, 청선 두 군주도 따랐다.

내가 억만 가지 고통이 일어나 경모궁을 떠올리며 가슴 가득히 슬퍼할 때, 예전의 그 음성과 용모가 이제는 아득하니 멀어서 한 마디 알음이 없으셨다. 남겨진 한은 끝없고 가슴은 답답했지만, 주상께서 상심이 클까 염려하고 말리시니 설움을 다 내뿜지 못하고 돌아왔다.

모든 일이 다 꿈만 같아 마음을 쉽사리 진정하지 못하였다. 다만 주상이 워낙 선하셔서 추모의 아픔도 크시고 나라에서 지내는 제사의 범절에 한 나라의 어른으로 받드심이 거룩하셨다. 원자 또한 특출나니 당신 자손이 이 나라의 만만대를 누리실 것이다. 이 모두 주상의 천성이 지극히 착하시기에 성군의 자손이 부모의 덕으로 대신 복을 누리는 것이니 이 또한 마음으로 위로 받고 기뻐하노라.

기유년(己酉年, 정조 13년, 1789)에 사도세자의 묘인 영우원을 수원으로 옮겨 모셨다. 그때에는 왕세자의 관도 뵙지 못하고 많이 슬퍼하시더니, 이번에는 어미의 뜻을 헤아리고 산소에 함께 가자 하시고 데리고 가셨다. 나는 여편네 행색이 혹여나 예법을 어길까 염려하였으나 주상의 효성을 막지 못했다. 뿐만 아니라 그해에 사도세자의 묘를 뵈면 긴 세월에 단 한 번 있는 기회요, 지극한 원통함을 조금이라도 풀기 위해 결국 쫓아서 산 위에 올랐다.

주상과 내가 서로 손을 잡고 사도세자의 묘 위를 두드리며 억만 고통을 울음으로 고하니, 천지가 망망하고 이승과 저승이 막막하여 새로이 망극함을 헤아리지 못하였다.

작년에 주상께서 거동하셔서 몹시 슬퍼하시어 제신들이 어쩔 줄 몰라 했다는 말을 듣고 무척 놀랐는데, 이번에도 하도 슬퍼하셔서 주상의 눈물로 주변의 풀이 다 젖었다. 그 모습을 보고 나 또한 놀라 스스로 자제하고, 주상을 붙잡고 서로가 위로하며 복받치는 설움을 서로 다스렸다. 이때의 심정은 무덤 앞에 무심하게 서 있는 석물도 반드시 감동할 것이다. 두 군주가 따라서 울었으니 그 설움을 더욱 어찌 표현하리까.

주상이 사도세자의 묘를 이전하기를 수십 년 전부터 추진하셔서 큰일을 이루시니, 그때그때 마음을 다하고 애간장을 태우시며 효성이 뛰어나 아드님 잘 두심에 내가 감동하였다.

내 무슨 지식이 있어 묘의 위치가 좋고 나쁨을 알겠는가. 그런데 이번에 가 사도세자의 묘를 뵈오니 산세가 기이하고 맑고 밝아서 봉우리마다 정신을 맺었으니 묘를 옮기신 것이 잘된 일인 것 같아 마음이 기쁘고 다행이었다.

석물을 배치하신 것이 어느 하나 이상함이 없고, 마음 쓰시지 않은 것이 없으니 감탄하였다. 그러나 내 모진 목숨은 끝이 없고 스스로 염치없이 살아남은 것이 부끄럽고 서러웠다.

그런 중에 생각해 보니 경모궁이 세상을 떠난 아픔을 겪었을 때 주상이 그때 열 살이 갓 넘은 어린 나이시더니, 어려운 상황 속에서 무사히 성장하시어 보위에 오르셨다. 청연 자매도 열 살이 채 되지 않은 어린아이였는데 당신의 혈육을 간신히 보전하여 거느리고 와서, 내가 당신 자녀들이 성장함을 마음속으로 아무도 모르게 아뢰었다. 이 한마디는 내가 살아온 것이 보람 있다고도 할 수 있다.

산에서 내려갈 때에는 주상께서 내 가마 뒤에 바짝 서시고 위엄 있는 차림새를 내 앞에 세우셨다. 찬란한 깃발은 바람과 구름을 희롱하고 벌여 놓은 풍악은 산악을 움직이고, 노량진의 배다리는 평지를 밟는 것 같았다. 망해의 높은 산은 그리 높지 않은 공중에 의지한 듯, 어질고 착한 임금이 다스리는 태평한 세상을 유람하니 마음이 편안해지고, 시야가 환해져 높고 깊고 그윽한 궁중에 있던 몸이 하루아침에 이렇게 볼만하니, 실로 쉽게 얻을 일이 아니었다. 주상께서 이 노인의 안부를 발을 내딛을 때마다 자주 물으시니 내 인생에 빛이 나며 몸이 영화로워 효성에 감탄하였으나 도리어 불안하였다.

사도세자의 묘를 다녀온 다음날, 화성 행궁에 큰 잔치를 열어 관현악기를 연주하고 춤과 노래가 흥겨운 가운데 내빈과 외빈을 성대히 부르셨다. 화연 채화와 수놓은 비단이 아름답고 궁중 진미인 술과 안주는 모든 것을 다 갖추고 있는데, 우리 주상이 손으로 금 술잔을 친히 잡아 이 노모의 장수를 바라며 술잔을 건네 주셨다.

이렇듯 전에도 드물고 이제도 없는 일을 내가 친히 겪으니 귀하고 분수에 넘치기가 이루 말할 수 없었다. 지난날을 추모하는 뜻과 다르니 진실로 즐길 수는 없으나, 주상이 효도하시는 뜻을 어기지 못하니 내 마음이 불안하기는 마찬가지였다.

미망인이 세상의 온갖 고난과 고통을 겪고, 슬프고 애달프며 기쁘고 즐거운 신세를 겪은 이상함은, 옛날 역사책에 나온 왕비 중에서도 나 같은 팔자가 없을 것이다. 주상이 나를 위하시어 회갑연을 하도 성대하게 하시니 그 마음을 생각하면 내 마음이 100배나 속상했다. 잔치에서 내 눈이 닿는 곳마다 화려하며 풍성하여 지극한 정성이 안 미친 데 없으며 곳곳이 돈을 많이 쓴 듯 보였다. 그리하여 내 가슴속 불안함이 갈수록 더하였으나, 알고 보니 조금도 탁지의 경비를 축내지 않으시고 모두 내부에서 손수 마련하신 것이었다.

그리하여 주상이 지닌 효성과 재주에 매우 감탄하였다. 위엄 있게 잘 갖춰져 있는 것들과 모든 일을 집행하는 질서가 주상의 가르침이 안 미친 것이 없었다. 그래서 두렵고 불안함과 추모의 아픔 가운데도 기쁨이 믿음직한 마음을 이기지 못하였다.

옛날 한나라의 명제가 음황후를 모시어 광무릉에 참배하고 음황후의 본가에서 일가가 모여 잔치를 베풀던 역사적 사실을 보았더니, 주상께서 사도세자의 묘를 뵙고 내외빈을 모으신 이번 일이 명제의 일 같아서 미담으로 후세에 전할까 하노라.

외빈으로는 8촌 친척까지 부르시니 6촌 대부 감보 씨의 아들 선호 씨가 여러 아들을 데리고 무리 지어 일가를 거느린 채 들어왔다. 외가는 5촌을 넘겨 외사촌 산중 씨가 아들인 관찰사 태영의 사촌 아우 도영과 그 아들 셋이 참례하였으니 옛일이 생각났다.

내빈은 조판서 댁 고모와 막내어머니 송씨, 오라버니의 부인 민씨, 사촌 아우인 심능필의 처, 오라버니의 딸인 사복첨정 조진규의 처, 첫째 동생 낙신의 부인 이씨, 둘째 동생 낙임의 부인 정씨와 딸인 유기주의 처, 낙신의 딸 이종익의 처, 대동 육촌 형제의 아들인 참판 의영의 처 심씨, 의영의 사촌형제인 세영의 처 김씨가 모였다.

선친의 첩은 선친의 시중을 일찍이 받들었지만 신분이 천한 사람이라 궁에 들어오지 못하였다. 그러나 별궁에 모일 때는 법도가 좀 다르기 때문에 나를 보도록 불러들이시니 그의 처지에 이러한 영광은 없을 것이다. 그 아들이자 나의 이복동생인 낙파는 관아에서 곡식의 출납을 맡은 관리로, 사람됨이 못나지 않고 매우 현명하고 민첩해서 비록 첩의 자식이지만 주상께서 위로 가까이 부르셔서 어여삐 여기셨다. 그리고 그 밑의 세 아들이 또 성장하여 다 똑똑한 인물이니, 제 어미의 신분이 비록 천하지만 이러한 지식들이 나온 것은 매우 드문 일이로다.

불쌍하다, 내 여동생이여! 제 남편과 10년 동안 떨어졌다가 큰 사면이 있어 특별히 석방하시니 그 처지에 이런 은혜가 다시 어디에 있으리오.

겨우 부부가 다시 만나 하늘 같은 은덕에 감사하며 지냈는데, 작년에 주상께서 명릉에 오셨을 때 제집이 가까운지라, 여자의 마음에도 임금을 그리워하는 마음이 간절하여 시골집에서 구경하고 있었다. 상감께서 어떻게 아셨는지 하인을 시켜 안부를 물으시고, 낙파에게 돈과 필목을 많이 주셨다.

하사품은 전에도 있었지만, 이번엔 가난한 집에 빛이 나니 동네 사람들이 모두 놀랐다. 이전까지 역적 집으로 업신여김을 당하다가 이번 일 이후에 편안히 살게 되니 이런 은혜가 또 어디에 있으리오.

내가 여동생과 수십 년간 떨어져 지내며 늘 불쌍하게 여겨 하룻밤도 마음이 놓인 날이 없었다. 그런데 주상께서 먼저 보살피셔서 국법을 굽혀 특별히 나를 만나게 하시니, 여동생의 황송하고 감격함은 이를 것도 없거니와 내 마음에 심히 불안하였다.

그러나 내가 다시 생전에 동생을 보게 하시는 성은에 하도 감격하여 형제가 부득이 임금의 말씀을 받들어 서로 만나 보니 꿈만 같아 정말 놀라웠다. 제 젊었던 얼굴과 아름다운 자질이 많이 바뀌었으니, 이 만남이 반갑고 아까워 손을 잡아도 눈물이 계속 흐르고 뺨을 대도 눈물만 날 뿐이었다.

슬프고 기쁜 말이 헝클어진 실 풀 듯 지난 일을 다 이야기하지 못하고 5~6일이 얼른 지나가 버렸다. 생전에 못 보리라고 생각했을 때도 있었건만 그렇게 만나고 나니 이후 사생화복은 하늘에 맡겨 두었다. 내 마음과 제 소원을 길게 말하여 무엇 하리오. 제 어진 덕으로 4남 5녀에 또 손자가 셋이니, 그 애의 시가가 그렇지만 않았으면 복이 넘쳐났을 것이다. 혹 하늘이 제 마음을 불쌍히 여기셔서 늘그막에 근심스런 눈썹을 펴고 나라의 은혜를 받아, 남들이 내 동생에게 도리어 복이 있다고 칭찬할 때가 있기를 바란다.

막내 고모께서 두 살에 어머니를 여의시니 선친께서 어렸을 때부터 각별히 아끼시고, 고모부(조엄)께서도 많은 사람으로부터 어려운 사람으로 신망을 받고 있었기에 선친의 대접하심이 한갓 남매의 정뿐이 아니었다.

조정에 든 후, 서로 사랑하심이 꼼꼼하지 못하더니 사고가 자꾸 나고 인사가 끝이 많았던 중간에 있던 이야기야 해서 무엇 하겠는가. 결국 두 집이 다 잘못되니 고모의 슬픔이 쌓이고 쌓쌓여 불행함이 끝이 없으셨다. 그러다가 작년에 고모부 조엄의 일이 해명되어 무결한 사람이 되고, 고모께 성은이 많이 내려져

궁에 들어오시고 또 내빈으로 으뜸이 되어 오셨다.

막내 고모께서는 비록 80세의 노령이시나 튼튼하고 굳셈이 소년 같으시고, 청명한 용모와 자상한 마음과 민첩하고 슬기로움이 조금도 덜하지 않으셨다. 진실로 봉래 바다의 큰 액운을 여러 번 겪은 마고 할미 같으셨다. 돌이켜 생각해보니 선친께서 칠순 잔치도 못하신 것이 떠올라 눈물을 흘릴 뿐이다. 그 막내 고모를 뜻밖에 만나 뵈오니, 어렵고 불행이 심한 가운데서도 모든 것이 약해지지 않으시고 상감께서도 양반다운 부녀라고 칭찬하시니 고모께도 크나큰 영광이었다.

우리 형님 민 부인(홍낙인의 처)은 대갓집 맏며느리로서, 옛날 우리 집이 궁의 부름을 받아 선친을 모시는 예절이 날로 더해가던 시절에는 여염집 부녀자라면 하루도 받들기 어려웠을 것이다. 그러나 병이 잦은 중에도 집안을 엄격하게 다스리어 행동하나하나가 모난 것이 없으니, 여러 사람을 다스림에 법도가 있었다.

집안을 다스림에 규범을 세워 큰며느리의 엄숙함이 조정 대신 같아서 30년 동안 명문대가로서 집안을 잘 보살피니 보통 집 부녀자에게서 보지 못하는 일이었다. 집안사람들이 모두 말하길 만약에 형님이 남자로 태어났으면 정승 할 그릇이라고 일컬었다.

형님께서 5남매를 낳아 키웠는데 각각 다 빼어나고 복이 비할 데 없더니, 중년에 미망인이 되었다. 그리고 수영의 전처가 충헌 김공현의 손녀였는데, 큰집 규범이 있어 형님의 뒤를 이을 듯하더니 불행히 일찍 잃고, 박씨와 송씨에게 출가한 두 딸을 이어서 잃었다. 또 둘째아들 취영마저 세상을 뜨니 형님을 뵐 적마다 늘그막에 그러심을 슬퍼하여 눈물이 났다.

큰집이 외롭고 위태함을 안타깝게 여기시더니, 수영이가 신해년에 아들을 낳아 이름을 세주라고 하였다. 그놈이 슬기롭고 깨끗하여 큰 그릇답게 생기고, 궁 안에 들어와 어린 것이 능히 원자를 잘 모시고 놀 줄도 아니 매우 기특하였다. 주상께서 원자를 데리고 앉으시고 수영이는 제 아들을 데리고 왔으니, 주상께서 기뻐 웃으셨다.

내가 늘 나라와 집안을 걱정함이 끝없다가, 비록 임금과 신하가 다르나 이 경사를 보고 국가를 위하여 기쁘고 다행함이 이를 것이 없었다. 그래서 이번에도 형님을 뵙고 서로서로 축하하고 위로하였다. 또 조카딸인 조태인 댁이 어려서부터 제 고모(작자의 여동생)를 데리고 궁 안에 출입을 늘 하여 지금까지 출입이 잦았다.

나는 제가 왕래할 때마다 아우 생각이 간절하였다.

제 얼굴 모습이 온화하고 덕이 있어 보이기는 돌아가신 어머니를 많이 닮았고, 몸가짐이 수려하기는 민 부인을 닮았다. 또한 친척의 여러 여인들 중에서도 뛰어나므로 궁중에서도 칭찬하여 외간 부녀로 보지 않고, 상감의 은혜가 각별하였다.

내가 저를 위하고 사랑하여 기쁠 뿐 아니라, 오라버니의 자녀가 각각 하나씩 있는데 상감께서 모두 사랑하셔서 이렇듯 극진히 하시니, 내 오라버니를 생각하여 더욱 기뻐하였다. 그러던 중에 이번 잔치에 두 삼촌과 세 동생이 다 남다른 대우를 받아 부지런히 참배하였으나, 오라버니는 그림자조차 안 비추니 감회가 더욱 심하였다.

친척 여인들과 만나니 옛 생각이 계속 떠오르니, 그중 지난 일을 생각하니 마음이 슬펐다. 우리 집은 경신년에 조부 상을 당한 후부터 어렵게 지냈었다. 그런데 둘째 고모께서 효성과 우애가 지극하시어 조부의 후처께 지성이시고 어머니의 사랑하심이 친동기 같으셔서 늘 어려울 때 도움을 많이 받았다.

내가 어려서 본 일을 생각하니, 임술년과 계해년 사이에 조부인 정헌공의 삼년상을 마치고 궁핍할 때 여러 차례 고모가 보내시는 것을 기다려 받았다가 제사를 올릴 때가 많았다. 고모께서는 동생들과 조카들을 생각하고 사랑하는 것이 마치 친자식에게 하는 것 같았다. 또한 성미가 너그러우셔서 속에 감추는 일이 없으시니 복 있음을 세상에 비할 바 없고, 주상이 왕세자였을 때 예우도 많이 받았다. 그런데 하루아침에 하늘의 재앙이 내려 흉악한 화가 비할 데 없어 그 장하던 복이 연기같이 스러졌으니 생각하면 늘 가슴이 막혔다.

막내 고모를 보니 둘째 고모가 생각나 눈시울이 뜨거워졌다. 여러 사촌들을 작년과 금년에 연이어 보니 아름답고 학문을 하여 선비의 모습이 보이니 내 기특히 여기고, 작은아버지와 막내 작은아버지를 위하여 기뻐하였다. 그러나 멀리 귀양 간 두 사촌을 생각하니, 남만 못한 인물도 아니런만 어찌 운명이 그리 불행한가 싶다!

모든 가족이 다 잔치에 참석하되 혼자 저러하니 저의 슬픔은 이를 것도 없거니와 내 마음의 아픔과 가련함을 또 어떻게 참겠는가. 지금 생각하니 이 사촌의 형이 그 장한 포부와 얼굴과 기상이 화평하고 단아하면서도 일찍 죽으니, 그때 일이 불쌍하고 참혹하기 그지없었다. 그런데 도리어 생각해보니 팔자가 좋아 집안의 화를 보지 않고 일찍 죽은 듯싶다.

둘째 동생 낙임은 번리 집에 일찍이 뜻이 있어 세상이 어지러울 때 몸담을 곳이 있었다. 하지만 첫째 동생 낙신은 남의 집을 빌려 살았기 때문에 늘 민망하였다. 그런데 번리로 옮겨 형제가 함께 지내니 궁한 가운데 그나마 다행이었다. 막냇동생 낙윤은 학문은 가르치고 정신을 수양하는 곳에 들어가 설움을 품은 현인처럼 산과 들을 쏘다니는 것에 재미를 붙여 마음을 나누었다.

네 아들과 세 딸을 낳았으며 손자까지 얻으니, 비록 궁한 몸이나 눈앞의 살림은 남부럽지 않았다. 형제들은 문 안에 집을 정하여 세 형제의 집이 한 언덕을 사이로 솔밭처럼 이어져 지팡이 짚고 슬슬 걸으며 형제가 우애 있게 지냈다. 비록 집은 각각이나 뜻은 옛날 중국의 장공에 같았다.

수영, 취영, 후영 세 조카 외에 낙신의 둘째 아들 철영과 낙윤의 세 아들 서영, 위영, 귀영이는 작년과 올해에 계속 보았다. 모두 아름다워 못남이 없고 어린아이들까지 괴한 인물이 없었다. 이 모두 선친의 덕이시니 하늘의 보살핌이 어찌 우연이라 말하겠는가.

수영이 처음 나라에서 직책을 받을 때 내가 진심으로 벼슬 두 자가 두려웠다. 그러더니 병오년 나랏일로 수영이 말고도 취영, 후영을 부르셔서 그 후 벼슬을 이어 맡으니 세 종형제가 미관말직을 다녔다. 보잘 것 없는 관리라도 여럿이 모두 벼슬자리에 있는 것이 지나친가 두렵더니 취영이가 갑자기 세상을 떠났다. 취영이가 지닌 그 뛰어난 자질에도 젊은 나이에 저리됨이 가문의 남은 재앙이 아직 그치지 않은 모양이로다.

수영은 대가의 가풍으로 말과 행동을 삼가고 매사를 빈틈없이 하여 종가 장손의 중책을 능히 감당하니 그 모습을 보고 기뻐하였다. 취영은 그 재주와 학문, 사람됨이 한 가문의 귀중한 보배였다.

그리하여 수영과 취영을 존중히 여김이 거의 같고, 후영은 부드럽고 소박하여 짐짓 선비이니 내 또한 어여삐 여겼다.

비록 조상의 덕으로 얻은 벼슬이라도 무례하게 행동하지 않았으나 혹 지방 벼슬을 맡거나 말직을 얻게 되어도 내 마음이 놓이지 않았다. 행여 맡은 일에 소홀함이 있어 나라에 허물을 끼치거나 남의 나무람이 있을까 하는 근심이 끊이지 않으니 이 또한 집안을 걱정하는 마음에서였다.

우리 집은 여러 대 동안 재상가고 선친께 이르러서는 높은 정승에 오르시고 뒤를 이어 둘째 작은아버지, 막내 작은아버지와 오라버니께서 차례로 나랏일을 하여 매우 번창하였다. 첫째 동생이 이어 조정에 드니 두렵기 그지없고, 기축년에 둘째 동생이 또 뒤를 이으니 인정에 기쁘긴 하지마는 번성한 집안을 보면 걱정하지 않을 수 없었다. 그러더니 오래지 않아 집안이 뒤집어졌다.

사람을 잘 헤아려 보면 집안에서 과거 급제가 흔한 것이 이상하지 않으나 작은아버지같이 과거 보는 것을 그만하였으면 집안의 화가 그처럼 망극하지 않았을 듯하였다.

근본은 부귀에 묻은 화이니 벼슬이 어찌 두렵지 않으리오.

너희가 각각 소과도 못하고 거적 사모(紗帽) 아래의 몸이 되니 인정상 안타깝기는 하다만 나는 조금도 내 집이 다시 벼슬하길 바라지 않았다.

수영이 너부터 모범이 되어 임금 섬기기에 정성을 다하고 직책에 청렴하고 일 처리를 조심히하며 충성스럽게 하여라. 제사 받들기를 정결히 하고 홀로 된 어버이를 극진히 봉양하라. 만누이를 형같이 알고 취영의 아들 익주를 불쌍히 여기며 둘째 할아버지와 막내 할아버지를 돌아가신 할아버지 우러르듯 하여라. 그리고 아버지의 여러 형제들을 아버지처럼 섬기고 나이 어린 고모를 누이 보듯 하며 여러 사촌 아우들을 지도하고 사랑하여 형제처럼 지내라. 가까운 가족뿐 아니라 먼 친척에 이르러서도 친절히 대접하며 가문의 궁핍한 사람들을 버리지 말며, 노비에게도 인정을 베풀도록 하여라. 모두 한결같이 선친과 오라버니가 하시던 덕행을 이어 집안의 명성을 떨어뜨리지 말라.

임금의 착한 친척이 되고 집에 착한 자손이 되어 무너진 가문을 다시 일으킬 책임감이 네게 있으니 내가 널 믿고 또 믿는다. 우리 주상이 만수무강하시고 성군의 자손을 연달아 이어 종국의 억만년이 반석 같고, 우리 모자와 자손들이 대대로 번성하여 나라와 함께 태평하기를 길이 바라노라.

원래는 내가 겪은 일과 바라는 말을 동생에게 써 주려고 했으나, 네가 청하기에 너에게 주노라. 그러니 작은 할아버지에게 보이고 보관하여 내 필적을 네 자손에게 멀리 전하길 바란다.

'신축년(辛丑年) 신춘 13일, 호동대방에서 씀.'

恨中錄

樂

한중만록 5권

화평옹주는 영조대왕과 선희궁의 첫 따님인 만큼 대왕의 사랑이 처음부터 각별하셨다. 게다가 옹주의 성품과 행실이 온화하고 유순하여 조금도 교만하거나 오만하지 않으셨다. 당신만 자애를 받고 동궁(사도세자)께서 그렇지 못한 것을 스스로도 좋지 못하게 여겨 항상 부왕(영조)께 말씀드렸다.

"그러지 마시옵소서."

동궁께 일이 생기면 재빨리 도와드리고, 대조(大朝)께서 몹시 노여워하실 때에는 옹주 덕분에 진정하고 풀린 때가 많았다. 그러므로 소조께서는 옹주에게 고마워하시고 매사를 믿고 지내셨다. 무진년(戊辰年, 영조 24년, 1748) 전에 동궁을 보호한 것은 모두 이 옹주의 공이었다. 화평옹주가 오래 사시어 대조와 소조

사이를 좋게 힘써 주셨더라면, 유익한 일이 많았을 텐데 불행히도 무진년에 일찍 세상을 떠나셨다.

영조대왕께서 원래 화완옹주를 화평옹주 다음으로 사랑하셨다. 화평옹주가 죽은 후부터는 영묘께서 슬픔이 지나치신 중 몸을 두고 마음 붙이실 데가 없어서 그런지 자연스럽게 화완옹주에게 정을 옮겨 각별한 총애를 하셨다. 이것을 어찌 다 기록하리오.

그때 화완옹주의 나이 겨우 열한 살이니 궁중의 아이로 어린 놀음놀이나 알 뿐이지 다른 것을 알 리가 있겠는가. 하지만 위로는 선희궁이 계시고 그 사위 정치달의 일가붙이와 그 식솔들도 세상일 아는 재상들이요, 정치달도 당연한 이치에 벗어나지 아니하여서 동궁께 정성을 드러내고자 하였다. 그는 영묘께서 자기의 아내만 사랑하고 동궁께 대한 자애가 덜하신 것을 송구스럽고 불안히 여겨, 아내를 타이르는 듯도 하였다. 그리하여 화완이 나중에는 기괴해졌지만 그전에는 경모궁께 도움을 많이 주었지 해로움이 없었다.

화완은 소조께서 임금을 모시고 능행에 함께하실 수 있도록 도와주고 온양행차도 힘을 다하여 주선하였다. 그밖에 위급할 때 구해준 일이 한두 가지가 아니었다. 비록 지금은 화완이 밉고 저러하지만 바른 말이야 아니하겠는가.

만일 일성위[72]가 일찍 죽지 않고 아들, 딸 낳아 부부지간의 즐거움에 재미를 붙였다면, 화완옹주가 궁 안에서 그렇게 수많은 일을 변을 일으키지도 않았을 것이다.

화완이 과부가 된 후 영조대왕께서 따님을 내보내지 아니하시고 항상 곁에 두시어 한시도 떠나지 못하게 하셨다. 그리하여 만사가 마치 그 사람의 손아귀에 있는 듯하던 차에, 임오년 후에는 궁 안에 일이 없고 선희궁께서도 돌아가셨다.

잘못을 해도 엄한 훈계를 받지 못하고 시집에도 가르칠 사람 없이 오직 어린 양자만을 두고 있으니, 버릴 것도 조심할 것도 없고 부왕의 총애는 날로 두터워지니, 욕심이 커지고 방자한 뜻을 품게 되었다.

무릇 그 사람의 성품이 남을 꺾으려는 마음과 시기하고 질투하고 권세를 좋아함이 유별나서 온갖 일이 일어나고 말았다.

일어난 일들 중 하나를 이야기하자면, '부왕께 나 말고 또 누가 총애를 받겠는가?' 하여 영묘께서 내인이라도 신임하시면 싫어하였다. 어디 그뿐이랴, 세손을 손에 넣고 한시도 꼼짝 못하게 하며 내가 세손의 어미인데도 나를 미워하고 자기가 어미 노릇까지 하려고 하였다. 내가 장차 대비가 되고 제가 못 될 것을 시기하였으니 갑신 처분도 화완이 만들어 낸 일이었다.

---

72) 화완옹주의 남편인 정치달.

또 세손의 내외 사이가 좋을까 시기하여 수많은 이간질과 험담으로 세손과 세손빈 사이를 어긋나게 만들었다. 그러고도 세손이 혹 궁녀를 가까이 하실까 질색하여 눈을 뜨지 못하게 하고, 대를 이을 아들을 낳지 못하도록 하였다. 화완은 세손의 외가를 싫어해 흉한 꾀로 이간질하고 세손이 외가에 정이 떨어지도록 하였으니, 이것이 곧 기축년(己丑年, 영조 45년, 1769)에 일어난 별감사건으로 세손이 외도를 한다는 화완의 거짓말에 아버지께서 세손에게 직언하신 일이다.

세손이 장인을 좋아하시면 화완은 그 장인인 청원부원군을 시샘하였다. 심지어 세손이 송나라 역사 중 필요하지 않은 글자나 글귀를 지워 버리려 밖에 나가시면 그 책까지도 시기하였다.

모든 일에 자기만 권력과 세력을 누리고 사람들이 저만 따르게 하며, 다른 이는 세상이 없다는 식이니 이 어찌된 사람인가.

이것이 모두 나라의 운명이니, 하늘이 무슨 뜻으로 임오화변이 있게 하셔서 나라가 거의 전복될 뻔하게 하시는가? 또 이런 괴이한 여편네를 내어 세상의 도리를 어지럽게 무너뜨려 신하들을 모두 결딴나게 하니, 이를 알 길이 없을 뿐이로다.

임오화변이 일어난 계기는 대조와 소조 두 분 사이가 좋지 않으시기에 전부터 짐작된 일이었다. 이것이 내 평생의 뼈에 사무친 지극한 한이요, 원이로다. 영조대왕께서 아드님에게도 그리 대하셨으니 한 대 건너 손자에게 또 어떻게 대하실지 알리오.

김귀주가 나의 친정을 망하려 하고자 하는 기미가 있으니, 만일 세손이 영묘의 마음에 못 들기라도 하는 날에는 어떻게 하면 좋단 말인가. 세손의 안위와 영묘의 마음을 돌려놓기는 완전히 화완옹주에게 있었다. 모든 일을 다 화완에게 부탁하여 아무튼 임금의 뜻을 어기지만 말게 하여 달라 하고, 세손께도 일렀다.

"고모를 아주 극진히 잘 대접하고, 나를 대하듯 하십시오."

그러나 그런 말을 해야 하는 상황이 내 마음을 아프게 하고 그 정이 애처롭기만 했다.

하지만 그때는 내 말대로 하는 것이 옳았다. 과연 일마다 돕고 말씀도 극진하니, 영조대왕께서는 화완의 말대로 만사를 따르셔서 흉이 있어도 그 사람이 옳다 하면 그렇게 여기시고 착한 사람이어도 옹주가 나무라면 곁에 둘 수 없게 되었다.

영묘께서 본디 세손을 사랑하긴 하셨지만 임오화변 후에 벌을 내리지 않으신 것은 화완의 힘이거니와, 화완이 세손을 맡아 차지하기로 하여 임금께서 하신 말씀처럼 천 가지 백 가지의 괴상한 일이 나타났다.

사실인즉슨 내가 세손을 위한 생각으로 화완에게 지극 정성을 다하여 대접하라 하지 않았다면 세손의 안위가 위태로울 수도 있었을 것이다.

정축년(丁丑年, 영조 33년, 1757)에 동궁께서 정치달을 죽이려 하신다는 터무니없는 소문이 퍼진 일이 있었다. 그런데 그때는 동궁께서 털끝만치도 그런 의사가 없었으므로, 나의 아버지가 궁에 들어와 동궁께 이 사연을 아뢰셨다.

"반대 세력을 잠재우실 도리를 하오소서."

"그렇게 할 것까지 없소이다."

그리고 동궁께서는 정치달의 삼촌이자 영의정을 지냈던 정휘량에게 손수 편지를 써 보내시어 진정하게 하셨다. 그러자 정휘량이 무척 감격하고 영조 37년(1761) 3월에 동궁께서 몰래 평양에 가셨을 때도 잘 주선하여 화해가 되고 자연스레 서로 친해지게 되었다. 정휘량은 조카며느리인 화완옹주에게 아버지에 대한 고마운 말도 하고 나와 우애 있게 지내라 하여 화완은 아버지께 정성스럽게 굴고 칭찬도 하였다. 그러다가 정휘량이 일찍 죽은 후 그 집에 어른이 없게 되자, 화완이 본색을 드러내기 시작했다.

"후겸을 가르쳐 큰 사람이 될 수 있게 하고 싶은데 이 일을 부친께 믿고 맡기고 싶소이다."

그러면서 화완은 내게도 부친께 여쭈어 달라고 하였다. 부친께서 인자하신 마음으로 그때 화완을 좋게 대접하시어 후겸을 때때로 가르치시고 이상한 곳에 빠지지 않도록 힘쓰셨다. 무언가 들려오는 말이 있거나 집안에 어른 없는 아이로서 잡류를 사귄다는 소문을 들으실 땐, 부친께서도 진심으로 교훈하시기를 여러 차례 하셨다.

"이러이러하니 그렇지 않으면 좋겠다."

그러나 양자 후겸이 본래 어려서부터 괴상하고 망측한 인간이라 내 아버지가 자기의 친지도 아니고, 제 어미가 지닌 권세만을 믿고 벌써 교만하고 오만 방종한 마음이 생겨났으니, 어찌 아버지께서 성심으로 가르치시는 말을 귀담아 들으랴. 더 나아가 아버지께서 저를 흉본다고 원한을 품어 제 어미더러 무어라 한 듯했다.

화완 역시 극성맞은 마음이라 아들의 허물을 말하는 것이 듣기 싫어 그 후로는 기색이 아주 달라졌다. 그래서 내 마음에 느낀 바 있어 부질없지만 아버지께 말씀드렸다.

"말이 가르쳐 달라 하지만 내 일가도 아니요, 좋은 뜻으로 다가갔다가 오히려 원한을 사기 쉬우니 이후는 아는 체 마소서."

그리하여 서로 왕래가 자연스럽게 끊기었다. 오래지 않아 후겸이 연이어 대과와 소과를 치르고, 영조대왕께서는 어여쁜 딸의 아들인 후겸을 귀하고 중하게 여기어 사랑하심이 비할 데 없어 은총이 날로 더하셨다. 그렇게 되니 후겸에게 붙어 따라다니는 이도 많고 꾀이는 이도 많더니 귀주도 후겸과 마음을 합해 우리 집안과 맞서게 되었다.

임오화변 이후부터 갑신 처분이 있기 전 2년 동안 선희궁께서도 내 마음과 꼭 같아, 세손이 착하시고 그만하신 정도이니 매사를 예법으로 인도하시고 엄중히 훈계하셨다. 그러나 어린 아기네 마음에 그것이 재미있을 리 없었다.

나 또한 어미의 절절한 마음으로 세손의 처신을 살피며 잔소리를 많이 하였다. 본래 내 성품이 사람에게 아첨을 못하니, 하물며 자식에게 무슨 듣기 좋은 말만 들려주겠는가.

이러한 상황에 모든 생사화복이 그 고모의 손아귀에 있으니, 그 입에 따라 잘되고 못되기가 잠깐 사이에 결정이 나게 되니, 세손 또한 어찌 무섭지 않으시리오.

세손께서도 그이가 무섭고 권세가 따르기에 화완에게 자연 정이 들게 되었다. 화완은 그 정을 잡아 세손을 저 혼자 차지하고, 어미 노릇을 하려고 우리 모자 사이를 이간질하려 을유년부터 일을 꾸몄던 것이다.

갑신년 전에는 세손이 할머니께 의지하였으므로 그 고모가 권모술수를 부릴 길이 없었다. 그러더니 선희궁이 돌아가신 후부터는 만사에 거리낄 것이 없고 모든 일이 마음대로 되니, 그제야 세손을 낚아서 말씀을 잘 드려 귀여워하고 사랑하게 만들었다.

그리하여 세손이 자기를 고맙게 여겨 정성이 지극하게 만들어 놓았다. 그리고 궁 안에서 입지 않는 누비 의복붙이, 고운 가죽신과 좋은 칼 같은 것으로 세손의 마음을 사로잡았다. 그러나

이 몸에게 어찌 음식으로도 궁 안의 예사 음식 이외에 별별 음식이 있을 수 있으랴. 선친은 더욱 그런 것을 모르셔서 의복, 음식, 노리개 따위를 세손께 드리시는 일이 없고, 어미는 돌본답시고 잘못을 찾아 타이르고 꾸짖기나 하며 외가에서도 각별히 정들게 해 드리는 것이 없었다. 그러니 아기네 마음에 점점 어미와 외가는 재미가 없어지고 그 고모는 정들고 귀한 것이 되니, 전에 외가만 아시던 정이 점점 덜하여 가셨다.

을유년 겨울 즈음부터는 세손이 밥 잡수실 때에는 고모와 겸상하고, 반찬을 자시다가도 내가 앉아 있으면 내 눈치를 보기 시작했다.

'겸상도 어찌 여길까?'

'음식도 어찌 여길까?'

세손께서는 이렇게 꺼리고 숨기고자 할 것이 아니건만 내가 혹여 무어라고 할까 봐 보이려고 하지 않았다.

그런 눈치가 차차 나타나자, 세손은 열세 살의 어린 나이라 잘못을 꾸짖을 만한 것이 못 되나 화완 무리들의 흉악한 본성이 드러나기 시작했다.

화완이 인심이라도 조금 있었다면 자기 오라버니 아들이요, 내가 남다른 정으로 그 아들에게 의지하고 자기에게 부탁하였으니, 우리 모자의 가련하고 불쌍한 형편을 헤아려 세손을 함께 가르치고 도와서 착하게 되기만을 바라는 것이 인정과 천지에 당연한 일이 아니겠는가!

그런데 화완의 뜻이 우리 모자의 사이를 이간하려고 계략을 꾸며낸 것이 어찌 흉악하지 않으리오. 그러나 나는 짐짓 모른 척하고 말을 하지 않았다.

병술년 봄, 영조께서 병환으로 한 달이 넘게 앓으셨다. 중궁전 처소를 회상전으로 옮겨 오시어 화완옹주와 세손께서도 밤낮으로 함께 계셨다. 나는 문안 때만 와서 잠깐잠깐 다녀갔으니 무슨 일이 벌어지고 있는지 알겠는가. 그때 귀주와 후겸이 한마음이 되고, 중전께서도 세손에게 좋게만 말씀하셨다. 화완은 나를 이간하려는 이유로 중궁전에 가서 한통속이 되었으니, 이것이 귀주가 후겸을 좋아하는 이유이다.

이러다 보니 어느새 영조께 선친을 해하려는 거짓말이 들어갔으나 본래 임금과 신하 간의 믿음과 정의가 두터워 쉽게 틈이 생기지는 않는다. 그러던 중 할머니께서 돌아가시어 선친께서 3년을 집에 들어앉으시니, 조정에서 날마다 뵈옵는 것과 다르시고 그 사이에 선친을 음해하고 모략하려는 말이 많이 생겨났다.

또 무자년에 후겸이 수원부사를 하기 원할 때 영의정은 김치인이었는데, 선친께 후겸의 일을 영상에 부탁해 달라 하였다. 내가 선친께 기별하니 선친께서 회답하셨다.

"말 한 번 하기를 아끼는 것이 아니라, 겨우 스물이 된 아이에게 5,000병마를 맡기는 벼슬을 시키려는 것은 실로 나라를 저버리는 일이요, 아이를 사랑하는 도리가 아니옵니다."

그리고 선친께선 끝내 김치인에게 말을 해 주지 않으셨다.

후겸이 나이가 차차 들고 남의 꾀임도 듣고 권세를 쓰게 되자, 이전의 미워하던 것과 수원부사 일 등 여러 가지로 선친을 좋게 여기지 않았다. 화완은 중궁전에 정이 들어 극진하였으며, 귀주 부자와 후겸이가 모두 한통속이 되어 선친을 해치려고 별렀다.

그러던 중 선친이 삼년상을 치른 후에 또 영의정으로 임명되니, 영묘께서 선친을 총애하고 대접함이 여전하셨다. 영조대왕의 성은은 비록 감사드리지만, 이렇게 될수록 그들은 우리를 더욱 꺼렸다. 화완옹주가 그 아들과 귀주의 말을 곧이듣고 선친을 전처럼 칭찬하기는커녕 오늘 해치고 내일 해치려고만 하였다. 속담에 '열 번 찍어 안 넘어가는 나무 없다'는 말처럼 영묘의 선친에 대한 총애가 점점 식어 갔다. 또한 흉악한 일로 세상 인심을 소란케하고 내 집안을 이 지경까지 몰아가게 된 것에는 사연이 있었다.

병술년에 둘째 딸 청선의 남편으로 흥은부위(副尉)가 사위가 되었는데, 그의 용모와 행동거지가 아름다웠으므로 세손이 그 매부를 어여삐 여기셨다. 기축년에 그 아이가 반하여 별감을 데리고 궁 밖을 나다니는 일이 많았다. 동궁께는 모시고도 체면

없는 일이 많으나, 세손께서는 소년의 마음이라 바치는 물건을 달갑게 받아들이고 물리치지 않으신 모양이었다.

세손이 흥정당에 계시므로 내 처소와는 무척 멀리 떨어져 전혀 몰랐는데, 흥은부위가 총관(摠管)으로 당번을 들 때 들어와 뵈옵고 놀랐다. 그때는 화완옹주가 세손을 손아귀에 넣고 마음대로 휘두르던 때라, 한 가지 일도 자유롭게 하지 못하였다. 그리고 화완이 세손 내외의 사이를 이간질하고, 세손이 처가와 친하신 것을 질투하여 사이를 어그러뜨리려 하였다. 그리고 그때는 청원부원군의 6촌 김상묵이 후겸을 사귀어 음모의 주모자가 되었던 시절이었다. 상묵의 친분으로 청원부원군의 집은 아직 그냥 두고 외가를 먼저 이간하려는 뜻이 있었다. 그런 가운데 세손이 흥은부위를 아끼는 것을 시샘하여, 한 화살로 둘을 쏘려는 꾀를 생각해 가지고 하루는 밤에 나에게 와서 다정하게 말하였다.

"세손이 흥은에게 혹하여 이번 궁중 잔치에 기생 이야기도 하고 잔칫날 한 계집을 가리켜 보게 하고, 별감들이 사귄 잡류들을 아시게 하였나이다. 그밖에도 도리에 벗어나는 일들이 많으니, 이러한 일이 어디 있으리까? 예전의 사도세자를 생각해 보시오. 별감에서 시작하여 차차로 물들어 그리되고 말았는데, 세손이 소년이신데 저 상스러운 흥은을 아끼시어 바깥출입을 하시니 그런 일이 어디 있으리까? 이것을 바로잡지 않아 대조께서 이 사실을 아시면 모년의 화변이 또 날 것입니다. 소인에게 세손을 도와 바르게 이끌기를 부탁하셨는데 모르는 척할 수는 없지 않습니까? 하지만 소인이 여쭈었다 하면 말이 좋지 않고 한낱 자식이라도 외로울 때에는 해롭습니다. 오로지 나라를 위해 마지못해 말씀 드리는 것이니, 스스로 안 것처럼 하시고, 그 별감들을 귀양이나 보내면 좋겠사오니 일이 커지기 전에 조처하면 좋겠습니다. 세손의 외할아버지가 영의정이시니 임금께 말씀드릴 수 있을 것이요, 별감들을 다스리더라도 법에 의해 한 일이오이다."

그이는 마치 진심으로 나라와 세손을 위하는 모양으로 자세히 말하였다. 내 평생의 한이 당초부터 사람을 잘 돕지 못하고, 별감들 잡류에 물들어 옛일이 차차 그리되었는가 해서 세손이 착하게 되기만 바라고 바라는데, 그 사람의 말에 나는 꾸밈없는 곧은 마음으로 믿었다. 그 사람이 세손께 정이 있으므로 세손을 위하여 근심하고 탄식하는 줄로만 알았지, 어찌 이 일로 어미를 이간하고 외조부를 푸대접하려는 흉계를 꾸미는 줄 알았으리오.

"모년의 화변이 또 날 것입니다."

이 말이 차마 무섭고, 그 사람이 그렇게까지 말했는데 내가 조치를 취하지 않으면 그 사람이 자기 말을 세우려고 대조께 여쭈어 큰일을 일으키기는 어렵지 않은 일이다. 나는 놀랍고 흉은의 일이 분하였다.

"내가 세손에게 이 말을 하여 못 하게 하겠소."

내가 이렇게 말하니, 그 사람이 또 말하였다.

"일을 어찌 급하게 하시려고 합니까? 차차 하시되 요란치 않게 하도록 하십시오. 영의정께 그 별감들을 다스려 달라고 편지를 써 보내되, 자제들도 모르게 편지를 세손 빈궁에게 주어 김판서(김시묵)더러 갖다가 영상께 드리고 비밀로 하여 이놈들을 없애면 될 줄 압니다."

이런 말은 청원부원까지 걸려들게 하려는 계교이거늘, 까마득히 그 흉악한 마음을 모르고 나는 오직 세손이 외도하실까 하는 염려에 급급하였다. 그래서 김판서에게 주라는 말을 따르지 않고, 선친께 편지하여 내가 들은 이야기를 말하고 부탁을 드렸다.

"이 별감들을 귀양 보내 주소서."

그러나 선친은 거절하셨다.

"이들을 귀양 보내면 세간이 소란스러워질 터이니 못 하겠습니다."

자제들도 힘껏 말리면서 못 하게 하는 것을 내가 놀라 간장을 태우는 심정이라 역설하였다.

"모년 화변이 또 나면 어찌합니까?"

나는 이런 두려운 말과 세손을 위해 마음을 태우며 여러 번 기별하였으나 선친은 계속 듣지 않으셨다.

그러자 화완이 부추기며 몹시 흥분하였다.

"영상께서 나라를 위하신다 하며 왜 옳은 일을 안 하시는지 모르겠습니다. 영상이 그러하면 설사 세손이 외도를 하신들 누가 막겠습니까?"

화완이 기가 막힌 듯 근심스럽게 한탄하니, 내가 더욱 갑갑하여 사나흘 밥을 굶고 선친께 기별하였다. 그리고 울면서 보채었다.

"만일 이놈들을 다스리지 않으시고 세손이 정말로 외도를 하면 내가 살아서 무엇하겠습니까? 차라리 굶어 죽겠습니다."

선친께서 여러 번 머뭇거리고 망설이시다 마지못하여 받아들이셨다.

"세손을 위하는 마음으로 사생화복을 몸 밖에 두겠사옵니다."

그리고 청원부원과도 의논하셨다. 그때 형조참판 조영순이 처음에는 반대하다가 나중에 선친의 말씀을 듣고 따랐다.

"제왕가는 다르니 장래의 일이 크려니와 대감께서 나라를 생각하여 진심으로 애쓰는 정성으로 사생화복을 내어놓고자 하시니 그 마음이 고맙습니다."

그리고 조영순은 별감들을 잡아서 한마디도 묻지 않고 멀리 귀양만 보내었다. 그 뒤에 선친께서 세손에게 글을 올려 말씀드렸다.

"홍은은 점잖지 않은 아이인데 어찌 가까이 하시나이까? 홍
은이 외도를 하기에 별감들의 죄를 다스렸나이다."

세손은 철없는 마음에 창피하여 어미와 외조부의 당신을 위
한 진심에서 우러난 정성은 알지 못하시고 노여워만 하셨다.

화완옹주가 비길 바 없이 흉악한 것은 이것이다. 제가 그 말
을 꺼내어 세손의 행실을 허물 없게 하고자 하였으면, 내 이러
저러하니 자기도 응당 이렇게 말씀을 드려야 옳다.

"어미의 마음으로 그러하시기는 당연하고, 외조부께서 나라
를 위한 마음에 세손의 덕망이 어그러질까봐 그러하신 것이니
옳은 일입니다. 그러니 조금도 마음에 담아 두지 마시고 그 말
씀을 들으소서."

그러나 화완은 나에게는 그리하라고 탄식하고 세손께는 도
리어 나쁘게 충동질하였다.

"그 일을 그렇게까지 할 필요가 있었을까요? 그리 소란케 하
여 이 일을 세상에 모르는 사람이 없게 만들었으니 세손께서
어떤 사람이 되겠소. 외조부라고 하면서도 덮어 주진 않고 허물
을 드러내려 하니, 그런 인정이 어디 있으리오."

화완은 무수히 세손의 화를 돋우며 이간질을 하였다. 그때 세
손은 이미 화완에게 쥐어 있던 때라 그 말을 다 곧이 곧대로 들
었으며, 날마다 선친의 흉을 보고 후겸도 들어와 선친을 흉 보

는 말을 듣고 세손의 덕을 해롭게 하여 안팎으로 돋우었다. 그러니 세손의 어린 마음에 외조부를 귀하게 생각하시던 마음이 순식간에 변하였다. 어미에게야 어떡하실 것은 아니겠지만, 가깝던 마음이 어찌 전과 같으리오.

그때 세손의 노여움과 거북스러운 마음이 끝없으시니 나는 도리어 기가 막혔다. 이 어미나 내 선친께서는 모두 그 일이 세손에게 흉이 될까 걱정하는 마음에서 행하였는데, 뒷날을 염려할 만한 여유가 어찌 있었을 것인가. 세손께서도 그렇게 노여워하시지만 나와 외조부를 대하시는 일이 여전하였다. 그러므로 우리 부녀야 잘한 줄만 알았지 뒷날에 대한 걱정은 털끝만치도 아니하였다.

그 후 을미년 사이에 홍국영이가 말하였다.

"기축년에 별감들을 귀양 보낸 사건으로 무척 미안하게 되었습니다."

나는 그때서야 비로소 잘못을 깨닫고 세손이 왕위에 오르신 후에야 그 말씀의 처음과 끝을 모두 말하였다.

"화완옹주의 '모년 화변이 다시 날 것'이란 말도 무섭고, 예사 사람도 어미로서 아들이 착하게 되기를 바라는 마음이 다 있는 법이니 생각해 보시오. 내가 모년 화변을 겪은 뒤 아들에게 의지하였으니, 국가의 중요한 부탁 이외에 내 사사로운 정을 겸하여 상감(정조)이 잘 되시도록 하는 마음이 어떠하겠나이까? 그

이의 말을 듣고 두렵고 가슴에 근심이 가득했습니다. '만일 내 말대로 하지 않으면 대조께서 아시고 또 모년 화변이 나리라' 하니, 그 사람의 변덕이 시도 때도 없어 결국엔 대조께서 아시는 것도 시간 문제였으니, 만약 우려하던 일이 일어나면 상감이 어느 지경에 이르겠나이까? 그것이 답답하여 선친이나 동생들이 다 그리 못 하겠다는 것을 내가 차라리 굶어 죽겠다고까지 하여 아무쪼록 처치하시게 하였던 것입니다. 나야 솔직하고 곧은 어미 마음으로 한 일이지만, 화완이 흉계로써 나에게는 다스리라고 권하고 당신께는 흉을 드러낸다고 충동하여 어미와 외가를 이간하려는 것을 어찌 생각이나 하였겠나이까? 이 일로 인하여 귀주와 후겸의 무리가 밖에 소문을 퍼뜨리기를, '홍씨가 세손께 죄를 지었으니, 홍씨를 아무리 쳐도 세손께서 외가를 위하지 않으실 것이다. 세손께서 버리신 홍가이니 홍가 치기가 아주 쉽다'고 하였습니다. 그제야 소위 십학사인지 무엇인지 하는 것들이 귀주와 후겸의 새 세력을 따르고 밖으로 '임금의 친척을 치면 선비가 된다' 하여, 내 집안을 뒤집어 놓기 시작하여 점점 화가 미쳐 이 지경이 되었습니다. 그렇지만 사실은 내 손으로 내 선친께 화를 끼쳤으니, 지금 생각하여도 나나 아버지가 당신을 위한 진심으로 한 일이니 부끄럽지는 않으나, 불효한 죄를 만 번 죽어도 씻지 못할 것이외다."

그러자 선왕(先王, 정조대왕)께서 웃으시며 말씀하셨다.

"그때 일이야 제가 어렸을 적의 일이니 지금 말하여 무엇 하리까? 그때 일은 저도 뉘우치고 있나이다."

그리고 그 후라도 이 말이 나오면 얼굴이 붉어지시며 부끄러워하시는 안색으로 피해 버리셨다.

"이미 잊은 지 오래입니다."

그리고 경신년에 원자로 책봉할 때, 선왕께서 조영순을 다시 복직시키고 기쁨이 얼굴에 가득하여 나에게 말씀하셨다.

"조영순의 일이 항상 목에 가시 걸린 것 같이 마음에 걸리었는데, 오늘 이렇게 풀게 되니 무척 시원하나이다."

"아주 다행스러운 일입니다. 우리 집에서 시킨 일이 죄명이 매우 무거워 그 집에서 나를 오죽 원망하였겠소이까. 항상 마음에 불안하기가 헤아릴 수 없더니, 복직시켜 주시니 진심으로 다행입니다."

내가 이렇게 말씀드리자 선왕께서 다시 말씀하셨다.

"처음부터 조영순은 죄가 없나이다. 그때 화완이 말한 '모년 화변이 다시 날 것'이라는 위협 어린 풍설이 세상에 떠돌아다니다가 조영순에게 억울하게 닿아 죄가 되었으니 실로 매우 원통한 일입니다. 그때 외조부께서 사옹원(司饔院)에 앉으시어 여러 대신들이 듣는 데서 '모년 화변이 다시 나겠다' 하더라고 누가 나에게 전하기에, 듣고 사실인가 여러 곳으로 알아보았습니다. 그런데 그때의 재상들 중에는 들었다는 사람이 없고 또 말이 변하여 사옹원에서 하신 말씀이 아니라 정관환이 전하여 듣고 퍼진 말이 여러 곳으로 새어 나갔다 하더이다. 분명 화완의 그 말로 인하여 중간에 뜬소문이요, 외조부께서 안 하신 것을 잘 알았으니 외조부도 억울하시거늘 하물며 조영순이 가당하오리까? 이제는 기축년의 일을 결말 낸 것이니 조영순을 위한 것이 아니라 외조부께서 죄 없음을 변명하여 드리는 일과 같습니다."

그리하여 내가 선친을 위하여 감사의 말을 여러 마디 하였다. 이것으로 보면 선왕께서 기축년의 일을 깊이 뉘우치시고, '모년의 화변이 다시 나겠다'는 말에 선친께서 억울하신 줄 능히 알 수 있다. 다만 화완이 애초에 간사한 꾀를 꾸미어 모자 사이와 외가의 정을 이간시키려던 일이 어찌 흉악하지 않으리오. 따라서 그 후로 인심과 세도가 바뀌어 후겸은 안에서 귀주는 밖에서 일을 꾸미며, 경인년에 비로소 한유가 선친을 역적으로 모는 불길한 상소를 올렸다. 이어 선친을 모함하는 신묘(辛卯), 임진사(壬辰事)까지 났으니, 내 집안이 잘못된 원인은 기축년의 사건에 있었던 것이다.

임진년 7월에 귀주의 상소가 있은 후, 선왕도 그때는 진심으로 외가를 구하려 하시고, 화완의 마음이 어떻고, 후겸의 의논이 어떻든 내 집을 죽이진 못하리라 하였다. 그래서 선친을 구하고 귀주에게 엄격한 훈계를 여러 번 내리셨다. 병술년 이후에는 중궁전과 무관하던 사이도 변하고, 후겸이 귀주와 함께 선친을 해하려던 것이 변하여 내 집을 붙들고 귀주를 치는 셈이 되었다. 화완이 전에 있던 처소가 중궁전과 가까운 것을 꺼리어 영선당으로 옮기니, 세손께서 나이도 많아지시어 학문도 매우 부지런히 닦으셨다. 따라서 화완에게서 한순간도 떠나지 못하시던 것이 조금 덜한 듯하였다.

이 일로 보아도 화완이 남편을 일찍 여의지 않고 자식이 있어 가정의 재미를 알았던들, 이토록 궁 안을 흐리고 어지럽히는 짓을 못 하였을 듯하니 애달프고 애달프도다.

화완은 후겸에 대해 글도 알고 행실이 곧아 기특하게 말하고, 세손께는 제 아들만 못한 양으로 말하니, 어찌 감히 그리도 무엄하리오. 세손이 화완에게서 차차 떨어져 따로 계실 때에도 행여 궁녀들에게 눈길을 주실까, 내시라도 사랑하시고 마땅히 부리실까 하여 살펴보는 화완의 눈이 번개 같으니 세손께서는 잠시 쉬실 때에도 마음 편히 지내시지 못하였다. 그리고 세손과 세손빈 사이를 이간질하기는 경인년부터 심하여 두 분이 같이 계신 적도 없다.

대수롭지 않은 일에 군이 흉을 잡고 그 흉을 들춰 보이며, 그 사이에 세손빈을 해하던 일과 괴롭히던 소행은 천백 가지이니, 어찌 다 기록하리오.

세손은 본래 성품이 담담하시어 부부간의 정분이 친밀치 못하시었다. 그런데다 화완이 손에 화와 복을 쥐고 앉아 한사코 세손과 세손빈 사이를 멀리하니, 세손께서 설사 화목하려는 뜻이 계신들 어찌 감히 하실 수 있으리오. 이리하여 아들 낳을 가망이 없으니 선친께서 세손 부부 사이가 가까워져 어서 아들을 낳으시기를 밤낮으로 비셨다. 그리고 세손을 만나 뵈올때면 그리 마시라고 간절히 말씀하시고 자제들도 따라서 탄식함과 근심이 헤아릴 수 없었다.

그러나 화완은 두 분 사이를 그렇게 갈라놓고 행여나 세손이 아들을 낳으실까 겁을 내어 귀주네가 말을 지어서 퍼뜨리기까지 하였다.

"세손께서 아들을 못 낳으시는 병환이 있는 게 틀림없다."

그리 말하며 더욱 민심을 소란케 했으니, 그 심술은 지금 생각하여도 흉악하기 그지없다. 그 사람의 타고난 버릇은 무슨 일이라도 없으면 못 견디는 성미이기에 내 집안을 그렇게 저주하였다.

세손께서는 그 장인에게 정들어 귀하게 여기시며 김기대(청원부원군 김시묵의 아들)는 글도 알고 세자시강원 출입을 하여 사랑하셨다. 그러하니 귀주는 세손의 처가를 마저 없애려고 귀주가 없는 죄를 있는 것처럼 만들고 위에 고해바친 일이 무수하였다. 빈궁도 홍정당에 계시지 못하게 세손을 꾀던 차에, 뜻밖에도 임진년 7월에 청원부원군이 돌아가시게 되었다.

세손이 주무시다가 그 소식을 들으시고 깜짝 놀라 빈궁이 있는 곳에 오셨는데, 얼굴빛이 슬프고 참혹하여 곧바로 눈물이 떨어질 듯 불쌍해 하셨다.

내가 그 모습을 보고 세손이 놀라신 것을 위로하며 걱정하니, 화완 마음에 세손께서 죽은 장인을 동정하여 빈궁에게 후하게 대하실까 염려가 되었는지 갑자기 이런 말을 하였다.

"세손께서 청원부원군이 돌아가신 일을 그토록 중요하게 여기시어 저토록 가슴 아파하시니 마치 그 사람의 탈을 쓰고 온 것이나 마찬가지 아닙니까?"

나는 그때 그 사람을 미워하지 않으려 마음 먹었으나 그 말이 하도 끔찍하고, 흉하고 불길하여 소름이 돋아 말하였다.

"그게 어인 말이오! 오늘 취하셨소? 말을 살펴서 해야지, 지금 죽은 사람과 이 귀한 몸을 비겨 말을 하시는가?"

그러자 화완은 자기도 흉한 말을 한 줄 알아 무안해 하고 세손도 어이없어 하시는 표정이자, 곧 속죄하듯 말하였다.

"잘못하였소."

화완은 그렇게 말한 죄로 그 아들도 자지 못하고 며느리와 손녀도 모두 종을 삼고 자기를 외딴 섬에 귀양 보내더라도 이 죄는 씻지 못하겠다고 사죄하였다.

그런데 아닌 밤중에 그 무서운 소리를 하더니 나중에 그 말과 같이 되었으니, 귀신이 시킨 것처럼 참으로 이상하였다.

화완이 비록 인물이 괴이하여 무슨 일을 저지를 줄 모르긴 하나, 실은 한 여편네에 불과해 궁 안에서 옳고 그른 것을 판단하지 않는 짓이나 하지, 후겸이가 아니면 조정에 간섭하여 권세를 쓸 생각을 어찌 했으리오.

후겸이가 지독하게도 독한 인간임을 알게 된 것은 경진년에 소조께서 후겸을 잡아다 가두어 화완옹주를 위협하신 일 때문이었다.

"온양 행차를 만일 못 이루어 내면 네 아들을 죽이겠다."

그때 후겸의 나이 열둘이었다. 소조께서 그리 위협을 하시니 어린 것이 오죽 겁이 났겠는가?

하지만 조금도 두려워하지 않고 당돌히 굴던 일을 생각하니, 유별나게 독하지 않고서야 어찌 그리 할 수 있었겠는가. 요놈이 조숙하고 바보가 아니어서 착한 일을 않고 교만하고 방자한 습성만 일찍 익혀 선친을 제거하고 제가 권세를 휘두르려고 제 어미를 이용하였다. 그리고 승부욕과 시기가 많고 사람 해치기를 좋아하였다.

또 어미인 화완이 아들의 말이라 하면 껌뻑 믿어 모두 그대로 행하여 어지러운 사건이 무수히 많았으니, 그 어미와 그 아들이 때를 알고 서로 만나 나라를 잘못되게 만든 일은 하늘을 한탄할 뿐이로다.

후겸이가 밖에서 권력과 세력을 부릴 때, 조정의 모든 벼슬아치들을 노예같이 보고 세상을 휩쓸던 일이야 내가 궁중에 깊이 있으니 어찌 다 알겠는가. 하지만 겉으로 드러난 큰일만 일컬어도 충분히 알 수 있다.

경인년과 신묘년 사이(1770~1771)에 귀주와 한통속이 되어 해치려 하던 일이 죽일 놈이요, 또 임진년(영조 48년, 1772)에 통청 일로 김치인을 사지로 몰던 일이 무척이나 망측하였다. 영조대왕께서 탕평하신 후로는 무슨 통청하는 벼슬의 후보로 추천하면 반드시 노론, 소론을 섞어 넣지 노론이나 소론 한 가지로만은 못 하였다.

그런데 그때 어찌하여 영의정 정존겸이 이조판서로 대사성(大司成)을 통청하는데, 김종수를 첫째 후보자로 넣고 아래로는 두 후보자가 모두 소론인데도 영조께서 미처 살피지 못하셨다.

그때 후겸이 김치인, 김종수가 선친을 해치는 데는 뜻을 같이했지만, 항상 제 명령을 듣지 않았던지 아니면 그 통청하던 것을 제가 몰랐던지 그것을 매우 불쾌해 하였다. 그리고 저도 소론이요 제 처가도 소론이니, 여러 소론이 후겸을 꾀어 내는 것이 극히 놀라웠다. 이는 김치인이 제 권세를 사용하는 것이라 하였으므로 후겸이가 제 어미에게 일러 영조대왕께 고해바쳤다. 영조께서는 남이나 다른 당파를 논한다면 깜짝 놀라시는데, 김치인이 탕평하던 김재로의 아들 휴와 조카 종수를 데리고 당파를 논하는 줄 아시고 크게 노여워하셨다. 그래서 김치인과 조카 종수를 모두 섬으로 귀양 보내셨으니, 그런 일이 어디 있으리오.

후겸의 모략은 다음과 같은데, 종수는 본래 내 집과 좋지 않은 사이이니 내 집을 돌려놓고 선친이든 두 삼촌이든 둘째 동생 낙임까지 후겸을 꾀어 해낸 일이라 하였다. 게다가 낙임은 더욱 의심을 받아 천하의 원수로 아니, 세상에 이런 맹랑한 일이 또 어디 있으리오. 내 집안사람이 그렇게 분별없이 생각하고 행동하지도 않으며, 김치인네를 미워하면 다른 일로 죄가 되도록 함정을 빠뜨릴 수는 있어도 내 집도 노론인데 노론 사람을 통칭한다고 죄를 뒤집어씌울 이유가 어디 있으리오.

그때 임금께서 깨끗하고 뛰어난 사람 노릇하였다 하여 죄를 주시려 하니, 세상에 그런 법이 어디 있으리오. 이 일로 내 집에서 후겸을 가르친다는 말은 삼척동자라도 옳게 듣지 않을 것이니, 도리어 가소롭도다.

처음에는 후겸이 탓에 내 집안사람들이 죽을 뻔도 하였으나 나중에는 또한 후겸 모자의 힘으로 보전하였으니, 영조께서 임금으로 계시는 동안에는 그들과의 관계를 끊어버릴 길이 통 없었다. 그렇게 어찌어찌 서로 이어져 가다가 마침내는 후겸과 함께 죄를 입게 되었다. 지금 생각하면 신묘년에 선친께서 화를 입으셔도 후겸을 사귀지 말았더라면 어땠을까 싶다. 그러나 사람이 되어 눈앞에서 부모의 비참한 모습을 보고 어찌 차마 구하지 않으리오. 그저 화완 모자가 전생의 원수이니 한탄할 뿐이로다.

작은아버지(홍인한)가 선친의 아우이기에 마치 공명처럼 뛰어난 사람을 얻은 것 같이 사람들은 말하지만, 실은 그렇지가 않다. 과거에 급제하고 얼마 안 있어서 영조께서 작은아버지를 일컬어 이렇게 말씀하셨다.

"크게 쓸 인물이다."

"형보다 낫구나."

이후에도 이런 말씀을 하시니 본래 당신의 덕이 높으셨다.

경인년 후에 선친은 처지가 안 좋으셨으나, 작은아버지께서는 임금께서 돌보아 사랑하심이 멈추지 않으시고 선왕도 가까이 두고 좋아하셨다. 집안 처지가 좋지 아니 한때에도 작은아버지께서는 평안감사도 하시고 정승도 하셨으니 영조대왕의 돌봄과 사랑하심으로 그러하셨다. 그러나 벼슬을 오래 계속 한 것이 과연 문제가 되었다. 말하기 좋아하는 사람들이 이런 이야기를 하기 시작한 것이다.

"형님(홍봉한) 처지는 딱하게 되었는데 벼슬자리에 어찌 올라 있으며, 후겸이가 권세를 부릴 때에 어찌 부귀를 탐하는가?"

벌을 내리면 당신도 달게 받을 것이오, 나라도 일생 동안 분개할 일이다.

심지어 을미년에 왕세손의 대리청정을 저지하였다는 일로

벌을 주라는 상소로 인해 역적으로 이름을 받아 화를 입은 것은 매우 원통하니, 세상에 이런 일이 또 어디 있으리오.

을미년에 작은아버지가 정승으로 계실 때, 영조대왕께서는 점점 늙으시고 후겸이는 그때 권세도 없는 것이 무척 안하무인으로 행동하여 난감한 일이 많았다. 또 세손이 국영이를 아끼는 마음이 커서 분별없는 일이 잦았으며, 작은 아버지께서 홍국영의 큰아버지 홍낙순과 본디 좋지 않은 사이였다. 게다가 국영이하는 행동이 경솔하고 천박하므로 그때에는 오히려 동궁께 숨은 총애가 있는 것을 자세히 알지 못하였다. 다만 일가의 어린아이로만 보고 한번은 국영을 보고 두어 번 꾸짖고 훈계하였다.

"영안위 자손에 저런 못된 놈이 날 줄을 어찌 알았으랴. 저 놈이 집안을 망칠 것이다."

국영이는 제 털끝만 건드려도 참지 못하는 성품이었으므로 선친께 와서 청하였다.

"작은아버지께 기별하거나 이조판서에게 부탁하여 제 아버지 홍낙춘에게 벼슬 한 자리 주십시오."

선친께서 처음에는 모르는 척하시다가 국영이가 몇 차례 와서 하도 보채기에 마지못하여 작은아버지께 서신을 보내셨다. 국영이가 앉아서 회답을 기다리다 오랫동안 회답이 오지 않기에 차후에 다시 오겠다며 나가다가 대문에서 보냈던 회답 서신을 받았다. 그것을 제가 먼저 뜯어보니 작은아버지의 회답은 이러했다.

"이런 미친 아이를 믿고 어찌 벼슬시키라고 기별하십니까?
못 하겠습니다."

국영이가 그것을 보고 얼굴이 창백하니 충격을 먹고 돌아갔
었다. 그러더니 결국 그런 독을 품고 참화를 만들어 냈던 것이
다. 국영이는 제 털끝만 건드려도 상대를 죽이고 마는 성품이
니, 그가 품은 독기가 얼마나 컸으리오. 작은아버지의 죄명은
왕세손의 대리정치를 막은 것이다. 이 외에도 국영이를 제거하
려는 것은 곧 왕세손의 오른 날개를 잘라 내려 한다는 큰 죄명
을 세웠다. 허나 그것이 사실이 아니라는 한 가지 명확한 증거
가 있다.

작은아버지께서 세상의 이치를 알고 민첩하기가 보통이 아
니었으나, 처음에는 국영의 형세가 그토록 강한 줄 모르고 꾸짖
으셨다. 그러다가 나중에는 차차 알고 그놈의 독을 만날까 조심
하기 시작하셨다. 그러던 중 을미년 10월에 영조대왕께서 국영
이를 제주 감진어사(監賑御史)로 보내려 하셨다. 이때 동궁께서
보내지 말아 달라고 하셨으므로, 작은아버지께서 영조께 아뢰
셨다.

"홍국영은 세자의 시강원 일을 오래 맡았으니 다른 문관을
보내소서."

그래서 제주 감진어사로 유강을 보내고 국영이를 안 가게 하

였으니, 사실은 세자시강원에서 잘라 없애 버릴 마음이 있었다면 그 좋은 기회에 국영이를 우겨서라도 제주로 보내야 했거늘 그렇게 하지 않으셨다.

그때 영조대왕의 연세가 높으시고 기침과 가래가 끓는 병이 자주 나셔서 모든 일을 처리하지 못할 때가 많으셨다. 그래서 국가의 원로대신이면 바로 대리정치를 청하는 것이 당연한 일이었다. 나라의 형편은 하루가 바쁘기 때문에 그 누가 그런 마음이 없었겠는가.

하지만 기사년 대리정치로 인해 모든 것이 다 탈이 났으므로, 내 마음은 대리정치를 원수같이 알아서 '대리' 두 글자만 들어도 심장이 떨렸다. 또 대왕의 병환은 차도가 없지만 동궁이 어른 왕세자로 계시기에 국가의 기본이 튼튼하였다. 그러니 대리하고 안 하고에 따라 나라의 형편이 크게 달라지지는 않을 듯했다. 영조께서 대리하겠다고 말씀을 하신 후, 안에서 화완옹주는 말하였다.

"나라의 큰일이니 나는 모르오."

작은아버지께서는 그때 화완이 영조께 따로 조용히 말씀을 못 드린지가 오래된 줄 모르고 계셨다. 그래서 혹 화완이 또 무슨 꾀를 내어 영조를 부추겨 대리로 함정을 파 놓고, 만일 작은아버지께서 갑자기 그 명을 받드시거든 야단을 내려고 벼르는 줄로만 알았다. 그래서 영조께서 대리를 두자 하는 말씀을 모두

시험하는 말씀으로 알고 두렵고 의심스러운 마음에 그 자리에서 황급히 그저 적당히 꾸며 말하였다.

"그런 분부를 어이 내리시옵니까? 신하가 되어 어찌 감히 그 명을 받겠나이까?"

작은아버지께서는 인사상 하는 말을 하고 그럭저럭 지내셨다.

그러나 영조께서 정신이 점점 갈피를 잡을 수 없게 되자 헛소리를 많이 하시게 되었다. 영조께서는 그때 정시령도 내리시고 일없이 진하령도 내리시며 숙종대왕 때의 재상 김진귀를 약방 제조로 임명하라는 명령까지 내리셨다. 그러다가 정신을 차리시면 뉘우치시는 적이 많았다.

"어찌 그 영을 반포할까 보냐."

작은아버지께서 비록 학식은 부족하나 그런 일에 대한 눈치는 남보다 빨랐다. 영조께서 대리정치를 짐짓 하시고자 하는 줄 알았다면, 어찌 그 자리에서 명을 받들어 자신의 공으로 삼지 않았겠는가. 그러나 일찍이 영조대왕의 뜻이 아니시거나 헛소리하신 줄로만 생각하고, 그것이 또한 화완옹주가 함정을 파 놓은 줄로만 알고 두려워하여 피하려고만 하시다가 결국 일을 방해하는 죄를 저지르고 말았다.

늙은 대신의 품격과 절개로 책망하여 병이 깊고 나라 형편이 위급함에도 대리를 청하지 않는다고 죄를 주면 정정당당한 의논이다. 그렇기 때문에 당신이 비록 참화를 당하더라도 원통하지는 않을 것이다. 하지만 동궁의 영특함을 꺼려 권세를 누리려고 대리를 막았다 하여 역적이라 하니, 이런 말도 안 되는 일이 또 어디 있으리오.

을미년(乙未年, 영조 51년, 1775) 11월 20일에 드디어 사달이 났다. 작은아버지가 영조를 뵈었을 때 실언을 한 것이다. 그때 영조께서 말씀하셨다.

"세손이 나라 일을 아는가? 이조판서와 병조판서 그리고 그들이 관여하는 업무를 아는가? 노소론을 아는가? 민망하지 않은가?"

이 물음에 작은아버지께서 대답하셨다.

"노소론이야 세손이 아시어 무엇 하시리까?"

이 말이 이른바 삼불필지(三不必知)라 불리는 것이다. 그때 죄가 된 것은 이조판서, 병조판서의 일도 동궁께서 알 필요가 없고, 노소론도 동궁이 알 필요가 없으며, 나랏일은 더욱더 동궁이 알 필요가 없다 하여 삼불필지라 하였다. 그러나 실은 영조께서 한 가지씩 물으시고 거기에 대한 대답을 기다려 또 한 가지 말씀을 하셔야 했다.

그런데 영조의 마음에 세손을 어리게 여기시어 '나랏일이든 이병판이든 노소론이든 아무것도 모르니 민망하다'는 말씀이셨다.

그리고 작은아버지께서 아뢴 뜻은, 영조의 마지막 말씀이 노소론이기에 '노소론이야 알아 무엇 하오리까?'라는 뜻으로 한 말이다. 비롯 영조께서 세손을 각별히 아끼시지만, 여러 신하가 지나치게 이르는 말들을 모두 들으시고 '당신이 늙으셨으니 젊은 동궁에게 들러붙으려고 하는가?' 하고 의심하실까 염려하여 세손께서 늘 당부하셨다.

"대조께서 들으시는 곳에서 나를 지나치게 칭찬하지 마라."

그리하여 세손과 약속하신 일이요, 또 영조께서 편론을 매우 싫어하시어 '노소론' 자를 일컫는 일이 없었다. 그래서 연회 자리에서 신하들은 아예 노소론이라는 말을 입에 올리지도 못하는 법이었다. 그래서 작은아버지는 이렇게 생각하신 것이다.

"동궁이 노소론을 어찌 모르시겠습니까?"

만일 이렇게 아뢰면, 영조께서 윗말처럼 작은아버지를 시험하시다가 노하실 거라 여겼다.

"내가 그렇게 금하였는데, 세손이 어찌 안단 말이냐?"

영조께서 이렇게 말씀하실까 두려워 작은아버지가 임시방편으로 적당히 한 말씀이 이것이었다.

"알아서 무엇 하오리까?"

그 일의 형세를 상상하건대, 영조께서 동궁이 이병판을 아느냐고 물으시니 한참 있다가 작은아버지께서 대답하셨을 것이다.

"동궁이 이병판을 알아 무엇 하오리까?"

그러자 영조께서 또 물으시길,

"노소론을 아는가?"

하시고 한참 있다가 작은아버지께서 답하셨을 것이다.

"알아서 무엇 하오리까?"

"나랏일을 아는가?"

하지만 영조께서 이렇게 물으시고 또 대답을 들으시기 전에도 그러할 리가 없고 어투도 그렇게 될 법이 없다. 그러니 원래 임금과 신하의 문답은 이런 것이다. 곧 영조께서는 이 일도 모르고 저 일도 모르니 민망하다는 한마디 말씀이시고, 작은아버지의 대답은 영조의 마지막 말씀이 노소론 말씀이기에 '알아서 무엇 하오리까?' 하였던 것이다.

작은아버지의 마음에는 동궁이 매사에 모르시는 것 없이 다 아신다고 아뢰면 영조께서도 기꺼이 여기실지 전혀 모르고, 전에 지나치게 칭찬하지 말라 하시던 동궁과의 약속도 어기게 된다. 또한 노소론 일은 더욱 금해야 될 것 같아 당신으로서는 나름 조리 있게 아뢴다고 한 말씀이셨던 것이다.

그러나 애매한 어법으로 물으신 세 마디에 대한 대답을 한마디로 전부 한 것같이 되었다. 이것이 망발이라면 그것은 죄이겠지만, 그것으로 역적이 된다는 것은 천 번 만 번 생각해도 너무나도 억울한 일이다. 그런 식으로 하지도 않은 일로 화를 입으셨으니 지하에 계신들 어찌 눈을 감으며 어찌 마음으로라도 인정할 수 있겠는가.

그때 궁중의 돌아가는 모양과 세손의 뜻을 미리 기별하여 알아두게 하였다면, 작은아버지께서도 영조께 그런 실언을 하지 않았을 것이다. 그러니 나의 융통성 없는 마음은 어쩌자고 이렇게 했단 말인가.

나는 집안에 기별하기가 겸연쩍고 번거로운 듯하여 미리 기별하지 않았다. 또 외가 사람으로서 대리하라는 명을 받으면 무슨 시비가 일거나 화완이 이간질하고 영조께서 매우 노하시거나 할까봐 일을 피하자는 생각에 더욱 주저하고 집안에 의논도 하지 않았다. 지금 와서 생각하면 모두 내 탓이요, 내 죄인 듯하여 후회되고 한스럽지 않은 부분이 없다.

우리 집안사람이 벼슬도 많이 하고 부귀를 누리는 것은 온전히 동궁의 외가이기 때문이다. 동궁을 믿고 하는 행동이 조정을 흐리고 어지럽힌다 하면 그것은 분명히 죄가 될 것이다. 하지만 제 권세를 쓰고 부귀를 누리려는 마음이 있다면, 그 믿는 동궁이 대리정치를 하시거나 등극하시거나 하면 아무리 무식한 친척이라도 좋아하면 좋아했지, 동궁이 나서기를 꺼리어 대리를 못하게 하지는 않을 것이다.

도대체 누구를 의지하여 부귀를 누리겠다는 말인가? 게다가 영조대왕의 병환은 점점 깊어져 언제 세상을 떠나실지 모를 때인데, 눈앞에 보이는 권세를 지키려고 길게 바라볼 동궁께 죄를 지으려는 사람이 어디 있으리오. 동궁이 외가에 미안한 마음 가진 것을 겉으로 나타낸 일이 없어 나부터 몰랐으니, 작은아버지께서야 분명히 동궁으로 계신 동안에는 임금의 친척으로 대권을 더 잡을 줄로 마음을 졸이고 바란 것이다. 그러니 동궁께 불리하다는 말이 어찌 매정하지 않으리오.

그때 영조께서 말씀하셨다.

"내가 눈이 어두워 벼슬아치를 직접 뽑지 못하고 측근들을 시켜 표를 붙이게 하며 다른 일도 다 내관의 손에 맡겼다. 그리고 경종대왕께서 '세제(世弟)[73]가 좋으냐, 신하들이 좋으냐' 하신 말씀같이 나도 세손에게 맡기고자 하노라."

"신하들은 근심할 것이 없나이다."

영상 한익모도 겁이 나고 두려워 대답한 것인데, 그때도 이 말이 망발이라 하여 역시 여러 상소가 올라왔다.

한익모도 나라의 앞날을 논하는 중대한 일이라 눈앞에서 갑자기 영조의 뜻을 파악하지 못하여 적당한 대답으로 어물쩍 넘기려는 뜻으로 한 말이지, 그 사람이 어찌 다른 뜻을 품고 있었겠는가. 하지만 망발이라고 얘기하면 작은아버지의 대답과 다를 것이 없고, 대리정치를 다루지 아니한 것을 죄 삼으면 영상과 좌상이 다 같다. 그런데 이제 와서 한익모는 아무런 흠이 없

는 사람이 되고 작은아버지는 홀로 극형에 처하게 되시었으니, 나라의 형법이 어찌 이다지도 차별이 심하고 고르지 못하게 되었는가.

이러한 이유로 선왕(정조)이 미워하시어 벼르셨던 것이다. 작은아버지를 여산으로 귀양 보낼 때 명령하시어, 여러 가지 죄목으로 여지없이 비난하여 다시는 세상사람 노릇을 못하게 하셨다. 하지만 끝에는 이렇게 말씀하셨다.

"역적의 뜻이나 다른 뜻이 있다는 말은 너무 지나치니, 결단코 이는 정에 끌려서 한 말이 아니다."

선왕도 본래 외가에 불만이 계셨기 때문에 한 번쯤 문제 삼으려 하셨지만, 나를 궁에 앉히고 외가를 망하게 하실 뜻이야 있었겠는가. 또 국영이는 피에 사무친 원수가 아니다.

제 권세나 쓰면서 세상을 가져 보려고 나라의 외가에 붙어 위엄을 보일 뿐이지, 저도 알듯이 작은아버지께서 죽을 죄가 없으니 죽일 생각을 차마 할 수나 있겠는가.

작은아버지를 귀양 보내어 처분하신 후에는 아주 끝난 일로 알았다. 그런데 1776년 병신년 5월에 김종수가 들어온 후 국영을 꾀어 홍씨 가문을 역적으로 만들어 놓으려고 몰래 꾸며 낸 공과 충성이 더욱 끔찍하였다.

작은아버지께서 귀양 간 지 얼마 안 되어 죄를 다시 지은 것도 없는데, 죄가 죄를 더하여 마침내 큰 화를 받았으니, 처음 귀양 보내실 적에 내린 명령을 어찌 지키지 않으리오. 그리하여 선왕께서는 임자년 5월 연회석 자리에서 말씀하셨다.

"불필지란 말은 막수유(莫須有)란 말과 같아서 충분히 죄 될 것이 없다."

이 이야기는 승정원일기에도 있을 것이요, 공식적인 연설이라 모두 듣고 보았을 것이다. '막수유'라는 말은 무고한 누명을 쓰고 투옥된 뒤 살해당한 악비(岳飛)를 말하는 것으로, 세상에 다시없는 억울한 옥살이를 한 사람에 대한 이야기이다. 한글 책까지 있어 무지한 아낙네들도 알고 원통해하는 바이다. 선왕의 학식으로 이 문자의 출처를 모르시지는 않을 텐데, 이 말을 들어 비교하여 쓰신 것은 그 일로 그리 되기는 원통하다는 말씀이다. 내 집안사람이 아니더라도 세상에서 이 연설을 본 사람들이라면 임금의 뜻이 어디에 있는지 모두 헤아릴 수 있을 것이다. 선왕께서 그때 막수유 말씀을 하시고 해명까지 하셨다.

"병신년의 삼불필지는 죄 될 것이 없고, 사실은 임오화변의 일로 이리하였다."

그리고 나에게 오셔서 말씀하셨다.

"삼불필지를 벗길 길이 없어 민망하더니, 이젠 모년 일로 돌려보냈으니 벗기 쉽게 돼서 다행이나이다."

선왕의 그 말씀을 듣고 내가 깜짝 놀라 말하였다.

"병신년 일도 매우 원통한데 모년 일은 아예 당치도 않은 바,

그것이 웬 말입니까?"

그러자 선왕이 말씀하셨다.

"모년의 죄를 일컬어 이러이러하다 하였으면 어렵겠지만, 모년의 죄라 하고 죄명이 이러하다고 거들지 않았으니, 후에 가면 무슨 죄인 줄 알 것입니다. 그리고 모년 죄는 갑자년(순조 4년, 1804)에 다 풀려고 합니다. 이번에 병신년 일은 풀린 셈이니, 모년으로 옮겨 보냈다가 갑자년을 기다릴 것입니다."

근래에는 더욱 깨달으셔서 항상 말씀하셨다.

"작은아버지는 화를 입은 대신입니다. 그때 아무 탈이 없었더라면 주석(主席) 원로대신이 되셨을 겁니다."

그리고 작은아버지가 당신께 정성을 다하여 했던 말씀과 당신께서 좋아하여 매사를 논의하던 말씀도 하셨다.

"아무리 하여도 다음은 있으리라. 세상의 도덕과 조국의 주인될 사람이요 영웅이니, 지금 대신이야 누가 당하리오."

당신께서는 작은아버지로부터 사람과 교제하는 일부터 온갖 모범과 심지어는 옷을 입는 법까지도 배웠다고 하셨다. 선왕께서 만일 작은아버지를 진정 악독한 역적으로 아신다면 어찌 귀하신 몸에 비겨 그런 말씀을 하시리오.

병신년 초, 작은아버지께서 화를 만나 내 원통하고 가혹함이 비할 데 없어, 그때 모진 목숨을 끊거나 별다른 조처를 왜 하지 않았겠는가? 하지만 어미의 마음에 세상에 하나뿐인 인정과 도리로 간신히 당신을 길러 임금이 되시는 것을 보려면 몸을 보전하여야 해로움과 누를 면할 것이라고 생각했다.

'지금은 즉위한 지 얼마 안 되시고 국영에 의해 총명이 가리어 지나친 거동을 하시나 결국은 곧 깨달으시리라.'

나는 이렇게 참으며 목숨을 버리지 못하고 평상시처럼 지내었다. 그러니 궁 안팎의 사람들이 나를 어리석고 나약하다고 꾸짖는 것을 어찌 달게 받지 않으리오. 그런데 과연 선왕의 깨달으심이 위에 쓰인 말과 같고 또 갑자년에 내 집안의 원한을 다 푸실 때 여러 번 말씀을 하셨다.

"작은할아버지의 일도 같이 풀어 주려 합니다."

나는 선왕의 그 말씀을 굳게 믿으며 갑자년이 오기만을 간절히 바라였다. 그런데 하늘이 갈수록 나를 밉게 여기시고 집안의 운수가 갈수록 안 좋게 막혀, 선왕이 갑자년이 되기 전에 일찍 돌아가시어 온갖 일을 바로 잡지 못하게 되었다.

아! 이렇듯 원통하고 가혹한 일이 어디 있으리오. 내 비록 여자로 태어났지만 그 누구보다 궁에 오래 지내면서 조정의 사사로운 기록을 많이 보았도다. 우리나라에 일어난 억울한 처벌이 결국은 누명을 벗어 부끄러움을 씻지 못한 것이 없었다. 그런데 내 작은아버지의 일은 그렇게 되지 못해 더더욱 원통하니, 주상(순조)께서 장성하시어 옳고 그름을 분간하실 때면 응당 이 늙은 할미의 한을 풀어주실 때가 있으리라 기다렸다.

그러나 내가 살아서 미처 못 볼 것 같으니, 내가 세상을 뜬 이후에라도 이 글을 주상이 보시면 반드시 감동하시어 작은아버지의 30년 쌓인 원한을 풀어주실까 하늘에 빌고 또 비노라.

명종(明宗) 조에 윤임[74]이 그의 사위 봉성군을 받들려 한다고 하여 증거와 심문할 죄명을 분명히 만들어 무정보감(武定寶鑑)에 올렸다. 그 책에 올라간 죄명을 보면 유례없이 아주 악독한 역적인 듯싶으니, 누가 감히 말하리오. 그러나 본래 전혀 죄가 없으니 모든 이의 의견이 하나와 같아 지극히 억울하다고 호소해도 선조(宣祖)께서는 그를 무섭게 추궁하셨다. 그러다가 공의대비가 지극히 원통해 하시는 뜻을 받드시어 윤임을 복직시켜 주셨다.

윤임이 공의대비께 시외삼촌이요, 선조께서는 공의대비가 큰어머니이시다. 공의대비께서 시외삼촌의 원통함을 씻으려 하시고, 선조께서도 큰어머니의 마음을 우러러 받들면서 이 일을 처리하셨으니, 지금까지 공의대비를 위하여 슬퍼하였다. 선조께서 내리신 처분이 효심에서 나온 것임을 알고 공경하며 우러러 사모하지 않을 수 없건만, 하물며 내 작은아버지의 경우는 윤임의 죄명과 무게가 다르고, 나는 임금의 할머니다. 큰어머니

---

74) 조선 중기의 문신으로 대윤의 거두이며 중종의 비 장경왕후의 오빠. 소윤의 거두 윤원형과 세력 다툼을 하다가 인종이 죽고 명종이 즉위, 윤원형의 누이인 문정왕후가 수렴청정을 할 때, 소윤 일파가 일으킨 을사사화로 아들 3형제와 같이 사약을 받고 죽음.

의 시외삼촌의 원통함을 호소하는 것도 임금이 다루셨거늘 이제 할머니가 그 작은아버지의 원통함을 풀어 주는 것은 내 도리로서나 나라 체면으로서나 아무도 탓하지 못할 것이다. 또 이 일을 선왕이 크게 깨닫고 갑자년에 누명을 씻어 주겠노라 하시며 여러 번 말씀하셨다. 그리고 병신년, 임자년 두 번의 분부가 더욱 분명한 증거가 되니, 원통함을 풀어주는 것이 선왕 생전의 뜻이시다. 주상께서 누명을 벗기시는 것에 불안해하시거나 주저하실 일이 아니다.

공의대비가 윤임의 일에 간섭하시다가 속임을 당해서 더욱 윤임의 원통함을 풀려 했다 한다. 그런데 나는 병신년 7월에 있었던 작은아버지의 처분 때 내가 그리하라고 했다 하니, 그렇다면 이는 내가 죽인 셈이 되지 않는가?

세상 사람들은 진실도 잘 모르면서 내가 작은아버지가 화를 입는데 구하기는커녕 가만히 있는 줄 알고, 나를 인륜의 죄인이라 하여도 사양치 못할 것이니, 세상에 제 일족이 화를 입는데 그리하라고 말할 사람이 어디 있으리오.

내 이제 살 날이 얼마 남지 않았는데, 만일 작은아버지의 누명을 씻지 못하고 죽으면 영원토록 삼촌 죽인 사람이 돼서 귀신이라도 용서받을 곳이 없을 것이다. 그러니 공의대비께서 한때 모함을 받으신 원통함과 비교하면 어떠하리오. 공의대비는 조카님(선조)을 감동케 하셨는데, 비록 내가 그에 비해 정성이 부족하다고 하여도 주상을 감동시키지 못할 것인가. 항상 마음에 있으나 아직은 주상이 마음대로 하지 못하실 때요, 나는 점점 늙어가니 그저 아득할 뿐이로다.

국영이가 임진년에 과거에 급제했으나 어렸을 때부터 그리될 것이라 의심치 않았다. 제 아비 홍낙춘이 미친병이 있어 가르치지 못하였고, 국영이 스스로 착실하지 못하고 방탕하여 술을 즐기고 여색을 탐하며 행실이 말이 아니어서 제 집에서도 용납하지 못해 세상에 버려지게 되었다. 그러나 국영이 약간 재주가 있어서 못하는 글도 억지로 하노라 하고 예민하고 민첩, 대담하며 씩씩한 기운도 있어 하늘과 땅을 무서워하지 않고, 두려워하지 않았다. 그래서 이 미친 것이 항상 하늘 아래 모든 일을 제가 하겠다고 날뛰니, 제 동료들이 놀라서 웃지 않는 자가 없었다. 그러나 과거에 급제한 후에 예문관의 정9품 벼슬[75]을 수년 동안 하면서 오래 궁중에 있게 되니, 영조께서 사랑하시어 늘 칭찬하셨다.

"내 손자이다."

또 동궁께서는 국영이가 나이도 비슷하고 얼굴도 어여쁘고 슬기로우며 민첩하니 한두 번 본 뒤로 절로 대접이 극진하여 매우 가까운 사이가 되었다. 처음에는 국영이가 간사한 꾀를 써

---

[75] 세자시강원의 으뜸 벼슬인 사(師)와 부(傅). 사는 영의정이 겸하였고 부는 좌·우의정 중의 한 사람이 겸하였다.

서, 마치 동궁께 바른말을 기탄없이 하는 체하나 실은 그 말이 모두 듣기 좋은 말이었다. 그러니 동궁께서는 국영이 강직한 사람인 줄로 아시고 깊이 사귀기 시작한 후로는 요놈이 못 하는 바가 없었다.

세손(정조)이 동궁으로 계실 때 하인 외에 사부(師傅)를 마주하는 것이 불과 빈객(賓客)과 궁관뿐이니, 그 자들이 동궁께는 학문이나 이야기하지, 다른 조정의 일이나 바깥 이야기를 한마디라도 꺼냈겠는가. 그래서 동궁이 궁금하고 답답해하시다가 국영을 만나 이런저런 이야기를 들으시게 되었다. 그러니 신통하고 귀히 여기셔서 이전에 사랑하시던 궁관은 점점 멀리하시고 국영이만 제일로 아시니, 다른 것으로 빗대어 이야기하자면 남자가 첩에게 푹 빠진 모습이었다. 국영이는 제게 밉거나 원한이 있거나 저를 혹 나무라는 이가 있으면 아무 거리낌도 없이 남을 헐뜯어 죄가 있는 듯 위에 고해바쳤다.

"그 자가 동궁을 헐뜯습니다."

그리고 제 인물이 의젓하여도 사람들로부터 꺼림을 받는데 세상에 소문난 버릇없고 경솔한 자를 동궁께서 너무 사랑하시니 어찌 사람들 사이에 말이 없으리오. 그러다 보니 갑오년과 을미년 사이에는 집집마다 국영의 이야기가 끊이지 않았다.

"동궁께서 한때 저를 사랑하시더라도 제가 어찌 감히 상스럽게 굴랴."

그때마다 국영이 근심을 하게 되니 저인들 어찌 듣지 못하였으리오. 이런 말을 들으면 즉시 궁에 들어가 동궁께 거짓으로 아뢰었다.

"그자가 동궁을 헐뜯고 욕합니다."

소위 떠도는 말이란 이런 것이라, 세손께서야 깊은 궁중에 계셔서 다른 사람은 보지 못하시고 국영의 말만 들으셨다. 국영을 아끼고 사랑하시는 터에 그놈의 간사한 속내를 살피지 못하시고 곧이들으시니 어찌 놈이 품은 간사함을 알았으리오.

국영은 이럭저럭 유례없는 총애를 받다가 대리정치 일로 큰 공을 세웠다. 그러다가 세손이 왕위에 오른 후 일고여덟 달 안에 관직에 올라 도승지와 수어사를 하였다. 국영이 숙위대장으로 대궐에 있게 되자 자기가 있는 곳을 이름하야 숙위소라 이름짓고 훈련도감, 총융청, 수어청, 어영청, 금위영의 대장을 다 하여 벼슬 이름이 오영도총숙위 겸 훈련대장이란 것이었다. 그러니 세상에 그런 은총과 공명이 또 어디에 있으리오.

국영이 권력과 세도를 이용하여 제 마음대로 사람을 무수히 죽이는 와중에 내 집안이 첫 번째로 화를 입었다. 그 이유는 내 삼촌이 저를 꾸짖어 쌓인 원한뿐 아니라, 국영의 큰아버지 홍낙순이 내 삼촌과 원수 같아 항상 죽일 마음이 있었던 것이다. 그래서 국영의 처음 꾸민 꾀에는 제 큰아버지의 말을 들었기 때문에 내 삼촌의 화가 더욱 심한 것 같았다.

국영이 4년 동안에 거짓되게 일하고 제멋대로 날뛴 일이 수백 가지였다. 내가 궁중에 있어 자세히 알지는 못하나 소문이 파다하여 그 행실을 알 수 있다. 궁궐에서 내의녀를 데리고 제집 사랑방같이 지내고, 임금의 진지를 차리는데 제 밥을 수라상과 똑같이 차려 먹고, 임금 앞에서 버릇없이 굴며 대신 이하를 욕보이기가 끝없었다. 우리 조상이 쌓은 덕행으로 어찌 이리도 요망한 역적이 나올 것이라 생각하였을까.

처음에는 국영이 작은 그릇이라 생각하고 버릇은 없을지언정 그리 큰일을 저지를 것이라고는 미처 생각하지 못하였다. 그런데 병신년 5월에 김종수가 들어와 국영의 아들이 되어 천만 가지의 흉악한 일을 다 꾸며냈으니 어찌 국영 혼자의 죄라 할 수 있으리오.

종수는 다른 사람이 아니라 내 5촌 고모의 아들이다. 그 고모가 어렸을 적에 내 할아버지께서 사랑하시어 그 조카딸을 항상 칭찬하시니, 그 고모가 일컬어 수양 아버님, 어머님 하였다. 그런데 그 고모의 아들이 태어나니 맏이는 종후요, 둘째가 종수였다. 집도 같은 동네에 있고 정이 각별하여 친자식과 다름이 없었다.

그러나 내가 영조대왕의 며느리로 들어간 후에 내 집은 위세가 번창하고 저희는 비록 재상가이지만 선비로 자처하며 예전에 친하던 정이 이전과 같지 않았다.

선친은 종후와 종수 형제를 한 집안 아이로 보아 잘못이 있으면 꾸짖기도 하시고 가르치기도 하시니 그 형제가 점점 틀어져서 눈에 보이게 마음이 비뚤어졌다. 그래도 선친은 그 형제의 명을 구하고 인정 없는 일이 많은 것을 근심하여 한탄도 하시고 잘잘못도 따지셨다. 저희들은 원한을 품었지만 선친으로서는 자질을 가르치는 일로 하신 것이지, 말씀하신 후에야 마음에 두기나 하였으리오.

그 고모가 선친과 사촌형제 항렬에서는 나이가 제일 많아 선친은 할아버지께서 사랑하시던 일도 생각하여 친누님같이 보셨다. 그래서 대장을 하실 적이나 지방 관직을 하실 적이나 때때로 물건을 보내시고 정의가 각별하였으니, 저희들이 어미의 사촌을 죽이려고 간사한 계략을 꾸미는 것을 어찌 알았으리오.

정해년에 종후를 가자로 추천하는데, 대신께 의논도 않고 유림 사회의 의논도 없이 이조판서가 혼자 하였다. 이때 선친께서 비록 상중이시나 의논하기를 청하셨다.

"이는 벼슬아치의 등용에 관한 법칙이 아니오."

그래서 형제가 그 일로 원한이 뼈에 사무쳐 보복하려 꾀하였다. 그리고 임진년에 종수가 귀양 갔던 일을 억지로 내 둘째 동생 낙임의 탓을 삼아 항상 말하였다 한다.

"저희들 망하는 걸 꼭 보고야 말겠다."

천만 뜻밖에도 혈육 간에 의심받는 일을 불행히 여겼더니, 때를 얻어 종수가 국영이와 한 마음이 되었다. 국영이가 안 하려고 하는 일을 충동하니 제 본성대로 세상을 속이고 실속 없는 명성을 도적질하였던 것이다.

국영은 종수가 저에게 와서 아들인 양 친근히 굴고 노예처럼 복종하며 아첨하는 것을 좋아하여 그가 하자는 대로 말을 듣고 꾀를 썼다.

내 집안에 일어난 재앙이 종수가 아니었더라면 국영이만으로는 이렇게까지는 되지 않았을 것이다.

국영이, 그 망측한 것이 아무런 분별도 없고 아무런 이유도 없이 하찮은 원한으로 사람을 무수히 죽일 때, 종수가 또한 함부로 제 원수를 갚았다. 그래서 이 두 놈이 원수를 갚느라 죄가 있고 없고를 떠나서 무수히 많은 사람이 죽었다.

후대의 사람들은 국영이가 망했기 때문에 그 죄악을 더러 알고 있다. 그런데 종수는 태도를 계속 바꾸어 제 몸은 안전하게 보호했기 때문에 지금까지 그의 죄만은 자세히 모르고 있다. 그러나 10분으로 의논하면 국영의 죄악은 3~4분이요, 종수의 죄악은 6~7일 정도로 종수의 죄가 더 크다.

"국영의 일이 자신의 죄뿐만 아니라 실은 종수의 죄요."

내가 항상 선왕(정조)께 이렇게 말씀드리면, 선왕도 웃으시고 그렇다고 하셨다.

국영은 선왕의 은총을 받고 제 마음대로 못 하는 것이 없었다. 그래도 부족하여 제 누이를 선왕의 후궁으로 만들고 제가 임금의 친척이 되어 안팎으로 이를 계속 즐기려 하였다.

그때 중전(정조의 비, 효의왕후)께서는 화완옹주의 이간으로 선왕과 부부 금실이 좋지 못하셨다. 그리고 국영이를 친 혈육같이 아셨다. 제가 소위 충신이라면, 그 신하로서 아무쪼록 왕비께 화합하시기를 권하는 것이 마땅하거늘, 어찌 그런 일을 하였으랴.

중전이 그때 26세이시고 원래 복통이 없으셨는데도 국영은 왕대비 정순왕후로부터 중전이 병환이 계시다는 말을 하여 선왕과 중전 사이를 더욱 멀리 떨어뜨렸다. 만일 제힘이 못 미칠 양이면 선왕(정조)의 춘추 근 30에 대를 이을 이가 없으니, 공평히 장성한 처자를 가리어 바삐 아들을 낳는 경사가 계시길 바라는 것이 옳을 것이다. 그런데 갑자기 간악한 꾀를 내어 겨우 13세밖에 안 된 제 어린 누이를 드리니, 그 아이를 언제 길러 왕가의 대를 잇게 하겠는가.

그 누이를 일컬어 말하길 원빈이라 하고 궁호를 숙창이라 하니 원이라는 글자의 뜻부터 흉하다. 중전이 살아계신데 어디서 감히 후궁을 원자로 일컬을 수가 있으랴.

하늘이 있고 국영의 죄악이 넘쳐나니 기해년에 제 누이가 갑자기 죽었다. 국영이 독살스런 마음과 끓어오르는 분을 이기지 못하여 누이가 일찍 죽은 일을 중전의 탓으로 의심하며 선왕을 충동하였다. 그리고 중궁전 내인들을 여럿 잡아다가 칼을 빼들고 무수히 치며 혹독한 고문을 하였다. 그리하여 아무쪼록 중전께 허물을 씌우려고 하니, 하마터면 중전께 누명이 씌워질 뻔하였다. 그리고 이 일은 밖에 말이 떠돌아 모르는 곳이 없을 정도였다. 그래서 포목전, 갓전 등 인가가 많은 곳의 상인들이 문을 닫고 도망치기까지 하였으나 세상에 이런 극악한 역적이 어디 있으리오.

국영이 부귀를 길이 누리려던 계략을 이루지 못했으면 하늘이 두려워서라도 떨치던 위세를 조금이나마 거두어야 마땅하다. 그리고 선왕께 다시 명문 규수를 간택하기를 권하여야 조금이나마 속죄를 할 터인데, 국영의 마음에는 선왕이 다른 후궁을 고르시면 그 집 사람에게 정이 옮기실까 염려하였다. 그래서 다시 간택을 못 하게 하려는 나쁜 마음으로 이조참판 송덕상을 시켜 흉악한 상소를 올리게 하였다. 또한 인(은언군)의 아들 담이를 수원관을 시켜 군호를 완풍이라 하여, 제 누이의 양자로 만들어서 담을 선왕의 아들같이 되게 하였다. 그렇게 제가 외척이 되어 길이 영화를 누리려 하니, 선왕이 춘추 서른이 못 되시고 병환이 안 계신데도 자식 보실 일을 아주 막아 버렸다.

한순간 총명이 가로막힌 선왕께서 국영이가 하자는 대로 매사를 따라 하셨으나, 실은 당신을 위한다는 국영의 농간에 무심히 속으셨던 것이다. 일이 이렇게까지 되는데 어찌 선왕이 지닌 밝은 지혜로 국영의 그 사악한 속마음을 깨닫지 못하시리오.

아직 어린 담이를 갑자기 데려다 임금의 아들같이 삼고, 선왕이 가까이 부리시는 내시가 붙들고 출입하여 거의 동궁과 같이 대우하셨다. 담이의 친아비 인이는 사람이 들떠 몰상식하고 예의가 없는 인물이다. 아들이 그리 된 것이 제 몸의 큰 화가 될지 모르고 그저 이를 이용해 세도를 부리고 소위 궁묘충의 수위관을 저와 인연이 있는 이를 시키니 그런 무지한 것이 어디 있으리오.

그때 내 집의 동생들이 내게 편지를 보내어 분개하고 걱정, 한탄하였다.

"이러한 나라 일과 행동이 어디 있겠나이까?"

내가 이 모양에 대하여 몹시 원통하고 분해서 선왕께 아뢰며 슬퍼하였다.

"이 무슨 일이며 어찌된 뜻이옵니까? 생각을 해 보십시오. 주상이 아주 늙으셨습니까? 병환이 있습니까? 아들 얻고 싶은 마음은 나이와 귀하고 천함이 없거늘, 나라에 뜻이 있거늘 주상께서 춘추가 30밖에 되지 않았는데 아들이 없으니 초조하고 민망합니다. 그런데도 지금 남의 손에 휘둘려 스스로도 아들 못 낳기로 생각하시니 이 무슨 일이오?"

그때 국영의 세도가 태산 같아 아무도 말할 사람이 없었다. 그러하기에 원빈 홍씨의 빈소는 정성왕후 빈전하였던 데 하고, 무덤은 인명원이라 하고 신위를 모시는 궁은 효휘궁이라 하였

311

다. 게다가 의정부 이하는 영전에 향을 피우고 모두 상복을 입게 하였으니 그때 여러 신하들이 어찌 꾸지람을 면하리오.

내 홀로 분통이 터지고 하늘에 사무쳐 이를 갈며 차마 보지를 못하여 만나면 울고, 보면 어루만져 서러워하였다. 그러니 선왕이 차차 그놈에게 속은 걸 깨닫기 시작하셨다. 국영이가 담이를 조카라 하여 궁중에서 동궁처럼 추켜올리며 먹고 자는 것을 함께하였는데, 그 사정은 날로 흉악, 교활하고 행동은 날로 위험하였다. 선왕이 사리에 밝으신데 어찌 뉘우치지 않으시며 분하게 여기지 않으시리오.

나라 일이 아득하여 어찌할 바를 모르시는데, 내가 지극한 정성으로 분하고 서러워하였다.

"대를 이을 것을 헤아리십시오."

내가 선왕을 뵈올 적마다 이렇게 권하였다. 선왕께서 본래 어질고 효성스러우신지라, 내 정성과 당신 신세를 돌아보아 감동하고 옳게 여기셨다. 그리고 나를 대하는 기색은 점점 더 지극하시고 국영의 죄악은 더욱 쾌히 깨달으셨다.

기해년 9월에 선왕께서 국영이의 관직을 박탈하였으나 전에 사랑하시던 일로 한결같이 지켜 주려 하셨다. 그러나 제가 관직에서 물러난 후에 하는 행동이 더욱 해괴망측하고 요망하므로 강릉으로 쫓아 보내 거기서 제 스스로 죽었다. 흉악한 역적과 권세를 부리던 간신이 많았지만 국영이 같은 것은 다시 없었다.

국영이 지은 죄악은 넷 이상 열거할 수 있다. 제가 처음에 사사로운 원한으로 사람을 함정에 빠뜨려 걸핏하면 역적이라 하여 몰아 죽이어 선왕의 덕에 누를 끼쳤으니 그 죄가 하나요, 선왕 내외가 화목치 못하게 하시고 제 어린 누이를 후궁으로 만들어 부귀를 제멋대로 하고자 하니 그 죄가 둘이다. 제 누이가 죽은 후에 선왕의 후대 보실 길을 막고, '담'을 제 죽은 누이의 양자로 하여 동궁을 만들고, 제가 임금의 외가 노릇을 하여 다시 부귀를 길게 누리려 음모를 꾸몄으니 그 죄가 셋이다. 또한 중전의 내인들을 고문하여 중전을 해치려고 없는 죄를 있다고 자백을 시켜 벌을 내리고 중전께 흉악한 꾀를 부리려 하였으니 그 죄가 넷이다. 그리고 밖에서는 위를 향하여 임금이 안중에도 없이 버릇없고 불충성한 말을 무수히 하였지만, 내가 직접 보지 못한 일이니 어찌 다 기록하리오.

이런 죄 중에 한 가지만 있어도 신하라면 사형을 면치 못할 것이다. 그런데 국영에게는 예나 지금이나 듣지 못하던 온갖 죄와 악이 실려 있음에도 불구하고 끝내 편안히 명을 다하였으니, 하늘의 무심함을 어찌 한탄치 않으리오.

종수가 제 스스로 이론가라 하지만 처음에는 후겸에게 붙어서 벼슬을 얻었다가 제가 태천현감을 하직하던 날, 영조께서 초록 명주 한 필을 소매로부터 내어 주셨다.

"관대(冠帶)하여 입어라."

자기를 편론한다고 괘씸히 여기다가 갑자기 임금으로부터 어여쁨을 받으니, 임금께서 후겸에게 마음이 아예 없었다며 이러하실 리가 어디 있으리오. 종수는 본래 이익을 보면 달려드는 습성이 있다. 그래서 처음에는 후겸이에게 달라붙으려다가 후겸이 받아 주지 않자, 이를 갈다가 국영이에게 가서 국영의 갖은 나쁜 짓을 옆에서 도왔다. 국영이가 벼슬에서 물러날 때에는 종후를 시켜 물러나지 못하게 하도록 상소를 내었다.

"홍국영은 나라의 충신이요, 범이 산중에 있는 형세이니 이 사람이 하루도 조정에 없으면 안 될 형편입니다."

국영이가 '담'이를 들이며 송덕상이 상소를 내고 간택을 다시 못하게 한 후로, 온 나라 사람들이 역적이라고 부르니, 그에 종수도 부득이한 일이 있는 것도 아닌데 평안도에서 급급히 상소하여 행여 남에게 뒤질까 두려워하였다. 그러니 종후 종수 형제가 처음에는 설사 국영에게 속았다 하더라도, 세상에 거스르는 이론이 어디 있으리오. 그 후에 종수가 간단한 상소문을 올려 국영을 쳤으니, 이는 선왕이 친히 시키신 일이다. 내가 항상 선왕께 여쭈었다.

"종수가 홍국영의 아들인데 제 아비를 공격하다니, 이런 일이 어디 있겠습니까?"

그러면 선왕은 이렇게 말씀하셨다.

"제 마음은 그렇지 아니 하며, 저도 살려니 어쩔 수 없겠지요."

"변화무쌍한 구미호인가 보구려."

"좋은 형용이오."

그러니 선왕이 어찌 아첨하는 사람의 마음과 상태를 모르셨 겠는가.

국영이 없어진 후, 국영이 저지른 일을 모두 바로잡아 내 작 은아버지같이 원통한 사람은 진실로 누명을 씻어 주어야 도리 에 합당하고 사람의 마음을 위로할 수 있을 터이다. 그러나 국 영의 죄악도 분명히 드러나지 못하고 원통한 사람은 아직도 누 명을 씻지 못하니, 이것은 국영은 없지만 종수가 국영의 마음을 대신 전하기 때문이다.

종수가 국영에게 붙어 병신년 초부터 일을 같이 해 왔고, 그 로 인해 죄가 없는 사람들을 제 개인적인 원한으로 국영을 꾀 어 많이 죽였으니, 죄가 국영이 보다 더하면 더했다. 중전께 없 는 병을 있다고 모함하고, 국영의 어린 누이를 들어 원빈이라 이름 하여 중전의 자리를 앗으려 하였다. 또한 '담'을 양자로 들 여 선왕의 아들 보실 길을 막아 나라의 흐름을 바꾸려 하였다. 이러한 계략이 비록 국영의 나쁜 마음이며 꾸민 일이지만 그 꾀는 종수가 가르친 것이 분명하였다.

만일 그렇지 않으면 제가 다른 신하들과 달리 유례없는 총애 로 저가 임금께 올리지 못한 말이 없고, 임금께서도 따르지 않은 일이 없는데, 국영의 전후 일을 한 번도 말한 적이 없었다. 심지어 제 형 종후에게 권하여 국영이 계속 관직에 머물기를 요청하는 상소까지 올리도록 하였으니, 국영과 한마음인 것이 분명하다.

종수는 살아생전 나라에 곧이곧대로 말 한 번 한 일이 없고 그른 일을 바로 잡은 적이 없었다. 기껏 한다는 것이 '홍씨 무너뜨리기'와 '죄 만들어 내는 데'만 소매를 걷어 올리고 힘을 다하여 달려들었으니, 세상에 이런 뱀이나 전갈 같은 독물이 다시 어디 있으리오.

선왕께서 그놈이 한 짓을 다 아시었지만, 그놈 살림이 검소하고 벼슬이 변변치 않아 인심을 덜 잃었기 때문에 덮어 두고 이전의 정을 지키시려 한결같이 하셨다. 하지만 소위 검소함도 다 겉치레요, 세상 사람들이 모두 어미에게 효를 다한다 말하지만 어미 마음을 따를 양이면 그리해서는 안 되는 것이다. 어미의 사촌이 종수의 가까운 친척이니 비록 죄가 있더라도 세상에 저만이 사람이 아니거늘 어미를 앉히고 제 홀로 어미의 사촌 형제를 죽였으니 어찌 진정한 효성이라 말할 수 있으리오. 세상이 국영의 일은 거의 다 알지만 종수의 일은 오히려 모른다. 국영은 겉껍질이요, 종수는 실로 골자이기 때문에 이렇게 내가 글로 써서 자세히 알게 하노라.

내 나이 일곱인 신유년에 둘째 동생 낙임이 태어나니, 타고난 성품이 얼음같이 맑고 옥같이 깨끗하여 평범한 사람들 속에서 단연 뛰어났다. 그러니 부모님이 특별히 사랑하고 내가 편애함은 더 말할 것도 없고 영조께서 낙임이 궁중에 들어온 때면 어여삐 여기시어 내 첫째 동생 낙신과 함께 앞에 세우고 다니셨다. 뿐만 아니라 경모궁(사도세자)께서도 더욱더 사랑하셨다.

낙임은 학문이 뛰어나서 대과와 소과에 수석으로 합격하고 명석하기로 유명하니, 집안의 기대가 깊었다.

그런데 출세한 지 얼마 되지 않아 집안이 기울면서 근심과 걱정으로 마음을 졸이어 편안치 못한 것을 한탄하였다.

경인년과 신묘년 사이에 선친께 화가 일어날 조짐이 날이 갈수록 보이기 시작하였다. 내 생각에 귀주에게는 방법이 없고 화완옹주에게나 부탁하여 화근을 없애고자 하나, 그 사람이 아들인 후겸의 말을 듣고 지난날과 달라진 지 오래여서 서먹서먹한 사이에 말로 움직이기 어려웠다. 일이 돌아가는 형편이 그 아들을 사귀어야 혹시 풀 수 있을까 싶으나, 오라버니(홍낙인)와 첫째 동생은 무슨 일인지 그때 벌써 후겸에게 미움을 샀다. 다만 둘째 낙임이 있지만, 곧은 뜻과 절개가 있고 씀씀이가 조촐하여 부귀에 물들지 않고 세상 물정에 따르기를 싫어하였다. 그래서 깊은 친구가 없고 집의 손님도 얼굴을 아는 이가 적었다. 이런 위인으로서 구차하고 비루한 일을 하고자 하지 않겠지마는, 낙임은 형제 중에서 나이가 적고 후겸에게 미움을 받고 있지 않았다. 그래서 내가 동생에게 편지를 하여 간절히 권하였다.

"옛 사람은 어버이를 위하여 죽는 효도 다 하였다 하니, 지금 형편이 어버이를 위하여 후겸을 사귀어서 집안의 화를 구하는 것이 옳겠구나. 후겸이는 화완 옹주의 아들로 임금의 총애를 믿고 권세를 좋아할 뿐이지 내시가 아니요 흉악한 역적이 아니니, 잠깐이나마 후겸을 가까이하기를 꺼려 위태로운 아버지를 구하지 않으면 이 어찌 아들 된 도리라 할 수 있겠느냐."

낙임이 처음에는 죽어도 싫다 하다가, 나쁜 일이 곧 닥칠 듯하여 온 집안의 멸망이 코앞에 있고 나의 권함이 더욱 긴급하자, 부득이 제 몸을 돌아보지 않고 후겸과 친하게 지내어 선친의 화를 면하게 도왔다. 그러니 낙임이 세상 사람들에 생각보다 더 미움을 받은 것은 오직 이 누이 탓이다.

낙임이 그 명석함으로 아버지와 형을 이어 벼슬에 올라 앞길이 만 리 같다가 포부도 펴지 못했으니, 얼마나 안타까운 일인가!

낙임은 어렵고 험한 때를 만나 늙은 아비의 화를 염려하여 평생의 본심을 지키지 못하고, 후겸과 사귄 것을 스스로 부끄러워하여 마음에 맹세하였다.

'집안만 평안하다면 다시는 세상에 나오지 않으리라.'

그 뒤 동대문 밖 근처에 집을 장만하여 내게 편지를 보냈다.

"멀리 가지 못할 몸이니, 앞으로 근교에 머물면서 궁궐을 의

지하고 자연 속에서 몸을 마칠까 합니다."

그 편지의 내용이 지금도 내 눈에 선하다. 동생 낙임의 마음이 이러하게 된 것은 이유가 있다. 오직 아버지와 형을 구하기 위해 후겸과 사귄 것이었으니, 그 화는 구했을지언정 후겸의 덕으로 벼슬 한 가지라도 하면 본심을 저버리고 진실로 비루한 일을 탐하고 어지럽히는 무리와 한패가 되고 만다고 생각했기 때문이다. 그래서 기축년에 장원 급제하고 을미년까지 7년 내에 본래 지낸 옥당 춘방을 몇 차례 지낸 것 외에는 웅교 통청도 한 일이 없었다. 크고 작은 고을의 원 한 자리 한 일도 없으며, 호당(湖堂)을 시키려 하는 것도 마다하였다. 경인년 이전의 몸으로 쭉 있었지 대수롭지 않은 벼슬자리를 더한 일이 없었으니, 이를 통하여도 후겸이와 친하게 지낸 것이 이익을 탐하기 위한 것이 아님을 분명히 알 수 있다.

동생 낙임이는 화완옹주의 변화와 후겸의 간사함 그리고 교활함으로 집안에 변화가 다시 생길까 조심조심 다녔을 뿐이지, 그밖에 후겸이네가 누구를 막으며, 죽이며, 살리려는 것을 일체 알려고 한 일이 없었다. 그리고 후겸이 또한 의논한 일이 없었으니 이것은 세상이 다 아는 바이다.

사람이 권세가 있는 집안과 연을 맺어 세상을 흐리고 어지럽게 하는 것은 제 몸에 이익을 구하기 때문이다. 그런데 부귀공명의 밖에 있던 둘째 낙임은 장원 급제한 지 7년만에 가만히 앉아 있어도 벼슬을 하였을 터에 하물며 후겸을 사귀어 제 몸에 이롭게 하고자 하였으면 어찌 한 가지 중요한 직위와 한품의 벼슬을 못 하였으리오. 낙임이 오직 아버지를 위하여 부득이 후겸을 가까이 하였으나, 제 몸은 벼슬을 하지 않는 것으로 본심을 증명하려는 뜻을 알 수 있을 것이다.

상운이는 본래 간사한 놈으로 제가 폐족(廢族)으로서 기회를 노리어 후겸과 친밀하게 지냈다. 낙임이 후겸과 함께 있다가 얼굴을 알게 되어 이로 인연이 되어 서로 왕래하게 되니, 낙임이 달갑지는 않으나 후겸을 두려워해 상운이도 잘 대접하였다. 그러다가 을미년 대리 후에 소과가 있었는데, 경종 원년과 2년에 당시 세자였던 영조를 모함했던 사건의 주모자 최석항, 조태억의 자손 셋이 급제하여 조정이 놀라고 어지러웠다. 하루는 상운이 낙임에게 와서 말하였다.

"내가 상소하여 최와 조의 합격 취소를 청하고자 하는데 어떻게 생각하시오?"

"자네 처지에 마지못해 벼슬을 다닌다지만 어찌 상소하여 조정의 일을 간섭하리오. 최와 조가 과거 급제한 것이 과연 이상하나, 세상에는 응당 공론이 있어 의논할 사람이 있을 것이니 자네가 아는 체할 바 아닐세."

동생 낙임이 이렇게 말하자 상운이 화가 난 얼굴로 불쾌하여 돌아가더니, 그날로 즉시 서유녕의 상소가 나서 상운은 그 상소를 올리지 못하였다. 그러자 상운은 수삼 일 후에 갑자기 서신으로 알려 왔다.

"내가 오늘 아침에 상소를 하였으나, 상소문의 원본이 길기에 다 보내지 못하고 상소한 조건만 대략을 베껴 보내오."

그러고는 다른 종이에 상소한 항목을 한 자씩만 벌여서 썼는데 당자, 관자 등 모두 8조항이었고 끝의 항목은 척자이니, 쓰지 말라고 한 말이 적혀 있었다.

다른 항목은 다 한 자씩만 썼는데, '척'자 항목에 이르러서는 그 의논한 글을 베껴 보내니, 그것은 우리 집이 임금의 친척이기 때문에 보라고 한 말이다.

낙임이 보고 무슨 사연인지는 모르지만 제 폐족의 발자취로 과거 급제에 대해 이러쿵저러쿵 논하는 상소를 한 것에 깜짝 놀라 답장하였다.

"자네는 스스로 잘한 일이라 생각할지 모르겠으나 보는 이는 반드시 나무랄 것이니, 잘한 상소인지 모르겠네."

그날 저녁, 그 상소의 원본을 보고 깜짝 놀라 즉시 그때의 대사헌 윤양후에게 편지하여 상운을 잡아 엄중히 신문하라고 청하려 하였다. 그리고 그의 형 윤상후에게도 힘껏 신문하라 편지하였다. 이 일의 처음과 끝은 무술년에 낙임이 진술할 때 다 자세히 아뢰어, 그때 상운의 편지와 그 상소 항목의 글자를 죽 벌여서 기록한 종이까지 임금 앞에 바쳤다.

양후에게 권하여 상운을 신문하라고 한 일은 상후가 알 것이다. 살아 있는 상후도 참고가 될 만한 증인으로 삼아 상후와 대질하기까지 청하였다. 상운의 상소가 해괴망측하여 낙임이도 깜짝 놀랐다. 낙임은 상운과 안면이 있는 것을 불행히 여겨, 상운을 처벌하라 청하기를 남보다 100배나 하였다. 그러므로 상운의 상소 일에 낙임이 간섭하였다는 것이 억지라는 건 사리가 매우 명백한 일이다. 또 정유역변[76]이 났을 때 상길이 진술하였다.

"저희가 임금을 추대할 수단과 방법을 꾀하면서 의논하길, 홍모는 임금의 친척이니 지금은 쓰이지 못하나 나중에는 군 통수권을 잡을 것이다. 만일 그러하거든 군사를 부리어 진을 치는 연습을 할 때에 큰일을 일으킬 수도 있으리라 하였다."

이것이 어찌 사람의 말이며 말이 안 되는 이유가 있지, 삼척동자라도 누가 곧이들으리오. 그들이 흉계를 꾸며 우리 집안을 함정에 빠뜨리려 말한 것은 곧 이 말이다.

"홍가가 지위를 잃고 나라를 원망하여 추대 모의를 한다 하면 홍가는 함정에 빠질 것이다. 이 말은 홍가가 장래에 대장이 되어 병권을 잡을 것이니 그리하거든 일을 하자고 하였다."

훗날에 대장을 하여 병권을 잡을 때면 임금께 불리고 총애를

---

76) 정조 원년, 정후겸 등의 죄를 다스린 사건.

받을 때가 될 것이다. 제집 잘되고 제 몸이 대장에까지 이르게 될 양이면 제게 부귀가 극진하고 제 소원이 충분할 텐데, 또 무슨 생각으로 그 임금을 마다하고 다른 임금의 추대를 모의하겠는가.

설사 그놈들이 그런 이치에 당치 않은 말을 하더라도, 전혀 모르고 앉아 있는 낙임에게 무슨 죄가 있겠는가. 낙임이 본래 국영에게 미움을 받고 국영이가 해치려 하여 매우 위급한 상황이었으나, 선왕(정조)의 덕택으로 겨우 살아났다가 무술년에 두 가지 일을 씻어 다시 사람이 되었다. 그때 진술 한 마디 한 마디가 조리 있고, 단연코 다른 뜻이 없음이 명백하였다. 선왕께서도 매우 기뻐하셨다.

"세상 사람들에게 물어봐도 실로 이러할 리가 없다. 비록 의심을 가질 만한 흔적이 있어도 그 마음을 용서하여야 옳은데, 하물며 본래 이런 일이 없는 데다가 오늘날 전혀 사실과 다르다는 것이 드러나 그 억울함을 풀어주니, 내 어머니를 뵈올 낯이 있다."

낙임과 내 오라비가 임금의 외삼촌으로서 그 모양을 하고 고문대에 서니, 옛부터 우리 조정까지 전혀 일어나지 않던 일이다. 내가 그때 원통하고 놀라 몸소 당한 것이나 다름이 없으나 선왕의 효성에 감동하고 낙임의 원통함을 벗겨주서 다시 흠이 없는 사람이 된 것을 감사드렸다.

그 후에 국영이 없고 선왕께서 이전의 일을 점점 후회하시어 외삼촌들에게 해가 갈수록 더욱 정성껏 대하셨다. 심지어 낙임은 뛰어난 문장으로 세상에 쓰이지 못함을 더욱 아깝다고 탄식하셨다. 선왕께서는 종이를 보내셔서 낙임이 글씨를 쓰도록 하고, 그것으로 병풍 여럿을 만들어 당신도 치시고 나도 주셨다. 벽에 붙이는 글과 입춘도 써서 붙이시고, '만천명월주인옹(萬川明月主人翁)'이라는 글씨를 써 현판까지 하셨다.

선왕께서는 신해년부터 선친의 상소 문집을 만들기 시작하여 왕래가 잦았으며, 첫째 동생 낙신이 죽은 후에는 더욱더 뜻을 더하시어 둘째 동생 낙임에게만 의견을 물으셨다. 정사년부터 수권 만드시는 일로 글의 일부분을 빼내고 보전하며 고치는 것을 모두 낙임과 논하셨다. 그래서 짧은 편지를 주고받는 것이 썩 익숙하여 하루에도 여러 번 교류하셨다. 그리고 선왕께서 그 편지를 보신 때면 매번 이런 말씀들을 하셨다.

"얼굴과 기상이 요새 재상으로는 당할 이가 없으니, 지금은 비록 그 자리에 머물러 있으나 결국 윤시동[77]만은 하리라."

"갑자년(1804)에는 64세이니 넉넉히 하리라."

"문장이 정결하여 당대의 제일이라."

"참다운 친구이다. 마음이 서로 맞는 글벗이다."

---

77) 1754년 증광 문과에 급제하였으며 탕평책을 따르지 않는다고 수차례 유배되었다. 벼슬은 이조판서와 우의정을 지냈다.

올해에는 무슨 글을 지으시든 낙임에게 보내어 '평론하라' 하셨다. 그리고 시를 보낼 때는 그 운으로 시를 지어 답장하게 시키시어 그것에 대한 칭찬이 번번이 극진하시고 어떤 것이라도 나누어 보내시어 맛보게 해 주셨다. 또 선왕께서는 이렇게 말씀하셨다.

"너의 문장이 후세에 길게 전함직하여 문집을 내려 하니 그리 알라."

그 유별난 은혜와 남다른 대접이 한 집안의 부자 사이 같아서 이루 다 기록하지 못한다. 내 집 사람이 어른 아이 할 것 없이 누가 성은을 입지 않았겠냐마는, 낙임은 선왕께 더욱 큰 은혜를 받았다. 또 이런 특별한 대우를 받으니 항상 하늘같은 은혜에 감격하여 울었다.

"몸이 부서지고 뼈가 가루가 되어도 만의 하나도 갚을 길이 없도다."

선왕께서 낙임에게 이러신 것은 대궐 안팎의 사람들이 다 아는 바요, 주상이 비록 어린 나이이시나 어찌 자세히 모르겠는가.

내가 본래 임오화변에 있던 원통한 일 이외에 내 집안 문벌의 설움으로 반생 동안 간장을 썩히다가, 선왕으로부터 갑자년의 분명한 기약을 얻고 어찌 다행이라 믿지 않았겠는가.

그러나 이제는 집이 평안하기가 얼마 남지 않았다. 동생들이

325

산중에서 재미있게 놀면서 성군의 은혜를 입고 남은 생을 무사히 보내길 마음 졸이고 바랐더니, 어찌 오늘날 우리 선왕을 일찍 잃고 둘째 동생 낙임이가 참화를 당할 줄 꿈에나 생각했으리오.

경신년에 정조가 돌아가셨을 때 내 집안 사람의 이름을 나열해 적어 종척집사의 벼슬을 시켰으니, 이것은 좋은 뜻이 아니었다. 그중에 둘째 낙임이 들었다 하여 심환지[78] 원상[79]을 위시하여 흉한 말로 못하리라고 하였다. 선왕이 살아 계실 때는 벼슬을 시키어 입은 은혜에 감사해 하고 궁 안에 출입하여도 이렇다 말이 없다가, 엊그제의 선왕이 안 계시다고 이런 짓을 하는가 그 사람을 집사 시켜도 다닐 리도 없겠지만, 설사 다니기로서니 나라에 무슨 시급한 변이라도 있는 듯 참지 못하여 선왕을 미처 관에 모시지도 못했는데 이렇게 만들다니! 내 인정과 도리로 생각한들 70세 노인이 그 끔찍하고 비참한 광경을 보고 하늘을 부르며 통곡하고 있는데, 생사를 모를 줄 알아 그 동생의 말을 그때 하니, 세상에 그런 흉악한 역적 놈이 어디 있

---

78) 문신으로 벽파의 우두머리. 우의정, 좌의정, 영의정을 역임하였다. 정순왕후의 수렴청정으로 벽파가 득세하자 신유박해 때 시파인 천주교도를 박해, 무자비하게 살육하는데 앞장을 섰다.

79) 왕이 승하한 뒤 잠시 정무를 행하는 임시 벼슬. 승하한 후 세자가 즉위는 하였으나 상중이므로, 석 달 뒤 제사를 치르기 전인 26간 명망 있는 원로 재상급 또는 원임자가 이를 맡는다.

으랴, 또 내 집안 사람을 다 못 들어오게 하면 모르겠지만 오직 낙임이한테만 그러하였다.

낙임이 받는 대접이 비록 보기 어려울 정도였으나 이미 선왕이 친히 물으시어 분명히 누명을 씻어 죄를 해명하여 벗겨 주셨다. 선왕의 명이 더욱 명백하여 소위 속명의록(續明義錄)[80]에까지 올려서 세상이 다 알고 예사 사람이 되었던 것이다.

그런데 30년 가까이 홀로 고민하니, 자고로 어진 사람이 불행히 한 번 액운이 끼면 억울한 죄를 씻어도 평생의 누가 될 것이니, 세상에 이런 일이 어디 있으리오. 선왕께서 선친의 상소 문집을 다 만들어 놓으시고 미처 간행치 못하시고 갑자기 돌아가시니, 내가 당신을 따라 즉시 죽지 못한 일이 몹시 마음 아프다. 한 가닥의 목숨이 붙어 있어도 그 몸이 죽은 것과 같으니, 내 마음엔들 이때를 당하여 세상에 쉽게 나올 줄이야 어찌 생각하였으리오.

선왕을 생각하여 내 서러움을 위로하려 하던 뜻이든 일의 끝을 내어 내 집안을 더 망하게 하려는 일이든, 8월 열흘 후에 밖에서 일 보는 자가 일컫더라.

"위로부터 분부를 내리시어 내각에서 밖에 반포를 하려 합니다."

---

80) 정조가 초년에 홍인한, 정후겸 등을 벌하고 대의를 만천하에 밝히는 뜻에서 간행한 책.

세도가 이토록 흉악하고 무서운 줄은 깨닫지 못하고, 선왕이 10년을 애쓰시어 지은 60여 권의 어제(御製)가 있는데, 반포와 상관없이 출판하여 줄까 하여 초본을 내어 주었다.

이 일이 나의 아버지를 위한 마음과 선왕이 꼭 하고자 하시던 일을 받아 내 수명이 오늘내일하기에, 죽기 전에 책을 펴내려고 한 일이다. 그런데 한 권을 채 펴내지 못하여 심환지 등이 올린 망측한 상소로 인해 출판 업무를 정지시켜 버렸다. 내가 연설 반포한 것을 보니, 마음속이 놀라서 서늘하고 간과 폐가 무너져 찢어질 듯 막혔다.

말 없는 중에 선친을 모욕함은 이를 것도 없고, 한 글자 한 글자가 나를 거짓으로 꾸며 협박하고 욕보이는 말이었다. 내 아무리 돌아갈 데 없는 신세로서 한 노궁인 같으나 선왕의 어미이다. 제 비록 기세와 권세가 온 세상에 진동한들 저도 선왕을 섬기던 신하인데, 선왕의 어미라 하고 욕함이 이러하니, 세상 천지에 이런 이상한 일이 어디 있으리오.

주상이 나이 어리시고 나라의 위태로움이 사소하거늘 인심과 세태가 갈수록 이러하여, 마침내 어미도 몰라보는 세상이 되기를 면치 못하게 되었다. 참으로 나라와 인류를 생각하여 통곡하고 싶다.

선왕이 계실 때는 효도와 봉양을 받을지 영화를 보는지 하는 대로 두었는데, 지금 와서는 내가 상하에 당치 않고 궁중에서 관심 없는 과부의 몸이다. 내 몸에 문안과 약방 내인이 안부를 묻는 것이 당치도 않고 변변치도 않아 숨이 곧 지려고 하는 중에라도 항상 민망스럽더니, 이제 저희가 나를 협박하고 모욕하여 어서 죽기만을 재촉하는구나.

겉으로 문안이라고 하며 방문할 적마다 마음속에는 더더욱 미워할 것이니, 이것은 내가 점점 욕을 받는 것이다. 선왕이 아신다면 그 문안을 받지 말라 하실 것이다. 그러니 내가 결단을 내려 소위 조정 문안과 약방 문후를 받지 않아 저희 마음을 시원하게 하고 내 본분을 편히 하려 하였다. 하지만 선왕의 장례 전이기 때문에 결단을 내리지 못하고 주저주저하였더니, 장례 후에 나의 이복동생 홍낙파와 조카 홍서영의 벼슬과 품계를 올리는 일로 상소가 잇달아 나와 떠들었다.

"역적의 자손이니 올리지 못합니다."

일찍이 장령(掌令)인 한용귀가 수영을 역적의 씨라고 할 때 선왕께서 대단히 노하신 적이 있었다.

"손자는 똑같이 손자이니 친손자가 역적의 씨일 때 외손자도 역적의 씨겠다."

서자나 손자가 역적의 자손이면 친딸은 역적의 자손이 아니고 무엇이겠는가. 자고로 역사책에도 이런 흉악한 말이 있었는지는 알 길이 없다. 이어 전주 사람 이안묵의 상소에 선친을 모욕함이 더욱 해괴망측하여 더 이상 여지가 없었다.

내 모양새가 가냘프고 약하여 조정이 다 나를 하찮게 여기는 것을 막을 길 없으니, 마음속에 모든 일을 끊어 버리고 모른 체 하고자 하였다. 그래서 삼우제를 지낸 뒤 제사를 치른 후에 폐 인을 자처하여 선왕 계시던 영춘헌에 가 누워 죽기만을 기약하 였다. 내 삶과 죽음이 꿈 같으니 무엇을 아껴서 이 분함을 달갑 게 여기고 견디겠는가.

동짓달에 하고자 하던 일을 하려고 약방에 내가 문안받지 않 는 사연을 한 편의 편지로 써내어 주었다. 그리고 영춘헌으로 와서 선왕의 자취를 어루만지며 내 억울한 신세를 서러워하여 하늘을 부르짖으며 통곡하고는 기절하였다.

세상에 이런 광경이며 이런 인정과 도리가 어디 있으리오. 가 순궁도 처음에는 말리더니, 나중에는 나의 일을 슬프게 여기고 굳이 막지 않았다.

하지만 대왕대비(정순왕후)께서 아시고 무척 노하시어 여러 가지로 꾸지람이 많으시며, 그 한글 편지도 못 내어 주게 하셨 다. 안에서 내가 하는 일을 말리는 것은 이상하지 않지만, 천만 뜻밖에 대왕대비께서 엄한 분부를 내리셨다.

"혜경궁을 부추기는 놈이 있으니 그놈을 다스리려 한다."

대왕대비께서 벼르신다 하더니 그 달 27일에 분부가 내렸다. 그것인즉, 둘째 동생 낙임이가 나를 꾀어 이런 행동을 한다 하 시고 삼수갑산(三水甲山)으로 멀리 귀양 보내라 하셨다. 이것은 마치 궁녀들에게 죄가 있으면 제 오라비를 잡아다 옥에 가두거나 내사로 죄를 다스리는 모양이라 할 수 있으니, 나를 선왕의 어미라 하면서 이러한 일이 어디에 있으리오.

주상(순조)이 비록 어린 나이시나 매우 놀라시고 가순궁의 친아버지인 박판서도 공정한 뜻에서 놀라 주상에게 대왕대비께 올라가시어 분부를 도로 거두어들이시도록 여쭈었다. 가순궁이 주상께 여쭈어 그 명령서를 내어 주지 못하게 하고 거적을 희정당 뜰에 깔고 대비께 아뢰었다.

"주상께 아뢰는 분부를 보니 차마 놀랍사오니 이 어찌 지나친 행동이시나이까? 차마 명령서를 내어 주지 못하니 죄를 기다리나이다."

그 사람이 나를 위하여 귀한 몸을 추운 뜰에서 거적을 깔고 엎드려 벌을 기다리니, 선왕의 효성을 생각하고 자기 정성을 다함이니라. 그러니 가순궁에 대한 안타까움과 감격함을 어찌 다 말하리오.

그 전에 내가 영춘헌에 가서 자살하려 할 적에, 주상이 영춘헌에는 차마 못 오시고 쓸쓸하고 냉기 도는 거려청에서 내가 오기를 기다리신다 하였다. 가순궁이 와서 돌아가자 하기에 나도 마음이 약해져 어리신 주상의 마음을 차마 상하게 하지 못하여 마지못해 끌리어 왔다.

그날 한집 안에서 그냥 모르는 체하기가 이상하여 대비께 나아가 여쭈었다.

"어찌하여 분부가 이와 같사옵니까?"

대비께서 대답하셨다.

"이번 행동이 네 뜻이 아니라 몹시 흥분하는 이가 있으니, 내가 이 처분을 어찌 안 할 수 있겠느냐."

내 운명에 안 겪고 안 당한 일이 없으나, 선왕이 계시다면 감히 이런 일이 없을 것이다. 하늘을 우러러 길이 탄식하고 피눈물이 흘러 가슴이 막힐 듯 하였지만, 참고 참으며 말씀드렸다.

"너무 이러지 마시옵소서."

내가 한탄하고 분개하여 말하니 주상도 가순궁도 있고 또 나를 보니 당신이 지나치신 듯싶었는지, 말씀도 나직이 하시고 분부를 거두시었다.

원래 이번 일뿐만 아니라, 선왕이 살아계실 때에도 원통하고 분한 일이 많아 항상 목숨을 내놓고자 하였다. 하지만 모든 것을 다 선왕을 믿고 참고 지내었더니, 지금에 이르러서는 선왕이 안 계시니 내 애원과 슬픔이 하늘에 치받쳐 죽을 곳을 얻고자 하는 차에 또 이런 변고를 당하였다. 선친께 대한 모욕 외에 신변을 바짝 죄어 괴롭게 하니, 내가 한시라도 살고 싶은 마음이 있을 리가 만무하다. 내가 스스로 결심한 일이니 내 집안 사람이 누가 알기나 하며 내 아무리 변변치 못한들 가족을 위하는 마음은 남만 못하지 않거늘, 칠십의 잔년에 누구의 꾀임을 듣고 그런 일을 할 리가 있겠는가!

설사 누구의 말을 듣고 하였다 한들 내가 한 일을 내 동생에게 뒤집어씌우다니, 나를 어느 지경에까지 이르게 하는 일인가. 게다가 내 집의 형제와 친척이 여럿인데 둘째 동생의 죄로만 홀로 삼아 몰아가니 이런 일이 어디 있으리오.

그 후는 하릴없이 분함을 참고 억울함을 품으며 하는 수 없이 겨우 하루하루를 보내었다. 내 한글 편지와 대왕대비께 올리는 말씀이 다 저희들에게 용납하지 못할 죄라, 나를 죽여 분풀이를 못하고 둘째 동생을 대신 죽이려 하였으니 어찌 꼼짝이나 할 수 있었겠는가.

문안 일로 인해 충동하고 모략하여 마침내 12월 18일에 임금의 엄한 분부가 내렸다. 둘째 동생 낙임의 목숨이 날로 위급하여 피할 여지가 없게 되니, 대신 이하가 들어와서 동생을 죽이라 하고 또 임금께 간단히 상소를 올렸다.

"역적의 소굴을 없애십시오."

이렇다는 죄명 없이 그저 억지로 우겨서 죽이고자 하니, 세상천지에 이런 허무맹랑한 일이 어디 있으리오. 예로부터 원통히 화를 입는 이가 무수히 많았을 것이다. 그래도 벼슬을 하였거나 권세를 썼거나 사람을 살리고 죽였거나 나라의 전복을 꾀하는 의논을 하였거나, 이와 얽힌 무슨 일이라도 있으면 분명히 죄라고 이야기할 수 있다. 하지만 낙임의 이런 처지는 이미 누명을 벗어 제 진술과 선왕의 말씀이 명백하여 다시 말할 것이 없다. 그런데도 새로 생긴 죄목은 생판 까닭이 없어 이 끝 저 끝 말도 안 되는 것을 죄목이라고 모았던 것이다.

첫째로 정조의 이복동생인 은언군을 위한다는 말과 신묘일을 하나의 범죄 사실로 삼았다. 이는 선친을 함정에 빠뜨린 거짓말을 30년 후에 그 아들에게 연결시키는 것이니, 이런 일이 세상에 어디 있으랴. 선왕이 내 선친에게 누구이시며 또 내 동생에게 누구이신데, 선친이나 동생이 선왕을 버리고 인(은언군)을 위한다는 것이 말이 되는가. 길을 막고 사람들에게 물은들 조선에야 인을 위하는 사람이 어디 있으리오. 그런데도 인이와 함께 나란히 기록하여 화를 입으니 세상에 다시 없이 매우 원통한 일이다.

또 돌아가신 사도세자를 왕으로 추대하려 한다 하니, 둘째 동생이 이것은 입에 올린 적도 없었고 집안의 젊은이를 데리고라도 이야기한 일이 없었다. 누가 와서 이 말을 하였거나 누가 들었거나 한 사실이 있으면 모르겠지만, 듣도 보도 못한 일을 억지로 '당연히 그러하였으리라' 하니, 또 그런 일이 어디 있으리오. 먼저 처벌된 무리들을 모아 스스로 소굴이 된다 하나, 낙임이가 집안이 잘못된 후 30년 동안 외출을 않고 집 안에만 박혀 있어 사람과 서로 뜻을 맞추지 않은 것은 세상이 다 아는 바이다. 그러니 이것 또한 이치에 맞지 않는 거짓말이다. 심지어 사학(邪學, 천주교)에까지 몰아넣으려 하나, 함정에 빠뜨릴 길이 없기에 의심하게 하여 엮어 넣으니 세상에 이런 해괴망측한 일이 또 어디 있으리오.

낙임이가 본래 경서를 읽고 문장을 즐겨 하는 고로 책을 넓게 보길 일삼지 않아 평시에 잡다한 책들을 보지 않고 삼국지, 수호전 같은 것도 본 일이 없었다. 그러니 천주교의 교리를 보기는커녕 이름인들 어찌 들었으리오. 그 전에 사학이 세상에 있는 줄도 모르다가, 신해년 12월에 낙임 형제가 개인적으로 임금을 뵈올 때 선왕께 비로소 대략적인 것을 듣고 그때 놀라 근심하였다.

"그런 사학은 일절 금하옵소서."

이렇게 아뢰던 말을 지금도 생각하게 된다.

소위 사학이란 괴상하고 세상에 불만을 품은 자들이 빠지는 일이지, 권세나 왕가의 친척 된 사람이 할 리가 어디 있으며, 하물며 내 집 사람이 그런 책을 볼 리도 없다. 그 사학에 남인(南人)이 많이 들었다 하니, 내 집에 30년 동안 사람의 왕래가 드물던 중 남인은 더욱 아는 이 없었다.

채제공은 소식도 없고 이가환이는 낙임이 평생에 얼굴도 모르는 사람이다. 그런데 오석충이가 낙임에게 다녀온 후, 조상 오시수의 복관작을 한 것은 '낙임의 힘'이라고 진술하였다고 전 영의정 심환지가 선왕께 아뢰었다. 이 한마디 말로 허다한 말이 났으나 모두 거짓이라는 명백한 증거가 있다.

오시수가 죄 입을 때 내 고조부께서 대사헌으로 계셨는데, 대
궐 문에 엎드려 상소하였을 때 결국 처분이 내 고조부께서 하
게 된 셈이기에, 오가들이 우리 집을 대대로 원수 집안으로 알
았다. 그러니 제 원수 집안에 드나들고자 한들 올 일이 어찌 있
으며, 선왕께서 낙임의 말을 듣고 오시수의 복관작을 해 주었으
면 낙임의 권세가 뛰어난 셈인데, 제 삼촌은 어찌 복관작을 못
해 주었는가. 견줄 데 없이 다 터무니없는 말이니 다시 말할 거
리도 못된다.

사람을 죽이는 일은 나라의 큰일이오, 하물며 낙임은 내 동생
이자 선왕의 외삼촌이니, 설사 그럴듯한 구체적인 죄의 내용이
있다손 치더라도 사람을 가볍게 해치지는 못할 것이다. 그러함
에도 꾸며낸 죄명이 단 한 가지도 말이 안 되는데, 죽이려고만
하여 마침내 천 리 밖에서 참화를 받게 하니 세상천지에 이처
럼 더없이 원통하고 억울한 일이 다시 어디 있으리오.

내 칠십의 늘그막에 선왕을 잃고 밤낮으로 통곡하여 빨리 죽
기만을 원했다. 그런 중에 동생이 한 가지 죄도 없는데 참화를
입었으니 내 분수에 살아 앉아서 구하지도 못하니, 나같이 독버
섯 같은 사람이 다시 어디 있으리오.

주상(순조)이 그때 내 모습을 보시고 눈물을 머금고 가시더
니, 사람 없는 곳으로 가서 많이 우셨다 한다. 나이가 어리셔서

비록 구하지는 못하시지만, 내 동생에게 죄가 없는 것을 아시고 선왕이 평상시에 잘 대접하시던 일을 생각하시며, 내 처지를 서러워하시어 그러신 것이니 어찌 내가 슬퍼하지 않으리오.

내 비록 망극하고 애통하지만 주상의 어질고 효성 어린 마음에 훗날을 바랄 것이로다. 만일 내가 슬픔을 이기지 못하여 목숨을 끊으면 나쁜 무리들이 내가 죽길 바라던 뜻을 이루었다고 좋아할까 해서 계속 참고 살았다. 그러나 원통하게 죽은 동생 낙임은 다시 살 길이 없고 내 호흡이 날로 쇠약하여 며칠을 더 살지 알지 못하니, 지하에서 죽은 동생을 볼 낯이 없고 오랫동안 한이 맺힐 것이로다.

하늘아! 하늘아!

나를 살려 두었다가 동생이 억울한 누명을 벗는 모습을 보고 죽게 해 달라고 밤낮으로 피눈물 흘리며 기도할 뿐이로다.

恨中錄

禮

궁궐에 어렸을 때 들어와 벌써 60년이 다 되었다. 험난한 운명과 무수한 세월을 보내며 유례없는 고통을 겪었을 뿐 아니라, 억만 가지의 덧없고 기구한 사건을 곁에서 지켜보면서 그야말로 살고 싶지 않았다. 그러나 선왕의 효도가 지성스러운 덕에 목숨을 끊지 못하여 오늘까지 이르렀더니, 하늘이 갈수록 나를 밉게 여기셔서 참혹한 화를 당하게 하였다. 곧 죽어서 따르는 것이 당연하나 모진 목숨이 토목과 같아서 쉽게 죽지 못하고, 또 어린 임금을 그리워하여 아직 한 오라기의 목숨을 지탱하니 이 어찌 사람이 차마 견딜 수 있는 일이겠는가.

　여염집의 보잘것없는 아낙이라도 일흔 노인이 하나뿐인 아들을 잃었다면 마을 사람들이 조문하고 위로하며 가엽게 여긴

다. 그런데 선왕께서 돌아가신 지 얼마 안 되어 내 선친을 무참히 욕보이고 내가 죽으려는 일을 둘째 동생 낙임이 부추긴 것이라 하여 죄로 잡아 7~8년에 걸쳐 앞뒤가 맞지도 않는 거짓말로 엮어 외딴 섬으로 귀양 보내었다. 그렇게 연달아 참혹한 꼴을 만들고 이 몸이 자결하려는 일을 동생 낙임에게 덮어씌운 꼴이니 낙임이를 죽인 게 아니오, 나를 죽인 것이나 마찬가지다.

흉한 무리들이 때를 얻어 선왕을 저버리고 어린 임금을 업신여겨 선왕의 어미를 이렇게 욕보이니, 인륜이 끊어지고 신분이 없음이 이때 같은 적이 없었다. 내 밤낮으로 가슴을 치고 피눈물을 흘리며 선왕과 동생의 뒤를 따르고자 하나 따르지 못하였다. 외로워 의지할 곳 없고 마음 놓고 살려고 하여도 살 길이 없으며, 죽으려 하여도 죽을 수가 없으니 이것은 나의 죄악이 깊고 무거우며 운수가 나쁘기 때문이니, 하늘에 호소하고 귀신을 원망할 뿐이다.

내가 겪은 일들이 자고로 왕비들 중에 없었고, 내 집안 처지 또한 예로부터 사람 사는 집에 없는 일이다. 하늘과 땅이 보고 주상(순조)이 어질고 효성스러우니, 내 비록 결말을 보지 못하고 죽을지라도 주상이 옳고 그름을 분간하여 나의 원통함과 억울함을 들어 주실 날이 있을 줄 안다. 그러나 내가 만약 그 수많은 일들을 적어 두지 않는다면 자세히 아실 길이 없을 것이다.

그래서 쇠약한 정신을 거두고 점점 쇠진하는 기력을 억지로 차려서 기록하고자 한다. 앞 부분에는 선왕께서 나를 섬기시던 효성과 나와 나누시던 말씀을 옮겨 쓰고, 그 나머지는 사건마다 명백히 따져 알게 하였으니, 내가 아니면 이런 일을 누가 자세히 알며 쉽게 쓸 수 있겠는가.

내가 언제 눈을 감을지 모르기에 이것을 가순궁에게 맡겨 내가 없는 후라도 주상께 전하여 내 기구함과 처지의 원통함을 아시고 30년간 쌓여 온 원을 풀어 주시는 날이 있기만을 바라고 바란다. 그렇게만 된다면 내 죽은 넋이라도 지하로 가서 선왕을 뵙고 임금의 혈통을 두어 뜻을 잇고 일을 알려 모자의 평생 한을 이룬 걸 서로 위로할 것이니, 이것만 하늘에 빌 뿐이다.

내가 여기에 쓴 글 중에 티끌만치라도 꾸며 내거나 과장한 것이 있으면 이는 위로는 돌아가신 선왕을 모함하고 가운데로는 내 마음을 스스로 속인 것이나 마찬가지다. 그리고 아래로 나와 친한 사람들에게 알랑거린 것이니 내 어찌 하늘의 재앙이 무섭지 않으리오. 내 평생 겪은 일이 수없이 많으며 선왕과 주고받은 말이 몇 천 마디인지 모두 기억할 수 없지만, 나의 쇠약한 정신에 만에 하나를 생각지 못하고 또 나라의 큰일과 관계가 없는 것은 번거로이 세세하게 기록하지 않았다. 결국 큰 사건만 기록하므로 그리 자세하지는 못하다.

세상에 누가 어미와 아들 간에 정이 없을까마는 나와 선왕이 가진 정은 다시없을 것이다. 선왕이 아니면 어찌 내가 오늘날에 있으며, 내가 없으면 선왕이 어찌 보전하여 계셨으리오. 모자 두 사람이 조마조마하여 서로 의지하며 숱한 변란을 다 겪고, 말년에 복을 받아 나라의 끝없는 복을 누리길 기다렸다. 하지만 하늘도 무심하지, 무슨 뜻으로 선왕을 일찍 앗아가시니, 세상에 이런 참혹한 화가 어디 있는지 모르겠다. 내가 임오화변 때 목숨을 끊지 않은 것은 선왕을 보호하기 위함이었다. 그런데 무술년에 선친이 흉한 모함[81]을 만나 지극한 원한을 풀지 못하고 한을 품은 채 빨리 돌아가시니, 내가 따라 죽으려 하였으나 선왕의 효성에 감동하여 차마 죽지 못하였다. 이제 선왕을 잃고 아무런 죄가 없는 동생까지 참화를 입게 하니, 나는 곧지 않고 자애도 없고 효성도 우애도 없는 사람이 되고 말았다.

내가 무슨 면목으로 세상에 머무를 마음이 하루라도 있겠냐마는, 어른 임금을 그리워하여 모진 목숨이 쉽게 끊어지지 않아 이렇게 구차하게 목숨을 붙이고 욕되게 살아가고 있다. 그러니 나같이 어리석고 나약한 사람이 다시 어디 있으리오.

선왕의 타고난 성품이 매우 효성스러우시고 지난 몇 해 동안에는 효도가 더욱 지극하게 나를 섬기셨다. 평일에는 노모의 외로운 마음을 아시고 성 안의 가까운 행차를 하시더라도 궁 안

---

81) 영조 47년에 인·진의 일 때문에 혜경궁 홍씨의 친정아버지가 관직을 박탈당하고 서인이 된 일.

을 떠나시면 문안 편지를 계속 보내셨다. 사도세자의 묘소에 다녀오실 때는 대개 며칠 걸리기 때문에 내가 그리워하는 마음을 더욱 생각해 주셨다. 그래서 도로에 역마를 세우시고 두 세 시가 못 되어 소식을 전해 주셨는데 이제 어디 가서 그리운 선왕의 한 자 서신을 얻어 보리오.

원통하고 원통하다. 선왕께서는 처음부터 가지고 태어난 성질이 매우 뛰어나시어 인물도 참으로 잘나시었고 마음씨가 빼어나시고 생활이 특이하셨다. 말을 배우며 글자를 알아 어려서부터 대단히 부지런하시고 주무시는 시간 이외에는 책을 놓으신 일이 없었다. 결국 뜻을 이루심이 역대 왕들보다 뛰어나셔서 온갖 일에 모르시는 것이 없으니, 3대 이후로 여러 왕 가운데 학문, 문장과 성스러운 덕으로 나라를 다스리는 방법이 우리 선왕 같은 분이 없다.

춘추 50이 거의 되시고 정치하실 일이 많더라도 매년 겨울이 되면 한 질의 책을 꼭 읽으셨다. 어느날 어미가 기쁜 마음으로, 어린 시절 책거리 해 드렸던 양 약간의 국수와 만두 등을 올렸더니, 선왕이 노모의 뜻이라 기뻐하시며 여러 신하들과 더불어 많이 잡수시고 글을 지어 기록하신 것이 어제 일처럼 생생하다. 그런데 사람이 이렇게 빠르게 변하게 될 줄을 어찌 알았으리오.

선왕이 매우 어질고 효성스러우셔서 영조대왕의 뜻을 받들어 순종하심과 부모께 효도하심이 이루 다 기록할 수 없지만,

대략은 언행록(言行錄)에 올려져 있다. 임오년 이전에 난처한 때가 많았으나, 선왕이 어린 나이이심에도 걱정할 줄 알아서 더욱더 몸을 닦으시니 영묘께서 한 번도 걱정하신 일이 없었다. 선왕을 보시면 항상 총명함과 어질고 너그러운 품성을 칭찬하셨으니 선왕의 지극한 효성과 좋은 행실이 임금을 감동시킨 것이다.

선왕께서는 어려서부터 나에게 어미로서의 도리 이상으로 정성을 각별히 쏟으셨다. 그래서 내가 먹으면 잡수시고 초조하게 근심할 때가 많으셨다. 그러나 어른처럼 마음을 잘 써서 일의 기틀에 힘입어 두루 애쓰시니, 이 어찌 어린 나이에 능히 할 수 있는 일이리오.

선왕이 임오화변을 만나자 원통해 하고 슬퍼하심이 어른 같으시고 슬퍼하는 모습과 우는 소리가 모든 사람들을 감동시켰으니, 눈과 귀가 있는 자라면 모두가 눈물 흘렸을 것이다. 외롭게 되신 후에는 지극한 아픔을 품고 어미 섬김이 극진하시어 한때도 마음을 놓지 못하셨다. 나를 떠나면 잠을 이루지 못하시어, 우리가 각각 대궐에 있을 때는 일찍이 내 소식을 들으신 후에야 비로소 아침상을 받으셨다. 그리고 내 몸이 조금만 불편하여도 꼭 손수 약을 지어 보내셨으니 그 효성은 하늘이 내리신 것임을 이런 데서 알 수가 있을 것이다.

서럽고도 서럽도다! 차마 선왕이 효장세자의 양자로 봉해지던 갑신년의 일을 어찌 다 일컬을 수 있으며 그때 몹시 애달프고 망극하여 모자가 서로 붙들고 죽을 바를 모르던 모습이야 어찌 다 글로 기록할 수 있겠는가? 선왕께서 겪으신 지극한 아픔이 예로부터 제왕가에 없는 일이니, 비록 나라를 위하여 임금의 자리에 임하시나 한평생 아픔을 품으시고 추모하심이 해가 갈수록 더욱 깊어지셨다. 그리하여 돌아가신 사도세자의 신위를 모신 경모궁에 일첨문과 월근문을 두시어 매달마다 참배하심이 한두 번이 아니시었으며, 돌아가신 아버지를 그리워함이 아침저녁으로 문안을 드리듯 하였다.

선왕께서 나를 모시는 것이 왕가의 부귀를 누리게 하셨지만 자신은 오히려 부족하다 여기셨다. 온화한 빛과 기쁜 소리로 하루에 네다섯 번을 들어와 보시고 매사에 혹 내 뜻을 어길까 하여 마음을 놓지 못하였다. 내가 여러 해 동안 노병이 잦아 기미년과 경신년의 두 번에 걸친 큰 병 때문에 선왕께서 걱정하시고 애태우심이 크셨다. 잠도 안 주무시고 옷을 벗지 않으신 채 탕약을 올리는 것과 고약 붙이는 것을 모두 몸소 행하시어 옆 사람에게 맡기지 않으셨다. 그러니 내 비록 모자 사이일지라도 감격스런 마음을 어찌 다 헤아릴 수 있을 것인가?

선왕께서는 선천적으로 타고난 기품이 무척 검소하시고 노년에는 더욱 검소해서 항상 계신 집이 짧은 처마와 좁은 방에 단청의 장식을 놓지 않으시고 수리를 허락하지 않으셨다. 그래서 쓸쓸하고도 가난한 선비의 거처와 비슷했으며, 정복 이외에 의복은 비단옷을 입지 않고 굵은 무명옷을 입으셨고 이불을 비단으로 덮지 않으셨다. 또한 아침저녁 상에는 반찬 서너 개 외에는 올리지 아니하시되 그것도 작은 접시에 담고 많이 담지 못하게 하셨다. 내가 혹 검소함이 지나치다고 일컬으면 사치의 폐단을 누누이 말씀하셨다.

"검소하고 소박함을 소중히 여기는 것은 재물을 아끼는 것이 아니라 복을 기르는 도리입니다."

선왕께서 도리어 나를 앞에 두고 훈계할 때가 많으시니 내가 깊이 감탄할 수밖에 없었다.

선왕께서 자녀를 두는 경사가 늦으시어 나라를 위한 근심이 크셨다. 그러다가 임인년(壬寅年, 정조 6년, 1782)에 문효세자[82]를 얻으시고 처음으로 경사롭더니, 병오년의 5월과 9월에 두 번의 변을 당하셨다. 몹시 슬퍼하시고 안타까워하시어 몸을 상하시니, 내가 선왕의 몸을 위하여 두렵고도 초조해하였다.

정미년(丁未年, 정조 11년, 1787) 봄에 가순궁을 간택하였더니, 마음이 어질고 무던하며 용모가 수려하여 뼈대 있는 집안 숙녀였다. 궁에 들어온 후에 나를 받드는 것이 매우 정성스럽고 효성스러우니, 나 또한 친딸과 같은 정이 있고, 선왕을 더할 수 없

---

82) 정조의 장남. 다섯 살이 되던 병오년(정조 11년)에 죽었다.

이 잘 받들어 선왕의 뜻에 어긋나는 일을 하나도 하지 않았다. 그래서 선왕께서 특히 중하게 여기시고 기대하심이 특별하시어, 항상 지금이라도 곧 무슨 중한 부탁을 하실 듯하시니 선왕께서 알고 계셨던가 싶다.

아들 낳는 경사를 그 몸에 점지하시길 마음 졸이고 바라는 마음이 날로 간절하더니, 하늘이 말없이 도우시고 조상이 보이지 않는 데서 도우셨다. 과연 경술년 6월 18일 신시에 내가 머무르는 건넛집에서 큰 경사를 얻어 주상(순조)이 나시니, 비로소 종사 억만년의 튼튼한 기반이 되었다.

선왕과 내가 서로 축하를 하며 기쁨과 즐거움으로 나날을 보내는 중, 이상하게도 주상의 탄생일이 내 생일과 같으므로 선왕께서 항상 말씀하셨다.

"저 아이의 생일이 마마의 탄생일과 같은 날인 것이 예로부터 역사책에도 없는 기이한 일입니다. 이것은 마마께서 지성으로 애쓰신 덕분으로 우연치 아니한 일입니다."

내가 무슨 지극 정성이 있겠는가마는 스스로 나라와 상감의 몸을 위하는 마음은 나보다 더할 이가 없을 듯하였는데, 이때는 하늘이 나를 어여삐 여기시어 주상과 탄생일이 같게 되었는지 참 신기하였다.

경신년 봄에 주상의 성년식과 책봉식의 두 경사스런 예식을 지내고 명문가의 숙녀를 간택하였다. 그해 겨울에 며느리 보시기를 손꼽아 기다리시더니, 선왕은 이제 어디로 가시고 나 혼자 며느리를 볼 일이 더욱 서럽도다.

선왕께서는 항상 사도세자의 묘소인 영우원이 좋은 곳이 아닌 줄 알고 계셨다. 병신년 초에 내 선친께서 묘소를 옮기시길 힘껏 청하셨으나 쉬운 일이 아니기에 근심걱정만 하셨다. 그러다가 기유년에 수원의 화산 신용농주지혈을 점쳐 잡아 묘소를 옮기시고 이름을 고치어 '현륭'이라 하셨다.

"옛사람의 말에 이르자면 이 땅이 천리에 한 번 만나는 땅이옵니다. 효묘를 모시려 하던 곳을 얻어 썼으니 무슨 한이 있으며, '현륭' 두 자로써 세상에서 내 깊은 뜻을 이해할 것입니다."

선왕께서 이렇게 말씀하셨으니, 그때 밤낮으로 애쓰시며 돌아가신 사도세자를 그리워하며 슬퍼하시던 일을 어찌 다 기록하겠는가? 산소를 옮긴 후에는 효성이 더욱 새로이 간절하셨다.

사도세자의 초상화를 능에 잘 모셔 두어 성묘하시는 뜻을 붙이시고, 5일에 한 번씩 능을 보살피게 하시며 매년 정월에 산소에 가서 참배하셨다. 그리고 봄, 가을로 나무를 심어 장식을 하심이 친히 심으신 것이나 다름없이 하셨다.

또 옛 고을의 백성들을 화성으로 옮기시고 산소를 정성껏 보호하기 위하여 크게 성을 쌓아 행궁을 웅장하고 화려하게 지으셨다. 을묘년 봄이 한창일 때, 나를 데리고 산소에 참배하시고 돌아와 봉수당(奉壽堂)에서 잔치를 베푸셨을 때, 내외빈과 많은 신하들을 모아 밤을 이어 잘 대접하셨다.

늙은 나에게는 낙남헌에서 직접 술을 권하시고 궁핍한 백성들에게는 신풍루에서 쌀을 주어 환성과 기쁨이 화성으로부터 한양(서울)까지 미쳐 넘쳐흘렀다. 이것이 모두 다 이 늙은 어미를 위한 마음에서 하신 일이라 하여 일국의 백성 모두가 칭송하고 찬양할 터였다.

선왕이 비록 나라를 위하여 부지런히 힘써서 왕위에 계시지만 더할 나위 없는 아픔으로 슬퍼하시니, 왕의 자리에 앉아 있는 것을 좋아하지 않으셨다. 그리고 덕을 칭송하는 칭호를 받는 것을 군이 막으셨으며, 항상 왕위를 떠나실 마음을 가지고 계셨다. 그러다가 아들을 얻어 나라를 이을 사람이 있고, 화성을 크게 쌓아 한양의 다음이 되게 하였으며 집의 이름을 노래당(老來堂)과 미로한정(未老閒停)이라 하였다. 그리고 나에게 말씀하셨다.

"왕위를 탐함이 아니라 마지못해 나라를 위해 있었으나, 갑자년에 원자의 나이가 15살이니 충분히 왕위를 전할 수 있을 것입니다. 그리고 처음의 뜻을 이루어 마마를 모시고 화성으로 가서 평생 경모궁 일에 행하지 못한 한을 이룰 것입니다. 이 일을 내가 영묘의 분부를 받아 내 손수 행하지 못하는 것이 참으로 원통하지만 이 또한 나의 의리요, 원자는 내 부탁을 받아 내 마음을 이루어 내가 행하지 못할 것을 제가 대신하여 행하는 것이 또한 의리입니다. 오늘날의 여러 신하들은 나를 따라 아니하는 것이 의리요, 다른 날의 여러 신하들은 새 왕을 받드는 것이 의리입니다. 의리가 일정한 것이 아니라 때를 따라 의리가 되는 것이니, 우리 모자가 살았다가 자손의 효도로 이 영화와 봉양을 받으면 어떠하겠습니까?"

내가 비록 왕이 품은 생각이 안타까운 줄 알지만 또한 그때 나라 일이 아득한 것을 생각하여 눈물을 흘리면 선왕도 걱정스러워 나와 함께 우셨다.

"이리하여 내가 하지 못할 일을 아들의 효도로 이루고, 죽어 지하에서 뵈면 무슨 한이 있으리까?"

또한 원자를 가리켜 말씀하셨다.

"저 아이가 경모궁의 일을 알려고 하는 것이 조숙하지만 나는 차마 말할 수 없으니, 제 외조부더러 들려주게 하시지요."

그래서 선친이 경모궁의 일을 간략하게만 이야기하였다고 한다. 그러자 선왕은 또 말씀하셨다.

"이 아이는 경모궁을 위하여 그 일을 하려고 하늘에 빌어서 태어난 아이이니 이 또한 하늘의 뜻입니다."

그리고 을묘년에 경모궁을 존호(尊號)하실 때 팔자존호를 하시고, 나에게 말씀하셨다.

"그렇게 반대하던 김종수가 '옥과 금으로 만든 도장에 팔자

존호를 하옵소서' 하더이다. 이제는 다 되고 한 글자만 남았으니 이는 이후 새로운 왕에게서 기다리지요."

그리고 이어서 존호 글자를 외우셨다.

"장륜융범기명창후(章倫隆範基命彰休)."

내가 무식한 여편네라 자세히 알아듣지 못하고 여쭈었다.

"기명창효(基命昌孝)입니까?"

"효(孝)자는 장래에 무슨 효대왕이라 할 제 쓰겠기에 효도 효자는 그냥 두었습니다. 우리나라 대대 임금의 존호에 효자는 쓰지 않습니다."

선왕께서는 웃으며 이렇게 말씀하시고 내게 다홍색의 금빛 줄을 두른 천이 있는 것을 보시고 또 말씀하셨다.

"존호 때 중궁전의 예복이 무거운 고로 그것으로 쓰려 하니 없애지 말고 잘 두십시오. 장래에 손자의 효도로 쓰일 것입니다."

선왕께서는 몇 해 동안 갑자년의 방침을 정하고 더욱 힘을 쓰시어 무릇 모든 일을 하는 것과 말씀을 주고받음에 안 미칠 적이 없었다. 나는 내심 놀랐지만 이는 실로 유례 없는 임금의 나타나심이라, 세상에 살아가면서 희귀한 일을 친히 볼 수 있을까 하는 기다림이 내심 있었다.

경인년에 이르러 내 집안이 흉악한 말과 불행이 망극하고 또 망극하여 가문이 뒤집혔으니 나의 억울함과 원통함을 어찌

다 말할 수 있겠는가. 내가 그때 뜰로 내려와 밤낮으로 울며 통곡하여 목숨을 끊기로 마음먹으니 선왕께서 나를 위로하심이 더할 나위 없으셨다. 내 지금 와서 생각하니 선왕의 타고난 성품이 어질고 효성스러우셔서 신령과 서로 통하신 듯하다.

한때 간사한 신하가 선왕의 총명을 막음이 비록 하늘의 뜬구름 같으나 해와 달의 광명한 빛은 변함이 없으니, 선왕께서는 선친의 충성과 삼촌의 원통함을 마침내 굽어살피실 것이다. 내 편협한 마음으로 실오라기 같은 목숨을 붙잡아 두지 못하면 선왕의 마음이 심히 상할까 두려워하여 억지로 욕되게 살고 있다.

그러니 내 마음은 비록 귀신에게 물어볼 것이나 마음속으로 생각하면 어찌 부끄럽지 않겠는가.

선왕께서는 과연 홍국영과 김종수를 물리치고 자신의 잘못을 뉘우치고 깨달으셨다. 특히 선친의 일에 대해서는 많이 뉘우치셨다.

"내 지나치게 하였습니다. 외조부께서 뒤주를 들이지 않으신 것을 제가 눈으로 직접 보았는데도 그놈들이 계속 우겨서 죄라고 하니 우스울 뿐입니다."

그때 내가 말씀드렸다.

"그놈들이 밖에 소주방에 있는 물건은 먼저 들어오고 어영청에 있는 물건은 선친이 아뢰었다고 죄를 잡는다 하니, 그런 원통한 말이 어디 있습니까?"

"놈들이 무엇을 알겠습니까? 어영청의 뒤주도 외조부께서 대궐에 들어오시기 전에 들여온 것입니다. 대체로 밖의 소주방 뒤주를 쓰지 못한 후 문정전이 선인문 안이요, 선인문 밖이 어영청이기에 가까운 어영청의 뒤주를 들여온 것입니다. 망극한 일은 신시(申時) 초 즈음에 일어나고 아주 망극하여지기는 유시(酉時) 초 즈음입니다. 외조부께서는 통행금지를 알리는 종이 친 후에야 궁에 들어오시는 것을 내가 직접 보아 자세히 아는 일인데, 뒤주를 두 번 들여온 것이 외조부와 무슨 관계가 있습니까? 그러하기에 정이환의 상소에 대한 회답문에 마지못하여 차마 못할 말을 하여 변명하여 드렸으니, 그것은 세상이 다 아옵니다."

"그러면 무엇을 가지고 선친의 죄를 갚습니까?"

"비교하자면 최명길과 같습니다. 극렬한 의논으로 나라의 큰일 때 대신으로 죽지 못했다고 의논하면 모르겠지만, 나를 보호해 내고 나라를 붙들었으니, 후세 사람의 의논은 오히려 나라에 공이 있다고 하여야 마땅할 것입니다. 내가 그때 일을 옳다 그르다 하여 나를 보호한 일이 잘한 일이란 말은 예의상 못할 것입니다. 지금은 저희들 하는 대로 두어 비록 억울하신 처지를 밝혀 드리지 못하지만, 후왕 때야 제 아비를 보호하고 나라를 붙든 충성을 어찌 칭찬하고 찬양하지 않으리오?"

그리고 원자를 가리키시며 말씀하셨다.

"원자가 왕이 된 때에는 외조부의 누명이 풀리고 마마께서 저 아이에게 효도와 봉양을 저보다 더 낫게 받으실 것입니다."

신해년 겨울부터 선친이 나라를 다스리던 일과 임금께 나아가 아뢴 상소들을 선왕이 친히 모아 '주고'라는 이름을 붙여 손수 편찬하셨다.

기미년 12월에 책을 다 만들어 60여 편의 머리말을 직접 쓰시고 금상(순조)에게 드리고 읽도록 하셨다. 그리고 번역하여 전편을 보시고서 이르셨다.

"이제야 외조부의 공을 다 갚았으니, 오늘에야 외손자 노릇을 하였습니다. 외조부의 충성과 공적을 남김없이 칭찬하고 장려하여 주공에게 쓰는 문자도 쓰고 한위공과 현명한 재상이 되어 성인도 되시고 현인도 되어 계십니다. 이 글이 간행되면 후세에 길이 남을 테니, 지난 큰 액운이야 다시 거들어 무엇 하겠습니까?"

경신년 4월에는 주고 총서와 문집을 지으셨다. 그리고 둘째 동생 낙임에게 보내신 친서는 지금도 집에 있다.

"외조부의 충성이 이것으로 인해 더욱 나타납니다."

선왕께서 나에게 말씀하셨다.

"그중에서 충분히 드러낼 일은 간행할 때 다시 넣으려 합니다."

내가 선왕께서 쓰신 머리글을 보니 참으로 훌륭하고 거룩하였다. 자손으로 하여금 짓게 한들 어찌 이에 미치겠는가? 내가 하늘을 우러러 감사히 여겼다.

"오늘에야 임금 아드님을 둔 보람이 있고 구차하게 산 낯이 있습니다."

그런데 내 덕이 부족하여 일찍 선왕을 잃은 설움을 겪는 중에 '주고' 일로 혼란이 또다시 비롯되었다. 심지어 책마다 들어 있는 임금의 글을 없애자고 하는 바, 이는 위로 선친께 모욕이 여지없고 아래로 내 몸에 괴로움이 바로 잡을 수 없으며, 선왕이 또한 업신여김을 받고 계신 것이다. 비록 선왕이 안 계시지만 선왕 아드님을 임금이라 하면서 이런 일이 벌어지니 세상에 이런 일이 다시 어디에 있겠는가?

작은아버지에 대해서도 처음 귀양 보내실 적에 선왕께선 이렇게 말씀하셨다.

"반역할 마음과 딴 생각이 없음을 잘 압니다. 임오년의 불필지는 막수유 같아서 족히 죄 될 것이 없으니, 장래에는 죄를 벗을 것입니다."

게다가 근래에는 더욱 자주 일컬으셔서 작은아버지는 죄가 없는 사람이나 마찬가지였다. 그리고 선왕께서는 항상 외가의 일도 좋게 말씀하셨다.

"갑자년에 큰일을 이룬 후에는 그와 함께 깨끗이 밝혀져서 모자의 원한이 풀릴 것입니다."

경신년 2월에 또 말씀하셨다.

"오늘 한 사람을 특별히 용서하고 내일 또 한 사람을 용서하여, 막힌 사람이 없고 폐한 집이 없게 하여 크고 화한 기운 가운데 있게 하리라."

모든 일을 갑자년까지 크게 풀자 하시기에 내가 말씀드렸다.

"그때는 내 나이가 70세요, 내가 70세로도 흡족하고 만족하니 더 살기가 어렵소. 또 혹시 오늘날의 말을 어기면 어찌하리오."

그러면 선왕께서 벌컥 성을 내셨다.

"설마 한들 70먹은 노친을 내가 속이겠습니까?" 하기에 나는 갑자년을 굳게 기다렸다. 그런데 내가 지닌 흉한 독 때문에 천백 가지 일을 다 이루지 못하고 내 신세와 내 집안의 가혹한 화가 이 지경에까지 이르렀으니, 이는 옛 역사책에도 없는 일이다. 내 더 이상 살아 무엇 하리오! 그러나 주상이 비록 어리시지만 어질고 효성스러움이 선왕을 닮았으니, 장성하시면 응당 선왕이 다하지 못한 뜻을 이루실 듯하여 밤낮으로 하늘에 비노라.

갑자년에 내가 혼례한 후에 선친의 처지가 달라지셨으므로 과거를 보지 않으려 하시었는데 그때 산림학자들의 의논이 있었다.

"왕비 아버지로서 처지가 다르니 과거에 응하지 않으면 이상하다."

그리하여 부친께서 갑자년 10월에 과거에 응하여 급제하셨다. 대조(영조)께서 기다리시다가 다행히 여기시고 소조(사도세자)께서도 어린 나이셨지만 기뻐하셨다.

"장인께서 과거에 급제하셨다."

그때 숙종의 장인인 경은부원군과 영조의 장인인 달성부원군 두 댁 사람이 과거 급제한 이가 없었다. 그러다가 처음으로 임금의 장인이 과거에 급제한 경사를 보시고 인원, 정성 두 성모께서도 많이 기뻐하셨다.

"사돈께서 급제하셨다."

나를 부르시어 특별히 축하하셨는데, 정성왕후께서는 친정이 신임화변[83]을 당한 고로 노론을 두둔하시기가 각별하셨다. 그래서 선친께서 과거에 급제한 경사를 기뻐하심이 당신의 가족에 못지않으시니, 그때 감동하여 탄복하던 일이 어제만 같다.

세상에서는 잘 알지도 못하면서 선친께서 임금과 의사소통

---

83) 신임사화. 경종 원년(1721)부터 2년에 걸쳐 일어난 사화. 경종이 병이 잦고 세자가 없자, 노론의 4대신 이이명, 김창집, 이건명, 조태채 등의 주장으로 경종 원년 8월에 경종의 동생 연인군 곧 뒤의 영조를 세제로 책봉하고 다시 정무를 대리하게 되었다. 그런데 소론의 조태구, 유봉휘 등은 이의 불가함을 상소하고, 또 김일경 등은 목호룡에게 노론의 4대신 등이 역모를 도모한다고 하여 4대신은 극형을 당하고 이희지 등 100여 명이 화를 입었다.

이 잘 되심이 나의 아버지이기 때문에 그런가 한다. 하지만 실은 그렇지가 않다.

계해년 봄에 선친께서 관장의 숭문당에 들어오셨을 때의 일이다. 선친께서 처지를 분명히 하여 아뢰는 모습을 보시고 영묘께서 크게 뛰어나게 여기시고 들어와 선희궁께 말씀하셨다.

"오늘 세자를 위하여 정승 하나를 얻었소이다."

"누구입니까?"

"장의 홍 아무개요. 이 사람을 위하여 후에 알성문과를 보일 것이니 혹 이자가 과거에 급제할까 마음 졸이는구려."

선희궁께서 영묘께서 하셨던 말씀을 나에게 전해주셨다. 이로 보면 선친께 대한 영묘의 총애가 선비 시절 때부터이며 그때 이미 정승으로 허락하시고, 며느리를 간택할 적에 대번에 후보자로 뽑히는 처녀도 있었던가 싶다. 내가 비록 재상의 손녀이나 조부께서 안 계시고 가난한 선비의 딸이니 간택에 뽑힌 일이 뜻밖이었다. 그런데 영묘께서 나를 사랑하실 뿐 아니라 우리 선친을 크게 쓸 신하로 아시어, 내가 선친의 딸인 까닭에 더욱 확고히 나를 며느리로 정하신 것이다. 선친께서 비록 임금의 친척이 아니시더라도 사회적 신분과 명망, 재주와 도량을 겸하였기 때문에 임금의 대우가 이러하셨으니 어찌 지위가 높은 벼슬을 못하셨으리오.

그러나 나로 인하여 특별히 몸을 자유롭게 못하시어 유례없는 형편을 다 겪으셨다. 결국에는 처지가 망측하여 원한을 품으신 채 명을 재촉하시니 임금의 친척이 되신 덕은 적고 해로움은 많으셨다. 이 모든 것이 다 나 때문이니 내 일생에 죄스럽고 억울하고도 원통해 하는 바가 크다.

선친께서 과거 급제하신 후, 임금의 총애는 점점 더 크시고 벼슬은 차차 올라가시어 조정의 일과 나라 일을 모두 맡기셨다. 선친께서 지극한 정성과 뛰어난 재주와 지식으로 일마다 임금의 뜻에 맞고 법도에 어김이 없었다. 선친께서는 20여 년 벼슬에 있으면서 백성을 이해하고 나라의 슬픔과 즐거움을 당신 몸같이 아셨다. 또한 안팎의 고치기 어려운 폐해를 고치지 않으신 것 없이 지금까지 규정을 잘 지켜 행하셨다. 임금과 신하 간의 부합이 잘 되었기 때문이기도 하지만, 당신의 충성과 재주, 도량이 다른 사람보다 낮지 아니하면 어찌 이러하였겠는가?

선친의 처지가 망측하여 거짓과 모욕이 이르지 않은 곳이 없었으나 거짓된 말 두어 가지 뿐이었다. 30년 동안 나라 일을 하셨지만, 이 일을 잘못하여 나라를 병 들게 했다거나 일을 잘못하여 백성에게 해롭다는 말은 지금까지 조금도 없었다. 유식한 양반 외에 장안의 군대와 백성, 지방의 어리석은 백성들까지 선친의 덕을 생각하고 은혜에 감격하여 지금까지 칭송하고 있다.

"홍 정승이 아니면 나라가 어찌 지탱하였으며 우리가 어찌 살아갔으랴."

이는 나 한 사람만의 사사로운 말이 아니라 철없는 아이들과 어리석은 사람들을 붙잡고 물어도 반드시 근세의 어진 재상이라 할 것이니, 이 어찌 잠시 권력을 쓰던 사람이 들을 말이겠는가?

선친께서 벼슬하신 후의 수많은 자취는 세상이 다 알 것이요, 또 선왕이 주고 머리글에 전부 적어 놓으셨으니 다시 더 기록하지 않겠다. 다만 당신의 처지가 지극히 원통한 것만 대략 쓰고, 선친께서 모함을 받으신 사연은 아래의 여러 사건에 각각 올랐으니 또 다시 쓰지는 않겠다.

만일 경모궁의 병환이 말할 수 없는 형편이 아니시고 영조께서 모르시는데, 선친이 영조께 아뢰시어 뒤주를 들이시고 '이렇게 처분하소서.' 하고 권하였다 치자. 내 비록 부녀지간이지만 남편은 아비보다 더 중하기에, 내 아무리 무식한 여편네라도 그만한 의리는 알지 않겠는가. 그때 내가 한 번 죽어 따르기를 어찌 판가름하지 아니하며 설사 죽음을 결단치 못한다 하여도 내 어찌 차마 부녀의 정을 지켰겠는가? 그리고 선왕이 또 어찌 신묘년에 편지를 쓰셨을까? 상소의 회답에는 영조대왕의 분부를 외우며 그렇지 아니한 줄도 밝혀 주셨다. 또 하늘이 있다면 선친인들 어찌 자손이 남았을 것이며, 나인들 40년 동안 세상에 머물러 자손의 효도와 봉양을 받았을 것인가?

그때 당시 나라 형편이 위태로웠으니 선친께서 만일 두루 힘쓰지 않으셨더라면 내 집안이 아주 멸하기는 둘째요, 선왕이 어찌 보전하여 계셨겠는가. 억울한 때를 만나 통곡하고 피눈물을 흘리시며 선왕을 보호하고 나라가 오늘이 있게 하셨다. 영조대왕께서 선친을 믿고 의지하고 신뢰하셨기에 망정이지 그렇지 않았더라면 영조대왕께서 몹시 화가 나신 그때, 아드님도 그렇게 처분을 하시는데 손자의 운명을 어찌 헤아리셨으리오. 만일 그러하였으면 그때의 격렬한 말과 후세의 여론이 어떻다 하였으리오. 그때 선친의 처지로 머리를 돌계단에 부딪쳐 죽어서 세손을 아울러 보전치 못하는 것이 옳을 것인가, 아니면 어쩔 도리 없는 지경이니 세손을 지켜 이 종묘사직을 잇게 하는 것이 옳을 것인가. 이것은 똑똑하지 않은 사람도 알 수 있는 이치로다.

선왕께서 항상 말씀하셨다.

"외조부의 충성은 옛 사람에게도 쉽지 않으신 것입니다. 그런데 나는 세상 사람들의 욕이 무서워 차마 '충성'이다 '공로'다 하지 못하고, 기댈 데 없고 탓할 데 없어 눈앞에서는 이렇듯 흐릿한 사람처럼 지냅니다. 하지만 한유[84]와 같은 괴이한 놈을 죄명 없이 하였으니, 이것은 일이 급박하여 부득이한 일이요 진정한 의리가 아닙니다. 내 아랫대부터는 외조부의 공로와 위엄

---

84) 김귀주, 심의지와 결탁하여 홍봉한을 죽이려 한 청주 유생. '뒤주 문제' 상소를 해서 결국 사형을 당했다.

이 드러나신 것이니 시호(諡號)를 고쳐 충(忠)자로 하겠습니다."

이 말씀을 몇 천 번을 하셨는지 모른다. 이것은 가순궁께서 보고 들으신 말이니 내가 이제 선왕이 안 계시다 하여 있지도 않은 말을 만들어내겠는가? 선왕의 뜻이 이러하시기로 10년을 잡아 '주고'를 만들며 힘든 것을 잊으시고 밤낮으로 친히 편찬하셨다. 그 많은 글을 짓고 간행하여 세상 사람들에게 보이려 하시니, 선친의 사업 방법을 칭찬하고 권하여 더 힘쓰게 하시려는 뜻이다.

뿐만 아니라 당신 외조부를 향한 마음과 외조부가 당신을 보호하여 종묘사직을 평안케 한 충성과 공을 세상이 다 알게 하려 하신 일이니, 선왕을 가까이 뫼시고 있던 신하들은 다 알고 있을 것이다.

그래도 오히려 모년 일의 원통함이 덜 풀릴까 항상 근심하시고 거기에 덧붙여 말하기가 어렵다 하셨다. 그러더니 선친의 연대기를 손수 편찬하실 때 임오년 5월 13일의 사건 요소에 뒤주를 들인 시각을 넣으시고, 선친께서 국가의 장례를 맡은 관청의 벼슬아치로서 초상날 때부터 삼우제 뒤의 제사까지 충성을 다하였다고 적어 넣으셨다.

"문집에 임오년의 외조부 상소가 어찌 들지 않았느냐?"

선왕께서 물으시니 동생들이 아뢰었다.

"모년의 일은 지금 공적인 글에 기록하지 못하는 때이오니 차마 못 올리나이다.”

그러자 선왕께서 여러 번 재촉하셨다.

“그러할 이유가 없고 외조부의 본심과 사실이 이 상소에 있으니 올리라.”

그러나 오래지 않아 사학화변을 당하여 그 일을 결단치 못하셨다. 그러다 신묘년의 영묘의 편지를 얻으신 후에 선왕께서 매우 기뻐하셨다.

“동궁일기에 올리라.”

선왕께서는 연대기에 그 내용을 올리시고 나에게 말씀하셨다.

“제가 직접 본 일로 글 한 장이 연대기에 올라 세상에 증거가 되게 하였으므로 이제 한이 없습니다.”

만일 모년의 일에 선친께서 조금이라도 관여하셨더라면 선왕께서 평상시에 하던 말씀들과 연대기를 만들려는 까닭이 어디에 있겠는가. 당신 손으로 하지 못할 일은 의리를 지키시어 어버이를 위한 일에도 오히려 아직 다 하지 못한 것이 있는데, 진정 의리에 어긋나면 어찌 외조부라고 용서하시겠는가. 걱정하심은 말할 것도 없고 이렇듯 칭찬하고 장려하셨으리오. 이 한마디에 더욱 결단을 내려야 할 일이로다.

갑진년에 선친의 일은 세 가지 모두가 누명을 씻었다. 보통 집으로 이르면 없는 사실을 꾸몄다고 하련만, 무슨 일인지 터무니없이 세상의 모욕을 한 몸에 받으니 이게 도대체 어찌된 일이냐. 이것이 또한 다른 죄가 아니라 갑진년에 이미 씻어진 누명에 관한 것이니 세상에 이런 일이 어디 있겠는가.

무릇 모년의 일을 가지고 두 가지의 다른 의견이 있다.

한 의견은 모년에 영조께서 대처분하신 것이 옳고, 영조의 거룩하신 업적을 칭송하며 하늘의 도리에 어그러지지 않은 일이라 하는 것이다. 또 한 의견은 경모궁께서 병환이 계시지도 않았는데 모함을 받아 원통히도 그렇게 되셨다 하는 것이다.

첫 번째 의견 같으면 경모궁께 정말로 죄가 있어서 영조의 처분이 무슨 적국이나 평정하신 듯한 공적으로 칭송하는 말이 된다. 그리하면 경모궁께서 어떤 몸이 되시며 선왕께서는 또한 어떤 처지가 되시겠는가. 이는 돌아가신 경모궁과 선왕께 더할 수 없이 괴로운 말씀이다.

그렇다고 두 번째 의견대로 영조께서 거짓 고발을 들으시고 경모궁을 그 지경에까지 이르게 하셨다면, 경모궁을 위하여 마음에 맺힌 원한을 풀고 수치스런 일을 씻어 버리겠노라고 한 일이 영조께는 또 어떤 허물이 되시겠는가. 이리 말하나 저리 말하나 삼조(三朝)께 망극하기는 매 한 가지다.

경모궁께서는 병환이 분명히 있었으니 임금과 나라의 위태위태하고 두려움이 바로 눈앞에 있는지라 영조께서 애통, 망극하시나 어쩔 수 없이 그 처분을 내리셨다. 경모궁께서도 본심이시면 참 허물이 되실 것이나 원래 성품이 착하셨고, 그 성품을 잃게 만든 병환이시라 당신께서 하시는 일조차 모르시었기에 오로지 병환 드신 것이 망극이지, 경모궁께야 어찌 한 치라도 허물이라 말할 수 있겠는가.

실상이 이러하니 이렇게 말을 하여야 영조의 처분도 마지못한 일이 되시며, 경모궁께서 당하신 바도 할 수 없는 일이 되는 것이었다. 선왕 또한 애통과 의리가 각각이라고 말하여야 실상도 어기지 아니하며 의리에도 합당하다. 그러므로 영조의 처분이 훌륭하시다고 칭송하고 경모궁이 죄 있다고 한 것과 또 경모궁을 위한다고 영조의 자애가 없음을 잘못이라 한 것 모두 삼조께는 죄가 된다.

한편 다른 의견은 영조의 처분을 옳으시다 하면서 선친만 죄가 있다 하여 저희들이 알지도 못하면서 선친이 뒤주를 안으로 들였다 하였다. 이것은 과연 영조께 정성이 있다는 말인가 아니면 경모궁께 정성이 있다는 말인가. 이 일을 가지고 사람을 함정에 빠뜨리려 하다니 참으로 원통한 일이로다. 30년도 채 안 된 애통하고 망극한 일을 어찌 저희들의 사람 해치는 간교한 계략과 저희들이 출세하는 발판으로 삼을 수 있는가. 통곡하고 또 통곡할 뿐이로다. 선왕이 안 계신 지금에 이르러 흉악한 무리들이 비로소 저희들의 뜻을 얻었으나 오히려 나를 없애지 못함을 분하게 여겼다. 그래서 내 동생 낙임에게 참화를 끼치고 선친을 반교문(頒敎文) 머리에 올려 역적의 우두머리를 만들고야 말았다.

역대의 기록을 내 비록 자세히 모르지만 선왕의 어미를 궁에 앉혀 놓고 선왕의 외조부를 역적이라 반교문에 올려 사방팔방에 전하는 흉악한 도적 무리는 아무리 참되지 못하고 비꼬인 세상이라도 있을 수 없다. 또 그 무리들이 신유년 6월에 죄가 있다는 상소를 올리면서 둘째 동생 낙임의 형제가 견줄 데 없는 역적의 종자라고 말하니, 그 낙임의 형제가 누구란 말인가. 이것은 더욱 분명히 나를 역적의 종자라고 지목한 말이니, 세상의 변고가 여기까지 다다르고 신하가 지켜야 할 절개가 아주 없어져 버렸다. 옛 사람이 통곡하고 눈물을 흘려도 부족하다 한 말이 무색할 정도이다.

선친께서는 불행히도 고생스럽고 험악한 때를 만나시어 오랫동안 조정에 계셨다. 비록 은혜로써 대우함이 정중하시고 처지가 각별하시어 물러나고자 할 마음이 매우 간절하시나 나라의 근심과 세손의 나이 어리심을 걱정하시어 몸을 자유롭게 움직이지 못하셨다. 선친이 잘못한 게 있다면 구차스럽게 임시방편으로 얽어 맞추어 옛 사람의 곧은 절개를 다하지 못하셨던 것이다. 만일 강직한 어떤 사람이 선친의 본심은 헤아리지 않고 대신의 어엿한 충절이 없다고 시비한다면 당신도 마땅히 웃고 받아드릴 것이다. 그리고 낸들 어찌 마음에 품을 수 있으리오.

내 집안이 대대로 벼슬하는 집으로 가문의 운이 뜻대로 잘 되가는 때를 당하여 자제들이 잇달아 과거에 급제하여 집안이 번성하고 권세가 과중하였다. 그러니 사람들이 시기하고 귀신이 끼는 것은 이상한 일이 아니다. 이미 집안이 잘못된 후에 생각하면 부귀영화의 자취를 거두지 못하고 과거와 벼슬에 몸을 적신 것이 천만 번 후회되고 한이 된다. 모함으로 인해 이 지경에까지 이르게 되니 참으로 원통하며, 성쇠화복의 고리가 돌 듯하였다. 성하려 하다가 쇠하였으니 이 억울함을 낱낱이 밝히어 화가 굴러서 복을 이룰 때가 있을까 하고 피눈물을 흘리며 매일 하늘에 기도하노라.

기묘년에 영조께서 정순왕후와 재혼하신 후에 귀주의 집이 가난한 선비에서 하루아침에 신분이 높고 귀하게 되니, 서먹서먹하며 위태로운 때가 많았다. 우리 선친께서 항상 말씀하셨다.

"왕가의 두 친척집이 서로 의가 좋아야 평안함과 근심을 함께 하리로다."

선친께서 모든 일을 지도하고 애쓰시어 지저분하고 졸렬한 짓이 나오지 않게 하도록 온갖 힘을 다 쓰셨다. 처음에는 저들이 고맙고 감격해 하다가 저희들의 형편이 좋아지고 점점 욕심이 커지면서 결국에는 같은 하늘 아래에서 원수가 되니 이런 일이 어디에 있겠는가. 무릇 귀주의 아비는 성품이 화를 잘 내고 의심이 많으며 음흉하고, 귀주는 독기의 덩어리로써 표독스럽고 흉악한 인물이었다. 임금의 외척이 된 후 경은부원군 김주신의 집처럼 몸가짐을 바로 하였으면 누가 나무라겠는가.

그러나 저들이 원래 충청도 사람으로 그곳에서 어그러지고 괴상한 논의만을 즐기는 무리들과 친하고 귀주의 당숙인 김한록[85]이는 관주의 아비로 남당[86]인지 누군지의 제자로서 학자질을 하노라 하였다. 그러니 귀주네를 받들고 믿기를 천지신명과 같이 하여, 그것들이 논의로조차 왕가 친척으로서의 본색은 지키지 아니하고, 처음에는 정성껏 하다가 중간에 본색을 드러내 주제넘고 건방졌다. 못난 것이 잘난 체하는 모습이 아니꼬울 적이 많았으니 세상에 누가 웃지 않았겠는가!

우리 집은 대대로 재상가요, 먼저 왕자의 외척이 되었으니 행여나 저희를 비웃고 업신여기는가 하여 스스로 의심하고 화를 내었다. 그러던 중 경진년과 신사년 사이에 동궁의 병환이 점점더 심해지시고 영조께서 저희를 새사람이라 하여 지나칠 정도로 가까이하시니 귀주 무리들에 나쁜 마음이 일어났다.

"동궁의 행실이 저러하시니 큰일이 곧 일어날 것이다. 그때에

---

85) 한원진의 제자로 성리학에 밝은 노론 벽파의 우두머리로 사도세자를 모함하여 죽이게 하고 정조의 왕위 계승도 방해하였다.
86) 한원진의 호. 권상하의 문인으로 강문팔학사 중에서도 이간과 함께 가장 뛰어난 학자였다. 심성론 논쟁에서 이간의 주장을 반대, 인과 물의 성질이 같지 않음을 주장했다. 뒤에 스승인 권상하가 그의 학설을 지지함으로써 기호학파가 양분되었고, 그를 따르는 파를 호론, 이간을 따르는 자를 낙론이라 부르게 되었다.

동궁의 아드님이 보호받지 못함은 당연하도다. 그리되면 나라에 다른 왕자가 안 계시니 결국 양자가 왕이 될 것이다. 이는 우리가 왕실의 외가로서 장래까지 길이 부귀를 누릴 것이다."

저희들끼리 한창 이런 말도 안 되는 의논이 무르익는 마당에 영조께서 선친께 대한 대우가 극진하시니 혹 세손이 무사하면 저희 욕심대로 되지 못할까 염려하였다. 그리하여 신사년에 귀주가 겨우 20살이 넘은 어린 놈으로서 감히 영조께 편지를 드려 선친을 해하려고 정휘량까지 얽어매니, 영조께서 놀라 그때 정순왕후께 심하게 꾸중하셨다.

"누구라도 이렇게 행동하지는 못할 것이오."

이는 경모궁께서 몰래 평양에 가서 놀다 오신 일로 인해 선친은 말씀드리지 못하시고 정휘량은 대조께 아뢰지 않는다고 얽은 말이다. 이 어찌 선친만 해치려 할 의사였겠는가? 경모궁의 허물을 대조께서 아시게끔 한 일이니, 제까짓 놈의 처지에서 이런 흉악한 마음이 어디 있으리오. 영조께 사랑을 받아 그때 늘 대조를 모시고 있던 이 상궁이 대조와 소조 사이를 조정하는 일이 많아졌다. 그런데 그날 편지를 보고 놀라고 분하여 중궁전께 아뢰었다.

"어찌 댁에서 감히 이러한 내용을 담은 편지를 할 수 있습니까? 급히 문서를 물에 풀어서 씻어 버리십시오."

그때부터 그놈의 흉악한 마음을 알아내셨던지 선친께서 남에게 말 못할 근심으로 고민 많으셨다. 그러나 보는 데가 있어서 경모궁께도 이 말을 여쭌 일이 없었으니, 내 집이 저희와 틀어지지 않고자 한 뜻을 충분히 알 것이다. 저희 마음에 저희는 왕비의 외가이니까 동궁의 장인에게 어찌 못 미칠 것이냐는 시기에 가득 찬 마음과 없애고자 하는 계략이 날로 심하던 차에 임오화변이 일어났다. 그러니 저희 마음에 이제는 세손까지 온전하게 보호하지 않고, 양자를 정하여 저희가 외가 노릇을 하고 홍씨를 없애 세력을 꺾을 줄로 알았던 모양이다.

그런데 세손이 결국 동궁이 되시고 우리 집도 보전하여 선친께서 오히려 재상의 자리에 계시니 저희가 분함을 이기지 못하였다. 그러자 세상의 도리에 벗어나는 말도 안 되는 말을 흘리며 영조의 마음에 의심이 일고 어지럽게 하여 세손을 끌어 내리려는 흉계를 내었다. 저들은 감히 이런 흉측한 말을 하였지만 내 어찌 붓으로 그런 말까지 쓰리오.

모년 후에 김한록이가 홍주 김씨들이 모인 자리에서 말하였다. "세손은 죄인의 아들이니 마땅히 왕위를 이어받지 못할 것입니다. 태조의 자손이라면 어느 누가 왕위를 이어받지 못하겠습니까?"

이것이 세상에 전해지는 이른바 16자 흉언이다. 그때 모든 김씨들이 듣고서 전하는 말들이 이리저리 흩어져서 세상이 매우 어지러웠다. 그러나 너무나도 끔찍한 말이라 차마 입에 올리지 못하였다. 나도 듣고 세손도 들으시어 흉악히 여겼으나 오히려 의심스러움과 믿음이 서로 엇비슷하였다. 그런데 요 몇 해 사이에 선왕께서 나에게 말씀하셨다.

"한록이와 귀주 무리들의 흉측한 말들이 계속 의심스러워 믿어지지 않았는데, 이제야 정말인 줄을 알았습니다."

"어떻게 아셨습니까?"

"소문에 '홍주 갈미 김씨의 여러 사람들이 모인 자리에서 그 말을 하였다' 하기에 마침 홍문관에 다니는 갈미 김가인 김이성이가 숙직하러 들어갔을 때 조용히 '숨기지 말고 바로 말하라' 하며 달래고 위협하며 물었지요. 처음에는 어쩔 줄 몰라 하였으나 내가 제까짓 것 하나를 못 휘어잡겠습니까? 나중에는 실토하였는데 한록이가 그 말을 하는 걸 제가 직접 듣고 다른 김씨들도 많이 들었는데, 즉시 저들의 최고 어른인 김시찬에게 이 말을 하였답니다. 김시찬이 듣고서 크게 놀라 괴이하게 여기며 '귀주와 한록의 무리가 이제는 역적이 분명하다.' 하고 자식들에게 충고하길 '충신과 역적을 분간하여 알아두라.' 일렀다 합니다. 한록의 말 뿐만 아니라 실은 귀주로부터 나온 말이라 하니, 이제는 확실한 증거를 얻었습니다. 이런 일이 어찌 있을 수 있습니까! 이것을 말하면 어느 지경까지 갈지 모르니 우선은 참으면서 이들이 하는 행동을 앞으로 볼 것이요, 지금은 그것들이 무서워 아직 위로하고 달래어 급급한 변과 깊은 원한을 부르지는 않을 것입니다. 또한 임오화변 후에 누구로 양자를 정하겠다고 의논해 놓은 것도 있더라 하니, 그것이 다 이 흉측한 말로부터 나온 계략입니다. 그것이 한 나라에 군림하여 여러 신하들을 엄히 대하려 한 것이니, 흉악하지 않습니까? 생각할수록 그놈들의 반역을 꾀하는 마음과 흉측한 말이 몸서리쳐집니다."

관주를 동래부사에 임명할 때도 이런 말씀을 하셨다.

"말도 안 되는 중대하고 난처한 일이다."

그러니 이놈들이 흉악한 역적의 무리인 줄을 선왕께서 어찌 깊이 살피지 못하셨으리오. 선왕이 전부터 아시기 때문에 병신년에 귀주를 처분하실 때의 분부에는 귀주의 죄를 다만 사소한 일로만 말씀하시고, 그밖에는 차마 말씀하실 수 없다고 하셨다. 차마 말씀하실 수 없다는 것이란 곧 이 16자 흉언을 일컬음이다.

병신년 전의 일인들 모르시는 것이 아니로되, 김이성의 말을 들으신 후에 더욱 확실한 증거를 얻으셨다. 예로부터 다른 사람을 임금으로 추대하는 역적과 국가의 기본을 뒤흔드는 역적이 꽤 많았을 것이다. 하지만 우리 조정에 이르러서는 효종대왕 이후로 6대의 혈맥이 세손 하나뿐이신데, 저희가 잘못 생각하여 일순간 부귀를 누릴 욕심으로 6대의 혈육을 없이하고 '태조의 자손이다' 하여 안면이 전혀 없는 사람을 데려다 앞에 세우고 나라를 온통 독차지하려 하였으니 세상천지에 이런 흉악한 역적이 또다시 어디에 있으리오.

내 집안과 선친을 해치려 한 것도 모두 이 흉언으로 말미암은 것이다. 저희들의 흉언이 차차 전파되어 온 세상 사람들이 다 알게 되니, 저희들의 계략은 행하지 못하고 이 흉측한 말은 감출 길이 없게 되었다.

소위 선비 노릇하고 선비들과 의논한다 하고서는 몹시 곤란함을 겪고 죽게 된 것들은 한양, 시골 할 것 없이 학자도 아니고 무관도 아니며 아무것도 아니었다. 이야기나 하고 쓸데없는 일을 꾸미는 것이나 좋아하는 무리들을 모아 재물을 나눠주며 정의감으로 사귀는 체하여 끌어 모았으니 그것들은 시골의 미천한 괴물 같은 무리들이며 제까짓 것들이 일생에 부귀한 집의 마당이나 어찌 구경하였으리오.

귀주 무리들은 자기들이 끌어 모은 사람들에게 좋은 음식과 두꺼운 의복을 후하게 대접하고, 돈을 요구하면 돈을 주고 쌀을 요구하면 쌀을 주었다. 또 좋지 않은 병이 있다 하면 인삼 녹용을 주고, 누가 혼례를 하거나 상을 당하면 잘 치르게끔 조금도 아끼지 아니하고 도와주었다. 그러니 그것들이 자기들 인생에 잊지 못할 은혜로 알아 도처에서 귀주 일당을 왕가의 훌륭한 선비 친척이라고 일컬었다. 그리고 그것들로 하여금 끓는 물과 뜨거운 불을 피하지 않게 만드니 이것이 모두 끝없이 사람을 거두었던 흉악한 꾀요, 마침내 귀주가 내 집안을 쳐내려는 뜻이었다. 선왕께서는 이런 일을 전부터 잘 알고 계셨다.

선친께서 어영청에, 갖다 올린 동과 은을 누만 냥 모아 두셨는데, 오흥이 전부 내어 귀주와 함께 선친을 죽이려 하는 사람들을 모으는 값으로 탕진하였다. 그러니 세상에 그토록 우습고도 원통한 일이 없었다. 친한 신하에게 이 말을 하니 선왕께서 이런 말씀을 하셨다 한다.

"사리에 꼭 맞는 말이다."

귀주 무리가 흉악한 마음으로 높은 벼슬을 하여 어떻게 하든 내 집안을 없애버리려 하니, 설사 선친이 잘못하신 일이 있다 하더라도 두 집 사이에 그리는 못할 것이다. 제가 하지 못할 것이나 제게 불리하거나 서로 난처하거나 하면 보통 인정에 혹 미워할 수는 있다. 하지만 처음부터 우리 집안은 저희에게 은혜가 있었지 원한이라고는 조금도 없었으니 아무리 생각하여도 어찌된 심술인지 알 수가 없다.

제놈들이 흉악하고 흉측한 모략과 흉측한 말로 동궁을 동요시키려 했어도 영조께서 세손에게 항상 변하지 않는 사랑을 베푸시고 선친을 의지하여 믿음이 여전하시며 세손이 점점 장성하시면서 왕세자의 지위는 더욱 굳게 다지셨다. 어찌할 도리 없이 저희들이 어리둥절해 하다가 천만 뜻밖에 기축년의 별감 사건이 났다. 그런데 이때는 선왕께서 어린 마음에 외조부와 이 노모가 당신께 애쓰는 정성은 미처 살피지 못하시고 일시의 노여움으로 외가에 지니고 있던 정이 변하셨다. 후겸이가 내 집안과 사이가 좋지 않으니 귀주가 이 두 가지를 잘 알고 그제야 잘 되었다 하고 적반하장 격으로 저희들은 동궁께 정성을 다하는 듯이 하고 선친은 그렇지 않은 양 계략을 꾸몄다.

"홍가가 은언군과 은신군의 무리를 귀여워하여 동궁께 불리하게 하려 한다."

그리고 동궁께도 아첨하고 세상에 흉악한 말을 공공연하게 퍼트렸다.

"홍가가 동궁께 불리하게 하고 동궁께서는 홍가를 푸대접하신다."

그러자 세도가에 아첨하여 급히 벼락감투를 쓰려는 부류와 이익을 탐하고 때를 놓치지 않으려는 것들이 일시에 달려들어, 십학사니 무엇이니 하고 아울러 한 뭉치가 되어 선친을 해치려 하였다.

경인년 3월에 청주 놈 한유란 것을 이용해 그 흉악한 모략을 시키니, 이것이 바로 귀주가 머리를 써서 한 일이었다. 한유란 것은 시골에서 양반도 변변히 못하고 글도 못하며 어리석고 표독스러운 데다가 흉악한 부류로서 아무런 일에도 참여치 못하는 시골의 어리석은 백성이었다. 그때 영조께서 송명흠과 신경으로 인해 매우 격분하셨다. 학자들이 당신께서 40년 동안 몹시 애를 써서 이루어 놓으신 탕평을 비난한다 하시고서 송명흠과 신경을 벌하셨다. 그리고 유곤록이라는 책을 만드시어 학자들이 나라를 그릇되게 만드니 자신의 뒤를 잇는 왕은 학자들을 쓰지 말라고 말씀하시었다. 이것이 누가 보아도 매우 지나친 행동이니 모두가 걱정하고 한탄하였다.

하지만 80세 된 임금께서 지나친 행동으로 그러하시는 것이니 일반 집안과 비유하건대 늙은 어버이가 정 없는 일로 걱정하면 자제들이 임시방편으로 비는 모양처럼, 그때 선친의 처지에서는 영조를 격분케 할 것이 아니라 하셨다. 본마음을 누가 모를 것이 아니기에 청하여 세상에 널리 알리게도 하고 눈앞의 일을 무사히 지내려 하시었다. 이는 선친께서 몹시 험난한 때를 만나신 탓이다.

실은 당신이 계시어 동궁을 보호하여 나라의 기틀을 튼튼히 하시고, 그 밖의 일은 노인네의 한순간의 지나친 행동을 어찌할 것이 아니기에 결국 바르게 할 것이라는 마음을 가지고 계셨던 것이다. 근본인즉 허물을 모두 알면서 어질게 보신 것이요, 동궁을 위하신 고심이었다. 그때 유곤록 문제로 상소하면 뛰어난 이론이라 하며 한유란 놈을 누가 꾀었다.

"네가 유곤록에 대하여 상소하면 유명한 사람이 되고 장래에 벼슬도 하고 양반도 되리라."

이 우매한 놈이 그 말을 곧이 곧대로 옳게 듣고 짐짓 충성의 표를 내노라 하여 팔 위에 글자를 새기고 한양으로 와서 유곤록의 문제로 상소하려 하였다. 그러던 차에 그놈이 심의지와 친하였는데 심의지는 귀주가 선친을 해칠 사람을 얻지 못하여 애타게 구하는 때임을 알고 서로 의논하여, 한유를 달래면서 무수히 꾀었다.

"지금 홍 아무개가 오랫동안 정승으로서 권세를 많이 누렸기에 상감이 싫증이 나시고 동궁께도 죄를 지어 동궁께서 탐탁지 않게 여기심은 세상이 다 아는 터이다. 그러나 아무도 머리를 내밀고 상소를 바로 하질 못하니 네가 만일 상소하여 홍가의 잘못된 행동을 비난하고 공격하면 벼슬을 얻을 것이요, 또한 훌륭한 공을 세우게 될 것이다."

또 한유가 여관에 있을 때, 귀주 무리들이 하인을 시켜 한유가 머무르는 집에 가서 말하게 하였다.

"여기 청주에서 온 한생원이 있느냐? 영의정 대감께서 '상소하여 일을 저지를 놈이니 잡아 오라'고 하신다."

한 놈이 이렇게 얼러대자 다른 놈이 또 인심을 쓰는 척하고 여러 번 말했다.

"그 선비를 어서 쫓아 내치어 한양에 있지 못하게 하라고 하신다."

한유란 놈이 어리석고도 표독스런 분을 돋우어 불쾌히 여기는데, 심의지가 그 사이에서 감언이설로도 꾀이고 달래었다.

"이 상소를 올리며 너는 곧고 절개 있는 선비가 되고 권력과 부귀를 맘껏 누릴 수 있으리라."

그러자 이놈이 죽을지 살지, 옳은지 그른지도 모르고 그 흉악한 상소를 하였다. 그때 화완옹주가 아들 후겸의 말만 믿고 우리 집을 제거하여야 제 모자가 안팎으로 권세가 생기게 되는 줄로 알았다. 그래서 귀주와 합세하여 선친을 함정에 빠뜨리기가 이르지 않은 곳이 없어서, 임금의 마음이 칠팔 분 변하시었다. 그리하여 선친께서 경인년(庚寅年, 영조 46년, 1770)[87] 정월의 대수롭지 않은 일로 관직에서 박탈되어 계시다가 다시 등용되시어 영부사를 하셨다. 하지만 영의정 자리는 김치인이 대신하여 3월까지 하였으니, 상감의 보살피심이 약해지신 줄을 가히 알 수 있었다.

이럴 때 한유의 상소를 보시고 비록 깜짝 놀라시긴 하였으나 좌우에서 선친을 해치려는 말씀에 끌리시어, 한유는 가벼이 정강이를 때리는 벌을 주고 섬으로 유배를 보내고 선친께는 벼슬에서 물러남을 허락하셨다. 비록 처음부터 끝까지 선친을 간절히 보호하여 주시려는 뜻이시나 평상시의 보살핌과 대우를 생각해 보면 하루아침에 이리 행동하시기는 정말 뜻밖이었다.

이후로 내 집안이 잘못되고 선친이 조정에서 물러나 계시니

---

87) 홍봉한이 모든 벼슬아치를 이끌고 윤홍열의 죄를 청하다가 관직에서 박탈된 해.

귀주가 세력을 장악하기 시작했다. 안으로는 후겸을 끼고 밖으로는 같은 무리들과 더불어 밤낮으로 모의하여 선친을 해치려 하니 그때의 급박하고 위태로움을 어찌 다 기록하겠는가?

경인년 겨울에 최익남이가 상소하였다.

"동궁께서 지금 사도 묘에 참배하지 않으신 것이 미안하온데, 이것은 모두가 영의정 김치인의 죄입니다."

'묘소에 참배하소서' 하는 말이야 옳은 말이지만, 일의 형편상 신하로서는 청하지 못할 터이요, 하물며 지금의 영의정은 관계도 없는데 그렇게 상소하였던 것이다. 최익남은 본래 행실이 올바르지 않고 경솔하고 천박하여 세상에서 지목하는 인물이나, 화완의 시댁 관계로 불행히 내 집에 출입하여 안면이 있었다. 그런데 귀주네가 구상을 놓아 후겸을 꼬이고 홍가가 시킨 것이라고 고해 바치게 하였다.

영조대왕께서 임오년의 일로 선친이 당신의 허물을 만들고, 김치인을 제거하려고 최익남을 시켜서 상소하였다는 소문을 곧이들으시어 선친을 대단히 엄하게 심문하셨다. 아무쪼록 홍가가 시켰다 하도록 여러 사람을 엄한 형벌에 처하시나 진실로 홍씨는 전혀 몰랐으니, 익남이 곤장을 맞고 그 맷독으로 죽었으니 결국 홍씨에게는 그 화가 닿지 아니하였다. 그러나 영조의 마음이 계속 풀리지 않으시고 저 놈들의 살의는 불과 같아 음모를 꾸미기를 쉬지 않았다.

결국 여러 달이 지나 신묘년 2월에 인·진의 일로 큰 변란이 일어났다.

갑술년에 인이가 태어나고 을해년에 진이가 태어나니, 귀하고 천함이 없다 하지만 나와 같은 여편네 인정에 어찌 좋다 하겠는가. 그러나 그때 경모궁의 병환은 점점 심하시고 또 인과 진의 어미를 총애하시는 것도 아니었다. 그런 때에 뜻밖에도 그것들이 태어났으니 비록 내가 투기를 하려 한들 베풀 때가 아니겠는가. 내 약한 마음에 그것들이 비록 천하긴 하지만 혈육이기에 거두었다.

그러자 영조께서 그것들이 화근이라는 꾸중이 대단하시고, 내가 또 따라서 투기를 하면 소조께서 더욱 견뎌 내시기가 어려울 듯하여 참고 지냈다. 영조께서는 내가 그것들을 대수롭지 않게 보고 투기하지 않는다며 나를 꾸중을 하셨다.

"그것은 인정이 아니다."

임오년 후에는 더욱 그것들이 의지할 곳 없고 딱하고 가엾어, 그저 큰어머니의 도리로 소조께서 만드신 혈육이라 하여 대수롭지 않게 불쌍히 여겨 도움을 주며 길렀다. 그러다가 저희들이 성인이 된 후 밖으로 나가게 되니, 영조께서 걱정하셨다.

"저것들이 어떠할까?"

선친께서 한 가닥의 공평한 마음으로 경모궁의 혈육만 생각하시고 영조께 아뢰셨다.

"인이와 진이가 자라 밖에 나가게 되었으니 혈기왕성한 아이들이 만일 다른 데 반하거나 혹 누구에게 꾀임을 듣고 다른 데 뛰어 들어 무슨 변고나 내지 않을까 걱정입니다. 그리되면 일이 무척 민망하옵니다. 신의 처지가 세손과 가까워 의심이 없사오니 신이 살피고 가르치어 저희도 사람이 되고 다른 데 혹하지 않으면 저희만을 위한 것이 아니라 나라의 복이 되나이다."

영조께서도 선친의 요청을 흔쾌히 허락하셨다.

"경의 마음이 고맙고 그 마음에 감탄하니 그리하도록 하라. 그런데 그것들이 경의 교훈을 잘 들을까 염려되노라."

그때 자제들이 선친께 말씀드렸다.

"잘못하신 것입니다. 도리어 화근이 될 것입니다. 그것들을 아예 아는 체를 마소서."

그런데 그것들이 오자 내 집의 아이들까지 피하고 보는 일이 없으니 선친께서 가엾게 여기셨다.

"그것은 삐뚤고 당치않은 근심이다. 그것들을 공평한 마음으로 가르치고 타일러 조심하게 하여 몹쓸 곳에 빠지지 않게만 하리라. 내 처지에 세손께서 의심하시겠느냐? 세상에서 누가 내 마음을 모르시겠느냐?"

만일 선친께서 망해 가는 세상의 인심을 헤아리지 아니하고 부질없는 일을 하려 하면 이는 자식이라도 말릴 법한 일이겠지만, 이 일로 얽혀 큰 화를 빚어내기는 천만 뜻밖이었다. 세상이 이런 일이 어디 있겠는가? 선친뿐만 아니라 청원부원군 김시묵 또한 의심이 없기로 사정을 봐서 남녀를 만들어 주었으니, 청원 도 무슨 의심을 하겠는가? 그것들이 밖으로 나간 후에 여러 번 훈계하고 꾸짖어도 저희들의 타고난 성품이 못나서 어리석고 흉악하며 미련하여 배우려 들지 않았다. 조정과 가깝다는 교만 한 마음만 먼저 내세워 궁중의 잡류들과 분별 없이 몹쓸 행동 이나 하고 선친의 가르침을 조금도 받지 아니하여 차차 어긋나 게 되었다.

선친께서는 계속 가르치다 도리어 원한만 살까 하여 기축년 부터는 가르침에 점점 소홀히 하셨다. 그러다가 경인년에 당신 의 불우한 처지로 교외에서 불안하게 지내셨다. 그로 인해 그것 들이 발자취를 끊자 따라서 당신께서도 다시는 한 번도 아시는 체를 하지 않으셨다.

신묘년 정월 그믐께, 해마다 하는 예로 동산의 밤을 각 궁전 에 드리고 군주들에게까지 주었는데 인과 진에게도 그 밤을 주 었다. 이 일로 시작하여 영조의 노함이 그치지 않으셨다. 영조 께서 2월 초에 창의궁에 가시고 급한 변이 날까 하여 궁궐을 둘 러싼 성벽의 경호까지 하시어 그것들을 제주도에 보내 가두어 두셨다. 그리고 선친 이하의 위태로움이 절박해 있었다. 그때 세손은 영조를 모시고 따라가지 못하시고 한기와 후겸이만 들 어가 함께 영조를 뵙고, 영조께 즉석에서 처분하시게 하려는 계략을 꾸몄다. 그때 귀주는 상을 당한 까닭에 제 아저씨를 시켜 이 일을 해내었다.

영조께서는 처음부터 내가 그것들을 대수롭지 않게 보던 것도 좋지 않게 생각하시고, 선친께서 그것들을 아는 체하시던 일도 좋지 않게 여기셨다. 또 최익남의 일을 내 집에서 시켜 모년의 일을 당신께만 돌리려는 줄로 아시고 격분하셨다. 또 믿으시는 귀주편의 거짓말과 사랑하시는 화완옹주의 부추김으로 인하여 이 행동과 조치를 하셨다.

그때 선왕께서 놀라시고 외가를 위하여 중궁전(정순왕후)에 가서 호소하셨다.

"외조부께서 왕손을 추대한 흔적이 없는데 지금 추대하려 한다 하여 죽이려 하니, 사람이 밉다 하여 함정에 빠뜨려 죽인다는 것이 말이나 되옵니까? 그러지 마옵소서."

세손의 말씀으로 한기와 후겸이의 힘이 줄어들어 선친께서 급한 화는 면하시고, 선친을 청주에 보내시었다가 수일 만에 푸시며 영조께서도 다시 궁으로 돌아오셨다. 그리고 그 일이 개인적인 의심과 남을 모함함에서 비롯된 줄을 깨달으시고 세손께 말씀하셨다.

"양 척리가 서로 싸우니 국가의 근심이 적지 않구나. 내가 이 무리들에게 속임을 당하지 않을 도리를 생각하겠노라."

영조대왕의 밝은 지혜로도 한순간 그 총명이 막혀 가려졌으나, 즉시 그놈들의 사정과 그 일이 말도 안 된다는 것을 깨달으셨다. 그러하기에 세손께 이런 말씀을 하셨던 것이다. 그때는 세손의 힘으로 눈앞의 일은 해결되었으나, 그놈들의 흉악한 마음은 갈수록 심해지고 급기야는 겉으로 일을 벌였으니, 이미 두 세력이 어깨를 나란히 하기가 어렵게 되고 말았다. 만일 상대를 죽이지 못하면 저희에게 후환이 될까 염려하였다.

2월에 영조께서 한유를 선견지명이 있다 하여 특별히 풀어주셨다. 한유란 놈이 처음에는 남의 꾀임을 듣고 그 상소를 하면 벼슬이나 할까, 또 제 몸에 좋은 일이 있을 줄로 믿었다가 형벌을 받고 섬에 유배되니, 그때는 제 본심이 아닌지라 '자회문' 이란 글을 지었다.

그때 김약행이 한유가 유배된 곳에 먼저 머물렀다가 한유와 이야기를 나누면서 그때 상소한 까닭을 물으니 그놈이 말하였다.

"내 심의지와 송환억의 무리에게 속아 그러하였소. 심의지 무리는 김귀주의 꾐으로 그리하였는가 보오. 나야 시골 선비로 유곤록에 대해 말하려고 올라갔으니 그 까닭을 어찌 알겠소. 이곳으로 온 후에 들으니 내가 다 그들에게 속아서 그리하였으니, 후회가 막급하기에 자회문이란 글을 지었소이다."

그리고 그 글을 내어서 보이니 그 글이 세상에 전해져 내 집 안에서조차 보고 나도 들었다. 김약행이 죽었는지 살았는지는 지금 모르겠지만, 이 어찌 귀주가 시켰다는 증거가 더욱 명백하지 않겠는가?

한유 놈이 귀양에서 풀려 올라오니 귀주 일당이 또 꾀었다.

"이제는 홍봉한이 몰리는 터이요, 또 대왕께서 너를 특별히 풀어 주셨으니 또 상소를 하면 분명 좋은 일이 있으리라."

그리하여 이놈이 8월에 또 상소를 하였는데, 여기서 문제의 뒤주에 관한 말을 하였다.

"홍봉한이 영조대왕께 뒤주를 드리며 권했다."

없는 사실을 꾸며 선친을 함정에 빠뜨려 혼란스러워지니, 영조께서 그놈을 뒤주 얘기를 들춘 죄로 충청감영에 내려보내시어 사형에 처하셨다. 심의지도 그때 잡아들여 물으셨다.

"일물(一物)[88]이 무엇이냐?"

그놈이 당돌하게도 반문하였다.

"전하께서 일물을 진정 모르시겠습니까?"

"저지른 죄 위에 또 큰 죄를 저질렀도다."

영조께서 몹시 노하시어 한유보다도 죄를 더하여 심의지도 사형에 처하고 그 아내와 자식들을 다 흩어서 귀양 보냈다. 한유든 의지든 뒤주를 들춘 죄로 극형에 처하셨으니, 선친이 말씀드리어 그러셨을 리가 없다. 그놈들에게는 사형을 내리시고 선

---

88) 뒤주에 대한 이야기. 사도세자의 참변 이야기.

친께도 매우 격분하서 화가 그치지 않으셨다.

"봄부터 이번까지 임오 분위기를 자아낸 것이 누구인고? 관직을 박탈하여 서인으로 만들라."

임오 분위기를 자아냈다는 말은 다름이 아니라 최익남의 상소로 인해 의심하시고 몹시 노하신 까닭이었다. 그때의 말씀이 '임오를 자아냈다' 하시고 또 '조장했다' 하셨다. 한유의 상소를 꾸며내어 선친이 뒤주를 가져다가 드리시며 '처분하옵소서' 한 것으로 말을 하니, 말씀은 '조장했다' 하시고 한쪽 사람들의 말이 그 말씀을 따라 그리하였다. 그러니 이 의혹을 어찌 풀며 이 변명을 누가 해내겠는가? 내 말도 오히려 사사로운 듯하니, 한가지 오랫동안 증명할 명확한 증거가 있도다.

신묘년 9월에 선친께서 죄를 입고 시골에 틀어 박혀 사실 때의 문봉이 있으니, 선왕이 세손으로서 선친께 직접 쓰신 편지이다. 그 편지에 이렇게 써 있다.

"헤아려 생각하건대, 외조부의 나라를 위한 진심에서 우러나오는 정성은 가히 천지신명에게나 물어 평가할 것이오이다. 옛 사람에게 부끄럽지 아니함이 할아버지와 손자 간의 사사로운 말이 아니라, 스스로 한 시대의 공론과 오랜 세월의 공언이 있을 것입니다. 하지만 불행히도 임금의 총명이 가려져 정신이 흐려지시어 이번의 처분이 계시니, 외조부의 운수가 실로 사납거니와 나로서는 과연 외조부의 말씀과 같아서 무척 기괴하고 놀랍습니다.

결국 그 본심을 따지면 나라의 공입니다. 상감의 분부가 비록 의외이시나 외조부의 그날의 충성은 길이길이 말이 있을 것이오니, 무엇을 근심하시겠습니까? 임오년 5월 13일 신시에 뒤주를 밖의 소주방에 들이라고 하신다 하기에, 망극한 것이 있는 줄 알고 제가 문정전에 들어갔습니다. 그런데 영묘께서 나가라고 하시기에 나와서 왕자 재실의 처마 밑에 앉아 있었는데, 그때 신시가 지난 지 오랜 후였습니다.

그제야 외조부께서 들어와 기운이 막히신다 하기로 내가 먹으려던 청심환을 보내었으니, 뒤주는 영묘께서 생각하신 일이요, 외조부께서 여쭙지 아니한 것이 이 시각의 앞뒤로 보아도 충분히 뚜렷합니다. 또 그날 처분이 영묘로서는 나라를 위한 뜻으로 결단하셨기에 자식이긴 하지만 의리는 의리요, 슬픔은 슬픔인 고로 지금까지 살아서 지탱하였습니다. 만일 봄의 분부와 같이 신하가 뒤주를 드리고 임금으로 계시면서 신하의 말을 듣고 처분하셨다면, 이는 임금의 덕이 부족하다는 것밖에 안 되니 큰 의리가 또한 덮일 것입니다. 큰 의리가 덮이면 내가 세상에 살아 있는 것이 또한 의미가 없으니, 이 아니 망극합니까?"

그리고 이에 관해서는 '김한기에게 일렀다'고 하셨다. 이처럼 선왕께서 당신이 목격한 일로 시각의 앞뒤를 이렇듯 증명하고 계시니, 이 편지 한 장이 있은 후는 선친께서 뒤주를 드리지 아니한 것이 명백하였다. 그러니 뒤주를 안 드렸으면 무슨 일로 죄를 삼아 벌하겠는가?

시골의 어리석은 백성들은 분별없는 소문만 듣고 선친께서 정말로 뒤주를 드렸다고 의심하였다. 귀주네는 가까운 척리요, 한기에게 하신 분부가 이렇듯 자세하신데, 계속 진실을 알면서도 모함을 하니 귀주의 악한 마음이 아니면 어찌 이토록 할 수가 있겠는가? 귀주가 아무리 제 처지라도 화완과 후겸을 끼지 아니하였으면 여러 가지 괴이한 일을 지어내지는 못할 것이다. 그러나 밖으로는 귀주가 제 패거리를 데리고 계략을 꾸며 놓고, 안으로는 후겸이와 내통하여 안팎에서 힘을 합쳤다.

집안에서 아버지를 참화에서 구하려고 내가 둘째 동생 낙임에게 권하여 후겸을 사귀게 하였다. 후겸의 본심은 홍씨를 제거하면 곧 제게 권력이 다 돌아올까 하고서 귀주 무리의 충동을 듣고 제 사사로운 의심도 약간 있고 하여 겸하여 귀주와 더불어 뛰어들었던 것이다. 일부러 우리를 마구 죽이려는 일은 아니었던 듯하다.

낙임이 잇달아 가서 애걸하니, 차차 정도 두터워지고 혼인도 정하여 놓고 또 제 생각에도 동궁의 외가이니 장래에 대한 걱정도 없지 않았던 듯하다.

화완은 분별없이 변덕이 심한지라 내가 극진히 굴어 그 환심을 얻으니, 본래 깊은 원한이 없으므로 점점 풀리어 임진년 정월에는 선친의 죄명도 직접 풀어 주었다.

또 후겸이가 귀주편을 드러나게 푸대접하니 귀주가 자기편을 잃고 분해하며, 내친걸음으로 한판 씨름을 하려고 제 몸소 한록의 아들 관주를 데리고 7월에 함께 상소를 하였다. 세상천지에 제 처지로서 중궁전을 뵌들 고부 간에 이렇듯 흉악한 일을 하니, 이놈은 내 집안의 불공대천지원수일 뿐만 아니라 나라의 역적이며 선왕께 역적이요, 중궁전께 또한 죄인이었다.

그 상소에 3가지 조건이 있는데, 하나는 병술년에 영조대왕께서 병환이 계실 적에 나삼 말이요, 또 하나는 송절다 말이요, 다른 하나는 여차여차 하다 말이다. 상감께서 편찮으실 적에 하루에 인삼을 두세 냥 쓰는 적이 많으니 그때에 내의원 도제조는 김치인이요, 선친은 영의정이셨다. 임금이 드실 약에 나삼과 공삼을 반씩 넣어 썼는데 귀주의 아비가 숙직 장소에서 의관을 불러다 말하였다.

"임금의 몸이 이러하신데 왜 나삼으로만 쓰지 않느냐?"

선친께서 내의원에서 도제조와 앉아 계시다가 제조에게 이런 말씀을 하셨다.

"지금 나삼이 남은 것이 적으니, 만일 나삼만을 쓰다가 떨어지면 새로 공삼만 쓸 지경이 되오. 그리되면 더 민망하지 않겠소?"

그리고 귀주의 아비에게 말씀하셨다.

"내의원 일은 부원군께서 간여하실 바가 아닙니다."

사실이 그만할 뿐인데도 '내의원 일에 부원군이 간여한다'는 말로 인해 그 부자가 화를 냈다. 그래서 저는 충성이 있고 선친은 나삼을 쓰지 못하게 한 것으로 나쁘게 몰려고 하니 그런 나쁜 마음이 어디 있겠는가?

'송절다'라는 말은 더욱 분별없고 맹랑한 말이니 뭐라 표현할 것도 없고, '여차여차 하다'는 말은 까닭이 있다.

정해년과 무자년 사이에 선친께서 상중에 계실 때 청원부원 군이 와서 말하였다.

"세손(정조)께서 장래에 왕위에 오르지 못하시고 돌아가신 후에 제왕의 칭호를 받으실까 봅니다."

청원은 선친과 매우 친한 터로 평안함과 근심을 함께하는 처지였다. 이것이 나라의 큰일이기 때문에 무관한 사이에 와서 그런 걱정을 하였던 것이다. 선친께서 삼년상을 마친 후 궁궐에 들어오시어 내가 있는 곳에서 세손과 함께 자세히 말씀하시다가 이어 이런 말씀을 하셨다.

"이 일은 결단을 내려서 굳이 지키시옵소서. 지금 세도와 인심이 위태롭사옵니다. 이 일은 법에 의하여 그리하시는 것이 옳사오나, 기사년의 죽은 뒤에 남은 서자와 그 자손 그리고 무신년의 여당들이 지금도 나라를 원망하고 틈을 엿보고 있습니다. 만일 이로 인하여 그 흉악하고 사나운 무리들이 난을 일으키면 어찌할까 걱정스럽습니다."

"과연 그런 걱정되는 일이 많으니 답답합니다."

세손께서도 이렇게 말씀하시고 나도 그날 이후 먼 근심으로 셋이 앉아 그 얘기를 주고받았다. 그때는 선왕이 어릴 적이라 그 말을 중궁전에 하였으므로 귀주가 듣고 모함을 하여 상소를 하였으니, 이런 나쁜놈이 또 어디에 있겠는가.

설사 선친께서 잘못하신 말씀이라 하더라도 여인네들이 거처하는 곳에서 주고받은 얘기를 중궁전에서 듣고 영조께 상소를 하니 이 무슨 우스운 일인가.

선왕의 말씀이라 하여 만일 영조께서 왕위에 오르지 못한 이에게 제왕의 칭호를 올리는 '추숭(追崇)을 이야기한다' 하시고서 세손을 좋지 않게 여기시면 크나큰 재앙이 될 터였다. 이것이 선친을 모함할 뿐만 아니라 제 본래의 흉계대로 세손까지 해치려 하는 계략이니, 이런 흉악한 역적이 세상에 다시 어디에 있겠는가?

무릇 선친의 위치에서 선왕을 사사로이 만나 볼 적에 무슨 말을 못하겠는가. 설사 선친께서 '추숭을 하소서' 하고 권하고, '만일 추숭을 안 하시면 이리이리 하오리다' 하셨다 하더라도, 이것은 단지 무식한 사람이 되실 뿐이다. 하물며 '추숭은 마옵소서. 사사로운 정을 끊고 확고히 지키십시오' 하시어, 망해 가는 세상의 인심과 세상의 변고가 많으니, 깊고도 멀리 염려하여 말로써 걱정한 것인데 이것이 어찌 죄가 되겠는가? 그러면 옛 사람이 임금에게 고하기를, 나라가 몹시 위태로워 조만간 망할 것 같다거나 도적이 일어나리라 하는 말 등이 모두 임금을 위협하고 윽박지르는 죄라 하면 임금 앞에서 자신의 의견을 말하는 사람이 누가 있으며, 세상에 말도 안 되는 소리이다.

이 일은 조정의 기록에 남아 있고, 갑진년에 선친이 누명을 썼으시던 임금의 말씀에 다 있으니 대략만 쓴다. 그 후 병신년에 정이환, 송환억 무리의 흉악한 상소는 모두 귀주가 여론을 조작해서 한 말이니, 다시 이야기할 필요도 없다.

신사년 이후로 귀주가 우리 집안을 해치려 하던 일을 세세히 캐내어 따져 보면, 이것이 처음에는 경모궁께서 보전치 못하면 세손까지 보전치 못할 것이니, 양자를 들여 저희가 외가가 되기를 바라는 까닭에서였다. 그리고 둘째는 모년의 처분 후에 저희 마음처럼 되지 않으니까, 한록이를 데리고 16자의 흉언을 하여 임금의 마음을 어지럽도록 하며 높은 지위를 흔들어 또 양자를 이용해 왕실의 외가를 만들려는 계략이었다.

그러나 영조대왕의 마음은 굳으시고 세손은 장성하시어 나라의 기초와 근본을 흔들기가 쉽지 않으며 저희의 흉악한 말은 세상에 이미 전파되어 가리기가 어렵게 되었다. 그제야 동궁(정조)이 외가를 좋지 않게 여기시는 줄 알고 저는 동궁께 충성이 강하고 홍씨는 동궁께 불리하다 하여 홍씨를 제거하기 위해 동궁께 비위를 맞추었다. 그러면서 흉언한 것을 가리고 덮기로 하였다.

이 흉언이 아주 큰 근본으로 지금의 세상 사람도 옛 일을 본 이가 있을 것이니, 대략이야 어찌 모르겠는가. 하지만 나처럼 이렇듯 자세히 아는 이가 또 있겠는가?

우리 선친께서 풍증을 앓아 본성을 잃어버리시지 않으신 바에야 '선왕께 불리하고 인과 진을 위했다'는 말은 삼척동자라도 속지 않을 것이다. 또한 '귀주는 선왕께 충신이요, 홍씨는 선왕께 역적이다' 하면 또 삼척동자라도 속이지 못할 것이다.

모든 일이 인정의 천리 밖에 어긋난 일이 없으니, 유식한 사람을 기다리지 않아도 옳고 그름을 분간하며 충신과 역적이 누구인지 정할 수 있을 것이다. 그러나 귀주와 한록의 무리가 나라를 멸망시키려고 하던 흉언은 계속 드러내지 아니하여 귀주는 충신까지 되고 털끝만치도 비슷하지도 않은 내 집안은 가혹한 화가 갈수록 더하여 극악한 역적의 집안이 되고야 말았다.

그러니 세상에 이런 세도와 도리가 또 어디에 있으리오. 내가 피를 토하고 죽어도 하늘의 뜻을 이해하지 못할 것만 같으니 큰 한이로다.

'신축(辛丑) 2월 23일 미시 호동대방에서 씀.'

한중록(閑中錄)은 1795년(정조 19년) 혜경궁 홍씨가 지은 회고록으로 당시 당쟁과 음모를 생생하게 기록하였는데 모두 4편으로 되어 있다. 제1편은 작자의 회갑년에 친정 조카 홍수영의 소청으로 쓴 순수한 회고록이다. 나머지 세 편은 1801년(순조 1년) 1805년(순조 5년) 67세, 68세, 71세 때 친정아버지 홍봉한의 결백을 손자인 순조에게 읽힐 목적으로 저술되었다. 필사본 6권 6책이 있으며, 국문본·한문본·국한문혼용본 등이 있다. 사본에 따라 〈한듕록〉 〈한듕만록〉 〈읍혈록〉 등의 다른 이름이 있다.

제1편에서 혜경궁은 자신의 출생부터 어릴 때의 추억, 9세 때 세자빈으로 간택된 이야기에서부터 이듬해 입궁한 이후 50년 간의 궁중 생활을 회고하고 있다. 남편 사도세자의 죽음에 대해서는 차마 입에 담을 수 없다 하여 의식적으로 사건의 핵심을 회피한다. 그 대신 자신의 처절한 상황과 장례 후 시아버지 영조와 처음 만나는 극적인 장면의 이야기로 비약한다. 후반부에는 정적(政敵)들의 모함으로 아버지·삼촌·동생들이 화를

입게 된 전말이 기록되어 있다. 그리고 화성 행궁에서 열린 자신의 회갑연에서 만난 지친들의 이야기로 끝난다.

나머지 세 편은 순조 1년 5월 29일 동생 홍낙임(洪樂任)이 천주교 신자라는 죄목으로 사사(賜死)당한 뒤에 쓴 글로, 아들 정조가 승하한 직후부터 어린 왕 순조에게 보여주기 위해 썼으며 정치적 색채가 짙은 작품이라 하겠다.

제2편에서 혜경궁은 슬픔을 억누르고 시누이 화완 옹주의 이야기를 시작으로 초년에 어머니와 외가를 미워한 까닭은 화완 옹주의 이간책 때문이라고 기록한다. 또 친정 멸문의 치명타가 된 홍인한 사건(洪麟漢事件)의 배후에는 홍국영(洪國榮)의 개인적인 한풀이 결과라고 하면서 홍국영의 전횡을 폭로한다. 끝으로 동생의 억울한 죽음을 슬퍼하면서 그가 억울한 누명에서 벗어나는 날을 생전에 볼 수 있도록 하늘에 축원하며 끝맺는다.

제3편은 제2편의 이듬해에 쓴 것으로 주제 역시 동일하다. 혜경궁은 하늘에 기원하던 소극적 태도에서 벗어나 13세의 어린 손자 순조에게 자신의 소원을 풀어 달라고 애원한다. 정조가 어머니에게 얼마나 효성이 지극하였는지, 또 말년에는 외가에 대하여 많이 뉘우치고 갑자년에는 왕년에 외가에 내렸던 처분을 풀어주마 하고 언약하였다는 이야기를 기술하며 그 증거로 생전에 정조와 주고받은 대화를 인용하고 있다.

제4편에서는 사도세자가 당한 참변의 진상을 폭로한다. '을

축 4월'이라는 간기가 있는데, 을축년은 순조 5년 정순왕후(貞純王后)가 돌아간 해이다. "임술년에 초 잡아두었으나 미처 뵈지 못하였더니 조상의 어떤 일을 자손이 모르는 것이 망극한 일"이라는 서문이 있다.

이 작품은 궁중 귀족 여인으로서 문장과 표현이 고상하고 우아할 뿐만 아니라, 처절한 상황을 전하면서도 전아하고 품위 있는 궁중 용어를 사용하고 있어 민간의 문학과는 뚜렷이 구별되는 특징을 지닌다. 그러므로 이 작품은 다양한 궁중의 풍속 및 언어를 연구하는 데 긴요한 자료가 되는 문화적 보고(寶庫)이며, 사적(史的) 자료로서 그 가치를 인정받고 있어 궁중 문학의 백미라 할 만하다.

또한 역사적 인물의 글이라는 점에서, 더욱이 그가 비빈(妃嬪)이라는 신분이 높은 궁중 인물이라는 사실에서, 정계 야화로서 역사의 보조 자료적 가치가 높다. 또 영·정조 시대의 정치 역사 문학 등 제 방면을 연구하는 데 많은 도움을 주는 자료로 정계야화로서 숨겨진 역사의 이면을 살필 수 있고, 영정조 대의 중요한 정치적 사건인 임오화변의 원인을 살피는 데 결정적인 자료 역할을 하는 실기문학이다.

이 작품은 비극적인 체험과 한의 정서를 내면화하였다는 점, 19세기 이후 규방가사의 창작과 더불어 국문 문학의 저변을 확대시켰다는 점, 국문소설이 발전할 수 있도록 여성 독자층을 확충하였다는 점 등에서 여류문학으로서의 독특한 가치를 가졌다고 할 수 있다.

또 이 작품은 소설로 볼 수 있을 만큼 문장이 사실적이고 박진감이 있으며, 문체는 옛 귀족 여인(貴人)들의 전아한 품위를 풍기고 경어체의 아름다움을 보여준다. 작자를 비롯하여 등장인물 가운데에서 전통 사회의 규범적 여인상의 전형을 볼 수 있다는 점, 기구한 한 여인의 파란만장한 삶을 담아낸 입체적 구성이라는 점 등으로 우리 여성 고전문학의 백미라 할 수 있다.

박병성

《참고문헌》
한듕록(金東旭·李秉岐, 民衆書館, 1961), 朝鮮朝女流文學의 연구(金用淑, 淑明女子大學校出版部, 1978), 閑中錄 연구(金用淑, 한국연구원, 1983), 煉藏 한듕록(金用淑, 淑明女子大學校出版部, 1981).

옮긴이 **박병성**

고려대학교 교육대학원을 졸업했다. 한국문인협회 한국작가회의 회원이자 시인으로 활동하고 있다. 《한국근대작가론》《신경향학어》 등을 집필했다.

패브릭 양장 에디션

한중록 恨中錄 : 초판본 표지디자인

초판 1쇄 펴낸 날 2020년 4월 20일
초판 2쇄 펴낸 날 2020년 5월 30일

지 은 이   혜경궁 홍씨
옮 긴 이   박병성
펴 낸 이   장영재
펴 낸 곳   (주)미르북컴퍼니
자 회 사   더스토리
전   화   02)3141-4421
팩   스   02)3141-4428
등   록   2012년 3월 16일(제313-2012-81호)
주   소   서울시 마포구 성미산로32길 12, 2층 (우 03983)
E-mail   sanhonjinju@naver.com
카   페   cafe.naver.com/mirbookcompany

(주)미르북컴퍼니는 독자 여러분의 의견에
항상 귀 기울이고 있습니다.

파본은 책을 구입하신 서점에서 교환해 드립니다.
책값은 뒤표지에 있습니다.

값 14,800원

03810

ISBN 979-11-6445-232-3